Henri Gougaud est né à Carcassonne en 1936. Homme de radio, parolier de nombreuses chansons pour Jean Ferrat, Juliette Gréco et Serge Reggiani, chanteur, poète et romancier, il partage son temps d'écrivain entre l'écriture de romans et de livres de contes.

Henri Gougaud

L'ARBRE AUX TRÉSORS

Légendes du monde entier

Éditions du Seuil

TEXTE INTÉGRAL

ISBN 978-2-02-031718-4
(ISBN 2-02-009598-X, 1re publication
ISBN 2-02-010641-8, 1re publication poche)

« Ne m'écoutez pas plus mais autant que vous écoutez parfois la pluie, le vent. »

Roger Munier.

Afrique

AFRIQUE NOIRE

La parole

Il était une fois un pêcheur nommé Drid. C'était un homme de bonne fréquentation. Il était vigoureux, d'allure franche et son œil, quand il riait, était aussi vif que le soleil. Or, voici ce qui lui advint.

Un matin, comme il allait le long de la plage, son filet sur l'épaule, la tête dans le vent et les pieds dans le sable mouillé à la lisière des vagues, il rencontra sur son chemin un crâne humain. Ce misérable relief d'homme posé parmi les algues sèches excita aussitôt son humeur joyeuse et bavarde. Il s'arrêta devant lui, se pencha et dit :

– Crâne, pauvre crâne, qui t'a conduit ici ?

Il rit, n'espérant aucune réponse. Pourtant, les mâchoires blanchies s'ouvrirent dans un mauvais grincement et il entendit ce simple mot :

– La parole.

Il fit un bond en arrière, resta un moment à l'affût comme un animal épouvanté, puis voyant cette tête de vieux mort aussi immobile et inoffensive qu'un caillou, il pensa avoir été trompé par quelque sournoiserie de la brise, se rapprocha prudemment et répéta, la voix tremblante, sa question :

– Crâne, pauvre crâne, qui t'a conduit ici ?

– La parole, répondit l'interpellé avec, cette fois, un rien d'impatience douloureuse, et une indiscutable netteté.

Alors Drid se prit à deux poings la gorge, poussa un cri d'effroi, recula, les yeux écarquillés, tourna les talons et s'en fut, les bras au ciel, comme si mille diables étaient à ses trousses. Il courut ainsi jusqu'à son village, le traversa, entra en coup de bourrasque dans la case de son roi. Cet homme de haut vol, majestueusement attablé, était en train de déguster son porcelet matinal. Drid tomba à ses pieds, tout suant et soufflant.

– Roi, dit-il, sur la plage, là-bas, est un crâne qui parle.

– Un crâne qui parle ! s'exclama le roi. Homme, es-tu soûl ?

Il partit d'un rire rugissant, tandis que Drid protestait avec humilité :

– Soûl, moi ? Misère, je n'ai bu depuis hier qu'une calebasse de lait de chèvre, roi vénéré, je te supplie de me croire, et j'ose à nouveau affirmer que j'ai rencontré tout à l'heure, comme j'allais à ma pêche quotidienne, un crâne aussi franchement parlant que n'importe quel vivant.

– Je n'en crois rien, répondit le roi. Cependant, il se peut que tu dises vrai. Dans ce cas, je ne veux pas risquer de me trouver le dernier à voir et entendre ce bout de mort considérable. Mais je te préviens : si par égarement ou malignité tu t'es laissé aller à me conter une baliverne, homme de rien, tu le paieras de ta tête !

– Je ne crains pas ta colère, roi parfait, car je sais bien que je n'ai pas menti, bafouilla Drid, courant déjà vers la porte.

Le roi se pourlécha les doigts, décrocha son sabre, le mit à sa ceinture et s'en fut, trottant derrière sa bedaine, avec Drid le pêcheur.

Ils cheminèrent le long de la mer jusqu'à la brassée d'algues où était le crâne. Drid se pencha sur lui, et caressant aimablement son front rocheux :

– Crâne, dit-il, voici devant toi le roi de mon village. Daigne, s'il te plaît, lui dire quelques mots de bienvenue.

Aucun son ne sortit de la mâchoire d'os. Drid s'agenouilla, le cœur soudain battant.

– Crâne, par pitié, parle. Notre roi a l'oreille fine, un murmure lui suffira. Dis-lui, je t'en conjure, qui t'a conduit ici.

Le crâne miraculeux ne parut pas plus entendre qu'un crâne vulgaire, resta aussi sottement posé que le plus médiocre des crânes, aussi muet qu'un crâne imperturbablement installé dans sa définitive condition de crâne, au grand soleil, parmi les algues sèches. Bref, il se tut obstinément. Le roi, fort agacé d'avoir été dérangé pour rien, fit une grimace de dédain, tira son sabre de sa ceinture.

– Maudit menteur, dit-il.

Et sans autre jugement, d'un coup sifflant il trancha la tête de Drid. Après quoi il s'en revint en grommelant à ses affaires de roi, le long des vagues. Alors, tandis qu'il s'éloignait, le crâne ouvrit enfin ses mâchoires grinçantes et dit à la tête du pêcheur qui, roulant sur le sable, venait de s'accoler à sa joue creuse :

– Tête, pauvre tête, qui t'a conduit ici ?

La bouche de Drid s'ouvrit, la langue de Drid sortit entre ses dents et la voix de Drid répondit :

– La parole.

Goroba-Diké

Parmi les seigneurs foulbés, invincibles à la lutte et de haute beauté, le plus redoutable et le plus aimé fut Goroba-Diké. Il était le deuxième fils d'un roi puissant et riche. À la mort de son père, son aîné reçut en héritage la pleine possession du royaume et lui, Goroba-Diké, la seule bénédiction du vieux monarque. Il s'en fut donc courir le monde sans autre compagnie que celle d'Ulal, son confident.

Il parvint ainsi au pays des Bammamas. Il y fut un aventurier si farouche et ravageur que les hommes les plus sages de ce peuple s'en vinrent un jour prier Ulal d'attirer son maître hors de ces terres qu'il faisait trop souffrir. Ulal promit à ces gens qu'ils retrouveraient bientôt la paix. Le soir même, après qu'il eut allumé le feu du campement, il dit à Goroba-Diké :

– Sais-tu que le roi de Sariam est un Foulbé comme toi ? J'ai appris que la cadette de ses trois filles désirait se marier. Mais je crains qu'elle ne puisse. Elle exige que son futur époux ait des mains assez fines pour porter à son doigt un anneau fort étroit qu'elle a hérité de sa mère. À mon sens, un tel homme n'existe pas.

Goroba-Diké étendit devant lui sa main gauche, contempla un long moment ses souples nervures dans la lueur du feu, puis serra soudain les poings, se dressa.

– Allons voir cette fille, dit-il.

Ils ne firent halte qu'au dernier village avant la cité de Sariam. Là, dans la basse hutte d'un paysan, Goroba-Diké échangea ses riches vêtements contre des haillons de bouvier. Le lendemain, ainsi vêtu de loques, il prit place dans la longue file des hommes qui attendaient au seuil du palais de comparaître devant le roi et sa fille. Quand vint son tour de tendre l'index à l'anneau d'or, la princesse grimaça et voulut le repousser, estimant qu'un mendiant pareillement puant ne pouvait prétendre l'épouser. Mais le roi dit impatiemment à sa fille :

– Je suis fatigué de ces interminables audiences. Que cet homme tente comme les autres sa chance, et si l'anneau lui va, à lui tu seras.

L'anneau glissa sans peine le long du doigt tendu. Il semblait avoir été courbé à son exacte mesure. La princesse, les larmes aux yeux, gémit encore qu'elle ne voulait pas de ce bouvier. Le roi refusa de l'entendre. Son mariage fut célébré sur l'heure, et le soir même elle dormit avec son époux.

Le lendemain, une bande de pillards de la tribu des Burdamas déferla sur le faubourg de Sariam. Un messager courut au palais, criant aux assassins et rameutant les guerriers de la ville. Tous aussitôt bondirent à cheval et s'en furent à la poursuite de ces enragés qui massacraient les troupeaux et enlevaient les femmes. Seul parmi les hommes en âge de combattre, Goroba-Diké prit la fuite, humblement monté sur un âne. Il se rendit secrètement au village où il avait laissé Ulal, son cheval et ses vêtements nobles. Il se revêtit à la hâte, empoigna ses armes et, chevauchant à travers champs, rejoignit les guerriers qui couraient aux trousses des bandits burdamas. Aucun, parmi ceux de son peuple, ne le reconnut. Il avait une majesté d'ange sombre sur sa monture superbe. Les hommes de Sariam lui demandèrent son aide.

– Quoi, dit-il, le roi n'a donc pas de gendres capables de défendre ses biens ?

– Il en a trois, lui répondit-on. Mais les deux premiers n'entendent rien à l'art de la guerre, et le troisième s'est enfui.

Goroba-Diké éclata de rire.

– Je combattrai et je vaincrai, dit-il, à condition que les deux gendres du roi présents dans cette troupe me donnent chacun une de leurs oreilles. Ils pourront, s'ils veulent tirer gloire de leur blessure, prétendre qu'un coup de sabre ennemi les a mutilés au plus chaud de la bataille.

Les deux beaux-frères baissèrent la tête, prirent en tremblant leur couteau à la ceinture, se tranchèrent chacun une oreille et la tendirent au grand Foulbé qui enferma les deux, toutes sanglantes, dans sa bourse. Après quoi il poussa puissamment son cri de guerre, brandit sa lance et mena l'assaut contre les Burdamas. Il les mit en déroute.

Dès qu'il se vit vainqueur, il s'en fut à travers champs comme il était venu, rejoignit le village où il avait laissé ses hardes de bouvier. À nouveau il les revêtit, cacha sous la paille ses vêtements magnifiques, s'assit sur un âne poussif, battit sa croupe poussiéreuse d'un coup de canne d'osier et s'en revint à Sariam. Parmi les chants de victoire et les danses débridées qui encombraient les ruelles, il se fraya un chemin difficile jusqu'au palais. Il y parvint à l'instant même où ses deux beaux-frères se vantaient devant le roi d'avoir perdu chacun une oreille dans l'ardeur du combat. Il sourit, mais ne dit mot. Nul ne se soucia de lui et, la nuit venue, sa femme sanglotant de honte refusa d'accueillir dans son lit cet homme qu'elle avait vu fuir à l'instant du danger. Elle lui jeta une couverture et le força à dormir sur le plancher de leur chambre.

Or, le lendemain, les Burdamas attaquèrent à nouveau la ville, plus enragés que jamais et décidés à venger la défaite que leur avait infligée ce superbe capitaine dont nul ne savait le nom. Tous les guerriers foulbés accoururent à la porte nord de la cité, déjà fendue et presque prise d'assaut, tandis que Goroba-Diké, monté sur son âne, s'enfuyait comme la veille par la porte sud, poursuivi par les insultes des femmes et le dos rond sous les cailloux que lui lançaient les enfants. Il revint au village, revêtit ses habits nobles, s'arma et s'en retourna vers la ville.

Les Burdamas avaient submergé les défenses et livraient bataille dans la cour du palais. Goroba-Diké vit soudain son épouse, au plus bruyant de la mêlée, emportée par deux énormes pillards. Il se tailla un chemin jusqu'à elle, tuant de droite et de gauche, et transperça l'un des bandits qui l'entraînait. Le deuxième, se retournant contre lui, d'un revers de sabre lui ouvrit la cuisse. Goroba-Diké d'un coup de lance fit jaillir son cœur hors de sa poitrine. Puis il prit sa femme en croupe pour la ramener à l'abri du palais. Elle ne le reconnut pas.

Quand il la déposa au large de la bataille, elle déchira un pan de sa robe, enveloppa sa blessure saignante et baisa la main qui la repoussait farouchement. Il revint au combat et ranima si bien les courages que les Burdamas se dispersèrent bientôt devant sa monture comme une nuée de bêtes peureuses. Quand il vit la victoire acquise, il poussa son cheval dans une ruelle déserte, galopa jusqu'au village et reprit ses haillons.

Ce soir-là, dans les lumières tumultueuses de la fête, la femme de Goroba-Diké fut durement raillée par ses compagnes. Elles ne cessèrent de lui demander en riant méchamment où était son mari pendant la bataille. Elle ne leur répondit pas, pensant qu'elle avait épousé le pire lâche qui soit au monde, et se retira bientôt dans sa chambre pour y pleurer à son aise. Elle y trouva son époux affalé sur le lit, débraillé et ronflant autant qu'un ivrogne repu. Comme elle levait sa lampe au-dessus de cet homme qui lui paraissait aussi méprisable qu'un singe, elle vit sa cuisse enveloppée d'un bandage sanglant. Elle se pencha, et reconnut un morceau de sa robe. Alors elle avança la main vers son épaule, le réveilla doucement et lui dit :

– Qui t'a blessé ?

Il répondit :

– Qui me demande cela ?

– Homme, qui t'a pansé ?

– Femme, l'ignores-tu ?

– Qui es-tu donc ?

– Le fils d'un roi.

– Merci, fils de roi, dit-elle.

Cette nuit-là, ils s'aimèrent. À l'aube, Goroba-Diké s'en retourna au village. Il revint à Sariam vêtu de ses habits de prince et accompagné d'Ulal, son confident. Les hommes, les femmes, les enfants de la ville, reconnaissant celui qui les avait sauvés des Burdamas, lui firent joyeusement escorte jusqu'au palais où l'attendaient le roi et sa famille. Dès qu'il parut, la princesse s'avança vers lui, le prit par la main, l'amena devant son père et dit :

– Voici l'homme que j'ai épousé. À lui tu dois ton royaume.

Les deux gendres du roi protestèrent vivement et crièrent à l'imposteur. Alors Goroba-Diké plongea sa longue main dans sa bourse, en retira les oreilles piteuses et racornies de ses beaux-frères et dit :

– Les reconnaissez-vous ?

Les deux pendards s'enfuirent sous les huées, les poings aux tempes. Le roi ouvrit ses bras à son gendre aux doigts fins, et le bonheur s'alluma dans les regards.

Le rayon de lune

Quand il vécut ce que je vais vous dire, Mackam était un jeune homme au cœur bon, à l'esprit rêveur, à la beauté simple. Il souffrait pourtant d'une blessure secrète, d'un désir douloureux qui lui paraissait inguérissable et donnait à son visage, quand il cheminait dans ses songes, une sorte de majesté mélancolique. Il voulait sans cesse savoir. Savoir quoi, il n'aurait pas su dire. Son désir était comme une soif sans nom, une soif qui n'était pas de bouche, mais de cœur. Il lui semblait que sa poitrine en était perpétuellement creusée, asséchée. Il en tombait parfois dans un désespoir inexprimable.

Il fréquentait assidûment la mosquée, mais dans ses prières, ce n'était pas le savoir qu'il désirait. Il les disait pourtant tous les soirs, lisait le Coran, cherchait la paix dans sa sagesse. Il s'y décourageait souvent. En vérité, plus que les paroles sacrées, il goûtait le silence qu'il appelait à voix basse : « le bruit du rien », à l'heure où la lune s'allume dans le ciel.

La lune, il l'aimait d'amitié forte et fidèle. Elle lui avait appris à dépouiller la vie de ses détails inutiles. Quand elle apparaissait, il la contemplait comme une mère parfaite. Sa seule présence simplifiait l'aridité et les obstacles du monde. Ne restait alentour que la pointe de la mosquée, l'ombre noire de la hutte, la courbe pure du chemin, rien d'autre que l'essentiel, et cela plaisait infiniment à Mackam.

Or, une nuit de chaleur lourde, comme il revenait, le long du fleuve aux eaux sombres et silencieuses, de l'école coranique où il avait longtemps médité, l'envie le prit de dormir dans cette tranquillité où son âme baignait. À la lisière du village, il se coucha donc sous un baobab, mit son Coran sous sa nuque, croisa ses doigts sur son ventre et écouta les menus bruits du rien, alentour. Le ciel était magnifique. Les étoiles brillaient comme d'innombrables espérances dans les ténèbres. Le cœur de Mackam en fut empli d'une telle douceur que sa gorge se noua. « Savoir la vérité du monde, soupira-t-il, savoir ! » Ce mot lui parut plus torturant et beau qu'il ne l'avait jamais été jusqu'à cette nuit délicieuse. Il regarda la lune.

Alors il sentit un rayon pâle et droit comme une lance entrer en lui par la secrète blessure de son esprit. Aussitôt, le long de ce rayon fragile, il se mit à monter vers la lumière. Cela lui parut facile. Il était soudain d'une légèreté merveilleuse. Une avidité jubilante l'envahit. La pesanteur du monde, les chagrins de la terre lui parurent bientôt comme de vieux vêtements délaissés. Il se dit qu'il allait enfin atteindre cette science qu'il ne pourrait peut-être jamais apprendre à personne, mais qui l'apaiserait pour toujours. Il bondit plus haut. Les étoiles disparurent alentour de la lune ronde. Il se retint de respirer pour ne point rompre le fil qui le tenait à l'infini céleste. Il s'éleva encore, parvint au seuil d'un vide immense et lumineux.

C'est alors qu'il entendit un cri d'enfant lointain, menu, pitoyable. Un bref instant, il l'écouta. Quelque chose en lui remua, un chagrin oublié peut-être, un lambeau de peine terrestre emporté dans le ciel. Mackam se sentit descendre, imperceptiblement. Le cri se fit gémissant dans la nuit. Il s'émut, s'inquiéta. « Pourquoi ne donne-t-on pas d'amour à cet enfant ? » se dit-il, et il eut tout à coup envie de pleurer. Il se tourna sur le côté. Il était à nouveau dans son corps, sous l'arbre.

Et dans son corps, les yeux mi-clos à la lumière des étoiles revenues, il vit la cour d'une case, et dans cette cour un nourrisson couché qui sanglotait, les bras tendus à une mère absente. Mackam se dressa sur le coude, le cœur battant, la bouche ouverte. Il n'y avait pas d'habitation à cet endroit du village. Il murmura :

– Qui est cet enfant ?

– C'est toi-même, répondit une voix fluette, au-dessus de sa tête.

Il leva le front, tendit le cou et vit un oiseau noir perché sur une branche basse du baobab. Il lui demanda :

– Si c'est moi, pourquoi ai-je crié ?

– Parce que la seule puissance de ton esprit ne pouvait suffire à atteindre la vraie connaissance, lui dit l'oiseau. Il y fallait aussi ton cœur, ta chair, tes souffrances, tes joies. L'enfant qui vit en toi t'a sauvé, Mackam. S'il ne t'avait pas rappelé, tu serais entré dans l'éternité sans espérance, la pire mort : celle où rien ne germe. Brûle-toi à tous les feux, autant ceux du soleil que ceux de la douleur et de l'amour. C'est ainsi que l'on entre dans le vrai savoir.

L'oiseau s'envola. Mackam se leva et s'en fut lentement par les ruelles de son village. De-ci, de-là, devant des portes obscures, brillaient des lumières. Près du puits, l'âne gris dormait, environné d'insectes. Sous l'arbre de la place, une chèvre livrait son flanc à ses petits. Au loin, un chien hurlait à la lune. Pour la première fois, elle parut à Mackam comme une sœur exilée et il se sentit pris de pitié pour elle qui ne connaîtrait jamais le goût du lait et la chaleur d'un lit auprès d'un être aimé.

Pas de roi comme Dieu

– Puisse le roi vivre toujours !

Telles étaient les premières paroles que tout homme du pays haoussa devait dire sans faute, selon la coutume sacrée, dès qu'il paraissait en présence de son souverain.

Or, dans l'ombre de l'arbre au vaste feuillage où ce maître du royaume recevait tous les matins son peuple, vint un jour un homme de haute taille et d'allure tranquille qui osa le saluer par ces mots :

– Il n'est pas de roi comme Dieu.

Aussitôt s'éleva une rumeur scandalisée parmi les courtisans aux robes lentement remuées par la brise. Le roi, lui, ne daigna pas s'irriter. Il sourit, leva la main pour imposer silence et demanda à l'audacieux de répéter sa salutation, en tendant l'oreille et grimaçant du nez, comme s'il avait mal entendu.

– Il n'est pas de roi comme Dieu, dit à nouveau l'homme, impassible et droit.

Alors le roi se sentit cruellement blessé dans son orgueil, mais il n'en laissa rien paraître. Il répondit :

– Homme, ton insolence est celle d'un fou ou d'un héros. Qui es-tu ?

– Un paysan de ta cité. Je cultive mon champ à la lisière de la ville, et n'ai d'autre ambition que de nourrir convenablement ma femme et mes enfants, le temps qu'il me sera donné de vivre.

– Tu mérites ma considération et ma confiance, dit le monarque.

Il ôta de son doigt un anneau d'or ciselé, le lui tendit et dit encore :

– Je te confie ce signe de ma royauté que mes ennemis convoitent. Garde-le précieusement, car s'il t'arrivait de le perdre, tu devrais le payer de ta vie. Que soit ainsi honoré celui qui n'a d'autre roi que Dieu.

L'homme salua et s'en revint chez lui, l'anneau dans son poing serré.

Une semaine plus tard, le maître du royaume le fit appeler. À peine lui avait-on fait place devant son trône :

– J'ai une mission à te confier, lui dit-il. J'ai besoin de maçons et d'artisans habiles pour bâtir le nouveau rempart de ma cité. Visite tous les villages du pays, jusqu'aux plus lointains, et ramène-moi les hommes qu'il me faut.

Celui que maintenant on appelait parmi le peuple des ruelles Pas-de-roi-comme-Dieu revint à l'instant chez lui, enferma dans une corne de bélier l'anneau royal qui lui avait été confié et dit à son épouse :

– Je dois partir en voyage. Pendant mon absence, prends soin de cet objet. Qu'il te soit aussi cher que ma vie même.

Il l'embrassa, serra ses enfants contre sa poitrine, puis monta sur son âne et s'en alla.

À peine était-il sorti de la ville que le roi envoya en secret un messager chez la femme de Pas-de-roi-comme-Dieu. Cet homme au regard luisant offrit à l'épouse craintive mille coquillages contre la corne de bélier où était l'anneau. Les mains frémissantes et le cœur battant, elle le repoussa. Alors il ouvrit devant elle trois coffres emplis de vêtements magnifiquement teints et tissés de fils d'or. Elle les porta à son visage, respira leur parfum, s'en vêtit, contempla leur splendeur dans un miroir de cuivre, ferma les yeux et désigna la poutre de la maison. Dans un creux de cette poutre était cachée la corne. Le messager la rapporta en toute hâte à son maître. Dès que le roi eut l'anneau dans sa main, il éclata de rire et grogna méchamment :

– Que l'on me forge une nouvelle bague et que l'on aille jeter celle-ci dans le lac le plus profond du pays.

Deux serviteurs s'en furent aussitôt en courant et firent ce qu'il avait ordonné.

Sur le chemin du retour, Pas-de-roi-comme-Dieu et sa troupe de maçons firent halte, un soir, dans un village de pêcheurs où leur furent offerts tant de fruits et de boissons fortes, tant de chants et de rires qu'ils décidèrent de séjourner quelques jours parmi ces gens de bien, avant d'affronter la rude savane qui les séparait de la cité royale. Le lendemain, ils accompagnèrent donc les hommes à la pêche, d'où ils revinrent au crépuscule, les filets lourds et ruisselants.

Quand on eut aligné les poissons sur un grand lit de feuilles vertes, au milieu de la place, chacun vit que l'un d'eux remuait encore. Il était de taille imposante, et scintillant comme les eaux du lac sous les feux du soleil couchant. Un enfant l'empoigna, le brandit, prit le couteau de son père, s'accroupit et fendit le ventre du bel animal, comme il voyait faire aux autres. Alors, parmi les entrailles, apparut un anneau brillant. À la pointe du couteau, l'enfant étonné le tendit à Pas-de-roi-comme-Dieu qui se trouvait auprès de lui. Pas-de-roi-comme-Dieu l'examina et, les yeux ronds, la bouche ouverte, reconnut la bague que son roi lui avait confiée. Dans ce lac même elle avait été jetée. Un poisson l'avait avalée. Ce poisson était celui que l'enfant tenait maintenant dans sa main. Pas-de-roi-comme-Dieu éclata de rire. Cette nuit-là, il festoya avec la joie débridée d'un miraculé.

Quelques jours plus tard, les voyageurs parvinrent à la cité royale. Pas-de-roi-comme-Dieu revenu chez lui embrassa son épouse et lui demanda la corne de bélier. Elle lui répondit qu'un rat l'avait rongée, et avait sans doute avalé l'anneau. Il fronça les sourcils, les poings sur les hanches. À peine s'était-elle enfuie par la ruelle, craignant la colère de son époux, que survinrent quatre guerriers de la garde du palais. Ils conduisirent leur homme devant le monarque qu'ils saluèrent d'une voix forte, à peine entrés dans la salle du trône :

– Puisse le roi vivre toujours !

– Puisse le roi vivre toujours ! répétèrent en chœur les courtisans assemblés.

Le roi d'un geste impatient les fit taire, fit signe de s'avancer à celui qui avait blessé son orgueil et lui demanda son anneau d'or. L'autre enfonça la main dans la vaste poche de son vêtement et le lui tendit en disant :

– Vraiment, il n'est pas de roi comme Dieu.

Le monarque poussa un grognement éberlué, soupira et répondit, hochant la tête :

– Homme, tu as mille fois raison. Il n'est pas de roi comme Dieu.

Sur l'heure, il fit partager son royaume en deux parts égales et en offrit une à Pas-de-roi-comme-Dieu, dont le nom est devenu si cher au cœur des Haoussas qu'ils se plaisent, aujourd'hui encore, à l'inscrire au front de leurs camions, de leurs autobus et de leurs barques de pêche, afin que soit dite à tout vent cette histoire déraisonnable et vraie, sans laquelle la vie ne serait pas digne de confiance.

La question

Même les enfants connaissaient Doffou Séringué Taïba M'Baye. Ils n'étaient certes pas capables de goûter son enseignement, et pourtant, quand il sortait sur le pas de sa case pour flairer le soleil dans l'air du matin, tous l'appelaient par son nom, l'entouraient, le suppliaient en tirant sur son vêtement de vieux coton :

– Doffou Séringué, raconte ! Doffou Séringué, chante ! Chante !

Doffou Séringué s'asseyait dans la poussière, levait l'index, et racontait, et chantait. Ainsi passait la première heure du jour. Puis venaient les hommes épris de sagesse. Du Nord où était le grand fleuve, du Sud où était la forêt, de la mer de l'Ouest, des montagnes du Levant, tous les jours arrivaient des pèlerins qui avaient entendu parler de son infini savoir. Devant lui, dans sa case, ils s'asseyaient en demi-cercle, et jusqu'au soir écoutaient sa parole puissante, ses jugements vénérables, ses silences subtils, ses rires chevrotants aussi, car Doffou Séringué Taïba M'Baye était de ces sages dont même les rires étaient nourrissants.

Or, un soir, tandis qu'il devisait calmement parmi les bouches bées, entre sa grande cruche emplie d'eau fraîche et le foyer où brûlaient des herbes odorantes, une rumeur traversée de piaillements de femmes et de courses d'enfants envahit soudain le village. Doffou Séringué haussa les sourcils, tendit le cou. Un marmot essoufflé apparut dans l'encadrement de la porte, les yeux brillants, les dents épanouies, et cria, désignant derrière lui le soleil couchant entre deux arbres :

– Poulo Kangado ! Le berger fou ! Il arrive !

La nouvelle était d'importance. Poulo Kangado était aussi connu dans le pays que Doffou Séringué. Mais autant Doffou Séringué était affable et de bonne compagnie, autant Poulo Kangado était solitaire, farouche, et d'aspect effrayant. Il était grand, très maigre, ne souriait jamais et ne marchait qu'à grandes enjambées cliquetantes, encombré par son sabre pendu à la ceinture de son boubou loqueteux, par sa longue lance qui ne quittait jamais sa main gauche et les ferrailles rouillées ramassées le long des chemins, qu'il portait attachées autour de son cou, comme des trophées. On l'appelait le berger fou parce que, disait-on, il passait ses nuits non pas à dormir, comme tout vivant convenable, mais à interroger les étoiles. De plus, il n'usait de sa parole rare que pour poser des questions auxquelles n'était pas de réponse, ce qui mécontentait gravement les sages. Doffou Séringué et ses disciples assemblés entendirent soudain sa voix forte, dehors, dans l'air du soir :

– Faites place, enfants, faites place ! Que l'un de vous me conduise chez Doffou Séringué ! Le vénéré Doffou Séringué, c'est lui que je cherche !

– Nous te conduirons si tu nous dis d'abord une vérité vraie, répondirent des voix menues, rieuses.

– Une vérité vraie ? Sont belles toutes choses nouvelles, sauf une !

– Laquelle, Poulo Kangado ? Laquelle ?

– La mort !

À peine ce mot sorti de sa bouche, Poulo Kangado franchit le seuil de la case où Doffou Séringué enseignait les mystères de la vie. Il salua la compagnie, et, se taillant une place à coups de genoux et de hanches osseuses, vint s'asseoir devant celui qu'il désirait entendre, entre la cruche d'eau et les braises du foyer.

– Que veux-tu, homme ? lui demanda Doffou Séringué.

– En vérité pas grand-chose, vénérable maître, répondit l'autre de sa voix rudement sonnante. J'ai déjà ce que Dieu n'a pas, et je peux ce que Dieu ne peut pas.

Doffou Séringué baissa la tête pour dissimuler un sourire amusé, tandis que les hommes, la mine énormément stupéfaite, se tournaient vers le sauvage impassible planté au milieu d'eux, et plus grand que tous d'une bonne tête.

– Qu'as-tu donc, homme, que Dieu ne possède pas ? demanda le vieux sage, sans lever le front.

– Un père et une mère, vénérable maître. À ce qu'on dit, Dieu n'en a pas.

Doffou Séringué laissa fuser un petit rire entre ses lèvres.

– C'est juste, dit-il. Et que peux-tu faire qui ne soit pas dans le pouvoir de Dieu ?

– Il sait tout et voit tout. Je peux être ignorant. Je peux être aveugle, répondit le berger fou d'un air de fière évidence, en redressant encore sa haute taille.

– C'est encore juste, admit Doffou Séringué. Que puis-je donc pour toi, qui sembles savoir plus que je n'ai jamais su ?

– Une énigme me tourmente, vénérable maître, répondit Poulo Kangado.

Il pencha son grand corps vers le foyer, saisit entre ses doigts une braise aussi rouge qu'un soleil couchant et la lança dans la cruche. Aussitôt s'échappa de l'eau un sifflement vif et une brève volute de vapeur. Poulo

Kangado resta un instant silencieux, s'assura que chacun n'avait rien perdu de ses gestes, puis :

– Vénérable maître, dit-il, je voudrais savoir qui, de l'eau ou de la braise, a fait ce « tchouff » que nous venons d'entendre.

Doffou Séringué le contempla un moment avec une fixité songeuse, puis son regard se perdit au loin.

– Cela mérite réflexion, dit-il.

À nouveau, il baissa la tête. Ses disciples alentour courbèrent le dos, et tous s'abîmèrent dans un silence si perplexe et profond que l'on entendit la main de Poulo Kangado glisser le long du manche de sa lance dressée.

La nuit tomba. La lune apparut dans le ciel, puis les étoiles. Sur la place désertée n'erraient plus maintenant que quelques chiens las. Les plus vieux des méditants, le menton sur la poitrine, s'abandonnaient au sommeil que l'énigme irrésolue ne pouvait plus retenir. Seul, Poulo Kangado se tenait encore la tête haute et les yeux grands ouverts, guettant le moindre mouvement du maître obstinément immobile et muet. Sa lance lui échappa pourtant, signe qu'une somnolence sournoise l'envahissait aussi. Elle rebondit bruyamment contre le pilier de la case et se ficha dans le mur. Alors Doffou Séringué releva enfin le front et dit, l'œil vif et la mine enjouée, tandis que tous semblaient s'éveiller en sursaut :

– Poulo Kangado, mon fils, je viens de trouver qui, de la braise ou de l'eau, a fait ce sifflement qui tourmente ton esprit. Mais avant que je te l'apprenne, tu dois d'abord répondre à la question que je vais te poser.

Il leva sa longue main de lettré et, d'un élan tout à coup débridé, fit claquer une gifle sonore sur la joue creuse du grand berger. Puis, se penchant en avant, affable et malicieux :

– Qui, de ma main ou de ta joue, a fait ce « kak » que nous venons d'entendre ?

Poulo Kangado resta un moment extrêmement ébahi, puis ouvrit la bouche et dit :

– Cela mérite réflexion, vénérable maître.

Et il s'en fut dans la nuit interroger les étoiles.

Les trois voyageurs

Trois voyageurs cheminaient ensemble dans la brousse. Le premier était de la tribu des Bambaras. Il marchait à pas nobles et mesurés, le poing sur le pommeau du sabre lourd et brillant qu'il portait à la ceinture, le torse droit comme le tronc d'un baobab, la tête haute et les yeux à demi clos dans le soleil. Il ne parlait guère. Il n'était occupé que de l'amour qui emplissait son cœur. Il pensait que nul ne pouvait le comprendre, et secrètement s'en réjouissait.

À la dernière saison des pluies, son épouse était tombée malade. Il s'était d'abord irrité de la voir incapable d'accomplir son travail ménager. Il l'avait soignée de mauvais gré, exigeant qu'elle cuisine au moins ses repas, malgré sa faiblesse. Cependant, après deux semaines, son mal avait empiré. Alors son époux s'était senti pris de pitié chagrine. Il avait sans plus protester assumé les tâches qui n'étaient pas celles d'un homme, mais s'était secrètement enragé de ne pouvoir faire l'amour avec celle qu'il avait accueillie sous son toit. Il estimait avoir droit à ses caresses, à sa docilité. Certains soirs, peu s'en était fallu qu'il ne l'accuse de le tromper avec l'esprit mauvais qui amaigrissait son corps.

La pauvre femme, peu à peu, n'avait plus su répondre à ses rudesses que par regards fiévreux et misérables. Alors, la voyant un soir proche de la mort, tout effrayé, il avait senti son cœur se fendre. « Volontiers, avait-il murmuré, les mains sur la figure, volontiers j'accepte d'accomplir à sa place tous les travaux domestiques, volontiers je renonce à jouir d'elle jusqu'à la fin de mes jours, je me résignerais même à ne plus la voir, pourvu qu'elle vive, Dieu du ciel, car je vois bien que sa vie seule m'importe, sa vie seule ! » Le lendemain, l'épouse s'était réveillée presque guérie, et son homme avait découvert le vaste amour qui l'habitait.

Vers elle, de retour de voyage, allait ce Bambara. De ses deux compagnons, l'un était du pays mossi, et l'autre du pays peul. Le Mossi cheminait souplement, les pieds nus dans la poussière, son arc sur une épaule et son carquois sur l'autre. C'était un homme d'une grande beauté. Ses yeux joyeux, espérants et vifs comme le feu, contemplaient sans cesse le bout du chemin. Lui aussi n'était occupé que d'amour, et pensait que personne ne pouvait le comprendre.

À peine sorti de l'enfance, il s'était senti le cœur et l'esprit envahis par une famine si déraisonnable qu'il s'en était allé seul sur les chemins, pensant que rien ne pourrait jamais l'apaiser. En vérité, il était l'homme qui désirait tout prendre, et longtemps n'avait eu faim que d'une épouse : celle qui voudrait tout donner. Il avait croisé bien des femmes sur sa route. Il s'était détourné de toutes, jusqu'au jour où, sur le marché d'une grande ville, parmi la foule, il avait découvert celle qu'il cherchait. Elle n'était ni jeune ni vieille, ni belle ni difforme. Ils s'étaient trouvés face à face. Ni l'un ni l'autre n'avait dit le moindre mot. Ils s'étaient regardés, et la femme, dans ce seul regard, avait tout donné d'elle, et l'homme avait tout pris, ses désirs, ses souffrances, ses espoirs et ses hontes, son impudeur et sa sainteté. Puis, brusquement, elle s'en était allée vers des enfants, les siens peut-être. Alors il avait su qu'il ne pouvait marcher plus loin, et maintenant il s'en retournait vers son village avec ce trésor secret dont il avait cru qu'une vie d'errance ne suffirait pas à l'amasser, et qui lui avait été donné en un instant.

Le troisième de ces voyageurs était un berger, grand, svelte et rêveur comme le sont les Peuls. Il n'avait d'autre arme que son bâton. Le vent faisait onduler son ample robe sur sa poitrine plate, et le pan du turban qui lui ceignait le front. Lui aussi était beau, mais d'une beauté particulière : celle de ces êtres qui savent parler aux étoiles.

Il s'était longtemps usé, affiné le cœur pour tenter de mériter la femme qu'il aimait, exigeante et secrète entre toutes. Un jour lointain, il s'était présenté à sa porte. Il avait murmuré :

– C'est moi.

Derrière le battant fermé, la bien-aimée lui avait répondu, à voix douce :

– Il n'y a pas de place pour toi et moi dans la même maison.

Alors il s'en était retourné parmi ses troupeaux. Il avait encore médité et purifié son âme une pleine année. Et maintenant il revenait vers celle qui lui avait promis de l'attendre jusqu'à ce qu'il lui dise la parole qu'elle espérait. Il était heureux et confiant, car cette parole, il l'avait trouvée, et il souriait sur son chemin, pensant à cette heure prochaine où à nouveau il frapperait à la porte de l'aimée. Elle lui dirait :

– Qui est là ?
Il répondrait :
– C'est toi-même.
Et cette fois il savait qu'elle l'accueillerait.

Ces trois voyageurs cheminant ensemble parvinrent au crépuscule devant un marigot aux eaux immobiles. Au-delà de ce marigot était le village qu'il leur fallait atteindre avant la nuit indéchiffrable et dangereuse. Chacun décida de franchir l'obstacle à sa manière.

Le Bambara tira son sabre de sa ceinture, le fit puissamment tournoyer, fendit les eaux d'un coup étincelant et les traversa avant qu'elles ne se referment.

Alors le Mossi arma son arc, visa un arbre sur l'autre rive. La première flèche se planta à l'endroit où le tronc se séparait en deux branches maîtresses. La deuxième se ficha dans la première, la troisième dans la deuxième, et faisant ainsi siffler ses flèches dans l'air calme jusqu'à ce que se vide son carquois, l'homme bâtit un pont infiniment léger au-dessus du marigot. Sur ce pont il s'élança, les bras ouverts. Parvenu dans l'arbre, il fit un geste d'amitié au berger peul qu'il distinguait à peine dans la brume du soir.

Alors le berger déroula son turban qu'il avait autrefois tissé de ses mains, fit prestement un nœud coulant à son bout, le lança, atteignit la crête d'un roc, et s'avança le long de cette amarre que balançait la brise, il rejoignit ses compagnons.

Ils dormirent ce soir-là dans la même case et le lendemain se séparèrent. Le Bambara était au bout de son voyage.

– Frères, dit-il, à chacun son village en ce monde, à chacun son destin, à chacun sa beauté.

Le Mossi allait plus loin, le Peul plus loin encore.

Mamourou et le djinn

C'est une histoire de bons voisins. Elle commence à la lisière de l'obscure forêt bruissante de singes et de cris d'oiseaux, dans le champ d'un paysan nommé Mamourou. Au milieu de ce champ, se dresse un baobab immense, magnifique, majestueux comme un vieux roi géant. Mamourou aime à se reposer dans son ombre, à l'heure accablante de midi. Ce jour-là, comme tous les jours, il somnole donc, les yeux mi-clos, les mains croisées sur son ventre, bercé par le grincement des insectes dans l'herbe et la brise qui fait bouger la lumière entre les branches du grand arbre. Or, tout soudain, il sursaute : une voix retentit au-dessus de sa tête. Il se dresse, les yeux écarquillés. Il ne voit personne mais entend ces paroles, dites avec une ferme bienveillance :

– Enfants, je vous interdis d'aller voler du mil dans le champ de Mamourou. Mamourou n'est pas un djinn, certes, il n'est qu'un homme, mais il fut comme nous créé par Dieu, et ne possède guère. Nous n'avons pas le droit de le priver de son bien. Si nous n'avons rien à manger, nous nous contenterons du lait de notre chèvre. Chacun doit vivre de ce qu'il a.

La voix se tait. La brise revient dans les branches feuillues, et les bruits menus dans l'herbe. Mamourou n'ose bouger. « Une famille de djinns habite mon baobab, se dit-il, quelle merveille ! » Il sourit. « Est-il possible que ces puissants Esprits soient plus pauvres que je ne suis ? » Il reste pensif sous le vaste feuillage jusqu'à ce que son cœur s'apaise, puis il reprend sa bêche et se remet à son travail, le dos courbé au plein soleil. Le soir venu, avant de retourner à son village de huttes rondes, il dépose au pied de son arbre un panier de grains de mil. Le lendemain matin, il le retrouve vide. Il travaille ce jour-là avec un contentement subtil. Au crépuscule, à nouveau, il emplit son panier d'offrandes, dans l'ombre douce. Ainsi nourrit-il tous les jours les djinns nécessiteux, jusqu'à la prochaine récolte.

Le lendemain de la moisson commence la saison sèche. Sériba, le fils de Mamourou, part pour la ville en quête de travail. Au fond d'une ruelle tortueuse et malodorante, le jeune homme trouve refuge dans une cabane de planches et de tôle rouillée. Il vit là et s'éreinte en travaux misérables, le temps que passent les mois arides. Dès qu'il voit les premiers nuages de la saison des pluies monter dans le ciel, il noue son baluchon et s'apprête à quitter sa masure. À l'instant où il en franchit le seuil, un jeune homme inconnu apparaît devant lui, la main tendue, le visage illuminé par un sourire franc. Il dit, avant que Sériba ait eu le temps d'ouvrir la bouche :

– Je sais que tu reviens chez nous. Que la chance t'accompagne ! Puis-je te confier ce petit sac d'argent et te demander de le remettre à mon père ?

– Je te rendrais volontiers ce service, répond Sériba tout étonné, si je connaissais ton village et le nom de ta famille. Or, je les ignore.

– C'est vrai, dit l'autre riant à belles dents. J'oubliais : je suis le fils du djinn qui habite le vieux baobab, dans le champ de ton père. Prends cette boîte de poudre. Dès que tu parviendras dans l'ombre de l'arbre, tu en déposeras une pincée sur ta langue et tu te retrouveras aussitôt devant la porte de notre maison. Un énorme chien jaune se précipitera sur toi. Ne te préoccupe pas de lui. Va droit vers le vieillard que tu verras au milieu de la cour. Donne-lui ce sac. Donne-lui aussi de mes bonnes nouvelles. Au revoir, ami. Dieu te garde.

Sériba, éberlué, regarde sa main droite où est un sac d'argent, sa main gauche où luit une petite boîte de bois sombre. Devant lui, plus personne : le jeune homme a disparu.

De retour au village, à peine sa famille embrassée, il raconte à son père Mamourou son étrange rencontre. Mamourou l'écoute gravement, puis dresse l'index devant son visage et lui dit :

– Mon fils, les djinns du baobab sont nos voisins. Nous leur devons aide et assistance. Dès demain, tu iras t'acquitter de la mission qui t'a été confiée.

Le lendemain de grand matin, Sériba se rend donc dans le champ de son père. À l'ombre du baobab, il fait halte. Il saisit au creux de la boîte une tremblante pincée de poudre, l'éparpille sur sa langue. Aussitôt, le voici devant un éblouissant palais de pierre blanche. Quatre colonnes d'or massif soutiennent une coupole d'argent dont la cime se perd dans le bleu du ciel. Sériba émerveillé s'avance vers ce palais. Le gravier qui crisse sous ses pas est de diamants et de pierres précieuses multicolores. Il pousse la porte. Un énorme chien au pelage doré, aux crocs redoutables, bondit vers lui en grondant comme un ciel d'orage. Sériba, un instant pris d'effroi, rentre sa tête dans les épaules, puis se souvient qu'il n'a pas à le craindre. Il s'avance, bravement. Le monstre tout à coup radouci flaire ses mains et l'accompagne.

Au milieu de la cour ensoleillée, un vieillard est couché dans un hamac. Sa barbe blanche est si longue qu'elle forme sur son ventre un petit mont moelleux. Il fait à son visiteur un signe de bon accueil.

– Assieds-toi, jeune homme, lui dit-il. Aucun être humain, aussi loin que remontent mes souvenirs, n'a jamais franchi le seuil de ma maison. Sois mille fois bienvenu.

Sériba dépose à ses pieds le sac d'argent qui lui a été confié, puis il lui donne de bonnes nouvelles de son garçon. Alors le vieillard sourit, heureux d'entendre que son fils vit convenablement dans la ville lointaine. Ils parlent jusqu'au soir et dînent ensemble de fruits et d'eau fraîche. Quand Sériba se décide à prendre congé, le patriarche le raccompagne jusqu'au seuil de son palais et lui dit :

– Fils des hommes, ces cailloux de diamant que tu vois là, sur le chemin, n'ont chez nous aucune valeur. Mais il paraît que chez toi ils sont appréciés. Si c'est vrai, emportes-en autant que tu voudras.

Sériba emplit à pleines poignées ses poches, puis le vieillard s'approche de lui et pose la main sur ses yeux.

Le monde s'éteint un instant. Quand il se rallume, le fils de Mamourou se découvre debout dans le champ familier, au pied du grand baobab. Son père vient vers lui, le prend par l'épaule. Ensemble ils reviennent au village, riches à foison et savourant en silence, dans la nuit calme, le bonheur simple de se trouver voisins d'aussi réconfortants et paisibles vivants.

La plume lourde

Kassa Kena Gananina fut autrefois le héros le plus puissant, le plus redouté et le plus aimé du peuple mandingue. Un seul tournoiement de sa masse de fer pouvait tuer vingt antilopes. Un seul éclat de colère dans son regard effrayait tant les flèches ennemies que toutes tombaient à ses pieds comme pour lui demander grâce. Un seul soupir de sa bouche rieuse, au soir des batailles traversées, parfumait l'air alentour et attirait à lui les plus belles vierges des villages conquis. Kassa Kena Gananina était en vérité « celui que nul ne peut vaincre ». Ainsi le nommait-on, tant parmi les hommes que parmi les animaux terrestres et les vivants du ciel.

Or, comme il festoyait au soir d'une journée de chasse carnassière, arriva dans son village un voyageur courbé sur un bâton tant usé par les chemins qu'il n'était plus qu'une canne de nain. Ce vagabond vénérable, après qu'il se fut abreuvé d'une gorgée d'eau et nourri d'une pincée de viande, s'assit sous l'arbre à palabres et se mit à conter les merveilles qu'il avait rencontrées au cours de ses errances dans de lointains pays. Il en vint ainsi à parler d'un certain oiseau Konoba qui vivait dans une forêt montagneuse, au-delà des ordinaires territoires des hommes.

– Ce monstre, dit-il, est si gigantesque qu'il obscurcit le jour, quand il déploie ses ailes. Il peut cependant se faire aussi petit qu'un poing de femme, mais il est alors si lourd que les baobabs s'enfoncent en terre sous son poids. Il sait être beau s'il le désire, épouvantable quand il le veut. Il est invincible. Plus est puissant celui qui l'affronte, plus le Konoba a de plaisir et de facilité à le vaincre, car sa nourriture préférée est la force même de ses ennemis.

Kassa Kena Gananina, entendant ses paroles, fronça les sourcils et baissa la tête. Ses compagnons, le voyant ainsi pensif, le défièrent à grandes bourrades de survivre à un combat loyal contre un monstre de cette sorte. Ces railleries embrasèrent bientôt le cœur du héros. Il se leva, s'en fut dans sa case chercher sa masse de fer et, sans un mot, s'en alla vers cette montagne où vivait le dragon prodigieux.

Il chemina sept jours et sept nuits, l'enjambée ample et la tête dans les épaules, sans prendre le moindre repos. À l'aube du huitième jour, il arriva au dernier village avant le pays du Konoba. Il demanda où nichait cet ennemi des hommes qu'il désirait combattre. Un vieillard, tremblant d'effroi au seul nom du monstre, lui désigna le sentier qui s'enfonçait dans la forêt.

Kassa Kena Gananina, sur ce sentier broussailleux, marcha jusqu'à midi sans rencontrer ni chasseur ni gibier. Comme il parvenait dans une clairière, le soleil soudain disparut, la pénombre se fit alentour et l'air s'emplit d'une rumeur semblable à celle qui traverse la terre quand ses entrailles remuent. Le héros leva le front. Il vit l'oiseau. Il était immobile, à hauteur d'arbre. Sa tête au bec jaune et crochu pendait entre ses ailes aussi vastes que le ciel visible. Ses yeux étaient pareils à deux lunes aux couleurs changeantes. Ses griffes étaient des sabres courbes.

– Homme puissant et beau, salut à toi, dit ce dragon céleste, à voix grinçante. Ta force me paraît aussi savoureuse qu'un fruit frais. Allume en toi la rage et la colère, que je me rassasie d'elles !

Kassa Kena Gananina tendit son poing armé à la gueule ricanante, bondit sur un rocher, fit tournoyer sa masse de fer. Au premier tournoiement, il fracassa l'œil gauche de l'oiseau Konoba. Au deuxième tournoiement, il obscurcit l'œil droit, qui pleura des larmes de feu. Alors, dans un assourdissant bruissement d'ailes, le monstre rapetissa, en un instant se réduisit en une boule noire. Cette boule noire dans un long sifflement descendit du ciel et tomba si lourdement que la terre frémit et se fendit de crevasses. Kassa Kena Gananina poussa, la tête levée au grand soleil, un rugissement de triomphe.

Il vit une plume, dernière rescapée des ailes évaporées, se balancer dans l'air calme, au-dessus de son front. Il voulut la saisir. Elle lui échappa, se posa sur sa nuque. Alors le héros courba l'échine, tituba, tomba sur les genoux et se laissa ployer jusqu'à enfoncer le menton en terre, terrassé par un insurmontable fardeau. Il tenta d'arracher cette plume accablante de sa chevelure où elle était prise. Il ne put, et resta grotesquement accroupi, grondant et se débattant comme un fauve piégé.

Après qu'il eut braillé, puis imploré secours, puis longuement gémi sans forces, le crépuscule vint et, dans le crépuscule, apparut sur le sentier de la clairière une vieille femme. Elle portait sur son dos un petit enfant aux jambes dodues, mais point encore en âge de trotter. Kassa Kena Gananina l'appela, agitant la main au ras de l'herbe, et d'une voix mourante lui demanda d'aller chercher tous les hommes de son village, afin qu'ils l'aident à se défaire de cette plume aussi pesante qu'un mont.

– Quoi, lui dit-elle, prétends-tu, jeune fou, avoir besoin des soixante-quinze guerriers de mon clan pour ôter cette chose de ta nuque ?

Elle se pencha, souffla, et la plume s'envola. Puis elle ramassa l'oiseau Konoba réduit en boule sur le sol crevassé et le tendit au petit enfant qui le prit et le fit jouer en riant entre ses mains agiles. Tous deux s'éloignèrent, dans la paix du jour finissant.

Kassa Kena Gananina resta longtemps assis par terre, tout ébahi et déconcerté, puis s'en revint à son village où il conta son aventure à l'ombre de l'arbre à palabres. Quand il eut dit comment il avait été délivré, un silence perplexe se fit dans l'assemblée, puis un aïeul pris de sommeil bâilla bruyamment et, se levant pour aller dormir :

– Pour qui ne sait rien de l'oiseau Konoba, une plume est une plume, bafouilla-t-il. Bonsoir, hommes.

Kassa Kena Gananina baisa les mains de ce sage et, de ce jour, s'appliqua à l'infinie conquête du bien plus précieux que toute force : l'innocence.

Le trésor du baobab

Un jour de grande chaleur, un lièvre fit halte dans l'ombre d'un baobab, s'assit sur son train et, contemplant au loin la brousse bruissante sous le vent brûlant, il se sentit infiniment bien. « Baobab, pensa-t-il, comme ton ombre est fraîche et légère dans le brasier de midi ! » Il leva le museau vers les branches puissantes. Les feuilles se mirent à frissonner d'aise, heureuses des pensées amicales qui montaient vers elles. Le lièvre rit, les voyant contentes. Il resta un moment béat, puis clignant de l'œil et claquant de la langue, pris de malice joueuse :

– Certes, ton ombre est bonne, dit-il. Assurément meilleure que ton fruit. Je ne veux pas médire, mais celui qui me pend au-dessus de la tête m'a tout l'air d'une outre d'eau tiède.

Le baobab, dépité d'entendre ainsi douter de ses saveurs, après le compliment qui lui avait ouvert l'âme, se piqua au jeu. Il laissa tomber son fruit dans une touffe d'herbe. Le lièvre le flaira, le goûta, le trouva délicieux. Alors il le dévora, s'en pourlécha le museau, hocha la tête. Le grand arbre, impatient d'entendre son verdict, se retint de respirer.

– Ton fruit est bon, admit le lièvre.

Puis il sourit, repris par son allégresse taquine, et dit encore :

– Assurément il est meilleur que ton cœur. Pardonne ma franchise : ce cœur qui bat en toi me paraît plus dur qu'une pierre.

Le baobab, entendant ces paroles, se sentit envahi par une émotion qu'il n'avait jamais connue. Offrir à ce petit être ses beautés les plus secrètes, Dieu du ciel, il le désirait, mais tout à coup, quelle peur il avait de les dévoiler au grand jour ! Lentement il entrouvrit son écorce. Alors apparurent des perles en colliers, des pagnes brodés, des sandales fines, des bijoux d'or. Toutes ces merveilles qui emplissaient le cœur du baobab se déversèrent à profusion devant le lièvre dont le museau frémit et les yeux s'éblouirent.

– Merci, merci, tu es le meilleur et le plus bel arbre du monde, dit-il, riant comme un enfant comblé et ramassant fiévreusement le magnifique trésor.

Il s'en revint chez lui, l'échine lourde de tous ces biens. Sa femme l'accueillit avec une joie bondissante. Elle le déchargea à la hâte de son beau fardeau, revêtit pagnes et sandales, orna son cou de bijoux et sortit dans la brousse, impatiente de s'y faire admirer de ses compagnes.

Elle rencontra une hyène. Cette charognarde, éblouie par les enviables richesses qui lui venaient devant, s'en fut aussitôt à la tanière du lièvre et lui demanda où il avait trouvé ces ornements superbes dont son épouse était vêtue. L'autre lui conta ce qu'il avait dit et fait à l'ombre du baobab. La hyène y courut, les yeux allumés, avide des mêmes biens. Elle y joua le même jeu. Le baobab, que la joie du lièvre avait grandement réjoui, à nouveau se plut à donner sa fraîcheur, puis la musique de son feuillage, puis la saveur de son fruit, enfin la beauté de son cœur.

Mais, quand l'écorce se fendit, la hyène se jeta sur les merveilles offertes comme sur une proie, et fouillant des griffes et des crocs les profondeurs du grand arbre pour en arracher plus encore, elle se mit à gronder :

– Et dans tes entrailles, qu'y a-t-il ? Je veux aussi dévorer tes entrailles ! Je veux tout de toi, jusqu'à tes racines ! Je veux tout, entends-tu ?

Le baobab blessé, déchiré, pris d'effroi aussitôt se referma sur ses trésors et la hyène insatisfaite et rageuse s'en retourna bredouille vers la forêt.

Depuis ce jour elle cherche désespérément d'illusoires jouissances dans les bêtes mortes qu'elle rencontre, sans jamais entendre la brise simple qui apaise l'esprit. Quant au baobab, il n'ouvre plus son cœur à personne. Il a peur. Il faut le comprendre : le mal qui lui fut fait est invisible, mais inguérissable.

En vérité, le cœur des hommes est semblable à celui de cet arbre prodigieux : empli de richesses et de bienfaits. Pourquoi s'ouvre-t-il si petitement, quand il s'ouvre ? De quelle hyène se souvient-il ?

Le nom

Il était une fois un village qui n'avait pas de nom. Personne ne l'avait jamais présenté au monde. Personne n'avait jamais prononcé la parole par laquelle une somme de maisons, un écheveau de ruelles, d'empreintes, de souvenirs sont désignés à l'affection des gens et à la bienveillance de Dieu. On ne l'appelait même pas « le village sans nom », car, ainsi nommé, il se serait aussitôt vêtu de mélancolie, de secret, de mystère, d'habitants crépusculaires, et il aurait pris place dans l'entendement des hommes. Il aurait eu un nom. Or, rien ne le distinguait des autres, et pourtant il n'était en rien leur parent, car seul il était dépourvu de ce mot sans lequel il n'est pas de halte sûre. Les femmes qui l'habitaient n'avaient pas d'enfants. Personne ne savait pourquoi. Pourtant nul n'avait jamais songé à aller vivre ailleurs, car c'était vraiment un bel endroit que ce village. Rien n'y manquait, et la lumière y était belle.

Or, il advint qu'un jour une jeune femme de cette assemblée de cases s'en fut en chantant par la brousse voisine. Personne avant elle n'avait eu l'idée de laisser aller ainsi les musiques de son cœur. Comme elle ramassait du bois et cueillait des fruits, elle entendit soudain un oiseau répondre à son chant dans le feuillage. Elle leva la tête, étonnée, contente.

– Oiseau, s'écria-t-elle, comme ta voix est heureuse et bienfaisante ! Dis-moi ton nom, que nous le chantions ensemble !

L'oiseau voleta de branche en branche parmi les feuilles bruissantes, se percha à portée de main et répondit :

– Mon nom, femme ? Qu'en feras-tu quand nous aurons chanté ?

– Je le dirai à ceux de mon village.

– Quel est le nom de ton village ?

– Il n'en a pas, murmura-t-elle, baissant le front.

– Alors, devine le mien ! lui dit l'oiseau dans un éclat moqueur.

Il battit des ailes et s'en fut. La jeune femme, piquée au cœur, ramassa vivement un caillou et le lança à l'envolé. Elle ne voulait que l'effrayer. Elle le tua. Il tomba dans l'herbe, saignant du bec, eut un sursaut misérable et ne bougea plus. La jeune femme se pencha sur lui, poussa un petit cri désolé, le prit dans sa main et le ramena au village.

Au seuil de sa case, les yeux mouillés de larmes, elle le montra à son mari. L'homme fronça les sourcils, se renfrogna et dit :

– Tu as tué un laro. Un oiseau-marabout. C'est grave.

Les voisins s'assemblèrent autour d'eux, penchèrent leurs fronts soucieux sur la main ouverte où gisait la bestiole.

– C'est en effet un laro, dirent-ils. Cet oiseau est sacré. Le tuer porte malheur.

– Que puis-je faire, homme, que puis-je faire ? gémit la femme, tournant partout la tête, baisant le corps sans vie, essayant de le réchauffer contre ses lèvres tremblantes.

– Allons voir le chef du village, dit son mari.

Ils y furent, femme, époux et voisins. Quand la femme eut conté son aventure, le chef du village, catastrophé, dit à tous :

– Faisons-lui de belles funérailles pour apaiser son âme. Nous ne pouvons rien d'autre.

Trois jours et trois nuits, on battit le tam-tam funèbre et l'on dansa autour de l'oiseau-marabout. Puis on le pria de ne point garder rancune du mal qu'on lui avait fait, et on l'ensevelit.

Six semaines plus tard, la femme qui avait la première chanté dans la brousse et tué le laro se sentit un enfant dans le ventre. Jamais auparavant un semblable événement n'était survenu au village. Dès qu'elle l'eut annoncé, toute rieuse, sous l'arbre au vaste feuillage qui ombrageait la place, on voulut fêter l'épouse féconde et l'honorer comme une porteuse de miracle. Tous, empressés à la satisfaire, lui demandèrent ce qu'elle désirait. Elle répondit :

– L'oiseau-marabout est maintenant enterré chez nous. Je l'ai tué parce que notre village n'avait pas de nom. Que ce lieu où nous vivons soit donc appelé Laro, en mémoire du mort. C'est là tout ce que je veux.

– Bien parlé, dit le chef du village.

On fit des galettes odorantes, on but jusqu'à tomber dans la poussière et l'on dansa jusqu'à faire trembler le ciel.

La femme mit au monde un fils. Alors toutes les épouses du village se trouvèrent enceintes. Les ruelles et la brousse alentour s'emplirent bientôt de cris d'enfants. Et aux voyageurs fourbus qui vinrent (alors que nul n'était jamais venu) et qui demandèrent quel était ce village hospitalier où le chemin du jour les avait conduits, on répondit fièrement :

– C'est celui de Laro.

À ceux qui voulurent savoir pourquoi il était ainsi nommé, on conta cette histoire. Et à ceux qui restèrent incrédules et exigèrent la vérité, on prit coutume de dire :

– D'abord fut le chant d'une femme.
Le chant provoqua la question.
La question fit surgir la mort.
La mort fit germer la vie.
La vie mit au monde le nom.

Amin Djeballah

Amin Djeballah était un juge de paix fort sage et d'un imperturbable courage. Il était aussi chasseur d'antilopes. Dès qu'il en avait le loisir, il s'en allait le soir venu vers les immenses vagues immobiles du Sahara, tirant son âne par la bride et son chien gambadant autour de lui. Il revenait à l'aube, son baudet chargé de gibier, saluant son voisinage avec une simplicité contente. Nul n'osait lui demander de raconter ses courses nocturnes : il n'était guère bavard. Mais il offrait si volontiers sa viande aux pauvres qu'on l'estimait dans son village comme le meilleur des hommes.

Or, une nuit de pleine lune, comme il cheminait loin de chez lui parmi les dunes fauves et les buissons rabougris, son chien vint tout à coup se frotter en gémissant à son vaste vêtement noir. Amin Djeballah lui flatta l'encolure, fit halte pour humer prudemment l'air, surpris par ce brusque accès de frayeur. Alentour régnait un silence parfait. Il voulut reprendre son chemin. Ce fut l'âne alors qui renâcla, refusa d'avancer, se mit à braire et à trembler. Quel danger flairaient donc ses bêtes ? Le bonhomme regarda de droite et de gauche, tout à coup fort méfiant, tandis que son chien, contre ses cuisses, poussait un hurlement sinistre. Il ne vit rien. À nouveau il s'avança sous les étoiles paisibles.

Alors apparut devant lui, comme née des profondeurs de la nuit, une tête humaine hirsute, grimaçante. Cette tête sans corps planta méchamment son regard dans le sien, puis se mit à se balancer dans l'air calme, à monter, à descendre, à rebondir sur le sable, la bouche débordante de cris lugubres. « Voilà bien le plus grotesque des démons de l'enfer, se dit Amin Djeballah, roidement immobile devant l'apparition. Quelle sarabande ridicule ! »

C'était un homme, je l'ai dit, d'un courage limpide, et doué de quelque savoir magique. Il enfonça donc un piquet en terre, attacha son âne, traça sur le sol un grand cercle autour de lui et de ses bêtes, en prononçant à voix haute une solide formule conjuratoire, puis alluma au centre de ce cercle un feu de branches mortes. Après quoi, sans se soucier aucunement de l'importun, il découpa un cuissot de la gazelle qu'il avait tout à l'heure abattue, et se mit à faire rôtir d'odorantes grillades.

Au-dessus du brasier, la tête sans corps s'évapora dans le ciel noir. Amin Djeballah la regarda disparaître puis, satisfait, trancha dans la viande un morceau pour son chien. Alors, à la cime d'une dune proche, surgit un homme tout nu, long, maigre, blafard sous la lune. Le fantomatique flandrin, levant haut ses genoux cagneux, agitant en tous sens ses bras démesurés, courut vers le chasseur, franchit le cercle magique et s'assit devant le feu, les jambes croisées, le regard fixe. Amin frissonna : cette mystérieuse présence glaçait l'air alentour. Il serra son vêtement contre sa poitrine, puis dignement attisa les braises sous la grillade, du bout de son long couteau. Des flammes jaillirent du bois presque consumé.

Alors le fantôme ouvrit sa bouche édentée, et le regardant bien en face, il lui dit :

– Donne-moi ma part.

– Ta part ? répondit Amin Djeballah, redressant sa noble tête.

Ses yeux s'allumèrent soudain.

– La voici !

Il brandit sa lame rougie aux braises et la plongea dans le cœur de l'homme nu. À l'instant où il frappait, l'apparition se défit dans un long hurlement de loup, et il ne rencontra que la nuit vide. À nouveau il était seul avec son âne et son chien dans le désert silencieux, sous la lune familière. Il regarda autour de lui. Alors ce qu'il vit le fit se dresser tout droit, les yeux écarquillés dans la lumière du feu ranimé.

Au sommet de la dune où était apparu l'épouvantable fantôme, un homme se tenait debout, apparemment pétri de bonne et solide vie. Il était vêtu d'un long manteau de voyageur, chaussé de bottes de cuir qui crissaient sur le sable. Son visage cependant était d'ombre, malgré la clarté de la lune. Cet homme fit un grand signe. Il appela, d'une voix claire et vigoureuse dans la nuit :

– Hé, Amin !

Amin Djeballah ne bougea pas d'un pouce, méfiant autant qu'intrigué. Un rire sonnant retentit. L'homme dit encore :

– Je vois avec plaisir que tu es toujours aussi brave qu'autrefois, Amin ! En vérité, il me plaît fort que tu n'aies pas eu peur de mes simagrées de fantôme. Ne te souviens-tu pas d'El Maghrebi, ton compagnon ? J'oubliais que, dans ce monde des vivants où tu es, une vingtaine d'années se sont écoulées depuis notre dernier voyage. Où je suis, le temps n'existe pas : tu es présent dans ma mémoire comme un ami quitté hier soir. Nous cheminions ensemble, nous revenions des montagnes d'Algérie où nous avions fait de bonnes affaires. J'avais cent pièces d'or dans mon sac en peau de chèvre. Souviens-toi ! Nous avons été attaqués par des bandits de grand chemin, des gens de la tribu des Hamana, à cet endroit même où nous sommes. Nous avons vaillamment combattu. Tu as été blessé. Tu as pu t'enfuir, grâce à Dieu. Moi, je suis mort, transpercé par quelques couteaux. Avant de mourir, j'ai mis mes dernières forces à enfouir mon sac au pied de ce rocher où tu me vois. Il y est toujours, Amin, il y est toujours ! Prends-le, je te le donne, et vis heureux en souvenir de moi. Adieu !

À peine dit ce dernier mot, l'homme disparut dans un tourbillon de sable. Amin, bouleversé, lui tendit les bras, tomba à genoux, posa les mains sur son visage et resta un long moment ainsi, le cœur remué de chagrin, de souvenirs violents, de songes confus. Quand il releva la tête, le jour naissait. Il se dressa, s'en fut creuser un trou, de la pointe du couteau, au pied du roc où lui était apparu ce vieux fou d'El Maghrebi, et là trouva le sac en peau de chèvre où étaient les cent pièces d'or. Alors il posa le front sur le sable et bénit le nom d'Allah. Puis il siffla son chien, et tirant son âne par la bride il s'en revint, le cœur en paix, parmi les vivants de son village.

Les deux rêveurs

Dans la ville d'Ispahan, en Perse, vécut autrefois un paysan très misérable. Il n'avait pour tout bien qu'une humble maison basse couleur de terre ensoleillée. Devant cette maison était un champ de cailloux, au bout de ce champ une source et un figuier. C'était là tout son bien.

Cet homme, qui travaillait beaucoup pour peu de récolte, avait coutume, quand le cadran solaire à demi effacé sur sa façade indiquait l'heure de midi, de faire la sieste à l'ombre de son figuier. Or, un jour, comme il s'était endormi, la nuque contre le tronc de son arbre, un beau rêve lui vint. Il se vit cheminant dans une cité populeuse, vaste, magnifique. Le long de la ruelle où il marchait nonchalamment étaient des boutiques foisonnantes de fruits et d'épices, de cuivres et de tissus multicolores. Au loin, dans le ciel bleu, se dressaient des minarets, des dômes, des palais couleur d'or. Notre homme, contemplant avec ravissement ces richesses, ces beautés, et les visages avenants de la foule alentour, parvint bientôt, dans la lumière et l'aisance de ce songe béni, au bord d'un fleuve que traversait un pont de pierre. Vers ce pont il s'avança et soudain fit halte, émerveillé, au pied de la première borne. Là était, dans un grand coffre ouvert, un prodigieux trésor de pièces d'or et de pierres précieuses. Il entendit alors une voix qui lui dit :

– Tu es ici dans la grande cité du Caire, en Égypte. Ces biens, ami, te sont promis.

À peine ces paroles allumées dans son esprit, il s'éveilla sous son figuier, à Ispahan.

Il pensa aussitôt qu'Allah l'aimait et désirait l'enrichir. « En vérité, se dit-il, ce rêve ne peut être que le fruit de son indulgente bonté. » Il boucla donc son baluchon, cacha la clé de sa masure entre deux pierres du mur et s'en alla sur l'heure en terre d'Égypte, chercher le trésor promis.

Le voyage fut long et périlleux, mais par grâce naturelle le bonhomme avait le pied solide et la santé ferme. Il échappa aux brigands, aux bêtes sauvages, aux pièges de la route. Au bout de trois rudes semaines, il parvint enfin à la grande cité du Caire. Il trouva cette ville exactement comme il l'avait vue dans son rêve : les mêmes ruelles vinrent sous ses pas. Il chemina parmi la même foule nonchalante, le long des mêmes boutiques débordantes de tous les biens du monde. Il se laissa guider par les mêmes minarets, au loin, dans le ciel limpide. Il parvint ainsi au bord du même fleuve que traversait le même pont de pierre. À l'entrée du pont, était la même borne. Il courut vers elle, les mains déjà tendues à la fortune, mais presque aussitôt se prit la tête en gémissant. Là n'était qu'un mendiant, qui lui tendit la main en quête d'un croûton de pain. De trésor, pas la moindre trace.

Alors notre coureur de songes, à bout de forces et de ressources, désespéra. « À quoi bon vivre désormais, se dit-il. Plus rien de souhaitable ne peut m'advenir en ce monde. » Le visage baigné de larmes, il enjamba le parapet, décidé à se jeter dans le fleuve. Le mendiant le retint par le bout du pied, le ramena sur le pavé du pont, le prit aux épaules et lui dit :

– Pourquoi veux-tu mourir, pauvre fou, par un si beau temps ?

L'autre en sanglotant lui raconta tout : son rêve, son espoir de trouver un trésor, son long voyage. Alors le mendiant se prit à rire à grands éclats, se frappa le front de la paume, et le désignant alentour comme un bouffon faramineux :

– Voilà bien le plus parfait idiot de la terre, dit-il. Quelle folie d'avoir entrepris un voyage aussi dangereux sur la foi d'un rêve ! Je me croyais d'esprit malingre, mais auprès de toi, bonhomme, je me sens sage comme un saint derviche. Moi qui te parle, toutes les nuits, depuis des années, je rêve que je me trouve dans une ville inconnue. Son nom est, je crois, Ispahan. Dans cette ville est une petite maison basse couleur de terre ensoleillée, à la façade pauvrement ornée d'un cadran solaire à demi effacé. Devant cette maison est un champ de cailloux, au bout de ce champ une source et un figuier. Toutes les nuits, dans mon rêve, je creuse un trou profond au pied de ce figuier, et je découvre un coffre empli à ras bord de pièces d'or et de pierres précieuses. Ai-je jamais songé à courir vers ce mirage ? Non. Je suis, moi, un homme raisonnable. Je suis resté à mendier tranquillement ma pitance sur ce pont fort passant. Songe, mensonge, dit le proverbe. Où Dieu t'a mis tu aurais dû demeurer. Va, médite et sois à l'avenir moins naïf, tu vivras mieux.

Le paysan, à la description faite, reconnut sa maison et son figuier. Le visage tout à coup illuminé, il embrassa le mendiant éberlué par cet accès subit d'enthousiasme et retourna à Ispahan, courant et gambadant comme un homme doué de joie inépuisable. Arrivé chez lui, il ne prit même pas le temps d'ouvrir sa porte. Il empoigna une pioche, creusa un grand trou au pied de son figuier, découvrit au fond de ce trou un immense trésor. Alors, se jetant la face contre terre :

– Allah est grand, dit-il, et je suis son enfant.

Ainsi finit l'histoire.

Hatim Taï le Généreux

Assurément, en aucun temps ne fut un homme aussi généreux que le prince Hatim Taï. Une lumière semblable à une étoile illuminait son front le jour de sa naissance. Ses premières paroles furent pour demander combien d'enfants étaient nés dans le pays le même jour que lui. On lui répondit :

– Six mille.

Alors il donna l'ordre que ces six mille nouveaux vivants soient considérés comme ses frères, et que ce qu'il possédait soit aussi leur bien. Comme les astrologues, les femmes et les docteurs qui se trouvaient dans sa chambre s'étonnaient de lui découvrir, outre une pure beauté de conquérant, une âme aussi aimante, il leur dit :

– Sachez que la générosité est l'arbre du paradis.

Ainsi était Hatim Taï.

Un jour, alors qu'il parvenait à l'âge de prendre femme, il entendit des voyageurs vanter avec un feu si vif la sagesse autant que le visage et les courbes parfaites d'une jeune fille noble nommée Maria, qu'il décida de se mettre en route vers les terres de la tribu des Tamina où elle vivait. Il rencontra sur son chemin deux hommes. L'un était un guerrier de haute famille, l'autre un poète de grande éloquence. Tous deux s'étaient trouvés comme lui attirés par la renommée de Maria et se rendaient à son palais, espérant sa conquête. Ils firent route ensemble et devinrent amis.

Maria et son père les reçurent dignement. Pour chacun des trois prétendants, ils firent tuer un chameau et leur offrirent une tente richement brodée. Après quoi la belle et sage Maria, soucieuse d'éprouver le cœur de ces hommes qui la voulaient pour femme, se vêtit de haillons, se poudra les cheveux de poussière et, ainsi déguisée en mendiante, s'en vint aux trois campements, toute courbée sur un bâton, demander l'aumône d'un peu de viande. Au seuil de la première tente, le poète jeta négligemment à cette fausse pauvresse la queue du chameau qui lui avait été offert. Au seuil de la deuxième tente, le guerrier lui donna la tête du sien et la chassa aussitôt, craignant que ses pieds nus ne salissent les tapis qui couvraient le sable à l'ombre de l'auvent. Au seuil de la troisième tente, Hatim l'accueillit avec amitié et lui offrit les meilleurs morceaux de sa bête : la cuisse et la bosse.

Le lendemain, Maria, revenue à ses vêtements nobles, convia les trois hommes à un festin dans son palais. À chacun, elle fit servir ce qui lui avait été donné la veille sous ses haillons. Le poète et le guerrier, s'estimant offensés, quittèrent aussitôt la table. Alors Maria tendit sa main à Hatim et lui sourit. Sept semaines plus tard, ils se marièrent et connurent à vivre ensemble une grande félicité.

Or, le roi du Yémen se trouva bientôt fort irrité par la réputation de générosité que s'était acquise Hatim Taï parmi les hommes des villes autant que du désert. Il s'estimait lui-même le plus libéral des rois du monde et répandait volontiers son or à la porte de son palais, pour le seul plaisir d'entendre chanter ses louanges. Chaque fois qu'on lui parlait d'Hatim, il répondait, la bouche dédaigneuse et le feu de la colère aux joues :

– Il n'est qu'un bédouin sans grandeur véritable. Il ignore les guerres où se forgent les âmes et n'a point de royaume hors de ses sables. Comment, dans ces conditions, pourrait-il être vraiment généreux ? Tout ce qu'il gagne en un an, je le donne en un jour aux mendiants.

Cependant, parmi les hommes mêmes que ce roi comblait de cadeaux, le nom d'Hatim Taï revenait sans cesse et restait seul digne d'admiration. Un jour, après avoir entendu une fois de trop vanter les bienfaits de ce rival, au cours d'un banquet qu'il offrait, le désir furibond lui vint de couper à jamais le nom d'Hatim sur la langue des gens. Il décida de le faire assassiner. Il fit appeler un misérable qui gagnait sa vie à tuer pour cent dinars par tête les hommes qu'on lui désignait.

– Pour le cadavre d'Hatim je ferai ta fortune, lui dit-il.

Le malandrin s'en fut donc vers les terres de la tribu des Taï. Un soir, sur son chemin, il rencontra un campement magnifique où il demanda l'hospitalité pour la nuit. Le maître de ce camp, un jeune homme au beau visage et richement vêtu, l'accueillit comme un frère, sans se soucier de sa piètre apparence.

– Sois mon invité, lui dit-il.

Et sur-le-champ il ordonna que soit préparé un festin en son honneur. Le voyageur resta plusieurs jours parmi ces gens de rencontre, puis à regret se résigna à reprendre sa route.

– Une affaire importante m'attend en Syrie, dit-il à celui qui l'avait accueilli.

– Puis-je t'aider ? lui demanda le jeune homme.

L'autre à voix basse lui révéla qu'il devait tuer Hatim Taï, sur l'ordre du roi du Yémen.

– Je suis pauvre, dit-il. Je vis de meurtres et je dois accomplir celui-là. Si tu veux me rendre service, après m'avoir reçu comme jamais je ne le fus, décris-moi ce noble qu'il me faut abattre, car je n'ai jamais vu son visage.

Le jeune homme se mit à rire, s'inclina, et posant la main sur sa poitrine, répondit :

– Cher invité, ne va pas plus loin car je suis Hatim Taï, celui que tu cherches. Prends ma tête, je te l'offre. Ramène-la à ton roi, car tu dois tenir ta parole et mener à bien ce travail qui t'a été confié.

Le malandrin, entendant ces paroles, tomba à genoux devant Hatim et baisa le sol en gémissant.

– Si je te tue, lui dit-il, que le sable du désert dévore mon corps jusqu'à le réduire en poussière.

Hatim le releva, lui fit donner des provisions de route et l'assassin s'en revint au Yémen. Quand le roi apprit son histoire, il admit qu'aucun être au monde n'était plus généreux qu'Hatim et, de ce jour-là, il le considéra comme un saint parmi les hommes.

En vérité, Hatim Taï resta attentif aux biens et aux désirs d'autrui jusque dans l'au-delà où vont toutes choses vivantes au terme de leur existence. Après sa mort, son tombeau devint un lieu de pèlerinage. Un jour qu'une caravane des Bani Assad avait dressé son campement près de ce tombeau vénéré, il advint qu'un certain Abou Al Bakhtari, chef des caravaniers, vit soudain son meilleur chameau tomber mort. Il s'en affligea grandement, car il était aussi riche qu'avare, et accusa l'ombre d'Hatim Taï d'avoir jeté sur lui un mauvais sort. Le lendemain matin, tandis que les serviteurs chargeaient sur des bâts de fortune le bagage de la bête morte, ils virent venir dans le soleil levant un homme qui tirait un chameau par la bride. C'était Adi, le fils cadet d'Hatim. Dès qu'il fut parvenu parmi les caravaniers :

– Qui d'entre vous est Abou Al Bakhtari ? dit-il.

Abou s'avança. Adi l'embrassa et lui parla ainsi :

– Mon père cette nuit m'est apparu en rêve. Il m'a dit : « J'ai ce soir quelques invités dans mon royaume de l'au-delà. Comme je n'ai rien à leur offrir, je me vois forcé de tuer en leur honneur le chameau d'Abou Al Bakhtari. Va sur l'heure à mon tombeau, rends-lui ce chameau et prie-le d'aller en paix. »

Tous s'extasièrent à grand bruit, sauf Bakhtari qui gémit, palpant les flancs de la bête offerte, trois fois plus belle que celle qu'il avait perdue :

– Hélas, qui a la paix dans le monde ?

– Celui qui apaise le monde, répondit Adi.

Et il s'en alla seul par le désert, dans l'impérissable lumière où son père l'avait conduit.

Le bain Badguerd

La reine Housan Banou régnait sur Shahabad. Elle était belle et très aimée du prince Mounir, mais ne se sentait pas le cœur de rendre heureux cet homme de grand prix. En vérité, plus que tout au monde, elle désirait que soit percé le mystère d'un établissement de bains nommé Badguerd, demeure lointaine et d'infernale réputation. Aucun de ceux qui s'y étaient aventurés n'en était jamais revenu. Le prince Mounir avait un ami : Hatim Taï. Ce précieux compagnon était fort réputé pour sa bravoure et sa générosité. Il décida donc, afin que son frère d'armes puisse goûter l'amour de la reine, de se rendre quoi qu'il lui en coûte à la maison de bains Badguerd, et d'en vaincre l'énigme. Le prince Mounir fut ému aux larmes de voir Hatim résolu à affronter pour son bonheur les dangers d'une telle entreprise. Il l'accompagna jusqu'aux portes de la ville, lui confia de la part de la reine un talisman assez puissant pour le protéger des périls prévisibles, puis le serra dans ses bras et lui dit adieu.

Hatim Taï s'en fut sur les chemins poussiéreux de la Perse vers ce lieu si embrumé de dangereuses magies qu'aucun vivant n'en connaissait l'emplacement exact. Il marcha sept fois sept jours, le soleil sur les épaules et, devant ses pas, le désert brun. Au dernier matin de la septième semaine, il aperçut au loin une ville de sable, où il parvint à l'heure du crépuscule. Devant la haute porte de cette cité, il rencontra un vieillard qui tendit devant lui son long bâton, et l'arrêtant ainsi lui demanda où il allait.

– Je cherche l'établissement de bains Badguerd, lui répondit Hatim Taï.

Le vieil homme hocha tristement sa tête maigre en caressant sa barbe et dit :

– Aucun des fous de ta sorte jusqu'à ce jour n'est revenu. Sais-tu cela ?

– Je le sais et peu m'importe, répondit Hatim. J'ai fait le serment de découvrir le secret que cache ce lieu et je le découvrirai.

– S'il en est ainsi, lui dit le vieillard, écoute-moi.

Il désigna l'horizon de son bâton tendu.

– Prends ce chemin, il conduit à la cité de Qa'tam. Sur cette cité règne un roi nommé Harith. Lui seul sait où se trouve le bain Badguerd, mais c'est un homme imprévisible. Il a donné l'ordre à ses gardes-frontières d'arrêter tous ceux qui cherchent ce lieu. J'ignore s'il les fait mettre à mort où s'il les renseigne. Pour aller jusqu'à Qa'tam, tu devras gravir une haute montagne et traverser une vaste plaine. Au fond de cette plaine, deux chemins se présenteront devant toi. Prends celui de gauche. Celui de droite est apparemment moins malaisé, mais il cache les pires dangers.

Hatim remercia le vieillard, prit une demi-nuit de repos et à nouveau mit le désert sous ses pas. Les brumes du matin s'ouvrirent bientôt sur une montagne lointaine et bleue peuplée de cyprès. Il la gravit. Parvenu sur la cime, il découvrit au pied du mont une plaine infinie. Il descendit jusqu'à elle et marcha de si longs jours que ses bottes épuisées tombèrent en lambeaux. Il parvint enfin en ce lieu où sa route se séparait en deux sentiers. Celui de droite lui parut le moins abrupt. Il le prit, trop fatigué et trop avide d'atteindre le bout de son voyage pour se souvenir des sages conseils du vieillard qu'il avait rencontré à la porte d'une ville maintenant oubliée, tant elle était lointaine.

Il chemina une heure sans peine. Alors, tout soudain, les buissons alentour s'animèrent comme des bêtes sournoises, tendirent vers lui leurs branches griffues, s'agrippèrent à ses vêtements. Quatre jours, il combattit contre eux, avançant à grands efforts, se déchirant jusqu'au sang. Au soir du quatrième jour, il parvint enfin au seuil d'un désert gris et pâle. À bout de forces, il se laissa tomber sur une pierre plate. À peine son front s'était-il posé dans le creux de son bras qu'il sentit le sol remuer. Il releva la tête et vit galoper vers lui, dans la pénombre crépusculaire, des bêtes monstrueuses, renards démesurés, lions à tête de serpent, énormes tigres à mufle de loup. « Je suis perdu », se dit Hatim, tremblant d'effroi. Il se dressa, décidé à mourir debout. Alors le vieillard apparut à son côté et lui dit :

– Jeune homme, voilà ce qu'il en coûte de mépriser les paroles des sages. Jette au sol le talisman que t'a offert la reine Housan Banou, et que la volonté d'Allah soit faite.

Hatim obéit. Le vieillard se défit comme une vapeur. La terre aussitôt devint jaune, puis noire, verte, rouge. Les monstres, affolés par ce prodige, se jetèrent les uns sur les autres et s'entre-dévorèrent dans d'épouvantables grondements.

Alors Hatim poursuivit sa route, espérant avoir surmonté les plus graves dangers. Il se trompait. Il entra bientôt dans une forêt dont les arbres et les broussailles étaient de fer tranchant. Combien de temps chemina-t-il dans leur lumière grise ? Il ne sut. Il en sortit plus maigre qu'un spectre dans ses loques sanglantes, marcha encore de longs jours, le dos courbé, et parvint enfin en vue des remparts de Qa'tam.

Au souk de cette ville, il acheta des vêtements neufs, fit laver ses plaies et parfumer son corps. Ainsi revigoré, il se présenta au palais du roi Harith comme un marchand venant de Shahabad, et fit savoir qu'il désirait remettre au prince, de la part de la reine Housan Banou, deux diamants, deux rubis et deux perles qu'il avait dans sa bourse. Le roi Harith le reçut fort amicalement et l'invita à demeurer quelque temps auprès de lui. La première journée n'était pas écoulée que le roi, séduit par la noblesse et l'esprit d'Hatim Taï, l'estimait déjà comme un proche parent. Ils se trouvèrent bientôt si liés d'amitié qu'un jour le roi Harith dit à son nouveau frère :

– Pourquoi ne me demandes-tu jamais rien, alors que j'ai grande envie de t'être agréable ? Fais un vœu, s'il te plaît, et par Allah je jure de l'exaucer sur l'heure.

– Avec ta permission et ton aide, lui répondit Hatim, je désire aller au bain Badguerd.

Harith pâlit et son visage se creusa de rides tourmentées.

– Tu es fou, dit-il. Nul n'est jamais revenu du bain Badguerd. Quel serment imprudent j'ai devant toi prêté ! Me voilà maintenant forcé de te satisfaire, pour mon malheur et le tien.

– Je reviendrai vivant, répondit Hatim Taï.

Voyant le roi chagrin et indécis, il lui révéla son nom et lui dit avec éloquence pour quelle noble cause il s'était mis en route. Alors le roi Harith l'embrassa, lui confia une lettre pour le chef des gardiens du bain dont le nom était Saman Idrak et lui offrit le meilleur cheval de ses écuries.

Après sept nouveaux jours de chevauchée, Hatim parvint à la frontière où se tenaient Saman Idrak et ses gardes. Saman le conduisit jusqu'à une porte plantée au milieu de la plaine entre deux murs de brouillard. Elle était si haute que sa cime se perdait dans les nuées.

– Voici l'entrée du bain Badguerd, lui dit-il. Si tu la franchis, tu mourras. Es-tu donc fatigué de vivre ? Par Allah, je te supplie de faire demi-tour, il est encore temps.

Hatim s'avança. Sur la porte était cette inscription presque effacée par les vents et les sables : « Cette demeure construite sur les ordres du roi Gayomar est enchantée. Quiconque tombera sous son envoûtement en restera pour toujours prisonnier. » Hatim lut et se dit : « Tel est donc le secret de Badguerd. La reine Housan Banou ne désirait rien apprendre d'autre. Je n'ai désormais aucun motif raisonnable de pousser plus avant. Pourtant je sens bien que je n'aurai pas percé le véritable mystère de ce lieu tant que ses dangereuses magies ne me seront pas connues. » Il franchit bravement le seuil, croyant entrer dans quelque palais, mais devant lui ne vit qu'un désert sans fin. Il se retourna. La porte avait disparu. Jusqu'au fond des quatre horizons ondulaient des vagues de sable.

Il s'en fut au hasard. Après une journée de marche, il aperçut un jeune homme qui venait à sa rencontre, portant un miroir qu'il tendit au voyageur, dès qu'il fut parvenu devant lui. Dans ce miroir Hatim examina sa face puis demanda à l'inconnu s'il était le barbier du bain.

– Je le suis, répondit-il.

Alors Hatim lui demanda ce qu'il faisait dans ce désert. L'autre dit qu'il était venu au-devant de lui pour le guider et le servir. Ils s'en furent donc ensemble et cheminèrent jusqu'à ce qu'apparaisse, au détour d'une haute dune, un vaste bâtiment surmonté d'une coupole resplendissante.

– Voilà le bain Badguerd, dit le barbier.

Par une porte basse, ils entrèrent. Au centre de la salle était une piscine d'eau chaude. Hatim regardant alentour s'aperçut que la porte, à peine franchie, avait disparu. Il se déshabilla et descendit dans l'eau. Alors retentit un épouvantable fracas. Les lumières s'éteignirent. Hatim sentit monter autour de lui un flot bouillonnant. Il se débattit furieusement. Les ténèbres, peu à peu, se dissipèrent. Les vagues furibondes semblaient surgir des murs où n'était nulle issue. L'eau atteignit bientôt la cime de la coupole. Hatim ballotté comme un fétu tenta de s'agripper à la clef de voûte. À l'instant où sa main tendue l'effleurait, un terrible craquement de tonnerre l'assourdit. Il crut sombrer dans la mort mais se vit presque aussitôt environné de brise et de soleil. Il était à nouveau au milieu du désert.

Il reprit sa route hasardeuse et parvint après trois jours et trois nuits de marche devant un portail entrouvert. Il entra et se trouva dans un verger au feuillage tendre, aux branches alourdies de fruits. Au cœur de ce verger, dans la verdure fleurie, ruisselait une fontaine. Il mangea et but avec délices mais ne s'en trouva ni désaltéré ni rassasié, au contraire : chaque fruit accrut sa faim, et l'eau lui donna soif. Il sut alors que ce lieu était en vérité le plus cruel enfer du monde et il le quitta, le cœur rongé de rage et de douleur.

Au-delà des arbres, il aperçut un palais. Il s'en approcha et le découvrit peuplé de statues de pierre. Au-dessus de la porte étaient inscrits ces mots : « Serviteur de Dieu parvenu jusqu'ici, sache maintenant pourquoi cette demeure est ensorcelée. Le roi Gayomar découvrit autrefois, au retour de guerre, un diamant tel que nul n'en avait jamais vu d'aussi éblouissant, ni de taille aussi prodigieuse. Afin que cette pierre parfaite demeure à l'abri des cupidités du monde, il créa autour d'elle le bain Badguerd et ses enchantements. Au centre de ce palais est un perroquet, et sur un trône d'or sont un arc et trois flèches. Si tu veux sortir d'ici vivant, tue l'oiseau. Si tu ne l'atteins pas, tu seras changé en statue de pierre. »

Hatim Taï franchit le seuil, s'avança vers le trône d'or à travers la salle au dallage luisant, et empoigna l'arme offerte et les flèches. Le perroquet voletait sous la voûte. Il tendit l'arc et promptement tira. Le perroquet d'un vif coup d'aile évita la mort. Hatim se sentit aussitôt changé en pierre lourde des pieds jusqu'aux genoux. « Tout espoir m'est désormais interdit, se dit-il, les larmes aux yeux. Je n'atteindrai jamais cette bête infernale. » Il prit sa deuxième flèche, l'encocha, visa l'oiseau avec un soin extrême. Le trait frôla une plume et se perdit. Il sentit son corps s'alourdir encore. Jusqu'à la taille il était maintenant de roc. Il baissa la tête et murmura dans un souffle mourant :

– Allah est grand, qu'Il me protège !

Il ferma les yeux et tira, à la grâce de Dieu, sa dernière flèche.

Dans un grondement de tonnerre la voûte s'ouvrit. Le perroquet transpercé tomba, virevoltant comme une feuille morte. Un aveuglant nuage de poussière s'éleva du sol, effaça l'oiseau, l'arc et les flèches, le trône d'or, le palais. Puis la nuée tourbillonna, s'éloigna vers le ciel. Alors, dans la paix revenue, Hatim découvrit à ses pieds un diamant éblouissant. Il tomba à genoux et le prit au creux de ses mains jointes tandis que les héros pétrifiés qui avaient avant lui tenté la conquête prodigieuse reprenaient vie, l'entouraient et le bénissaient pour leur délivrance.

Au fond de la plaine où ils étaient leur vint soudain un bruit de chevauchée et de cris exaltés. Ils reconnurent Saman Idrak et ses gardes. Après que tous se furent embrassés, Hatim Taï leur conta son aventure, et ils revinrent ensemble vers la vie.

Histoire du prince Abad

Il était une fois un prince d'une enviable beauté et d'une intelligence aussi débordante que sa fortune. Son nom était Abad. Il était doué de toutes les qualités qui font les gens heureux. Pourtant il rencontra sur le chemin de sa vie tant d'épreuves, de tourments, d'injustes malheurs, que l'on se souvient encore de lui comme du plus étrange aventurier du monde alors que le nom de son père, qui fut roi, est depuis longtemps oublié.

Au premier jour de ce récit, il chevauche par le désert à la tête d'une longue caravane chargée d'or, d'étoffes, de bois précieux : le roi son père l'envoie en ambassade auprès de l'empereur des Indes. Or, comme il va son chemin, apparaît soudain contre le ciel, sur la crête d'une dune, une troupe de brigands. Ces furieux, brandissant leurs épées courbes, déferlent en hurlant sur la longue file de chameaux pacifiques. Les serviteurs épouvantés s'enfuient, les bras au ciel, vers les mille horizons. Les soldats de l'escorte un moment résistent, tombent l'un après l'autre, percés ou fendus, perdant leur sang dans le sable. Abad reste bientôt seul sur son cheval noir à tenir tête, l'arme au poing. Mais que peut un prince abandonné contre un ouragan de bandits ? Vingt javelots assaillent son bouclier. Il tombe, le front dans la poussière. Le talon d'une botte l'assomme. Le jour s'éteint dans son esprit. Quand il reprend conscience, quelques coffres éventrés sont de-ci de-là éparpillés, ses gens, ses chameaux, son cheval ont disparu et le soleil à l'horizon est semblable à une orange tranchée par de longues lames de brume. Il se lève à grands efforts et s'éloigne au hasard de ses pas titubants.

Il marche toute la nuit comme un aveugle ivre. À l'aube, il aperçoit au loin une maison carrée bâtie de terre sèche. Jusqu'à sa porte il se traîne, cogne au battant. Une jeune femme apparaît sur le seuil. Il ne peut faire un pas de plus, tant il est épuisé. Elle l'aide à entrer, à se coucher sur le grand lit de sa chambre. Elle lave ses blessures. Abad revenant à la vie contemple celle qui le réconforte ainsi, et la découvre d'une intéressante beauté. Mais il ne peut parler, tant il est fatigué. Il sourit et s'endort. Il rêve d'elle. Quand il ouvre les yeux après longtemps de repos, il voit son visage penché sur le sien. Il se perd un instant dans la douceur de son immense regard puis la prend aux épaules, l'attire sur sa couche et la serre dans ses bras. Ils restent ainsi longtemps enlacés dans la grande maison silencieuse au milieu du désert.

À la fin de la journée, le prince Abad se lève, et tandis que sa compagne allume les lampes à huile, il découvre à la tête du lit une plaque de cuivre scellée dans le mur. Sur cette plaque sont gravés d'étranges signes. Il les examine, intrigué, tend la main pour suivre du doigt leur empreinte. La jeune femme pousse un cri épouvanté.

– Ne touche pas cela ! dit-elle.

– Pourquoi ? répond Abad innocemment.

Il caresse du bout de l'index le métal luisant. Aussitôt un éclair déchire l'air, un grondement de tonnerre ébranle les murs de la chambre, une bouffée de fumée noire s'élève du sol. Derrière cette fumée apparaît un gigantesque djinn au visage terrifiant. La jeune femme, la figure dans ses mains, tombe à genoux.

– Nous sommes perdus, gémit-elle. Ce monstre est mon époux. Il va nous tuer.

– Me voici, femme ! rugit l'Énorme.

Car telle est la vertu des signes magiques gravés sur la plaque de cuivre : qu'une main les effleure, et le géant apparaît. Il s'approche du lit en trois pas pesants et gronde :

– Que fait cet homme ici ?

La jeune femme baisse le front et ne lui répond pas. Alors il empoigne l'infortunée. D'un revers de main il lui arrache la tête, puis saisit Abad par la nuque et avec lui s'élève comme une flèche de feu, fracasse du front le toit de la maison et s'envole dans le ciel.

Abad terrifié voit s'éloigner la terre. Le désert rétrécit, s'efface, une plaine verte apparaît, traversée de rivières semblables à des fils d'argent, puis la mer infinie, une île enfin, minuscule sur les vastes eaux. Au-dessus de cette île, le djinn tournoie, se pose, laisse choir son prisonnier au bord des vagues, tend vers lui son doigt griffu et dit :

– Tu vivras désormais dans le corps d'un singe.

À peine a-t-il grogné ces mots qu'il disparaît. Abad regarde ses mains, les voit soudain couvertes de longs poils roux. Il veut parler, il couine, comme un singe. Il est un singe. Il s'effondre à genoux, face à la mer, et gémit longuement.

Passent des jours et des semaines. Abad se nourrit de fruits qu'il cueille dans la forêt proche, dort dans les arbres et n'espère rien, que la mort. Un matin pourtant apparaît une voile à l'horizon. Une chaloupe s'approche du rivage, des matelots descendent sur la plage. En vérité ils se soucient peu de ce grand singe qui les accueille avec exubérance : ils viennent faire provision d'eau douce. Abad les suit, leur offre des brassées de figues sauvages, le regard étrangement suppliant. Alors les matelots l'invitent en riant dans leur barque. Il bondit parmi eux. Ils le ramènent à leur bord, comme un trophée de chasse.

Sur le navire qui cingle à nouveau vers le large, ce singe déroutant émerveille bientôt les hommes. Il comprend tout, et fait preuve d'autant d'agilité que d'astuce et de bon vouloir. Il se contente des biscuits et des morceaux de viande séchée qu'on lui jette, dort sur le pont, gémit parfois, la nuit, de longues berceuses tristes, le regard perdu, assis à la proue, les bras autour de ses jambes pliées. Ainsi navigue-t-il parmi les matelots jusqu'au beau matin où le bateau qui l'a recueilli accoste au port d'Alexandrie.

Sur le quai, les enfants joyeux, les hommes rieurs parmi les paniers de fruits et d'épices saluent l'équipage assemblé le long du bastingage. Or, voici que des messagers vêtus d'habits dorés fendent la foule et montent à bord. Ces hommes solennels, les bras encombrés de rouleaux de parchemin, s'inclinent devant le capitaine et lui disent ceci :

– Notre maître, le sultan de cette noble et grande ville, désire engager à son service le meilleur calligraphe du monde. Nous proposons en conséquence aux nouveaux venus dans notre cité d'écrire une ligne de leur plus belle écriture sur l'un de ces parchemins que nous avons apportés, dans l'espoir de trouver parmi eux celui qui sera digne de remplir la noble fonction de scribe royal. Qui veut concourir le peut, sans condition aucune. Ainsi donc, si l'un de vos hommes le souhaite, nous le prions de se mettre à l'ouvrage.

Abad, singe de corps mais homme d'esprit, entend ces paroles. Il s'avance aussitôt, jouant des coudes, et les hommes éberlués voient ce grand animal grotesque s'attarder gravement devant les encriers et les parchemins déroulés, saisir une plume entre ses doigts velus. Les envoyés royaux s'insurgent, le veulent repousser.

– S'il vous plaît, dit le capitaine, laissez-le agir à sa guise. Ce n'est pas un singe ordinaire.

Abad se penche sur la feuille. Les hommes, par-dessus son épaule, contemplent, la bouche bée, les yeux ronds, les paroles qu'il trace : ce sont celles d'un poème à la gloire du sultan, et son écriture est d'une élégance parfaite. Alors les messagers s'inclinent.

– Personne à ce jour ne fit aussi bien, disent-ils, éblouis.

Ils posent sur ses épaules une robe d'honneur et le conduisent, escortés par la foule, au palais du sultan.

Parvenu devant le prince de la ville environné de ses ministres, Abad dans sa peau de singe s'incline avec courtoisie. Puis, voyant un jeu d'échecs disposé sur une table, il invite d'un geste le maître des lieux à engager une partie. Le commandeur des croyants, fort amusé, se prête à son caprice. C'est la bête qui gagne. Alors, dans la salle pavée de mosaïque bleue, apparaît la fille aînée de ce sultan qu'un singe vient de vaincre. Elle regarde l'animal prodigieux.

– Mon père, dit-elle, cet être disgracié est en vérité le fils d'un roi. Ma mère, dont vous n'ignorez pas qu'elle fut une fameuse magicienne, m'a tout appris des sorcelleries et des enchantements. Je lis sur son visage sa malheureuse histoire. Si vous le désirez, je peux vous la conter.

On la presse aussitôt de questions. Elle dit à tous comment Abad fut détroussé et laissé pour mort par les brigands du désert, comment il fut surpris dans le lit de l'épouse d'un démon, comment il fut, par ce démon, métamorphosé en singe. Le sultan et ses courtisans l'écoutent dans un silence émerveillé puis s'exclament, demandent à la jeune princesse de délivrer ce noble jeune homme de la malédiction qui l'accable.

– Je le peux, dit-elle, mais j'en mourrai peut-être.

Elle regarde Abad qui se tient devant elle, les mains tendues, émerveillé par son regard lumineux et doux, puis elle se détourne avec un sourire mélancolique et descend dans le jardin du palais. Le sultan et ses gens, Abad aussi, penchés aux fenêtres, la voient dans l'herbe verte, parmi les arbres et les rosiers, lever les bras au ciel et appeler le djinn qui fit du jeune prince un singe. Un nuage tourbillonnant apparaît. Voici soudain le monstre devant elle dressé.

Il se change en lion et se jette sur elle. Aussitôt la princesse se change en sabre étincelant. Ce sabre fend l'air, tranche la tête du fauve qui séparée du corps s'envole, se métamorphose en aigle. Alors le sabre frémit dans l'herbe. Il se fait serpent. Sur lui l'aigle se précipite. Ils roulent ensemble parmi les buissons. Le sol tremble. Voici l'aigle chat noir, voici le serpent loup. Ils combattent dans une infernale nuée. Une longue flamme jaillit soudain de terre. Le démon reprend sa forme première, mais son corps maintenant est de feu. Il crache des braises. La princesse s'élève dans l'air bleu, la voici nuage et pluie ruisselante. Sous cette pluie, le djinn hurle épouvantablement et s'éteint, tombe en cendres. La princesse enfin revenue à son apparence de jeune femme est maintenant seule au milieu du jardin. Elle appelle Abad. Il accourt. Son visage et son corps sont à nouveau tels qu'il les avait perdus. Alors elle lui dit, sereine et pâle :

– Ce combat m'a conduite trop loin du simple monde des vivants. Prince, il me faut rejoindre le royaume des Esprits. En souvenir de moi qui t'ai délivré de ta peau d'animal, je te prie de chercher désormais la sagesse, et de ne prendre aucun repos jusqu'à l'avoir atteinte.

Abad veut la prendre aux épaules, mais elle se défait comme une brume et disparaît. Il l'appelle, nul ne répond. Il part, droit devant lui, quittant sur l'heure palais et ville, abandonnant aux ronces du chemin le riche manteau dont on l'avait vêtu pour l'habit des chercheurs de vérité, fait de poussière et de vent.

Le secret

Où se tenait Mahmoud était Ayaz. Où souffrait Ayaz souffrait Mahmoud. Il n'était pas au monde d'amis plus proches, ni plus soucieux l'un de l'autre. Pourtant Mahmoud était roi, et Ayaz son esclave.

« Ayaz à la blanche poitrine » : ainsi l'appelait-on, car il était d'une beauté parfaite. Il était arrivé en guenilles de vagabond dans la ville où régnait le conquérant superbe et redouté. Il avait longtemps cheminé, sans cesse assoiffé par la poussière des déserts, et plus encore par l'increvable désir d'atteindre un jour la lumière qu'il sentait brûler dans le fond secret de son âme, au-delà de toute souffrance. Mahmoud l'avait rencontré sur les marches de son palais et l'avait pris à son service, séduit par son visage et son regard de diamant noir. De cet errant misérable venu du fin fond des chemins, il avait goûté les paroles simples et jamais basses. Il avait fait de lui son conseiller. Il en fit un jour son frère de cœur.

Alors ses courtisans s'émurent. Que cet esclave leur soit préféré les scandalisa si rudement qu'ils complotèrent sa perte et se mirent à épier ses moindres gestes. Le vizir attacha quelques sbires discrets à sa surveillance. Un soir lui fut rapportée une incompréhensible bizarrerie dans le comportement de cet homme qu'il détestait.

Il s'en fut aussitôt à la haute salle au dallage de marbre où déjeunait Mahmoud, et s'inclinant devant le souverain terrible :

– Majesté, lui dit-il, tu n'ignores pas que pour ta précieuse sécurité je fais surveiller tous les mortels, humbles ou fortunés, à qui tu accordes le privilège de ton incomparable présence. Or, il me parvient à l'instant d'inquiétantes informations sur Ayaz, ton esclave. Chaque jour, après avoir quitté la Cour, il va s'enfermer seul dans une chambre basse, au fond d'un couloir obscur. Nul ne sait ce qu'il y trame. Quand il en sort, il prend soin de verrouiller la porte. À mon avis, il cache là quelque secret inavouable. Je n'ose penser, quoique ce soit possible, qu'il y rencontre de ces disgraciés qui n'ont désir que de te nuire.

– Ayaz est mon ami, lui répondit Mahmoud. Tes soupçons sont absurdes. Ils ne salissent que toi. Va-t'en.

Il se renfrogna. Le vizir se retira discrètement satisfait : quoi qu'en dise le roi, son âme était troublée. Mahmoud, demeuré seul, resta un moment pensif, puis fit appeler Ayaz et lui demanda, avant même de l'avoir embrassé :

– Frère, ne me caches-tu rien ?

– Rien, seigneur, répondit Ayaz en riant.

– Et si je te demandais ce que tu fais dans la chambre où tu vas tous les soirs, me le dirais-tu ?

Ayaz baissa la tête et murmura :

– Non, seigneur.

Le cœur de Mahmoud s'obscurcit. Il dit :

– Ayaz, es-tu fidèle ?

– Je le suis, seigneur.

Le roi soupira.

– Laisse-moi, dit-il.

Il ne put trouver la paix.

Le soir venu, quand Ayaz sortit de sa chambre secrète, il se trouva devant Mahmoud, son vizir et sa suite dans le couloir obscur.

– Ouvre cette porte, lui dit le Conquérant.

L'esclave serra la clef dans son poing et, remuant la tête, refusa d'obéir. Alors Mahmoud le prit aux épaules et gronda :

– Si tu ne me laisses pas entrer dans cette chambre, la confiance que j'ai en toi sera morte. Veux-tu cela ? Veux-tu que notre amitié soit à jamais défaite ?

Ayaz baissa le front. La clef qu'il tenait glissa de sa main et tomba sur le dallage. Le vizir la ramassa, ouvrit la porte. Mahmoud s'avança dans la pièce obscure. Elle était vide et aussi humble qu'une cellule de serviteur. Au mur pendait un manteau rapiécé, un bâton et un bol de mendiant. Rien d'autre. Comme le roi restait muet devant ces guenilles, Ayaz lui dit :

– Dans cette chambre, je viens tous les jours pour ne pas oublier qui je suis : un errant en ce monde. Seigneur, tu me combles de faveurs, mais sache que mes seuls biens véritables sont ce manteau troué, ce bâton et ce bol de mendiant. Tu n'as pas le droit d'être ici. Ici commence le royaume des pèlerins perpétuels. Mon royaume. Ne pouvais-tu le respecter ?

– Pardonne-moi, dit le Conquérant.

Devant l'esclave, il s'inclina et baisa le pan de son manteau.

Le prince Hassan le Beau et l'oiseau Angha Kouch

Le sultan Mourad avait trois fils. L'aîné s'appelait Ibrahim Pacha, le Désiré. Le deuxième Abdraïm Pacha, le Serviteur du Miséricordieux. Le troisième était Hassan Pacha, le Beau.

Il advint qu'un matin ce sultan vénérable, pris d'une inexplicable mélancolie, se coucha sur son lit et n'en voulut plus bouger. Au soir de ce jour, Ibrahim le Désiré s'approcha de son père et lui demanda la raison de sa tristesse. Le sultan Mourad ne daigna pas lui répondre. Le lendemain, Abdraïm le Serviteur du Miséricordieux s'agenouilla près de sa couche et se risqua à baiser sa main. Le sultan Mourad ne parut rien sentir. Alors Hassan le Beau s'en fut chez le Premier ministre du royaume, l'informa et lui demanda secours. Cet homme habile et sage vint au chevet de son maître et, à son tour, le pria de dire ce qui le tourmentait.

– Je l'ignore, lui répondit le sultan. Je suis triste, voilà tout.

Le ministre, méditant sur ces paroles, vint à penser que son sultan avait grand besoin de raviver son cœur dans la beauté du monde. Il l'invita donc à visiter les quarante jardins du palais. Il n'en était nulle part sur terre de plus riches ni de plus parfumés. Le sultan Mourad accepta de mauvais gré. Ses trois fils l'accompagnèrent le long des allées. Il ne quitta pas un instant son humeur chagrine, jusqu'au quarantième jardin. Là, au milieu des buissons balancés par la brise, était un arbre prodigieusement déployé. Son feuillage était semblable à une nuée d'éclats de soleil. Mourad, fort surpris, demanda au jardinier quel était cet arbre.

– Ici-bas, il est unique, répondit l'homme. Tous les jours à six heures, un bourgeon lui pousse à la cime. À sept heures, ce bourgeon éclôt en feuilles. À neuf heures, des fleurs apparaissent, et à minuit, un fruit. Alors un oiseau vient du fond du ciel et dévore ce fruit. Chaque jour il en est ainsi. Quant à vous dire qui est cet oiseau jamais rassasié, je l'ignore. Le sommet de l'arbre est trop haut pour que je puisse le distinguer nettement. Je sais seulement qu'on le nomme Angha Kouch.

À peine le jardinier avait-il ainsi parlé que l'œil du sultan Mourad s'alluma, et que la vigueur lui revint à l'âme.

– Lequel de mes fils, dit-il, me fera-t-il la joie de cueillir pour moi ce fruit ?

Hassan le Beau fit un pas en avant. Son père le remercia, l'embrassa, puis s'en fut avec sa compagnie. Son garçon bien-aimé s'assit au pied de l'arbre et attendit. Quand la fleur apparut au faîte du feuillage, il se coucha sur l'herbe pour mieux guetter le fruit. Alors une fatigue inexplicable le prit, et il s'endormit. Quand il se réveilla, il ne put qu'apercevoir l'oiseau Angha Kouch qui s'enfuyait au travers de la lune. Fort mécontent d'avoir failli à sa promesse de satisfaire son père, il décida de veiller une nouvelle nuit. Il vit germer le bourgeon, pousser les feuilles. Le soir tomba. Il vit les fleurs, il vit le fruit, il vit l'oiseau venir sur l'arbre. Alors il prit son arc et sur lui tira une flèche. Il effleura son aile. Une plume tomba. Hassan la ramassa, l'examina. Sur cette plume il découvrit des signes indéchiffrables inscrits avec un art infini. Il courut la porter à son père, qui s'extasia.

– Que m'importe maintenant le fruit, dit-il. C'est l'oiseau Angha Kouch que je veux. Lequel d'entre vous, mes fils, me l'offrira ?

Ibrahim Pacha le Désiré, Abdraïm Pacha le Serviteur du Miséricordieux et Hassan Pacha le Beau s'avancèrent d'un même pas. Tous trois s'en furent donc ensemble à la recherche de l'oiseau miraculeux.

Après trois jours de marche ils parvinrent au seuil d'un vaste désert. À peine avaient-ils foulé sa poussière que s'éleva devant eux un tourbillon aveuglant. Ils tombèrent à genoux, les mains sur le visage. Alors de ce tourbillon surgit un homme colossal à la tête de loup. Comme Hassan se dressait et s'avançait bravement à sa rencontre, cet homme-loup lui tendit une main velue et d'une voix tonnante lui demanda à manger. Le jeune homme lui jeta un croûton de pain. Le monstre se jeta dessus, le dévora et disparut dans la nuée vertigineuse qui aussitôt s'effaça.

Les trois princes, les dents clouées par l'effroi, reprirent leur route. Ce soir-là ils ne trouvèrent pas le moindre abri où se reposer et dormirent à la belle étoile. Le lendemain, à l'heure où le soleil est au plus haut du ciel, ils parvinrent devant une pierre dressée sur laquelle des mots étaient gravés, en hautes lettres. Ils se penchèrent sur elle et, joignant leurs têtes, ils lurent ceci : « Qui voyagera sur le sentier dont la courbe s'incline à droite connaîtra un heureux retour. Qui voyagera sur le sentier qui va devant s'en reviendra peut-être sauf. Qui voyagera sur le sentier dont la courbe s'incline à gauche à jamais se perdra. »

– Je vais à droite, dit Ibrahim.

– J'irai tout droit, dit Abdraïm.

– Ne reste donc pour moi que le chemin sinistre, dit Hassan.

Il s'en fut sur le sentier de gauche, la tête basse.

À peine ses frères avaient-ils disparu aux horizons voisins qu'il aperçut, courant vers lui parmi les cailloux brûlants du désert, l'homme-loup qu'il avait nourri. Ce monstre, tout essoufflé et hargneux, le prit par le bras et lui dit :

– N'as-tu pas lu ce qui est inscrit sur la pierre du carrefour ? Que viens-tu faire ici ?

Hassan le repoussa sans répondre et poursuivit sa route. Alors l'autre le suivit en grognant qu'il ne pouvait pas laisser seul, dans les dangers qui s'annonçaient, celui qui l'avait empêché de mourir de faim. À nouveau, il le saisit brutalement au poignet et lui dit :

– Monte donc sur mon dos, et dans douze heures tu seras au palais de l'oiseau Angha Kouch.

– Comment sais-tu ce que je cherche ? lui demanda Hassan, éberlué.

– Je le sais, répondit l'homme-loup.

Hassan le Beau éclata de rire et bondit sur l'échine de la bête qui aussitôt s'en fut comme un souffle de bourrasque.

Le palais de l'oiseau Angha Kouch était gardé par des djinns effroyables. Deux veillaient à chaque porte, et trois portes étaient à franchir. Hassan et l'homme-loup passèrent si vite entre leurs mufles écumants que les monstres n'eurent pas le temps de lancer sur eux leurs griffes. Ils firent halte au seuil d'un couloir profond. Quarante portes étaient face à face le long de ce couloir. Hassan mit pied à terre.

– Dans la vingtième salle tu trouveras trois oiseaux, lui dit l'homme-loup. L'un d'eux est celui que tu cherches. Prends garde de le saisir au premier coup de main, et de fuir sans regarder derrière toi, sinon tu ne verras pas le prochain jour du monde.

Hassan courut à la vingtième porte, l'ouvrit. Au milieu de la salle ronde au plafond voûté, il vit trois oiseaux multicolores sur des perchoirs d'or et de bois magnifiquement ornés. Ils se tenaient immobiles dans l'unique rayon de lumière qui tombait de la cime. Deux lui tournaient le dos, le troisième lui faisait face. Il l'empoigna. Mais, comme il se retournait pour fuir, un éclat de soleil sur le perchoir l'éblouit et le désir le traversa d'emporter aussi ce chef-d'œuvre. À peine avait-il posé la main dessus qu'un tintamarre de cloches retentit. Il courut vers la porte. Six djinns sortis des murs se précipitèrent vers lui, abattirent leurs poings invincibles sur son dos, et comme un fardeau négligeable l'amenèrent au roi qui régnait sur ce palais.

Ce roi ordonna d'abord d'un geste agacé que la tête du prisonnier soit tranchée à l'instant. Puis, examinant le visage du condamné, il se ravisa et demanda au prince Hassan Pacha comment il était parvenu jusqu'à ce lieu secret. Hassan lui raconta son aventure, et lui avoua ce qu'il était venu chercher.

– Héroïque jeune homme, lui répondit le monarque en riant, autant moqueur qu'admiratif, je ne veux pas priver le monde de ton beau courage. Je te propose donc un marché. Au-delà de la mer est une ville imprenable. Sur cette ville règne un prince puissant. Ce prince est le père de quarante filles. Ramène-moi la plus belle, et je te donnerai l'oiseau Angha Kouch.

Hassan s'en retourna fort abattu vers l'homme-loup qui l'attendait devant la porte du palais. Il lui avoua son imprudence, et lui dit ce qu'il était maintenant contraint de faire.

– Misérable, lui répondit la bête, les crocs grinçants de rage, pourquoi n'as-tu pas suivi mon conseil ? Tu n'es pas digne de mon aide. Va donc et meurs, car tu ne survivras pas aux épreuves qui t'attendent.

Hassan s'éloigna sans un mot. L'homme-loup le suivit du regard, puis remua la tête en grognant terriblement, le poursuivit et lui dit encore :

– Allons, je veux bien t'aider à nouveau, mais prends garde. Si cette fois tu ne m'obéis pas, je fais le serment de t'abandonner à ton sort. Grimpe sur mon dos.

Comme ils tranchaient follement le vent au-dessus des vagues de la mer :

– La ville où nous allons est défendue par un monstre énorme à mille têtes, dit la bête. Quand tu l'apercevras, si ton cœur ne s'emballe pas, si ton corps ne tremble pas, si tes dents ne claquent pas, nous passerons entre ses griffes sans éveiller sa méfiance. Alors nous parviendrons au château des quarante princesses. Elles sont toutes endormies dans une même chambre. Tu choisiras la neuvième couchée, et tu l'enlèveras. Surtout, dès que tu auras jeté cette fille sur ton épaule, ne regarde pas derrière toi avant d'être sorti du château.

Le monstre à mille têtes ne fut pas réveillé. Le portail du château fut franchi sans encombre. Hassan courut à la chambre où étaient les princesses. Il compta la neuvième et la prit dans ses bras. Mais, comme il se retournait pour fuir, son regard fut attiré par une coupe éblouissante posée au pied du lit. Pris d'une furieuse envie d'elle, il voulut la saisir. Alors un fracas d'orage emplit soudain la salle. Cent serviteurs aussitôt accourus par les couloirs sonores cernèrent l'imprudent, le saisirent et l'amenèrent devant le maître du château, père des filles et prince du pays. Hassan tomba devant lui à genoux et lui tendit son cou.

– Je mérite la mort, dit-il car pour la deuxième fois j'ai failli à ma mission. Que votre sabre me fasse donc la grâce de m'ôter cette vie dont j'ai honte.

– Qui es-tu ? lui demanda le prince, intrigué par le sombre courage du jeune homme.

Hassan lui conta son aventure, ses peines, ses fautes.

– Je n'ai pas le cœur de tuer un fou aussi beau et obstiné que toi, lui répondit le prince. Écoute, homme miraculé : sur la montagne voisine est un djinn. Dans l'écurie de ce djinn est le plus beau cheval du monde. Si tu m'apportes ce cheval, je te donnerai ma neuvième fille et la coupe merveilleuse que tu as voulu me voler.

Quand l'homme-loup, à la porte du château, vit apparaître le prince Hassan bredouille et plus pâle qu'un ciel de crépuscule, il fut pris d'une telle colère qu'il le saisit au col, le souleva de terre, le mordit à l'épaule, le jeta dans la poussière et, les crocs écumants, s'éloigna à grands pas. Mais comme Hassan se relevait, perclus et gémissant, il fit halte, se retourna et grogna en grimaçant :

– Une dernière fois, je t'aiderai. Quel stupide animal je suis de m'être ainsi attaché à un enfant sans cervelle ! Grimpe sur mon dos.

Ils voyagèrent jusqu'au pied du mont, où l'homme-loup déposa son compagnon.

– Va seul, maintenant, lui dit-il. Parmi les rochers de la cime tu rencontreras une maison. Dans cette maison tu trouveras un djinn endormi. Tu prendras les trois clefs qu'il porte à son cou. Avec ces trois clefs tu ouvriras les trois portes de ses trois chambres. Dans la première chambre tu découvriras des clous en grand nombre. Tu en emporteras dix-neuf. Dans la deuxième salle tu découvriras une longue corde de soie. Tu en emporteras dix-huit coudées. Dans la troisième salle tu découvriras un puits, au bord de ce puits une mangeoire, et devant cette mangeoire le cheval qu'il te faut. Quand tu entreras, il hennira et cognera du sabot. Alors tu attacheras la corde de soie à un anneau de la margelle et tu descendras au fond du puits. Le djinn, dérangé dans son sommeil par les remuements de sa bête viendra voir pourquoi elle s'agite. Si tu prends garde à ne point te montrer, il ne verra rien d'anormal et il s'en reviendra dormir. Alors tu sortiras de ton trou. À nouveau le cheval hennira et cognera du sabot. Tu redescendras dans le puits avant que le djinn ne revienne. Si tu ne traînailles pas à te cacher, il retournera sur sa litière en grondant et bâillant. Autant de fois qu'il le faudra tu sortiras du trou jusqu'à ce que le djinn, croyant à un caprice de sa bête, renonce à venir la surveiller et s'enfonce dans son sommeil. Alors, avec les dix-neuf clous de la première chambre, tu cloueras l'endormi à la planche de son lit, et tu t'enfuiras avec le cheval.

Hassan, cette fois, ne fit aucune faute. Quand ils furent à nouveau ensemble au pied de la montagne, avec le cheval conquis :

– Veux-tu garder pour toi cet animal superbe ? lui dit l'homme-loup.

– J'aimerais, répondit son compagnon, les yeux brillants. Mais comment faire ?

– Regarde-moi, dit l'homme-loup.

Il ouvrit les bras et d'un coup se changea en un cheval semblable au plus beau du monde. Hassan livra au père des quarante filles cette fausse merveille, puis il s'en fut avec le vrai cheval et la princesse convoitée. Dès qu'il fut sorti du palais, l'homme-loup reprit son apparence première, le rejoignit au bord de la mer et lui dit :

– Veux-tu garder pour toi cette fille parfaite ?

– J'aimerais, lui répondit Hassan, le cœur bouleversé. Mais comment faire ?

– Regarde-moi, lui dit l'homme-loup.

Devant Hassan, il se fit brume et se changea en une fille semblable à la plus belle du monde. Hassan conduisit au maître de l'oiseau Angha Kouch cette fausse princesse et s'en fut avec le vrai cheval, la vraie femme et l'oiseau. Comme il chevauchait sur le chemin de son pays, l'homme-loup reprit son apparence première et le rejoignit.

– Prends garde à tes frères, lui dit-il. Leur âme est mauvaise. Dans le désert où tu les as quittés, ils t'attendent pour te voler et te tuer.

Hassan ne voulut pas le croire. Il eut grand tort. Ses deux aînés, dès qu'ils le virent, se jetèrent sur lui, le dépouillèrent de tous ses biens et le laissèrent gisant sur le sable, les yeux crevés.

Alors Hassan pria quarante jours durant, sans espoir de revivre. Il appela la mort. Elle se refusa. Enfin il se leva pour aller en mendiant aveugle sur les chemins du monde. Il fit un premier pas. La lumière revint dans ses yeux. Il fit un deuxième pas. Le ciel lui fut visible. Il fit un troisième pas. La terre à nouveau lui apparut et sur la terre ensoleillée, devant lui, il revit l'homme-loup.

– Monte sur mon dos, dit-il.

Ce compagnon fidèle le ramena chez lui. Les deux frères obscurs, voyant revenir le miraculé, prirent peur et quittèrent le palais de leur père. Nul ne les revit. Hassan épousa la princesse conquise. Le sultan Mourad lui remit la charge du royaume et lui confia l'oiseau Angha Kouch qui portait, inscrite sur ses plumes en arabesques sacrées, toute la sagesse du monde. Celui que l'on nommait le Beau, nouveau sultan, étudia, sa vie durant, cette sagesse dans la paix de ses jardins et parvint aussi à la perfection des hommes accomplis.

Qu'une lumière perpétuelle brille dans votre cœur, vous qui avez entendu cette histoire.

Fahima aux quatre visages

Son nom était Fahima. Elle était de noble famille, et belle autant que sage. Tous les jeunes gens de Basra la regardaient comme la femme la plus désirable du monde. Beaucoup avaient tenté de la séduire, mais la lumière de ses yeux avait brûlé leurs paroles avant qu'elles n'eussent osé sortir de leur bouche. En vérité, elle entendait les pensées silencieuses. Ce n'était pas un don béni. Elle souffrit tant de la musique trouble et froide qu'elle percevait dans l'âme des hommes qu'un jour elle s'en détourna à jamais. Elle s'enferma dans le château de ses ancêtres et ne voulut plus voir personne. Elle était alors dans le plein éclat de sa beauté.

Or, un matin, comme elle contemplait un vol d'oiseaux sur sa haute terrasse, le soleil entre deux nuées illumina son visage à l'instant même où le prince de Basra traversait la place où était sa demeure. Il la vit, en fut ébloui et tira si vivement sur ses rênes qu'il fit se cabrer son cheval noir. C'était un homme impétueux. Le soir même, tout enflammé d'amour violent, il força sa porte, vint au-devant d'elle à grands pas impatients et lui ordonna de l'épouser. Elle le regarda, fière et moqueuse. Il ne baissa pas les yeux, et ce qu'elle vit dans l'esprit de cet homme l'émut. Elle lui répondit :

– Je ne veux ruse ni violence. Tu n'es pas digne de mon cœur.

– Par force ou par désir tu m'aimeras, gronda le prince. Nul ne m'a jamais résisté.

Il appela ses gardes et la fit enlever. Elle ne résista pas. Elle se laissa conduire au palais où elle fut jetée dans une cave étroite fermée de barreaux cadenassés.

Le lendemain, le prince descendit à la porte de ce cachot. À la lueur de sa torche, il la vit immobile et droite. Elle semblait l'attendre.

– Fahima, lui dit-il, tu es en mon pouvoir. Accepte de me prendre pour époux et tu seras la plus aimée des femmes. Si tu refuses, n'attends de moi aucune pitié. Tu resteras ma prisonnière.

Elle ne lui répondit pas. Il lui parla encore, à mots furieusement passionnés. Alors elle lui dit comme la veille qu'elle était prête à subir mille morts plutôt que de se soumettre à la violence qui lui était infligée. Le prince s'en alla, rogneux et dépité. Il revint le lendemain et tous les matins, de longues semaines durant, sans que jamais lui soit faite d'autre réponse, jusqu'au jour où Fahima apprit par un geôlier bavard que son amant inacceptable était parti en voyage politique chez le calife de Bagdad, pour on ne savait combien de temps.

Or, pas un instant depuis sa capture elle ne s'était résignée à son malheureux sort. Toutes les nuits, elle s'était acharnée à creuser un tunnel sous la muraille qui lui interdisait le monde. Ce tunnel était maintenant ouvert sous les étoiles. Elle sortit, revint chez elle, fit seller son cheval et s'en alla, elle aussi, à Bagdad. Elle y parvint longtemps avant le prince alourdi de présents et contraint, dans chaque ville traversée, à d'interminables palabres et festins. Dès qu'elle y fut, elle loua une agréable maison dans la rue qui conduisait au palais du calife, acheta du henné, des fards et des teintures, et changea d'apparence.

Le prince, un matin doux, entra enfin dans Bagdad la superbe. Comme il passait à la tête de sa caravane devant la demeure de Fahima, il la vit à sa fenêtre. Il ne la reconnut pas, mais aussi violemment qu'à Basra il fut touché par sa beauté. Le soir même, il la fit inviter au palais. Elle lui parut moins farouche que cette trop fière déesse qu'il tenait enfermée dans sa cave lointaine. Il lui offrit de l'épouser. Elle accepta.

Après une année de bonheur insouciant, Fahima mit au monde une fille. Le prince son époux n'eut pas le temps d'en être heureux : le jour même de sa naissance il fut prévenu que d'importantes affaires l'attendaient à Tripoli. Il se vit donc forcé de rameuter sur l'heure ses caravaniers et de laisser là son épouse, sans lui dire s'il reviendrait un jour.

À peine avait-il quitté Bagdad que Fahima fit ses bagages. Elle confia son enfant à sa plus fidèle servante et, sur son cheval rapide, s'en alla à Tripoli. Elle y fut rendue trois jours avant celui qu'elle aimait d'amour exigeant et secret. Comme elle l'avait fait à Bagdad, elle loua une maison de belle allure (ce fut cette fois sur la grand-place de la ville) et teinta de couleurs nouvelles l'éclat de son regard. Le jour de l'arrivée du prince, elle fit en sorte d'être aperçue devant sa porte. Elle vit se cabrer son cheval et, rencontrant ses yeux tout à coup fascinés, elle sut que son époux n'allait pas tarder à oublier les visages et les corps qu'elle avait laissés derrière elle. Il l'invita dans sa nouvelle résidence. Elle y vint. Il lui prit les mains et lui dit, tout émerveillé, qu'il avait connu des femmes qui lui ressemblaient, mais qu'aucune n'égalait sa beauté. Elle lui sourit avec une mélancolie qui le bouleversa. Trois jours plus tard, il l'épousa.

Au terme d'une nouvelle année infiniment amoureuse, Fahima accoucha d'un garçon. Le prince n'en jouit pas plus que de sa fille. Sept jours après sa naissance, de nouvelles affaires l'appelèrent à Alexandrie. Il vécut quatorze mois dans cette ville où il connut encore, à son insu, l'amour invincible de Fahima une nouvelle fois travestie. Il eut d'elle un nouveau garçon. Mais à peine cet enfant était-il né que son insaisissable père fut pris de nostalgie. Basra lui manqua, peut-être aussi celle qu'il y avait laissée. Son épouse le pressentit. Un matin elle s'embarqua la première, en grand secret, pour cette cité bien-aimée où était la maison de ses ancêtres, et s'en fut attendre le prince dans l'obscur cachot où il l'avait autrefois enfermée.

Il vint. Elle entendit sonner son pas dans l'escalier de la cave, suivit la lueur de sa torche le long de la muraille et vit enfin son visage de l'autre côté des barreaux. Il avait l'air las et perdu. Il ouvrit la porte et lui dit :

– Sans que je sache comment, mon esprit s'est brisé au cours de mon dernier voyage. Sans doute ai-je trop couru après des bonheurs illusoires. Je suis venu implorer ton pardon pour les mauvais traitements que je t'ai fait subir. Je suis indigne de toi, et à l'instant où je sais cela, je sais aussi que je n'aimerai jamais que toi. Tu es libre. À moi désormais d'entrer dans la souffrance.

Fahima lui répondit :

– Raconte-moi ta longue absence.

– À quoi bon ? Ce que j'ai fait est sans remède.

– Parle, je veux tout savoir de ton cœur.

Il avoua ses trois mariages, ses trois enfants laissés au loin. Quand il se tut :

– Homme de peu de sens, bénis-moi, lui dit Fahima, car je suis seule à pouvoir dénouer les fils de ta folie. Remonte dans la grande salle de ton palais et attends là le bonheur que te mérite l'humble aveu que tu m'as fait.

– Je ne comprends rien à tes paroles, répondit sourdement le prince. Ma vie est perdue, car ce qui est fait ne peut être défait. Adieu.

Il s'en fut.

Revenu dans la grande salle bruissante de courtisans, il s'assit sur son trône et, la tête basse, s'enferma dans sa tristesse. Il y demeura jusqu'à ce que le soleil de midi baigne les fenêtres ouvertes. Alors Fahima entra avec ses trois enfants.

Le prince, la voyant s'avancer vers lui, comprit que les quatre femmes qu'il avait aimées n'étaient en vérité qu'une seule. Il perdit au même instant toute fureur, toute arrogance, et son désespoir s'éteignit. Alors il bénit le Ciel et ouvrit ses bras à celle qui avait su l'aimer contre toute raison, et l'instruire au-delà de toute parole.

Bizan et Manijah

Il advint un jour que le roi Kay-Shuram reçut dans son palais cette sombre nouvelle portée par des messagers poussiéreux :

– Une armée de sangliers féroces a envahi vos terres d'Arman, qui touchent au royaume d'Afrasiab le Turc. Dans les vergers n'est plus un arbre droit, dans les jardins tout est sec et brisé, les champs sont ravagés, les troupeaux crient famine. Nous implorons ton secours, roi puissant, lumière de l'Iran !

Le roi se tourna vers ses compagnons autour de lui assemblés et dit à voix forte :

– À celui d'entre vous qui livrera bataille à ces sangliers pillards, je donne trois mille hommes et cent joyaux incomparables.

Tous étaient des héros. Dans la salle au plafond d'or, tous baissèrent la tête sauf Bizan le Beau, fils de Guif le Sage et petit-fils de Rustam le Prodigieux. Il dit :

– Avec l'aide du Créateur de toute vie je délivrerai le pays d'Arman de ces fauves.

Son père Guif vint aussitôt vers lui, le regard effrayé. Il l'empoigna aux cheveux.

– Pauvre fou, lui dit-il, regarde ces guerriers. Tous sont l'effroi du monde. Aucun ne veut de ce combat. Te crois-tu plus fort qu'eux ? Tu seras tué, fils, et tu me feras mourir de douleur !

Bizan repoussa son père, s'avança vers le roi.

– Choisis parmi tes hommes un compagnon de bon conseil, lui dit-il. Avec lui je vaincrai ces bêtes qui t'affligent. Le roi désigna Gurguin le Rusé.

– Allez, enfants superbes, et soyez bénis, leur dit-il.

Au prochain matin, Bizan et Gurguin avec leurs trois mille hommes s'en furent vers le pays d'Arman. Trois semaines et trois jours, ils chevauchèrent sans repos. Parvenus à la lisière d'une forêt traversée de ravines, ils rencontrèrent des bûcherons et leur demandèrent où étaient les sangliers qu'ils s'en venaient combattre.

– Ils se sont retirés au fond de ces vallées étroites, répondirent les bonnes gens.

Alors Bizan revêtit son armure couleur de nuit et dit à Gurguin le Rusé :

– Allons ensemble à leur rencontre !

Or, Gurguin était un peureux. Son âme était semblable à une cave obscure peuplée de spectres. Il répondit :

– À toi furent offerts les joyaux et les hommes. Va seul, ce combat n'est pas le mien.

Bizan, le cœur bouillant, cracha aux pieds du lâche, éperonna son cheval et s'en fut seul vers le sous-bois. Il y tua tant de sangliers que la terre bientôt se teinta de rouge. Quand il revint sur la plaine, traînant après lui mille têtes tranchées aux yeux ouverts, aux crocs luisants, rouge était la rivière, rouges les buissons, rouges les feuillages. Ses guerriers coururent à lui en hurlant ses louanges. Gurguin le Rusé vint aussi. Il accabla Bizan de flatteries suaves, tandis que dans son cœur grondait cette pensée : « Il me faut maintenant perdre cet homme avant qu'il ne rapporte au roi ma lâcheté et ne me fasse mourir de honte. » La nuit venue, au campement, tandis qu'autour du feu s'élevaient des musiques, il lui dit en secret :

– De l'autre côté de la frontière proche, dans le royaume d'Afrasiab, est un palais ceint de prairies, de fontaines et d'arbres rares. Là vit la princesse Manijah, fille du roi. Sa chevelure est parfumée d'ambre. De toutes les beautés que le Créateur offrit à la terre, on dit qu'elle est la plus émouvante. On dit aussi que tous les soirs elle se plaît à errer dans son jardin, rêvant peut-être d'amour parmi les chants d'oiseaux.

Bizan entendant ces paroles sentit aussitôt son âme envahie de désir. Le cœur dans la gorge, il se dressa et dit à Gurguin ces seuls mots :

– Conduis-moi.

Ils s'en furent.

Une nuit et une journée pleine, ils chevauchèrent. À l'heure où naît la première étoile dans le ciel, ils parvinrent à la porte de ce palais où vivait Manijah. Bizan mit pied à terre et s'avança seul dans le vaste jardin. Un moment, il chemina prudemment dans l'ombre des grands arbres. Il entendit soudain au bord d'une fontaine un bruit de paroles joyeuses. Il s'approcha et vit, parmi ses servantes rieuses, la fille d'Afrasiab assise sur un tapis pourpre posé dans l'herbe. Son visage lui parut un pur reflet des beautés célestes. Il tomba à genoux. Alors le Dieu des vies voulut qu'un sommeil puissant obscurcisse son regard. Ses paupières s'alourdirent. Il se coucha sur le dos et perdit le sens.

Il poussa un soupir qu'entendirent les filles. Elles vinrent à lui. Manijah aux boucles embaumées se pencha sur son visage, ôta de ses joues, d'un doigt léger, brindilles et poussière et joignit les mains, prise d'amour extasié.

– Il ne me fut jamais donné de contempler figure aussi rayonnante, dit-elle à ses servantes. Filles, que l'on apporte un coffre d'aloès, que l'on y couche cet homme et que l'on nous conduise ensemble à ma chambre princière, au palais de mon père.

Ils voyagèrent jusqu'à l'aurore. Dans sa chambre aux miroirs parfaits, la fille d'Afrasiab ouvrit le coffre où était Bizan. À l'instant, il s'éveilla. Elle lui dit :

– Lumière de mes yeux, ne sois pas en souci. Mon nom est Manijah, et mon cœur désormais t'appartient.

Bizan lui répondit :

– Je suis celui qui tua les sangliers d'Arman, fils de Guif le Sage et petit-fils de Rustam le Prodigieux. Dieu veuille que jusqu'à la fin de mes jours ta beauté soit mon unique nourriture.

De quarante jours et quarante nuits ils ne quittèrent pas la chambre, baisant leurs lèvres et se caressant, buvant du vin frais et goûtant à peine aux galettes parfumées déposées auprès de leur lit.

Or, le destin aux ongles noirs voulut que par la bouche édentée d'une vieille esclave, le roi Afrasiab apprenne la présence d'un homme éperdu d'amour dans l'appartement de sa fille. Une effroyable colère obscurcit aussitôt son visage. Il ordonna que cent gardes en armure courent les couloirs et ramènent devant lui ce téméraire infect qui avait osé souiller sa demeure. Bizan, quand ils parurent, n'eut pas le temps d'empoigner ses armes pour se défendre de ces soudards. On le mena au roi. Dix poings velus l'abattirent au pied du trône. D'un bond il se releva et dit fièrement son nom. Afrasiab ne voulut pas l'entendre. Il tonna sourdement :

– Qu'on le jette sur l'heure dans la grotte d'Arzam et qu'on en ferme l'entrée d'un roc infranchissable. Je veux qu'il meure là de faim, de soif et de terreur. Quant à ma fille, qu'on lui donne une guenille de mendiante et qu'on la jette dehors. De ma vie je ne veux plus la revoir.

Gurguin le rusé apprit par la rumeur publique l'emprisonnement de Bizan. Alors, fort satisfait, il s'en revint au palais du roi Kay-Shuram. Quand les héros présents à l'assemblée le virent s'avancer seul sous le plafond d'or de la salle royale, ils baissèrent le front et posèrent la main droite sur leur cœur tonnant. Gurguin s'agenouilla devant le monarque à la nuque droite et lui dit ces paroles :

– Prince puissant, que ta vie soit une longue lumière ! Après que nous eûmes vaincu les sangliers d'Arman, Bizan le Beau s'assit au campement sous une mauvaise étoile : un soldat à la figure sombre lui conta merveilles de Manijah, fille du roi Afrasiab. Aussitôt, il la voulut voir et s'en fut à son palais. Jusqu'à la porte du jardin, je l'ai suivi. À peine eut-il franchi ce seuil maléfique que je le vis emporté dans les airs par un cheval blanc comme la neige des cimes, surgi de nulle part, et enfui vers nulle part ! C'est ainsi que le héros le plus pur de l'Iran a quitté devant mes yeux le monde.

Kay-Shuram, le front tourmenté, contempla un long moment le visage de Gurguin. Il vit que ses tempes suaient et que sa bouche tremblait. Alors il ordonna que lui soit amenée la coupe de Jamsid dans laquelle à son seul regard se reflétaient les cieux, les pays proches, les terres lointaines et le grouillement des peuples. Dès que cette coupe fut dans ses mains, en elle il vit le mensonge du peureux et la prison où était Bizan le Beau. Alors Gurguin, les poings dans ses cheveux, se repentit de sa traîtrise et supplia qu'on lui permette de racheter son crime.

Le roi Kay-Shuram entendit sa prière. Il lui pardonna. Puis il ordonna à Rustam le Prodigieux de partir sur l'heure au royaume d'Afrasiab et d'y délivrer Bizan, s'il était encore en vie. Rustam s'en fut travesti en marchand à la tête d'une caravane de cent chameaux chargés d'étoffes, de pierres précieuses et d'armes dissimulées.

Il parvint avec ses gens et ses bêtes aux portes de la cité d'Afrasiab à la tombée du quarantième jour. À peine avait-il fait dresser son campement qu'il vit s'avancer vers lui une mendiante aux pieds nus, aux guenilles crasseuses, au visage pur.

– Mon nom est Manijah, lui dit-elle. Je viens ici tous les jours guetter les voyageurs venus d'Iran dans l'espoir d'y rencontrer quelque héros accouru au secours de Bizan, l'homme dont le souffle m'est plus cher que la vie.

Rustam se fit connaître.

– Sois mille fois béni, lui dit la jeune fille. Depuis que mon bien-aimé fut jeté pour mon malheur dans la grotte d'Arzam, je mendie de maigres provisions sur les marchés de la ville, et tous les soirs, par une fente du roc qui ferme sa prison, je l'abreuve et le nourris. Notre vie est précaire, et nous ne pourrons longtemps supporter la douleur de nos âmes.

– Fille, lui répondit Rustam, va comme chaque soir à cette caverne et devant elle allume un grand feu. Quand, passé minuit, le sommeil régnera sur la ville, je monterai sur la colline. La lueur de ton brasier me dira où est Bizan, et aussitôt je viendrai.

À l'heure dite, Rustam le Prodigieux accourut avec sa troupe. Devant le roc infranchissable qui fermait la grotte, il invoqua le nom de Dieu, releva les pans de sa tunique et de ses mains puissantes le souleva jusqu'au-dessus de sa tête. Bizan bondit dehors, semblable à un démon hirsute et pâle, hurlant sa haine de Gurguin qui l'avait jeté dans ce piège.

Rustam lui dit :

– Qui es-tu, fils de Guif ? Un héros ou un fauve ? Pour l'amour de moi et du Créateur de toute vie, pardonne à Gurguin le Rusé sa faute, sinon ce rocher qui obscurcit la lune retombera sur ton crâne.

– Pour l'amour de toi et du Créateur de toute vie, je pardonne, répondit Bizan.

Une armure dorée comme l'aube lui fut amenée et il s'en alla avec Rustam assaillir Afrasiab le Turc dans son palais. Au soir, sous les remparts, le roi malfaisant environné de corps fendus et d'armes brisées tomba à genoux devant les deux héros et leur demanda grâce. Par respect pour sa fille revêtue de soie pourpre et jaune, cette grâce lui fut accordée.

Le lendemain, chevauchant le même coursier arabe, Bizan et Manijah s'en furent vers la lumière du Levant. Leur vie fut longue et leur bonheur parfait.

Asie

TURKESTAN

Yunus

Yunus Emré inventa autrefois des chants plus durables que le souvenir même de sa vie. Il fut aussi un infatigable chercheur de vérité.

Quand pour la première fois lui vint au cœur cette avidité de savoir qui le jeta sur les chemins du monde, il avait peut-être vingt ans, peut-être moins. Il s'en fut, espérant que le désir qui l'assoiffait le conduirait au-devant d'un maître capable de l'illuminer. Ce maître, il lui fut donné de le rencontrer, après dix années d'errance misérable, dans le grand vent d'une colline, en pleine steppe anatolienne. Il s'appelait Taptuk et il était aveugle.

Taptuk avait lui aussi longtemps cheminé, mais il avait suivi d'autres routes que celles de Yunus. Dès son adolescence, il s'était rasé le crâne et les sourcils, s'était coiffé d'un bonnet de feutre rouge et s'en était allé combattre les envahisseurs mongols. Il avait traversé autant de charniers que d'éphémères victoires, chevauché le sabre aux dents à la poursuite d'hommes aussi fous que lui, croupi le lendemain dans des lambeaux sanglants. Il avait haï, pillé, tué, cent fois perdu et cherché son âme dans la rage des combats, jusqu'à ce que le silence tombe enfin sur sa tête. Un soir de défaite, il avait été laissé pour mort sur un champ de bataille. Il s'était traîné au bord d'un ruisseau. Là, une femme, la première de son existence, hors quelques putains de tavernes, s'était enfin penchée sur lui.

Elle l'avait recueilli, soigné, guéri, mais elle n'avait pu lui rendre la vue qu'un tranchant de lame lui avait prise. Alors elle lui avait donné sa vie, sa main pour le conduire, et de ce jour, guidé par son épouse, Taptuk n'avait plus songé qu'à se frayer en lui-même un chemin jusqu'à la source silencieuse d'où s'élève la lumière qui rend toutes choses simples. Un soir, dans ce désert de hautes herbes où ne se risquait jamais personne, sauf de rares bergers égarés et quelques lambeaux d'armées en déroute, il avait atteint cette source. Il avait donc décidé de ne pas aller plus loin et avait construit là sa maison. D'autres chercheurs l'avaient rejoint, de loin en loin, poussés par on ne sait quel vent de l'âme. Ils avaient reconnu en cet homme imposant et avare de paroles le maître qu'ils espéraient. Ils avaient donc bâti leur cabane près de la sienne, puis dressé une palissade autour de ces humbles masures.

Quand Yunus Emré parvint en ce lieu, le monastère de Taptuk l'aveugle n'était rien d'autre que cela : quelques bâtisses basses ceintes d'un mur de pierres sèches dans la steppe infinie. Taptuk, dès qu'il eut palpé le visage et les épaules de ce vagabond affamé de savoir, lui promit la Vérité.

– Elle te viendra peu à peu, lui dit-il. Pour l'instant, je n'ai rien à t'apprendre. Ton travail sera donc de balayer sept fois par jour la cour du monastère.

Yunus obéit de bon cœur. À l'instant même où il s'était trouvé devant ce grand vieillard au crâne ras, une confiance inébranlable lui était venue. Il était sûr qu'elle ne l'abandonnerait plus. Sept fois par jour il balaya donc la cour avec entrain, saluant joyeusement le maître et ses disciples quand ils se rendaient ensemble à la maison de l'épouse où Taptuk l'aveugle tous les matins enseignait. Il s'étonna bientôt que nul ne réponde à ses salutations. « Passe encore que les apprentis m'ignorent, se dit-il, mais celui qui m'a si bonnement accueilli chez lui, pourquoi ne m'adresse-t-il jamais la parole ? » Une année passa ainsi, puis deux et trois années, sans que nul ne lui parle. Alors le cœur de Yunus s'alourdit.

« Sans doute ce silence signifie-t-il quelque chose, se dit-il. Assurément mon maître veut apprendre quelque chose à mon âme, car c'est à l'âme que s'adresse la parole sans voix. » Il réfléchit dans sa solitude besogneuse, chassant sept fois par jour la poussière que le vent sans cesse ramenait dans la cour du monastère. Enfin, un matin de printemps, comme il sortait de sa cabane, son balai sur l'épaule, une lumière lui vint. « J'ai trouvé : Taptuk veut m'apprendre la patience », se dit-il. Il jubila dans son cœur, content de sa découverte, et se remit à balayer la cour avec une ardeur nouvelle.

Cinq années étaient passées. Deux autres s'écoulèrent encore, puis trois, puis cinq nouvelles, sans que change son sort. Alors Yunus désespéra. « Qu'ai-je fait pour mériter une aussi longue indifférence ? se dit-il. Peut-être mon maître m'a-t-il oublié. Ou peut-être ne suis-je pour lui qu'un idiot recueilli par pitié, tout juste bon à chasser la poussière. » Il s'efforça pourtant de réfléchir sans passion. Une nuit de tempête lui vint à l'esprit que Taptuk voulait peut-être lui apprendre l'humilité. Dans l'obscurité tourmentée où il était couché, il sourit. « C'est cela. Il veut m'apprendre l'humilité », se dit-il. Le lendemain matin, quand il se mit à l'ouvrage, ses gestes étaient plus mesurés, et parce que son cœur était en paix il se mit, tout en balayant la cour, à fredonner. Peu de chose : des paroles qui lui venaient, des chants qui lui montaient aux lèvres et qu'il laissait aller au vent, pour la seule satisfaction d'entendre voix humaine.

Cependant sa confiance en Taptuk peu à peu le quitta. Cet homme, décidément, l'avait trompé. Il n'avait jamais eu l'intention de lui apprendre ce qu'il avait pourtant promis. « Je perds ma vie à espérer », se dit-il. Cinq ans encore, il balaya la cour en fredonnant, sans que nùl ne l'écoute. Un soir, fatigué de cette existence de pauvre hère et convaincu que personne ne s'apercevrait de son absence, il décida de quitter ce lieu où il n'avait trouvé, après quinze années d'humble patience, qu'amertume et mélancolie.

Il s'en fut donc dans la nuit, droit devant lui. Il marcha jusqu'à l'aube, ivre de liberté sans espoir. Il eut faim et soif, mais il n'y avait nulle source où s'abreuver, nul abri où refaire ses forces dans cet infini désert d'herbes jaunies, de cailloux et de vent. « Je vais mourir, se dit-il. Qu'importe. Mieux vaut mourir en marchant qu'en balayant la cour d'un fou. » Il marcha donc trois journées entières.

Au soir du troisième jour, comme il allait se coucher sur un roc pour offrir son corps exténué aux vautours, il aperçut, au loin, un campement. Il s'étonna. Aucun voyageur ne se risquait jamais dans ces contrées. Qui pouvaient être ces gens ? Il s'approcha. Il vit des hommes assis au seuil d'une tente aux voilures amples. Ils festoyaient en riant et parlant fort. Dès qu'ils l'aperçurent, ils lui firent signe et, à grands cris joyeux, l'invitèrent à partager leurs provisions. Des fruits luisants, des galettes dorées, des rôtis odorants, des boissons de toutes couleurs dans des flacons de verre étaient à profusion étalés devant eux, sur un tapis de laine. Yunus prit place en leur compagnie, but, mangea, osa enfin demander à ces gens par quel miracle, dans ce méchant désert, ils se trouvaient ainsi pourvus en nourritures si délicates qu'il n'en avait jamais goûté de pareilles.

– Une voix nous a conduits ici, lui dirent-ils. Assurément c'est le meilleur endroit du monde. Le vent tous les jours nous apporte du lointain les chants d'un derviche inconnu. Il nous suffit de les écouter, de les chanter nous-mêmes. Aussitôt apparaissent devant nous tous ces mets succulents que vous voyez là. Nous serions fous d'aller vivre ailleurs.

Yunus s'extasia, avoua qu'il ne comprenait rien à pareille magie et osa enfin demander à ses compagnons si, par extrême bonté, ils pourraient lui apprendre ces chants nourriciers, afin qu'il ne meure pas de faim dans cette steppe où il devait aller seul.

– Volontiers, répondirent les hommes.

Et ils se mirent à chanter. Alors Yunus, bouleversé, les yeux ronds et la bouche ouverte, entendit les chants qu'il avait lui-même fredonnés, cinq ans durant, en balayant la cour du monastère. Il reconnut les paroles sorties de ses lèvres dans le seul désir de tromper la solitude, les musiques montées de son cœur dans le seul espoir d'alléger sa mélancolie. Elles étaient son œuvre. Sur l'instant il comprit pour quel travail il était en ce monde, il goûta la pure vérité de son âme et il souffrit la pire honte, songeant à Taptuk qui l'avait instruit, sans qu'il n'en devine rien, comme un fils infiniment aimé.

Alors il embrassa les hommes qui l'avaient accueilli et revint au monastère en courant et pleurant. « Taptuk me pardonnera-t-il d'avoir douté de lui ? se disait-il, buvant le vent. Me pardonnera-t-il jamais ? » Il parvint à la nuit tombée à la porte vermoulue qui fermait la palissade. Il cogna du poing, appelant et demandant pitié. Le visage de l'épouse de Taptuk apparut au-dessus du mur.

– Te voilà revenu, Yunus, dit-elle doucement. Pauvre enfant, je ne sais si Taptuk t'acceptera à nouveau parmi nous. Ton départ l'a désespéré. « Quel malheur, m'a-t-il dit, mon fils le plus cher m'a quitté. Que vaut ma vie désormais ? » Je vais t'ouvrir. Tu te coucheras dans la poussière de la cour. Demain, quand ton maître fera sa promenade du matin, il butera du pied contre ton corps. S'il dit : « Qui est cet homme ? », alors tu devras partir pour toujours. S'il dit : « Est-ce là notre bon Yunus ? », alors tu sauras que tu peux à nouveau vivre en sa présence. Entre, mon fils.

Yunus se coucha dans la poussière de la cour. Au jour revenu, il vit s'approcher Taptuk l'aveugle au bras de son épouse. Il ferma les yeux, sentit un pied contre son flanc, entendit :

– Est-ce là notre bon Yunus ?

Il se leva, ébloui de lumière et de bonheur, courut à son balai et se remit à balayer la cour.

Ainsi fit-il jusqu'à sa mort, sans faillir un seul jour. Quand il fut devenu semblable à la poussière mille fois envolée, ses chants s'élevèrent, envahirent les lieux où vivaient les hommes et les nourrirent avec tant de persévérante bonté qu'aujourd'hui encore neuf villages, en Anatolie, revendiquent le privilège d'avoir sur leur territoire la vraie tombe de Yunus Emré, l'homme que Taptuk l'aveugle illumina.

Le fil d'araignée

Voici ce qui advint, un jour, au paradis.

Shakiamouni flânait solitaire et serein dans la beauté des fleurs au bord d'un lac céleste. La brise parfumée ridait à peine l'eau. C'était un matin de printemps ordinaire, doux et parfait. Or, comme ce dieu tranquille cheminait à pas lents dans l'herbe tiède de la rive, son regard se laissa captiver par le scintillement du soleil sur les vagues transparentes. Il fit halte, et le désir lui vint de regarder, au travers de l'eau claire, ce qui se passait ce matin-là dans le tréfonds du monde où était l'enfer. Car sous ce lac du paradis, infiniment lointains mais parfaitement visibles aux yeux divins de Shakiamouni, étaient les marais de sang et de feu où remuait la foule épaisse des damnés.

Parmi cette foule, le dieu remarqua un homme qui se débattait plus furieusement que les autres, s'acharnait à se hisser sur les échines, à tendre les mains aux cieux vides, à s'agripper aux flammes errantes pour hurler sa révolte dans les fumées de soufre. Shakiamouni le reconnut : c'était Kandata, un bandit de grande force et de haute gueule. Cet homme n'avait occupé son séjour terrestre qu'à piller, incendier, assassiner et violer sans vergogne. Avait-il jamais eu le moindre élan de bonté, même infime ? Shakiamouni s'interrogea, et lui vint, comme une brume légère, un souvenir.

Un jour que Kandata traversait une forêt, traqué par une armée de justiciers, il avait failli sur son chemin écraser une araignée. Mais il avait retenu sa botte, par respect pour la vie de cette bête, et avait eu pour elle une fugitive pensée fraternelle. Shakiamouni savoura cet événement menu dans son esprit avec un bonheur imperceptible, mais infini. « Peut-être est-il possible de racheter ce Kandata », se dit-il. Près de lui une araignée du paradis tissait sa toile entre deux fleurs de lotus. Il saisit délicatement son fil entre ses doigts d'ivoire et, à travers les eaux du lac, le dévida jusqu'aux marécages de l'enfer.

Au milieu des maudits épuisés de tortures dont les faces blafardes et gémissantes dérivaient autour de lui, Kandata, seul rebelle, battant les flaques sanglantes et chassant les feux follets comme nuées d'insectes, vit tout à coup luire ce fil d'araignée dans le ciel noir. Il leva la tête et s'aperçut qu'il descendait en droite ligne d'un trou brillant comme une étoile, au plus haut de la voûte. Son cœur aussitôt bondit dans sa poitrine et l'espoir exaltant lui vint de s'évader de ces miasmes où il croupissait. Avidement, il empoigna le fil et de toutes ses forces se mit à grimper. En bon voleur qu'il était, il savait agilement escalader dans les ténèbres, mais l'étoile était lointaine, et le paradis plus haut encore. Il s'essouffla à s'élever, perdit ses forces, et bientôt incapable de mettre un poing devant l'autre, il décida de s'accorder un instant de repos.

Il cessa donc de se hisser et regarda en bas. Il ne s'était pas exténué en vain : les marais infernaux étaient déjà presque indistincts, perdus dans une brume fauve, et dans l'air qu'il respirait ne régnait plus l'oppressante puanteur qui accablait les lieux d'où il venait. « Encore un effort et je suis sauvé, se dit-il avec une jubilation féroce. À moi le paradis, à moi ! » Avant de reprendre son ascension, à nouveau il pencha la tête pour se donner courage et s'emplir une dernière fois le regard de l'enfer qu'il fuyait.

Alors il vit, au fond des fonds, semblables à des fourmis dans des lueurs de feux, des grappes de damnés, affolés d'espérance, s'agripper au bout de la fine corde qu'il gravissait, et s'élever à sa suite. « Malheur, se dit-il, ne voient-ils pas que ce fil est fragile ? Il ne me supporte que par miracle. Comment pourrait-il résister à cette armée de malandrins ? Il va se rompre, et nous allons tous retomber en enfer, moi et ces maudits invivables ! »

– Halte ! cria-t-il de toutes ses forces, tremblant d'effroi et de colère. Qui vous a permis de grimper ? Ce fil est à moi, à moi seul, damnés, lâchez-le !

À peine avait-il dit ces mots, la bouche contre ses poings, que le souffle de sa voix – ce seul souffle – brisa le fil tout net.

Au bord du lac du paradis, Shakiamouni vit Kandata tomber comme un point de braise et tournoyer jusqu'à se fondre dans les lointaines brumes infernales. Il était à jamais perdu maintenant. Rien ne pourrait plus le sauver. « Comme les hommes sont étranges et peu simples, se dit le dieu, soudain mélancolique. Pourquoi ce brigand a-t-il voulu se sauver seul ? » Il reprit sa promenade paisible au bord de l'eau, dans la brise indifférente et les fleurs au parfum parfait. Il était midi au paradis et le soleil dans le ciel n'avait pas encore rencontré le moindre nuage.

Les têtes interverties

Il était une fois, dans un humble village de l'Inde, deux amis inséparables. Ils étaient unis comme l'arbre et la terre. L'un s'appelait Shridaman, l'autre Nanda. Shridaman était un aristocrate quelque peu paresseux et indolent, quoique d'intelligence vive. Son visage était d'une finesse délicate, sa peau blanche comme l'ivoire, mais son corps malgré sa jeunesse était celui d'un bouddha trop paisible. Nanda, lui, était un paysan au teint sombre, au visage carré, vigoureux et bardé de muscles comme un guerrier pétri par l'aventure. Ils étaient aussi différents que lune et soleil. C'est pourquoi sans doute Shridaman admirait Nanda, Nanda considérait Shridaman comme l'homme le plus respectable et le plus raffiné du monde, et chacun n'avait d'autre désir que d'être digne de son compagnon.

Le jour où commence leur histoire, ces hommes rares partent ensemble en voyage à la ville voisine. Ils vont à pied, parlant et riant haut, sous le grand soleil. Vers midi ils parviennent au bord d'une rivière transparente qui serpente entre les arbres feuillus. Là est un petit temple antique dédié à la déesse Kali. L'endroit est délicieux, l'eau est fraîche, vive. Les deux jeunes gens font halte parmi les chants d'oiseaux et décident de se reposer un instant, à l'ombre douce. Ils s'assoient nonchalamment dans l'herbe. Or, tandis qu'ils se partagent leurs provisions, voici soudain leurs gestes suspendus. Pétrifiés, bouche bée, les yeux illuminés, ils regardent, entre les branches d'un buisson qui les dissimule, apparaître en haut de l'escalier du temple une jeune fille d'une beauté souveraine. Tandis qu'elle descend lentement vers la rivière, elle dénoue son sari rouge, le laisse choir sur les dernières marches. Vêtue de son seul collier, elle relève ses longs cheveux noirs, entre dans l'eau frémissante. Son cou, ses hanches, sa taille sont admirables, et son visage est aussi parfait que son corps.

– C'est une déesse, murmure Shridaman. Quittons ces lieux, Nanda, nous n'avons pas le droit d'assister à ce spectacle sacré.

– Que dis-tu là ? répond son compagnon en riant. Je connais cette fille. Sita est son nom. Au printemps dernier, je me trouvais dans son village le jour de la fête du soleil. Elle fut élue reine des fleurs nouvelles.

Sita sort de l'eau, ruisselante, ensoleillée. Elle remonte vers le temple. Les deux amis, discrètement, s'éloignent.

Shridaman est déjà fou d'amour. Après un long moment de marche silencieuse :

– Je mourrai, dit-il brusquement, comme s'il parlait à lui seul, je mourrai si je ne peux vivre avec elle.

Nanda sourit. Il répond :

– Ne te tourmente pas. Si c'est ton vrai désir, tu épouseras Sita. Je m'occupe de tout.

Au retour de leur voyage, Nanda le paysan s'habille de ses plus beaux vêtements et va demander au père de Sita la main de sa fille pour son ami. Il parle longuement de Shridaman, avec tant de bonté et d'affection que la jeune femme, présente à l'entretien, baisse la tête, sourit et se laisse convaincre. La noce est décidée. Au printemps revenu, le bon Nanda, l'esprit tout embrumé de tendresse, conduit en chantant dans le village en fête les épousailles de Shridaman et de Sita, la fille aux belles hanches.

La vie reprend son cours ordinaire. Entre son époux et Nanda, Sita vit quelque temps heureuse, puis peu à peu, malgré son désir de paix, de mélancoliques nuées s'accumulent dans son cœur. Elle ne peut s'empêcher de comparer le robuste, le vigoureux Nanda à son mari, le trop paisible Shridaman. De jour en jour, ses soupirs se font plus profonds, ses rêveries plus lointaines. Elle est amoureuse de Nanda, mais n'ose se l'avouer. Nanda est troublé par sa beauté, mais le cache. Shridaman l'intuitif pressent leur peine, souffre de se sentir délaissé, mais se tait.

Un jour, Sita décide d'aller rendre visite à ses parents, qu'elle n'a pas revus depuis la noce. Elle demande à Shridaman de l'accompagner, et à Nanda de conduire les buffles devant le chariot. Les voilà cheminant, silencieux, dans la chaleur de la matinée. Sita ne peut détourner son regard de la nuque puissante de Nanda, qui mène l'attelage. Shridaman, le front bas à côté d'elle, rumine un désespoir de plus en plus accablant. Comme ils passent, dans la verdure, près du temple où Sita est pour la première fois apparue aux yeux éblouis des deux hommes :

– Arrêtons-nous, dit-il. Je vais prier.

Le chariot fait halte. Shridaman gravit l'escalier, entre dans la pénombre fraîche, s'incline devant la statue de la déesse Kali, implore son secours. Comment sortir du tourment inextricable dans lequel ils se trouvent, son ami, sa femme et lui ? Un éblouissement vertigineux traverse soudain son esprit. « La mort seule me sera paisible, se dit-il, et délivrera ceux que j'aime. Je dois m'offrir en sacrifice. » Il se dresse, empoigne à deux mains son sabre, le fait tournoyer dans l'air sombre et d'un coup furieux se tranche la tête.

Dehors, sous les feuillages, Sita s'impatiente. Elle dit à Nanda :

– Shridaman s'attarde trop. Va voir ce qu'il fait, presse-le, ramène-le.

Nanda gravit l'escalier. Au fond du temple, dans la pénombre, un rayon de soleil tombé d'une lucarne illumine le visage impassible de Kali, la déesse. Au pied de la statue, la tête de Shridaman regarde le ciel à côté de son corps couché sur les dalles. Nanda pousse un hurlement épouvanté, se précipite, tombe à genoux. Sa douleur est telle qu'il se sent submergé par la folie. Il ne peut survivre à son ami, le seul qu'il ait au monde. Il ramasse le sabre sanglant, se redresse en rugissant et, le regard étincelant, tranche lui aussi sa tête. Tandis que son corps s'effondre elle roule sur le sol, près de celle de Shridaman.

Sita rêve un moment sous les arbres bruissants, puis ne voyant pas réapparaître les deux hommes, se décide enfin à aller les chercher. Elle franchit le seuil du temple, fait trois pas dans la pénombre. Ce qu'elle devine alors au pied de la statue lui fait perdre aussitôt le sens. Elle tombe évanouie. Une voix sonore, impérieuse, terrifiante, tournoie dans son esprit et la réveille. La voici revenue à la conscience. La voix ne cesse pas. C'est celle de la déesse Kali. Elle dit :

– Deux de mes fils jeunes et vigoureux, beaux et nobles, viennent de mourir. Ils se sont sacrifiés par ta faute sur mon autel, femme folle et trop belle.

Sita, le front sur les dalles, gémit. Ses mains autour d'elle s'égarent à chercher le sabre deux fois meurtrier. Elle veut mourir elle aussi.

– Relève-toi, dit encore Kali. J'ai pitié de ta peine. Approche-toi de moi.

Sita se redresse et, titubante, vient devant la statue. La voix dit encore :

– Pose la tête de Shridaman sur son corps, et la tête de Nanda sur son corps. Récite la formule sacrée que je vais te dire, et les deux hommes que tu aimes ressusciteront. Obéis sans faute, femme. Ma bonté ne sera pas deux fois miraculeuse.

Sita, égarée, les yeux tout embués de larmes, s'agenouille devant l'autel, joint aux corps les visages sans vie, prononce, la gorge bouillonnante de sanglots, la formule magique. Les deux hommes bougent soudain, se réveillent, se lèvent à gestes lents, empêtrés comme s'ils sortaient d'un cauchemar. Sita les regarde, les yeux immenses, pose ses deux mains tremblantes sur ses joues, ouvre la bouche, voudrait crier mais ne peut : dans son trouble, elle a interverti les têtes. Celle de Nanda est maintenant posée sur le corps de Shridaman, celle de Shridaman sur le corps de Nanda.

Les deux amis, eux, s'embrassent, pleurent, rient. Ils ont toujours souhaité se ressembler. Rien, donc, ne pouvait leur arriver de plus heureux. C'est ce qu'ils disent, dans leur première joie. Mais les voilà bientôt perplexes. Qui est maintenant le mari de Sita ? Celui qui parle par la bouche de Shridaman, ou celui qui vit dans son corps ? Ils s'interrogent, palabrent, argumentent, ne peuvent se décider et conviennent de s'en remettre au conseil d'un ermite qu'ils connaissent.

Ce saint homme vit dans une forêt proche et ne se nourrit que de pure sagesse. Ils se rendent auprès de lui, le consultent. L'ermite réfléchit un instant, puis affirme, dressant l'index : la belle tête de Shridaman sur le corps vigoureux de Nanda, tel doit être l'incontestable époux. Sita, comblée, bat des mains. Nanda baisse la tête, contemple, sous son menton, le corps lourd de

Shridaman, désormais le sien. Deux larmes débordent de ses yeux mais il relève le front, sourit bravement.

– Permettez que je me retire du monde, dit-il. Je n'ai que trop souffert. Je ne désire plus que vivre dans cette clairière auprès de cet homme qui nous a accueillis. Retournez seuls au village, et que les dieux vous gardent.

Ils se séparent, le cœur déchiré.

Passe une pleine année. Sita goûte avec son époux au bonheur limpide des couples parfaits. Elle met au monde un enfant, mais vient bientôt l'ennui dans la paix étale des jours, et la mélancolie. Elle pense à l'absent. Comment vit-il dans son ermitage ? L'a-t-il oubliée ? Elle se prend à pleurer, parfois, rêvant de lui. Son mari, qui se prélasse maintenant dans l'oisiveté, s'est alourdi. Il a perdu de sa vigueur, de plus en plus ressemble au premier Shridaman.

Un matin, tandis qu'il dort encore, elle part, serrant son enfant contre sa poitrine, à la recherche de celui qui porte le visage de Nanda, trop vivant dans sa mémoire. Elle erre longtemps sous les arbres de la forêt, l'appelle au seuil de toutes les clairières, le retrouve enfin. Il vit seul, le vieil ermite est mort. Le dur travail, les pluies et les soleils ont donné à l'ancien corps replet de Shridaman une beauté, une vigueur, une couleur de miel qui étaient autrefois celles de Nanda. Elle le serre violemment dans ses bras. Nanda, bouleversé, pose la bouche sur ses cheveux.

Au village, quand Shridaman se réveille dans sa maison vide, il devine où sa femme est partie. Il va, lui aussi, lent et triste, sur le chemin de la forêt. Il parvient au crépuscule devant la hutte de Nanda. À nouveau les voilà réunis, tels qu'ils étaient autrefois : Sita, Shridaman, Nanda. Leur enfant joue dans l'herbe. Les deux hommes ne peuvent plus vivre ainsi. Ils le savent, ils le disent avec une conviction désespérée.

Ils décident de mourir ensemble comme deux frères que rien, jamais, n'a pu désunir. Les voici face à face. Ils se disent adieu. À l'instant où la pleine lune apparaît au-dessus des arbres, d'un coup d'épée droit au cœur Shridaman tue Nanda, du même geste Nanda tue Shridaman. Ils tombent côte à côte, parmi les fleurs de la clairière. Alors Sita dresse un bûcher funèbre et prie. À l'aube, sur ce bûcher, elle dépose les corps des deux amis. Entre ces corps elle se couche. Son fils allume le feu qui crépite, s'élève.

Ainsi finit l'histoire de Shridaman et Nanda aux têtes interverties, et de Sita aux belles hanches, leur épouse. Leur enfant devenu grand fut un héros d'une beauté miraculeuse. Il devint l'un des plus grands sages de l'Inde et vécut longtemps dans la force du corps et la paix de l'âme.

TIBET

Celui qui ne pouvait mentir

Un jour, le roi du Bas-Pays s'en vint visiter dans son palais le roi du Haut-Pays. Ces deux vivants magnifiques s'entretinrent trois jours durant des affaires du monde, après quoi le roi du Haut-Pays offrit à son invité, dans une vaste salle au dallage d'or ouverte sur les cimes neigeuses, un festin éblouissant parfumé de musiques et de breuvages rares. Quand ils furent rassasiés, les deux souverains, les doigts croisés sur leur panse rebondie, en vinrent à parler des trésors qu'ils possédaient.

– Moi, dit le roi du Bas-Pays, j'ai une antilope à tête blanche plus savante qu'un ministre. Si se trouve un saint homme dans une foule de mille moines, elle le reconnaît aussitôt et va se frotter contre sa hanche.

– Moi, lui répondit le roi du Haut-Pays, j'ai dans mes pâturages mille et un chevaux. Tous sont excellents. Parmi eux est Melonghi, le plus bel ornement des deux royaumes. Mais j'ai surtout un jeune garçon qui ne sait pas mentir. Son nom est Ring Paï. J'ai fait de lui le gardien de mon troupeau.

L'autre hocha la tête et s'exclama :

– Je ne crois pas que soit au monde un homme assez pur pour avoir renoncé au mensonge. Je suis prêt là-dessus à risquer un pari. Je me fais fort de contraindre votre merveille de serviteur à tromper devant vous la vérité.

– Si vous y parvenez, je veux bien vous donner la moitié de mes terres, dit le roi du Haut-Pays.

Le roi du Bas-Pays répondit, tout rieur :

– Si je n'y parviens pas, je fais ici la promesse de vous donner la moitié des miennes.

Au soir de cette journée, ils se séparèrent.

À peine de retour chez lui, le roi du Bas-Pays s'en fut à la chambre de sa fille et lui demanda de partir pour les hauts pâturages où était Ring Paï, celui qui ne pouvait mentir. Elle s'en alla seule par les chemins montagnards. Un soir, elle parvint à la maison de pierres sèches où il vivait. Elle cogna à la porte basse en demandant à voix plaintive l'hospitalité pour la nuit. Ring Paï lui ouvrit.

– Entre donc, lui dit-il.

À la lumière de sa chandelle, il la contempla et la trouva belle. Il lui offrit son lit et se plut la nuit durant à la bercer de paroles tendres. Le lendemain, il ne voulut pas qu'elle parte. Elle en fut contente, et resta. Ils vécurent ensemble une semaine comme deux jeunes époux avides l'un de l'autre. Au matin du huitième jour, elle se leva avant que son compagnon ne soit réveillé, barbouilla ses gencives de terre pourpre, se recoucha et se mit à geindre.

– Fille, quel mal te tourmente ? lui demanda Ring Paï, le regard anxieux, quoique ensommeillé.

Elle lui répondit, toute haletante :

– Ma poitrine est comme un brasier de charbons, j'étouffe, je souffre épouvantablement. Ma fin est proche.

Elle cracha rouge sur le plancher. Ring Paï s'empressa, la prit aux épaules.

– Fille, dit-il, que puis-je faire pour éloigner la mort ? Si tu le sais, parle.

– Seule pourrait me sauver la chair du cheval Melonghi, répondit-elle, le souffle rauque.

– Fille, comment pourrais-je le sacrifier ? gémit Ring Paï. Il est le plus pur joyau de ce royaume !

Il se mit à marcher d'un mur à l'autre dans la chambre. Jusqu'au milieu de la matinée, l'esprit déchiré, il ne dit pas un mot. Puis, s'arrêtant enfin devant le lit où gisait la fausse malade :

– Fille, es-tu fiévreuse encore ? Vas-tu mieux ? Comment te sens-tu ?

– Plus morte que malade.

Il pensa : « Misère de mes os, je ne peux la laisser trépasser ainsi ! » Il prit sa hache et sortit dans la prairie.

Il appela Melonghi. Le cheval vint à lui, la crinière fière et le sabot fringant. Ring Paï caressa son museau et son flanc. Les larmes lui vinrent aux yeux. « Je ne peux te tuer, compagnon », murmura-t-il. Il revint au chevet de la fine mouche. Elle venait à la hâte d'enduire son visage de farine. Il la vit aussi pâle qu'un cadavre, les yeux révulsés et la bouche béante. À nouveau, il sortit à pas lourds. Le cheval l'attendait devant la porte. Ring Paï l'embrassa et lui dit :

– Si je ne te tue pas, la fille qui est là couchée sera morte avant ce soir. Que dois-je faire ?

Melonghi lui répondit :

– Appelle la plus belle jument du troupeau et laisse-moi seul avec elle jusqu'à la nuit tombée.

Ring Paï tristement obéit. Tout le jour il veilla la fille. Au crépuscule il sortit dans la prairie. Melonghi était couché sur le flanc. Il ne respirait plus. Il était mort. Alentour la jument broutait l'herbe. Le jeune garçon s'agenouilla devant le cadavre du cheval prodigieux. Un long moment il le caressa en murmurant de vaines paroles amicales. Puis il le dépouilla de sa peau, trancha un quartier de sa chair, qu'il s'en fut faire cuire.

Dès que la fille eut mangé de cette viande, elle déclara qu'elle se sentait mieux.

Le lendemain matin, Ring Paï s'en fut dans la montagne rassembler les chevaux dispersés. Quand il revint, sa maison était vide. Il appela la belle malade. Nul ne lui répondit.

– Malheur, dit-il, tournant partout la tête, me voilà aussi seul et misérable qu'un mendiant. Je n'ai plus rien au monde !

Puis il pensa, comme un aveugle tout à coup revenu au monde : « Comment vais-je annoncer au roi que son cheval est mort pour une fille enfuie ? »

Il coiffa son bonnet de fourrure, mit son manteau de feutre et s'en fut sur la colline, le front bas et le pas furibond. Au sommet, il fit halte « Peut-être pourrais-je mentir ? se dit-il. J'éviterais ainsi l'épouvantable danger qui menace ma tête. » Il réfléchit un moment puis s'accroupit dans l'herbe. Posant pierre sur pierre, il dressa une apparence de monarque et s'inclina trois fois devant. Après quoi il vint tout contre et dit, la poitrine gonflée de royale importance :

– Ainsi, Ring Paï, te voilà revenu. Mes chevaux maigres ont-ils grossi, et mon prodigieux Melonghi est-il en bonne santé ?

Il revint à son prosternement devant le faux souverain et répondit, l'air contrit :

– Majesté, les chevaux maigres ont grossi, pas un cheval gras ne manque dans l'enclos, mais votre Melonghi a disparu. On nous l'a volé.

À peine avait-il ainsi parlé que le tas de pierres s'effondra. « Je n'ai pas répondu comme il fallait, se dit-il. Cherchons autre chose. » Il releva son faux monarque, l'enveloppa dans son manteau de feutre, et contrefaisant à nouveau la voix redoutable :

– Content de te voir, Ring Paï. Mes chevaux sont-ils vigoureux, leur crinière est-elle soyeuse et mon cher Melonghi est-il toujours aussi bien portant ?

Ayant dit, il bondit devant le tas de pierres, s'inclina et contemplant le sol :

– Majesté, Melonghi par malheur est tombé dans un marécage. Il est mort.

À nouveau le tas s'effondra. Ring Paï poussa un long soupir, redressa la grossière statue, planta sur sa cime son bonnet de fourrure et, pour la troisième fois, proféra de son haut de bienveillantes paroles d'accueil, s'enquit à voix tonnante du cheval précieux entre tous, puis s'en fut s'agenouiller aux pieds du supposé monarque et, le front haut tout à coup :

– Une fille m'a tourné la tête. Pour elle, j'ai tué Melonghi. Elle s'est enfuie avec la peau de votre cheval.

Devant lui le monceau de pierres resta royalement planté. Ring Paï se redressa. « Me voilà donc condamné à dire la vérité », pensa-t-il. Il s'en retourna chez lui.

Le lendemain, un messager vint le prévenir que le roi désirait le voir. Aussitôt, il sella sa monture et se rendit au palais du Haut-Pays.

– Te voilà donc, Ring Paï, lui dit le souverain dès qu'il le vit paraître au fond de la salle dallée d'or. Parle, je suis impatient de t'entendre. Mes chevaux maigres ont-ils engraissé ? Mes chevaux gras sont-ils tous dans l'enclos ? Et l'excellent Melonghi, est-il toujours aussi magnifique ?

Auprès de l'imposant monarque trônait le roi du Bas-Pays.

Ring Paï les salua tous les deux et répondit :

– Majesté, les chevaux maigres végètent. Quelques chevaux gras sont encore dispersés dans la montagne. Quant à Melonghi, je l'ai tué pour satisfaire le caprice d'une mauvaise fille. Elle s'est enfuie avec sa peau.

Le roi se tourna vers son invité du Bas-Pays.

– Je vous avais prévenu, lui dit-il. Ce garçon ne sait pas mentir.

– Soit, répondit l'autre, tout déconfit. J'ai perdu la moitié de mes terres.

Le roi du Haut-Pays fit don à Ring Paï de ce demi-royaume. Le roi du Bas-Pays lui offrit en mariage sa fille qui n'avait pas pu le pousser au mensonge. À la saison nouvelle, un poulain exactement semblable à Melonghi naquit de la jument que Ring Paï avait amenée au cheval prodigieux, avant qu'il ne meure. Enfin, quand leur nuque se fut courbée sous le poids des ans, les rois des Haut et Bas-Pays confièrent ensemble à celui qui ne pouvait mentir le gouvernement de leur peuple. Son règne fut long et tout le monde en fut content, autant les gens de ces contrées que les animaux et les arbres, les nuages et les jardins, les esprits des morts et les dieux des enfants à naître.

Yoklari

Autrefois, au royaume Drogpa, fut un roi nommé Serla Gon. Ce roi avait une servante fidèle entre toutes. Un jour, cette servante mit au monde un étrange garçon au crâne lisse. On le nomme Yoklari : « Serviteur à la tête de cire. » En vérité, Yoklari était le fils d'un dieu. Son crâne paraissait désert, mais ne l'était point. Il était casqué d'or, de perles et de turquoises invisibles aux mortels ordinaires. Dès son jeune âge, il fut berger dans les pâturages royaux. Quand il eut quinze ans, sa mère mourut.

Or, le roi Serla Gon avait trois filles : Serlo « Feuille-d'Or », Ngulo « Feuille-d'Argent » et Dunglo « Feuille-Couleur-de-Conque ». Elles grandirent jusqu'à la parfaite beauté. Quand la lumière du désir se fut allumée dans leurs yeux, le roi décida de les marier. Il assembla devant son trône sa famille, ses courtisans, ses ministres, et dit à tous :

– À Feuille-d'Or, mon aînée, j'offre en dot les terres de l'Est, à Feuille-d'Argent mes terres du Nord, et à Feuille-Couleur-de-Conque, ma cadette, la cité magnifique où est ma royale demeure.

Tous les princes de la terre furent invités au palais d'En-Haut, afin que les princesses choisissent parmi eux leurs époux. Au jour dit, dans le foisonnement des brocarts et des lumières, vinrent aussi des serviteurs et d'humbles marchands en âge de prendre femme. Feuille-d'Or la première s'avança vers ces hommes, portant fièrement dans sa main droite la hampe d'un drapeau orné des cinq couleurs bénéfiques, et dans sa main gauche une amande de beurre. Elle fit halte devant Cho-Ling, le fils du roi du Sud, à ses pieds planta l'étendard et toucha son front de son pouce beurré. Feuille-d'Argent vint après elle. Pareillement majestueuse elle choisit Nub-Ling, le fils du roi de l'Ouest.

Enfin Feuille-Couleur-de-Conque descendit les marches du trône où elle était assise près de son père. Son regard erra sur la foule des princes, mais parut n'en voir aucun à sa convenance. Elle hésita, tournant la tête de droite et de gauche comme si elle ne savait à qui se donner. Des murmures s'élevèrent. Le roi s'impatienta. Alors, soudain décidée, elle fendit l'assemblée d'un pas ferme, s'approcha droit de Yoklari, lui offrit son étendard et déposa sur son front, en signe de bon augure, l'amande de beurre luisant. Son père se dressa, le visage rouge de confusion et de colère.

– Cet homme est un berger, il ne saurait être mon gendre, dit-il. Ma fille s'est trompée.

La reine, près de lui, pencha la tête de côté, posa la main sur son poing et murmura :

– C'est le choix de son cœur, vous devez l'accepter.

Le roi baissa le front, se soumit, mais grogna que cette insolente n'aurait de lui, à la place de la cité promise, qu'un bagage de vagabonde. Il lui donna une vieille jument, une petite tente délavée et la chassa de son palais. Yoklari et Feuille-Couleur-de-Conque son épouse, poussant leur bête devant eux, s'en furent sans un mot sur le chemin des cimes.

Un mois après ces épousailles, comme il était d'usage au royaume Drogpa, les maris des deux aînées s'en vinrent rendre visite au roi Serla Gon leur beau-père. Yoklari vint aussi. Il planta son lambeau de tente près du palais et demanda audience au monarque. Il n'en eut aucune réponse. Alors il dit à Feuille-Couleur-de-Conque :

– Femme bien-aimée, prends une poignée de sel et va saluer ta mère. Quand tu seras en sa présence, tu croqueras un grain de ce sel et tu jetteras le reste au feu. Ainsi elle saura à quelle pauvreté nous a réduits ton père.

Elle fit ainsi. Sa mère la reine la serra dans ses bras en pleurant et lui donna un vêtement de fourrure. Elle le rapporta à Yoklari. Il l'offrit au premier mendiant qui vint pleurer misère devant sa tente.

Pendant ce temps, le roi dans son palais dînait avec ses deux gendres princiers. À la fin du repas, il leur confia qu'il avait décidé d'organiser une course de chevaux autour de sa cité, et que son intention était de donner la ville et sa royale demeure au vainqueur de l'épreuve.

– Vous avez une année pleine pour vous y préparer, leur dit-il. Faites savoir la chose à Yoklari. S'il veut tenter sa chance, nul ne doit l'en empêcher.

Yoklari s'en retourna avec son épouse dans la montagne où ils vivaient et mit à paître sa vieille jument dans un pré. Après une lune et dix jours exactement, un poulain mâle naquit de cet animal hors d'âge. Les deux époux restèrent trois saisons dans la seule compagnie de ces bêtes. Quand fut venu le temps de la course royale :

– Maintenant, dit à Yoklari Feuille-Couleur-de-Conque, il est temps de révéler à tous ta tête casquée d'or et de pierres précieuses.

– Si telle est ta volonté, lui répondit Yoklari, qu'il en soit ainsi.

Des trois gendres du roi, il parvint le premier au royaume Drogpa et, dans un vaste champ à la lisière de la ville, il fit dresser le plus magnifique campement du monde. Le peuple s'étonna, vint en foule sur les remparts contempler de loin les étendards dressés dans la verdure, les vastes tentes blanches gonflées de vent, les serviteurs qui s'affairaient à laver au fleuve des vaisselles d'or, à traverser en tous sens le camp, chargés de coffres, de coupes et de cruches éblouissantes comme des soleils. Nul ne reconnut Yoklari.

Ses beaux-frères bientôt arrivèrent aussi. Ils s'étonnèrent de ne pas voir le troisième gendre du roi. Le monarque convint que l'épreuve ne pouvait convenablement être courue sans le misérable époux de sa fille cadette. Il envoya sept hommes de sa garde à sa recherche. Ils chevauchèrent sept jours par le pays, mais ne le trouvèrent pas. Cependant l'un d'eux sur le chemin du retour avait remarqué la vieille jument et la tente trouée de Yoklari près du campement de ce prodigieux marchand que nul ne connaissait. Il le dit à son maître. Le roi aussitôt décida d'aller lui-même consulter cet homme à la richesse sans fond. Il fit seller sa plus belle monture et sortit de la ville, accompagné de ses deux gendres et de ses ministres.

Yoklari les reçut dans sa plus haute tente, assis sur un trône d'or. Près de lui était Feuille-Couleur-de-Conque sur un trône de turquoise. Son visage était voilé. Dès que le roi se fut incliné devant eux, un serviteur lui présenta un siège semblable à celui qu'occupait le maître des lieux. Yoklari d'un geste le renvoya et dit :

– Que l'on donne à cet homme une peau de tigre. Cela suffira pour lui.

Le roi s'assit donc, aux pieds du couple immobile et superbe, sur une peau de tigre.

– J'ai ordonné pour demain une course de chevaux à laquelle mes trois gendres doivent participer, dit-il. L'époux de ma troisième fille n'est pas venu, et nous ne savons où le trouver. Je vous supplie, afin que son absence ne nous soit pas reprochée, de remplacer ce déserteur.

– Ne vous inquiétez de rien, lui dit Yoklari. Je le remplacerai.

Le lendemain, il apparut par la ville le crâne lisse comme au temps de sa misère, accompagné de son épouse vêtue de hardes de mendiante, suivi de sa vieille jument et de son poulain. La servante de la reine, de la plus haute fenêtre du palais, l'aperçut parmi les princes et les guerriers somptueusement harnachés. Elle courut à sa maîtresse.

– Yoklari est là ! lui dit-elle.

Le roi fut prévenu. Il s'installa tout réjoui sur son estrade et fit sonner le départ de la course.

Les cavaliers s'élancèrent dans un immense fracas de vivats et de tambours. Yoklari sur son poulain clopinant se trouva aussitôt distancé. Le peuple, le monarque, les ministres, tous rirent de lui, le voyant pareil à un bouffon sur son baudet courant au train d'une chasse de haut vol. Il n'y prit garde. Soudain, il leva la main. Alors un arc-en-ciel surgit de la poussière et traversa l'espace, semblable à un pont lancé au-dessus de la chevauchée des princes et des nobles du monde. Sur cet arc-en-ciel Yoklari s'éleva, assis sur sa bête tout à coup légère comme une brume ailée, et sans hâte apparente parvint au but avant les autres. Il mit pied à terre et s'avança vers l'estrade royale. Tous virent alors sa tête casquée d'or, de perles de turquoises.

– Qui es-tu en vérité ? lui demanda le roi.

– Je suis le fils d'un dieu et d'une servante, l'époux de ta fille et le maître d'un royaume nommé Shar Panglung Khama. Je n'ai besoin de rien. Cependant, je consens à administrer ta cité royale, si tu le désires.

Il offrit au roi sept mulets chargés de pierres précieuses, sept autres chargés de sucre et de raisins secs, sept autres chargés de soie de Chine, et le roi lui confia sa cité où régnèrent l'abondance et la paix, le temps que ce fils d'un dieu et son épouse terrestre consentirent à demeurer parmi les hommes.

La fleur Utumwara

Dans le Haut-Pays furent autrefois quatre amis. Le premier était le fils du roi, le deuxième le fils de son ministre, le troisième le fils du plus riche marchand de la contrée, le quatrième le fils du plus pauvre mendiant. Ils décidèrent un jour d'aller ensemble courir le monde. Le roi à son garçon donna trois pièces d'or, et ils s'en furent.

Après longtemps de chemin, ils parvinrent dans un beau village aux ruelles droites poudrées de poussière blanche. Le fils du roi qui marchait devant fit halte devant un vieillard assis devant sa porte et lui demanda :

– Quel est l'homme le plus habile parmi les gens d'ici ?

– Le tailleur de pierre. Il est aussi libre et heureux dans son art que le vent dans le ciel.

Le fils du roi se tourna vers le fils du marchand, lui mit dans la main une pièce d'or et lui dit :

– Reste dans ce village le temps qu'il te faudra pour apprendre le métier de cet homme.

Il l'embrassa et poursuivit sa route avec le fils du ministre et celui du mendiant.

Ils arrivèrent bientôt dans une cité aux remparts luisants et gris. Dans la première échoppe d'une rue parfumée d'épices et de fruits, le fils du roi demanda quel était l'homme qui avait forgé les ferrures du puits de cette ville. Le boutiquier lui répondit :

– Un maître forgeron aussi vigoureux que sage. Son atelier est sur la place proche. Ne l'entendez-vous pas battre son enclume ?

Le jeune homme prit par l'épaule le fils du mendiant, lui donna une pièce d'or et lui demanda d'apprendre le métier de ce maître de forge. Après quoi il s'en fut avec le fils du ministre.

À trois jours de marche était une grande maison silencieuse dans une vallée où nul vent ne soufflait. Le fils du roi demanda au portier à quoi s'occupaient les hommes silencieux qui vivaient en ce lieu.

– Nous étudions la mathématique et l'art divinatoire, lui répondit, à voix basse, l'humble veilleur.

Le fils du roi tendit au fils du ministre sa dernière pièce d'or et lui dit :

– Reste auprès de ces gens et apprends ce qu'ils savent.

Il s'en alla seul.

Après trois nouvelles journées de voyage, il arriva devant un palais dont la cime se perdait dans les brumes au bord d'un lac limpide. Comme il s'avançait à pas prudents dans le jardin de cette vaste demeure, il vit une fille endormie sur un lit de fleurs, dans l'ombre d'un arbre. Il s'approcha sans bruit, se pencha sur son visage et fut aussitôt bouleversé par sa beauté. Auprès d'elle était une queue de yak blanche et une autre noire. Il prit la queue blanche et effleura la main de la jeune fille. Elle s'éveilla et lui demanda ce qu'il cherchait dans ce jardin. Il lui dit qu'il voyageait sans but. Alors elle lui apprit que ce palais était celui d'un démon, que tous les jeunes gens venus avant lui avaient été capturés par cet ennemi des hommes et se trouvaient encore retenus prisonniers.

– Fille plus belle que ma mère ensoleillée, dit le garçon, conduis-moi vite à ces captifs, je veux les délivrer.

– En vérité, lui répondit la fille, ils dorment dans les caves du palais. Il a suffi de les effleurer avec cette queue de yak noire que tu vois là pour qu'ils tombent dans un sommeil d'où seule la caresse de la queue de yak blanche pourra les sortir. Prends-la donc, si tu veux ramener ces hommes à la vie.

Il descendit aux caves et réveilla ceux qui s'y trouvaient, puis il leur demanda où était ce démon qui les avait capturés.

– On ne le voit jamais, cependant il agit, lui répondirent-ils, encore tout ensommeillés. Seule sa fille semble habiter ce palais. Mais on ne sait qui elle est, car elle apparaît toujours environnée de nombreuses compagnes, toutes aussi belles, aussi jeunes et aussi délicieusement joyeuses qu'elle.

Le fils du roi voulut alors savoir par quelle malchance ces hommes étaient venus se perdre dans cette dangereuse maison. Le plus hardi bâilla, se frotta les yeux et dit :

– Nous étions à la recherche de la fleur Utumwara, précieuse entre toutes : elle peut rendre la vue à un aveugle, la force à un paralytique et la vie à un être aimé. Elle se trouve au centre du lac.

– L'avez-vous découverte ?

– Non. Avant que nous parvenions où elle est, le démon nous a capturés.

– Voulez-vous m'accompagner jusqu'à elle ?

– Certes non, lui dirent les réveillés. Pour que la fleur Utumwara soit accessible, il faut d'abord que toute l'eau du lac s'enfonce dans la terre, et pour que cela s'accomplisse, il faut tuer la fille du démon. Or, comment la reconnaître parmi toutes celles qui l'accompagnent ?

L'entreprise est trop ardue, nous préférons retourner chez nous.

Ils remercièrent de bon cœur leur bienfaiteur et s'en allèrent.

À peine avaient-ils quitté le palais qu'apparut une nuée de jeunes filles. Voyant les portes ouvertes et les litières abandonnées dans les caves, elles cherchèrent l'intrus qui avait délivré les captifs. Le fils du roi, qui n'avait désormais de désir que de la fleur Utumwara, s'était caché dans un renfoncement de couloir, derrière une colonne noire. Elles ne tardèrent pas à le découvrir. La plus acharnée de ces belles démones s'en vint vers lui armée de la queue de yak noire. Il ne put éviter d'en être effleuré, et sur l'instant s'endormit. On le coucha dans une chambre haute. La nuit venue, la fille qu'il avait rencontrée dans le jardin du palais vint le nourrir sans qu'il s'éveille. Elle fit ainsi une année pleine.

Alors le fils du ministre, pratiquant un soir la divination dans la paisible maison où l'avait laissé le fils du roi, voulut savoir ce qu'il était advenu de son noble ami. Sa magie lui révéla que ce frère de cœur était proche de la mort. Il se rendit aussitôt à la ville où le fils du mendiant était apprenti forgeron. Celui qui l'accueillit était maintenant un homme accompli et fort savant dans la science des métaux. Le fils du ministre lui apprit la mauvaise nouvelle. Ils décidèrent ensemble d'aller chercher leur compagnon tailleur de pierre et d'accourir tous les trois au secours de celui qu'ils chérissaient plus que leur propre vie.

Dans le jardin du bord du lac où ils parvinrent, le fils du ministre à nouveau interrogea le ciel. La réponse fut :

– La queue blanche du yak fera revivre celui dont l'amitié t'importe.

Ils la trouvèrent sur une table, dans la première salle du palais déserté. Ils la prirent et coururent ouvrir toutes les portes jusqu'à découvrir l'endormi. Aussitôt effleuré, il s'éveilla et leur conta son aventure.

– Il est au centre du lac une fleur sans pareille nommée Utumwara, leur dit-il. Pour l'atteindre, il faut tuer la fille du démon. Alors le lac s'asséchera et la fleur nous apparaîtra. Mais comment tuer cette diablesse que je ne connais pas ? Nul ne peut la distinguer de ses compagnes.

– Nous saurons bientôt, répondit le fils du ministre.

En vérité, il était devenu un devin infaillible. À peine avait-il fermé les yeux que la réponse vint.

– Yujum est son nom, dit-il. Elle passe ses jours dans les jardins du palais, protégée par ses servantes, et rejoint la nuit le centre du lac. C'est là que nous devons l'affronter.

Le fils du mendiant planta profond une lame de fer sur la rive et la courba savamment jusqu'au centre du lac. La nuit venue, le fils du roi s'avança sur cette étroite passerelle. Quant il fut au bout, il vit la jeune fille baignée de lune assise sur un roc. Il lui demanda la fleur Utumwara. Elle lui répondit :

– Je suis moi-même cette fleur. Tu ne peux couper la tige qui me tient aux profondeurs de la terre. Seul pourrait la rompre le diamant que mon père démon porte au front. Or, mon père ne peut être tué que par un marteau de tailleur de pierre. Possèdes-tu un tel marteau ?

Le fils du roi s'en revint sur la berge. Son compagnon devin lui apprit où se tenait le démon : au cœur même de son palais, dans une chambre sans porte ni fenêtres. Alors le fils du marchand s'en fut attaquer la muraille de cette chambre, en défit trois pierres, se glissa dans la salle obscure, leva son marteau de maître carrier et l'abattit sur le crâne du démon. Aussitôt le coup frappé, le diamant tomba dans sa main gauche. Il courut le porter au fils du roi qui l'attendait auprès de l'arc de fer.

À nouveau l'intrépide rampa dans la nuit jusqu'au centre du lac. Quand elle le vit, la démone sur son roc se mit à geindre et trembler. Un rameau vert était à son oreille droite. Le fils du roi le lui arracha. Elle fut à l'instant aveugle de l'œil droit et le lac se vida de moitié. Un autre rameau vert était à son oreille gauche. Dès qu'il fut pris, la fille fut aveugle de l'œil gauche et le lac s'assécha tout à fait. Alors le fils du roi frappa du diamant le roc et le roc s'ouvrit, et la fleur libérée illumina les ténèbres.

Elle était de trois pétales. À peine ramenée sur la rive, de chacun de ces pétales naquit une fille. Le fils du roi prit la première pour femme. Le fils du ministre épousa la deuxième, et le fils du mendiant la troisième. Quant au fils du marchand, il garda pour lui le joyau du démon et grâce à lui devint le sculpteur le plus subtil qui fût au monde.

Ils revinrent au pays de leurs pères et vécurent heureux dans l'abondance de leur savoir.

Somaki et les trois clefs

Dans la haute vallée de Sanling vivait autrefois un démon taciturne et laid. Un jour, pataugeant puissamment dans l'écume du torrent, il aperçut une jeune fille, au loin, sur la rive. Il s'accroupit derrière un roc et l'observa. Elle lui parut d'une beauté très désirable. Il la suivit et vit qu'elle habitait avec sa mère à la sortie de la vallée, dans une maison basse plantée sur un grand pré.

La vieille femme devant sa porte était occupée à traire sa vache. Il s'approcha d'elle, la mine sombre, et lui demanda la main de sa fille. Elle lui répondit :

– Sais-tu son nom ?

– Je l'ignore, grogna le démon.

– Reviens quand tu le sauras et tu auras ce que tu désires. Pour l'heure, va-t'en.

Il s'en retourna tout renfrogné dans sa montagne. Comme il cheminait ainsi, il rencontra un jeune loup de son voisinage. Aussitôt une idée lui vint. Il saisit la bête par l'encolure et lui dit :

– À la sortie de la vallée est une maison basse. Cette nuit, va flairer autour d'elle. Si tu me rapportes le nom de la jeune fille qui l'habite, je te rassasierai de chair et de sang.

Le soir venu, le loup descendit vers cette humble maison. Parvenu à sa porte, il tendit l'oreille. Il entendit remuer la vieille femme puis, après un long bâillement, ces paroles lasses traversèrent la porte :

– Somaki, il est temps d'aller dormir.

« Somaki », se dit le loup, galopant déjà vers les sombres rochers du torrent. Mais comme il arrivait, haletant, où le démon l'attendait, ce nom lui sortit de l'esprit.

– Je l'ai entendu, et je l'ai oublié, dit-il, tout penaud.

Il s'en revint à la maison, écouta encore. À nouveau dans les ténèbres s'éleva la voix de la vieille :

– Dors, Somaki, dors, ma précieuse.

« Somaki », gronda-t-il entre ses crocs. Il s'en retourna en toute hâte vers la montagne en se répétant « Somaki, Somaki ». À l'instant où il allait déposer ce nom aux pieds du démon, un coup de vent effleura son museau. Il éternua et ne sut plus que dire. L'échine tremblante, il s'en fut une nouvelle fois d'où il venait. L'aube pâlissait à l'horizon quand il parvint à la maison basse. Il entendit :

– Debout, Somaki, le jour vient !

Il revint follement, hurlant ce nom à chaque souffle. À demi mort d'épuisement, il parvint enfin à le bafouiller, entre deux râles, à l'oreille du démon accroupi devant lui dans l'herbe. Aussitôt cet être malfaisant s'en fut cogner à la porte de la vieille.

– Somaki est le nom de ta fille, lui dit-il.

Alors la mère gémit, et serrant son enfant sur sa poitrine, elle murmura contre sa joue :

– Ma fille, prends ces trois grains d'orge. Si tu te trouves un jour en péril, offre le premier au dieu du ciel Kondjog, le deuxième aux déesses de la terre Lu et Dabdag, et le troisième à ta propre bouche.

Le démon coucha Somaki dans ses bras et la porta jusqu'au bord de la cascade où était sa demeure. Il la déposa dans une belle chambre, lui confia une clef de cuivre et partit à la chasse. Dès qu'elle fut seule, elle sortit dans le couloir. À la première porte qu'elle trouva, elle essaya sa clef. Le battant s'ouvrit en grinçant sur une salle emplie de pots de farine, de beurre et de fruits secs. Elle goûta ces nourritures et les trouva délicieuses. Le lendemain, le démon offrit une clef d'argent à sa nouvelle épouse et s'en alla comme la veille, sans le moindre mot d'amour. Somaki, ce jour-là, découvrit une salle emplie de bijoux, de coffres et d'ornements magnifiques. Elle se plut grandement à s'en vêtir. Le troisième jour, avant de franchir le seuil de sa maison, l'époux terrible lui tendit une clef d'or.

À peine le démon sorti, elle s'en fut impatiemment à la troisième porte du couloir, l'ouvrit et poussa un cri épouvanté. Partout, dans la salle découverte, gisaient des cadavres à demi vêtus de toiles d'araignées. Seule vivait là une vieillarde en haillons, assise sur le dallage dans la lumière poussiéreuse d'un soupirail. Voyant apparaître Somaki sur le pas de la porte, elle leva sa tête ridée et lui dit :

– Fille, que fais-tu ici ?

– Vieille femme, je suis la nouvelle épouse du démon.

– Et moi je suis l'ancienne, dit l'autre. Il m'a enfermée ici quand je n'ai plus su lui plaire.

Elle sortit de ses hardes un objet de turquoise, le lui tendit et dit encore :

– Si tu veux éviter mon sort, prends cette statuette de la déesse Drolma et pose-la sur la tête de cette vieille morte accroupie contre le mur du fond. Sa chair et ses os aussitôt disparaîtront. Alors tu revêtiras sa peau et ainsi déguisée, fuis, ma fille, fuis aussi loin que tu pourras.

Somaki en tremblant fit ce qu'elle devait et la peau de la morte tomba sur le sol comme une guenille vide. Elle s'en vêtit et s'en fut en courant.

Après sept journées de fuite sans repos par monts et plaines, elle parvint à la porte d'un agréable et vaste palais. Elle s'y fit engager comme porteuse d'eau. Là vivait un roi fort sage mais point heureux : il n'avait pas d'épouse.

Or il advint que Somaki, souffrant de mille poux dans sa peau de vieillarde, ne put résister à l'envie de s'en défaire, un jour qu'elle se croyait seule au bord de la rivière. Elle la quitta donc à la hâte et se plongea dans l'eau limpide. Le ministre du roi au même instant faisait sa promenade du matin le long de la rive. Il aperçut, entre les feuilles d'un buisson, son corps superbe. Il en resta pantois. Mais quand il la vit revêtir sa dépouille de vieille morte, il pressentit quelque grave mystère et s'en alla prévenir son maître. Le roi l'écouta avec attention et d'un geste ordonna que l'on aille chercher Somaki. Dès qu'elle fut devant son trône, il lui donna l'ordre de déchirer la peau qui la couvrait, ce qu'elle fit. Le roi, la découvrant dans sa magnifique vérité, se trouva tant ému que d'un long moment il fut privé de parole. Quand à nouveau il put parler, ce fut pour dire qu'il ne voulait pas d'autre épouse que cette femme parfaite.

Un an plus tard, elle mit au monde sur sa royale couche un fils étrange et merveilleux : sa tête était d'or, son dos d'argent et ses jambes de cuivre. Le jour de cette naissance, le roi se trouvait en visite sur ses terres. Son ministre lui envoya aussitôt le plus agile de ses messagers. Mais cet homme chargé de tous les contentements du monde ne parvint pas où il devait aller. Le démon, qui depuis qu'elle s'était enfuie cherchait partout sa femme, l'empoigna par le col au milieu du chemin et lui demanda où il courait ainsi. L'autre, terrifié, lui dit la nouvelle. « Un enfant d'or, d'argent et de cuivre, pensa le Malfaisant, ne peut être que le fils de Somaki. » Il tua le messager et prit son apparence. Parvenu devant le roi, il tomba à ses genoux et lui dit, la mine faussement contrite :

– Majesté, un fils vous est né. Il a la tête d'un scorpion, le dos d'un crapaud et les jambes d'un serpent. Que devons-nous en faire ?

– Que sa mère l'emporte au bout du monde, répondit le roi, la gorge nouée. Elle n'est plus mon épouse.

Quand il reçut cette réponse, le ministre en resta un long moment consterné mais en bon serviteur il obéit à l'ordre. Il fit jeter Somaki hors du palais. Alors, serrant contre elle son nouveau-né, elle reprit le chemin de son humble maison. Le démon la rejoignit avant qu'elle y parvienne. Il lui arracha son fils, le trancha en deux, jeta une moitié vers la plaine et l'autre vers la montagne. Après quoi il enroula la chevelure de Somaki autour de son poing et l'entraîna vers sa haute demeure, où il l'enferma.

Dès qu'elle se trouva seule, elle prit la clef d'or dont elle ne s'était jamais séparée et courut à la salle où était la vieille vivante parmi les morts. Elle lui conta sa malheureuse aventure et lui demanda conseil. L'autre, indignée par la conduite du démon, lui répondit :

– Il faut décidément détruire cette sinistre maison. Sur la tête de tous ces cadavres qui m'environnent pose ta statuette de Drolma. J'espère que tu ne l'as pas perdue ? Fais vite.

Somaki obéit. À peine leur crâne effleuré, les morts l'un après l'autre se levèrent, regardèrent autour d'eux comme s'ils s'éveillaient et se prirent de fureur. Ils envahirent en hurlant couloirs et chambres, mirent partout le feu. Somaki s'enfuit parmi les rochers. Comme elle parvenait en vue de la plaine, le démon à nouveau apparut devant elle. « Cette fois je suis perdue », se dit-elle. Alors elle se souvint des trois grains d'orge que sa mère lui avait donnés. Elle offrit le premier au dieu céleste Kondjog et le deuxième aux deux déesses de la terre Lu et Dabdag. Elle avala le troisième.

Aussitôt un cheval ailé descendit des nuées et l'emporta à travers le ciel. Le démon, impuissant, ne put que lui tendre le poing. Après longtemps de chevauchée dans les hauts vents, l'animal miraculeux la déposa au milieu d'une plaine déserte et lui dit :

– Il me faut maintenant mourir. Quand je ne respirerai plus, tu ouvriras mon corps de la tête aux entrailles et tu étendras ma peau sur cette terre aride. Ainsi tu ne manqueras de rien. Aie confiance.

Il se coucha sur le flanc, ferma les yeux. Somaki fendit son ventre, le dépouilla et s'endormit épuisée. Quand elle se réveilla elle se vit dans un petit sanctuaire, frais et richement orné. Les poumons et le cœur du cheval s'étaient changés en or et en turquoise, ses entrailles en corail, les poils de sa crinière en arbres fruitiers. À la porte de ce sanctuaire veillait un chien féroce.

Au même instant, le roi, de retour de voyage, entrait dans son palais. À peine assis sur son trône, le cœur en peine il demanda ce que Somaki était devenue. Son ministre lui montra l'ordre qu'il avait reçu et osa s'étonner que son maître n'ait pas voulu du fils d'or, d'argent et de cuivre qui lui était né. Le roi comprit alors qu'il avait été trompé, et sa douleur fut telle qu'il perdit tout désir de régner. Sur l'heure il s'en fut seul à la recherche de son épouse. La pluie, les vents et le désespoir firent bientôt de lui un mendiant.

Après de longues années d'errance, il vint un jour à passer devant la sainte demeure de Somaki. Il voulut y entrer pour s'y reposer un moment. Le chien, d'ordinaire intraitable avec les voyageurs, lui lécha les mains quand il franchit le seuil. Somaki s'étonna. « Quel est cet homme que ma bête semble connaître ? » se dit-elle. Elle vint au-devant de lui. Elle lui demanda :

– Qui es-tu ?

Il répondit :

– Celui qui te cherche depuis une éternité et qui pourtant ne t'a jamais quittée.

Elle le reconnut et lui ouvrit ses bras. Nul, depuis ce jour, ne put les désunir.

CHINE

Du sang sur le stupa

Au pays des Taï fut un village aujourd'hui disparu. Il était bâti d'humbles maisons de terre au pied d'une montagne abrupte sur laquelle était un de ces monuments funéraires nommés stupas, que les bouddhistes honoraient autrefois. Personne ne savait qui avait élevé ce stupa au plein vent de ce sommet, ni de quelle sainte dépouille il était la demeure. En vérité, il était depuis longtemps désaffecté. Pourtant, mère Wu, la plus vieille des aïeules du village, grimpait tous les matins jusqu'à lui et l'honorait de quelque prière. Elle n'avait jamais manqué de faire ainsi. Qu'il pleuve, vente ou neige, qu'il gèle ou que tombe le feu d'été, que la fièvre la tourmente ou que la brise l'accompagne, chaque jour de sa vie, sans une seule fois faillir, elle avait mis sous ses pas le sentier malaisé et gravi la pente à son allure lente et pesante de vieillarde. Nul ne pouvait dire pourquoi elle agissait de la sorte, et personne ne s'en souciait. On l'estimait un peu folle, et si quelque enfant curieux se risquait à lui demander la raison de cet imperturbable comportement, on lui répondait que mère Wu adorait ce stupa, qu'elle l'avait toujours adoré, et qu'il n'y avait pas lieu de questionner plus avant.

Or, un jour d'été caniculaire, comme quelques garçons prenaient le frais alentour de ce vieux monument, sur les rochers de la cime, l'idée leur vint d'attendre la vieille et de se distraire à lui faire avouer ce qu'elle venait chercher là, tous les matins. Dès qu'ils l'aperçurent le long des dernières rampes du sentier, courbée sur son bâton et cheminant à grands efforts, ils se poussèrent du coude, bien décidés à s'amuser d'elle. Quand elle fut parvenue où ils étaient :

– Es-tu venue goûter la fraîcheur en notre compagnie, mère Wu ?

La vieille ne répondit pas, trop occupée, sans même reprendre souffle, à faire le tour du stupa, à palper la pierre et à l'examiner avec une attention extrême. Les garçons, espérant une réponse cocasse, lui demandèrent alors quel étrange rituel elle accomplissait aussi soigneusement. Mère Wu, son inspection faite, s'assit sur un roc, s'épongea le front et leur dit :

– Je viens et je regarde. Je fais ainsi, garçons, depuis soixante et dix-sept années, et jusqu'à mon dernier jour je vous promets de ne point faillir. Vous pouvez compter sur moi.

– Que regardes-tu donc ? demanda un rieur.

– Je m'assure que ce stupa n'est pas taché de sang, répondit la vieille femme. Le père de mon grand-père est mort à deux cents ans, mon grand-père à cent trente et mon père à cent vingt. Ces trois hommes, et avant eux leurs aïeux, tout au long de leur vie ont fait ce que je fais, car il est dit, selon le vieux savoir que m'a transmis mon père, que le jour où du sang apparaîtra sur ce stupa la montagne s'écroulera sur le village.

Les garçons s'exclamèrent.

– Mère Wu, dirent-ils, si ce malheur survient, jurez-nous par pitié de frapper à nos portes et de nous prévenir, que nous puissions sauver nos précieuses carcasses !

Et de rire.

– Hé, pourquoi croyez-vous que j'use mes membres à grimper tous les jours jusqu'ici ? répondit la vieille.

Pour sauver mes os ? Qu'ils soient demain mêlés aux cailloux de ce mont, que m'importe ! Je ne crains pas la mort, je connais le cœur des choses. C'est uniquement par souci de votre vie, garçons, que je m'impose ce travail. N'ayez crainte. Que la moindre goutte de sang souille un jour cette pierre, et sur l'heure je vous avertirai.

Elle se leva en grinçant et pestant contre ses vieux genoux, fit un salut de son bâton brandi et redescendit vers le village. Dès qu'elle eut disparu au détour du sentier, les garçons rirent de plus belle, se mirent à railler bruyamment les folles superstitions du monde et l'inépuisable crédulité de cette pauvre mère Wu, puis :

– Et si nous lui jouions une farce ? fit l'un.

– Bonne idée, répondirent les autres.

Ils s'empressèrent autour du parleur, qui poursuivit ainsi :

– Demain dès l'aube, que l'un de nous aille à la boucherie et demande à maître Li une pinte de sang de mouton. Avec ce sang, nous monterons ici et nous le répandrons sur le stupa avant que mère Wu ne vienne. Dès qu'elle aura découvert le prodige, assurément elle redescendra à toutes jambes au village, et mènera le tintamarre le plus réjouissant de l'an.

– De plus, dirent les autres, quand elle aura constaté qu'aucune avalanche, malgré la pinte de bon sang, ne nous dégringole dessus, peut-être renoncera-t-elle à grimper tous les jours jusqu'ici, au risque de mourir d'épuisement.

Ainsi firent-ils. Le soir même, ils mirent dans la confidence les hommes du village qui s'amusèrent fort du jeu qu'ils projetaient. Le lendemain matin, quand mère Wu, comme à son habitude, prit le sentier du mont, ceux qui la rencontrèrent la saluèrent avec une jovialité narquoise qu'elle ne remarqua pas, trop occupée qu'elle était à grimacer au ciel où roulaient de gros nuages.

Une heure plus tard, on l'entendit hurler, là-haut, dans les nuées, puis on la vit parmi les rochers de la pente dévaler à grand bruit, tomber le cul sur l'herbe glissante, se relever, courir encore, son bâton tournoyant au-dessus de sa tête. Avant même d'atteindre les premières maisons du village :

– Alerte ! cria-t-elle, alerte, bonnes gens, bouclez vos baluchons, chargez vos mules, il faut partir d'ici ! Avant ce soir le mont aura écrasé le village !

– Mais oui, mère Wu, mais oui, dirent les gens. Avant ce soir le mont aura écrasé le village car il y a du sang sur le stupa, nous savons cela, mais nous ne craignons pas la mort, nous connaissons le cœur des choses.

Et tous rirent aux larmes.

– Misère de mes os, je vous supplie de me croire ! Ne restez donc pas à me regarder béatement, maudits singes ! Fuyez, fuyez vite ! s'obstina la vieille, bousculant les uns, bastonnant les autres et cognant aux volets fermés, le long des ruelles.

Ce fut en pure perte. Alors elle revint chez elle, rameuta ses enfants, rassembla quelques hardes et reliques précieuses et quitta pour toujours sa maison, poussant devant elle sa famille.

Comme chacun rentrait à son logis dans la paix du soir, un épouvantable craquement assourdit soudain l'air et de brusques ténèbres envahirent le crépuscule. Quand la lumière revint, après trois jours de poussière impénétrable, le village n'existait plus, ni le stupa sur la montagne effondrée. Seuls survécurent à ce malheur mère Wu et ses enfants qui, de père en fils, portèrent cette histoire jusqu'à notre temps afin qu'en soit goûtée, s'il se peut, l'inexplicable sagesse.

Le soldat et la femme-fantôme

Dans la Chine ancienne, il arrivait que les femmes pauvres succombent aux épreuves amères que leur imposait leur condition. Elles étaient de l'aube à la nuit accablées de travail, houspillées par leur belle-mère, nourries de restes au coin du feu, et si distraitement aimées de leurs époux qu'elles perdaient toute espérance et se pendaient parfois à la poutre maîtresse de leur maison. Or, ces mortes à peine entrées dans l'au-delà découvraient qu'elles ne pouvaient trouver le chemin d'une nouvelle vie avant d'avoir persuadé quelque autre infortunée de prendre leur place dans les brumes fantomatiques où elles erraient. Elles hantaient donc les villages et poussaient les plus fragiles et les plus malheureuses des vivantes à se pendre comme elles. Il advint qu'un soldat nommé Tchan apprit comment ces fantômes s'y prenaient pour ôter à leurs victimes tout désir de vivre.

Ce fut un soir de voyage où il parvint fourbu dans un hameau bourbeux. Il avait chevauché tout le jour, le dos courbé sous une pluie battante, et avait perdu la route de Tsin-an-Fou, où il devait rejoindre sa troupe. Cognant aux portes closes des masures que de faibles chandelles éclairaient encore, il demanda l'hospitalité pour la nuit. Les gens lui répondirent par les croisées entrebâillées qu'ils étaient trop pauvres pour l'héberger dignement et lui indiquèrent un vieux temple tout proche où il pourrait passer la nuit à l'abri des averses. Il s'y rendit, tirant son cheval par la bride et pestant contre ces obscurs paysans qui l'accueillaient si mal.

Comme il sortait du hameau, la pluie cessa. La lune apparue entre deux nuages éclaira un toit de pagode et des statues à moitié ruinées, au bout du sentier détrempé. Tchan y porta ses bottes traînardes, gravit les marches et, sous l'auvent du seuil aux encoignures envahies par les toiles d'araignées, il défit son bagage, dîna d'une goulée d'alcool de sa gourde, s'enveloppa dans sa couverture et se coucha pour dormir. Or, à peine était-il allongé qu'il entendit un bruit à l'intérieur du temple. Il se dressa sur le coude. Un courant d'air glacé effleura son visage. Presque aussitôt il vit sortir une femme.

Elle était vêtue d'une robe rouge poussiéreuse, sa figure était si pâle qu'elle semblait fardée de farine et ses cheveux tombaient en mèches maigres sur ses joues. Elle resta un moment à l'affût sur le seuil, comme si elle craignait quelque présence. Tchan, retenant son souffle dans le coin d'ombre où il était, l'observa. Il la vit retirer une longue corde de sa manche et s'éloigner d'un pas léger. Il se dit alors qu'il venait de rencontrer pour la première fois de sa vie le fantôme d'une pendue. Il était d'esprit hardi et fort curieux. Il se dressa, d'un bond silencieux, et la suivit.

Elle s'en fut droit au hameau, traînant sa corde, se glissa dans la cour d'une maison par une brèche de palissade, et disparut. Tchan entra derrière elle. Par une seule des trois fenêtres de la demeure filtrait de la lumière. Il s'en approcha sans bruit, risqua un œil entre les volets mal joints et vit une jeune femme assise sur son lit. Devant elle était un berceau où dormait un nourrisson. Elle le contemplait en pleurant, un mouchoir sur sa bouche. Elle resta un moment ainsi prostrée, puis tout à coup frissonna et leva la tête vers le plafond de sa chambre. Tchan fit de même. Il aperçut, perchée sur la poutre, la femme-fantôme qu'il avait suivie. Cette abominable créature, les yeux luisants, regardait fixement la malheureuse. La jeune mère se détourna sans paraître la voir, courba le dos et dit comme pour elle seule :

– La mort est préférable à la vie qui m'est faite, c'est la plus pure des vérités ! Mais que deviendra mon enfant si je l'abandonne ?

Elle redoubla de sanglots, leva à nouveau la tête. Le fantôme se pencha au travers de la poutre et lui tendit un bout de sa corde en souriant horriblement. La pauvre femme sembla résister à grand-peine à cet appel, revint à son enfant, caressa son front. Alors l'autre, pâle et ricanante, enroula la corde autour de son propre cou et à deux poings la serra, le visage illuminé par une effrayante extase. La mère désemparée pour la troisième fois leva la tête et murmura :

– Mourir, mourir vite ! C'est maintenant ou jamais, tant qu'il me reste assez de courage !

Elle se leva, s'en fut à son bahut, en retira une longue ceinture de soie, se hissa sur un banc et attacha un bout de l'étoffe à la poutre. À cet instant l'enfant s'éveilla et se mit à pleurer. Elle hésita, puis s'en fut le prendre dans ses bras, le berça un moment. Dès qu'il fut calmé elle le recoucha, puis à nouveau monta sur son banc et, les mains tremblantes, fit en toute hâte un nœud coulant à sa ceinture.

Alors Tchan se mit à crier et tambouriner contre le volet. La jeune mère eut un tel sursaut qu'elle tomba sur le plancher. Tchan enjamba la fenêtre qui venait de s'ouvrir sous ses coups, ranima la malheureuse en lui reprochant rudement d'avoir voulu mourir, et grimpa sur la poutre pour l'inspecter. À la place où s'était tenu le fantôme n'était plus qu'une corde enroulée. Il la prit et s'en alla.

À peine était-il sorti du hameau qu'il vit sur le sentier, à la lueur de la lune, la revenante en robe rouge. Elle l'attendait. Elle s'inclina devant lui et dit :

– Depuis de longues années je cherche à m'éloigner vers d'autres vies, mais vous n'ignorez pas que je dois d'abord attirer quelqu'un à l'affreux travail que je fais. Cette nuit j'ai failli réussir. À cause de vous, la proie m'a échappé. Qu'importe, je ne vous en tiendrai pas rigueur si vous me rendez la corde que j'ai oubliée sur la poutre, et que vous avez certainement trouvée.

Tchan la sortit de sa poche, la brandit, l'enroula d'un geste vif autour de son poignet et lui répondit en riant :

– Je la garde. Si je vous la rendais, quelque femme bientôt se pendrait au hameau. Fuyez donc avant que je ne vous étrille !

La femme-fantôme se mit à gronder comme un fauve, son regard se teinta de rouge et ses lèvres se retroussèrent sur des crocs de carnassier. Tchan recula. Elle se jeta sur lui. Il esquiva son assaut, lança pieds et poings. Le combat dura, grinçant, échevelé, jusqu'au premier chant du coq.

Alors les gens du hameau accourus dans le jour naissant sur le sentier du temple découvrirent le soldat, au loin, parmi les vieilles statues, bataillant contre l'air vide à grands coups de sabre. La jeune femme qu'il avait sauvée avait alerté ses parents et ses voisins. Tous étaient partis à sa recherche pour le remercier et bénir son courage. Ils l'appelèrent à grands cris, à grands gestes. Il parut s'éveiller et, se découvrant seul parmi les herbes et les ruines, s'ébroua longuement. Les hommes l'entourèrent.

Il leur raconta la nuit qu'il venait de vivre. Chacun put voir qu'à son poignet était encore enroulée la corde du fantôme. En vérité elle s'était incrustée dans son bras jusqu'à n'être plus qu'un cercle de chair rougie. Quand il eut parlé, bu et mangé :

– Il est temps que je reprenne ma route, dit-il. La journée s'annonce belle.

Il boucla son bagage, détacha son cheval, monta en selle, et saluant la compagnie, s'éloigna vers le levant.

Senjo et Senjo

Senjo, fille de Chyo Kan, et Wanchu son cousin s'aimaient depuis l'enfance. Ils semblaient si parfaitement heureux ensemble, complices en tout, riant aux mêmes bonheurs ou l'un l'autre se consolant quand survenaient des peines passagères, que les deux familles avaient convenu d'unir ces enfants inséparables, quand l'âge serait venu.

Or, le gouverneur de la province vint un jour en visite dans leur village. Parmi les jeunes filles désignées pour l'accueillir au seuil de la maison commune, il remarqua Senjo. Devant elle il s'arrêta, le regard tout à coup émerveillé par sa beauté, et le cœur vivement remué. Jusqu'au soir, malgré l'abondance des fêtes et des discours, il ne pensa qu'à elle. Quand vint l'heure de prendre congé, il sut à sa tristesse soudaine qu'il était amoureux. Alors il s'en fut seul chez le père de Senjo et le pria de lui accorder sa fille en mariage.

Le bonhomme, dont la fortune était modeste, se sentit si flatté par cette demande qu'il en oublia sa parole donnée à la famille de Wanchu. Il s'inclina devant le puissant personnage et lui fit la promesse qu'il désirait entendre. La noce fut aussitôt décidée pour le troisième jour de la prochaine lune.

Le lendemain, quand Wanchu apprit la nouvelle, il se trouva plongé dans le plus épouvantable chagrin de sa vie. Il resta tout le jour à sangloter sur le plancher de sa chambre, le visage dans ses mains. La nuit venue, pris par le brusque désir de quitter pour toujours ce pays où le bonheur lui était désormais interdit, il sortit à grands pas et descendit au bord du fleuve. Il poussa sa barque sur l'eau calme, sans souci du lieu où le conduiraient les courants. Comme il quittait la rive, il entendit un bruit de course sous le couvert des arbres, et son nom appelé à voix inquiète et pressante. Il se retourna, s'agrippa vivement aux herbes. À la clarté de la pleine lune, il aperçut bientôt une forme sombre qu'il reconnut sans peine. C'était Senjo.

– Je veux te suivre, lui dit-elle. Qu'importent mon père et l'honneur de ma famille. Je ne peux pas vivre sans toi.

Wanchu lui tendit la main, elle sauta dans la barque et ils s'en furent. Trois jours et trois nuits ils dérivèrent, tous deux blottis à la proue et contemplant le lointain. Vers le milieu du quatrième jour, ils parvinrent en vue d'une ville qui leur parut assez grande et populeuse pour qu'ils y puissent vivre sans crainte d'être retrouvés.

Wanchu était habile et entreprenant. Le jour même de leur arrivée, il trouva du travail et fut bientôt assez fortuné pour loger convenablement sa jeune épouse. Après un an d'heureuse vie, Senjo mit au monde un garçon. Deux années plus tard, lui naquit une fille. Quelques jours après ce cadeau du Ciel, lui vint une mélancolie qui inquiéta Wanchu. Elle cessa de rire et de parler. Un soir, comme elle était restée un long moment rêveuse à bercer ses enfants, il lui demanda la raison de sa tristesse. Elle lui répondit :

– Voilà plus de trois ans que nous avons quitté notre village. Je pense à mon père, à ma mère. Je crains que mon départ les ait durement éprouvés. Je me suis conduite comme une fille indigne. J'aimerais les revoir, mais sans doute refuseraient-ils de m'accueillir si j'allais frapper à leur porte.

Elle regarda Wanchu. Ses yeux embués de larmes mendiaient une consolation. Son époux lui répondit en caressant son visage :

– La colère de ton père a dû s'éteindre, depuis le temps. Je suis sûr qu'il prie maintenant pour ton retour. Demain nous remonterons le fleuve avec nos enfants. Sois tranquille. Quand il les verra, il leur tendra les bras en pleurant de joie.

Senjo sourit et, la bouche contre la joue de Wanchu, elle lui murmura qu'il était le meilleur époux du monde.

Le lendemain, ils partirent dès l'aube. Parvenus à la lisière de leur village, Senjo demanda à Wanchu d'aller seul parler à son père, avant qu'elle n'ose paraître devant lui. Wanchu mit son sac sur l'épaule et s'en fut donc à la maison familiale. Il redoutait de durs reproches, et s'attendait à devoir rudement plaider sa cause. À sa grande surprise, les parents de Senjo le reçurent avec des cris de joie, et dans les yeux une lumière émerveillée.

– Le Ciel t'envoie, lui dirent-ils, sois le bienvenu ! Depuis que tu es parti, notre fille Senjo n'a pas quitté son lit. C'est miracle qu'elle soit encore en vie, car elle est restée tout ce temps immobile et muette, sans vouloir manger ni boire. Assurément, toi seul es capable de la sauver. Entre vite, et pose ton sac.

– Que me dites-vous là ? répondit Wanchu éberlué. Senjo, voici trois ans, s'est enfuie avec moi, elle est mon épouse et m'a donné deux beaux enfants. Je l'ai laissée là-bas, au bord du fleuve. Elle n'attend que votre bon vouloir pour paraître devant vous.

Parlant ainsi, sans plus être écouté qu'un bavard inconséquent, il se vit en un tour de main débarrassé de son bagage et poussé vers la chambre où était couchée une jeune femme exactement semblable à celle qu'il venait de quitter. Wanchu, pris de vertige, se pencha vers son visage. Elle ouvrit les yeux et murmura son nom. Alors il poussa un cri épouvanté, se rua dehors, courut au bord du fleuve où l'attendaient son épouse et ses enfants. Il les serra dans ses bras et dit ce qui le bouleversait. Ils montèrent vers la maison. Sur le seuil, les attendaient les vieux parents et leur fille ressuscitée.

Les deux jeunes femmes s'avancèrent l'une vers l'autre. Quand elles furent face à face, elles eurent un instant de halte, se regardèrent avec le même sourire, firent ensemble le pas qui les séparait et aux yeux de tous se fondirent en un seul être. Alors le vieux père ouvrit ses bras à celle qui maintenant venait vers lui. Il l'étreignit, les larmes aux yeux, puis s'approcha de Wanchu et lui dit :

– Depuis trois ans il faut croire que tu n'as vécu qu'avec l'esprit de Senjo, son fantôme. Je te plains et t'admire, car assurément il doit être éprouvant pour un homme véritable de se contenter d'une apparence de femme.

Ce fut Senjo qui répondit :

– Père, c'était chez toi que gisait mon fantôme. Fille obéissante de Chyo Kan et promise à Wanchu, mon corps et mon désir de vivre s'en sont allés avec lui, quand je me suis trouvée brisée par ta décision de me donner au gouverneur de notre province. Les preuves de ce que je dis sont là, contre mes flancs. Voici deux enfants que nul esprit désincarné n'aurait pu mettre au monde.

Le vieux père demanda pardon à Senjo pour le déchirement qu'elle avait subi par sa faute, et l'épouse de Wanchu enfin réconciliée avec la fille de Chyo Kan entra dans la maison familiale.

Huang et la femme-fleur

Il était une fois un jeune homme nommé Huang. C'était un solitaire au cœur paisible, à la bonté naïve, à la sagesse rêveuse. Il habitait, loin du tumulte du monde, une petite maison de bambou parmi les arbres d'une colline, près du parc d'un monastère où il se plaisait parfois à étudier, en compagnie des moines, l'antique philosophie. Aux heures silencieuses de la nuit, il écrivait des poèmes, et tous les matins cultivait son jardin. Il vivait ainsi plus heureux dans sa simplicité que le plus fortuné des princes de ce monde.

Or un jour, comme il allait dans le soleil naissant à son ouvrage quotidien, il aperçut près d'un massif de fleurs mouillées de rosée une jeune fille inconnue toute vêtue de blanc, d'apparence si fragile et si émouvante qu'il quitta aussitôt son chemin et, le regard illuminé, s'approcha d'elle parmi les herbes. Alors elle tourna vers lui son visage, poussa un cri effarouché, la main devant la bouche, et courut au loin. Huang, riant, la poursuivit jusqu'au petit bois de pins parasols où était le monastère, et là ne la vit plus. Alors il se cacha derrière un arbre, guetta alentour, parmi les rayons de soleil tombés des feuillages, et aperçut bientôt l'envolée qui sortait prudemment d'une ombre, à pas menus. Il bondit de sa cachette, lui saisit la main à l'instant où elle s'élançait pour à nouveau s'enfuir.

– Ne craignez rien, lui dit-il, je ne vous veux aucun mal.

Elle baissa la tête, sourit, soudain radoucie. Ses joues rosirent. Ils s'en furent côte à côte sous les arbres, à pas lents, et jusqu'au crépuscule ne se quittèrent pas. À l'instant de se séparer, Huang fit promettre à sa compagne de revenir, dès l'aube prochaine, près du massif de fleurs où ils s'étaient rencontrés. Elle promit et tint parole. Ainsi commença leur amour.

Ils vécurent ensemble une pleine saison de parfait bonheur, jour après jour s'émerveillant l'un l'autre jusqu'au matin d'automne où la jeune épousée regarda pluie et vent du seuil de leur maison, et dit à Huang :

– Il me faut aujourd'hui me séparer de toi. Nous ne nous verrons plus en ce monde.

Elle s'en fut sous l'averse, sans autre mot. Huang, la voyant s'éloigner, l'appela. Elle ne se retourna pas. Il courut à sa poursuite, mais ne put la rejoindre. Elle semblait portée par la bourrasque, aussi légère que la brume qui l'environnait. Il entra derrière elle dans le parc du monastère, la vit soudain s'élever au-dessus d'un plant de pivoines blanches et là se défaire comme une fumée. Il tomba à genoux, bouleversé, les mains tendues au ciel, hurla son nom. En vain.

Il resta là, battu par la pluie venteuse, jusqu'à l'éclaircie de midi où vint un vieux moine qu'il ne connaissait pas. Cet homme se pencha, un fin couteau au poing, sur les pivoines mouillées. Il trancha leur tige. À l'instant où il les cueillait, une telle douleur traversa la poitrine du pauvre Huang qu'il crut son cœur arraché. Tandis que le vieillard, qui n'avait point paru le voir, s'éloignait en serrant son bouquet sur sa poitrine, il comprit soudain qui était son épouse enfuie : une femme-fleur. Alors, le visage dans ses mains, il pleura sans retenue : il avait aimé l'esprit d'une pivoine désormais arrachée à sa terre nourricière, et donc promise à une mort prochaine.

Son chagrin fut immense. Sept jours durant, il resta couché sur le plancher de sa maison, gémissant et jeûnant sans pouvoir se résigner à son malheur. Au huitième matin, dans le pâle soleil de l'aube, il sortit, titubant, amaigri, et s'en fut au pied du massif où lui était apparue celle qu'il ne pouvait oublier. Là, il s'assit dans l'herbe et, tête basse, pria le Ciel de lui rendre la paix de l'âme. Alors il sentit, près de lui, une présence. Il releva le front. Il aperçut à quelques pas une jeune fille brune et toute vêtue de rouge. Il sursauta : il ne l'avait pas entendue approcher. Elle eut un sourire infiniment mélancolique et lui dit :

– Ne me chassez pas, par pitié. Je suis la sœur de celle que vous pleurez.

Sa voix était d'une douceur de brise. Il se leva, s'approcha d'elle. Ils restèrent ainsi un long moment, sans dire une parole, puis elle lui baisa la joue et s'en fut. Le lendemain, elle vint à sa rencontre sur le sentier qui conduisait à sa maison. Alors ils se promenèrent ensemble au-delà du jardin, parmi les rocs de la colline, en parlant tendrement de la morte. À l'instant de la quitter, il hésita à lâcher sa main et lui demanda quelle fleur elle était.

– Ainsi, dit-il, je vous protégerai et vous épargnerai peut-être le sort de votre sœur.

Elle ne répondit pas, détourna son visage et s'éloigna vivement. Il la suivit jusqu'au parc du monastère, et sut ainsi qu'elle était l'esprit d'un magnifique camélia rouge planté dans l'ombre d'un rocher.

Au troisième matin, dès que Huang ouvrit sa porte, il la vit sur le seuil, droite et rieuse au soleil doux. Il s'étonna de son air heureux, de son maintien vivace.

– Je vous porte une bonne nouvelle, lui dit-elle. Le dieu des fleurs, ému par votre chagrin et votre fidélité, a accordé à ma sœur pivoine le droit de revenir à la vie.

Huang, extasié, poussa un cri de joie, courut aussitôt vers le parc, se laissa tomber à genoux parmi les herbes où sa fantomatique épouse s'était évaporée, découvrit là une pousse nouvelle et, tendant ses mains tremblantes, la contempla, fasciné. Puis il se redressa et manqua défaillir de bonheur : la jeune fille vêtue de blanc était à nouveau devant lui, radieuse. Elle tenait par la main sa sœur vêtue de rouge. Il les étreignit ensemble.

– Nous ne nous quitterons plus, leur dit-il.

Ils en firent le serment, pleurant et riant. Huang, jusqu'au dernier jour de sa vie, vécut ainsi dans l'illumination perpétuelle d'un parfait amant.

Quand enfin, après longtemps de vie, il sentit qu'il lui fallait quitter ce monde, il fit venir à son chevet un moine du monastère voisin et lui dit :

– Si vous voyez apparaître une plante rouge à cinq feuilles près des pivoines blanches de votre parc, ne la cueillez pas, et gardez-la des ronces, car en elle mon âme et mon cœur revivront.

La plante rouge à cinq feuilles naquit au printemps revenu, et les moines prirent soin d'elle avec autant d'affection que si leur était né un enfant. Un jour pourtant, comme le veut la loi du temps, elle se flétrit et disparut. Au même instant moururent la pivoine et le camélia, et d'autres fleurs vinrent au monde, car la vie ne finit jamais.

Tcheng le Bien-aimé

Quand Tcheng Tsaï parvint avec son frère aîné dans la belle cité de Lao Yang, il était un marchand sûr de sa bonne chance. Ses mules étaient chargées de peaux de zibelines, de pommes de pin, de gingembre, de perles. Quel diable pouvait donc l'empêcher de tout vendre avec profit et de revenir bientôt cousu d'or dans son lointain village ? Les temps étaient paisibles, les marchés florissants et sa confiance était parfaite dans l'heureux cours de sa vie. Il ignorait que la seule rencontre inévitable en ce bas monde était celle de l'imprévu. Le soir même de son arrivée, l'auberge où il logeait brûla, par la faute d'un cuisinier distrait, de la cave aux poutres du toit. Tcheng et son frère ne purent rien sauver de leurs bagages. À l'aube de leur premier jour à Lao Yang, ils se retrouvèrent errants par les ruelles, ruinés et presque nus.

Il leur fallut survivre. Un négociant secourable, les voyant perdus, les engagea comme vendeurs dans la plus obscure et la plus poussiéreuse de ses boutiques. Ils louèrent dans un grenier deux chambres misérables et passèrent ainsi deux années, vaille que vaille, désespérant de ne jamais revoir leur pays.

Or, une nuit tempétueuse de fin d'automne, comme Tcheng se tournait et retournait sur sa couche, grelottant de froid et tiraillé par l'envie de mourir (« À quoi bon poursuivre plus avant dans cette malheureuse vie, se disait-il. Assurément, rien de désirable ne peut désormais survenir ! »), une lumière soudaine illumina sa chambre. Il se dressa, les yeux écarquillés et serrant à deux poings la couverture sur sa poitrine. « Quel est ce miracle ? » se dit-il. Il baignait tout à coup, assis sur la paillasse au milieu de son taudis, dans un éblouissement de plein été à midi. Dehors, plus un bruit de tempête. Il lui sembla qu'un roulement de voiture et un galop de chevaux s'approchaient de sa lucarne à travers le ciel noir. Il se frotta les yeux pour s'éveiller du rêve déconcertant où il croyait être, puis courut à la porte, l'ouvrit, tendit le cou dehors, ne vit que ténèbres dans le couloir familier, repoussa le battant, se retourna pour revenir à son lit et resta tout pantois, les genoux tremblants et le cœur dans la gorge. Au milieu de la pièce se tenait une jeune femme en robe magnifique, au sourire à mourir de tendresse.

– N'aie pas peur, Tcheng, dit-elle. Mon destin est de t'aimer. Viens près de moi.

Elle lui tendit la main. Il s'approcha prudemment. Ils s'assirent côte à côte. Alors elle fit un geste aérien et aussitôt sortirent du mur délabré de la chambre d'innombrables serviteurs chargés de boissons en flacons de cristal, de fleurs, de mets sur vaisselle ensoleillée, de parfums en coupe de diamant. Tcheng, ne sachant plus où donner du regard, se vit bientôt comme un dieu environné d'offrandes.

– Mange et bois tout ton soûl, mon bien-aimé, lui dit la jeune femme, et ne crains pas de t'enivrer, ces vins sont purement célestes.

Il obéit volontiers, les mains frémissantes et le regard émerveillé. Plus il mangea et but, plus il se sentit de force et de clarté d'esprit. Il se prit bientôt à rire, tout baigné de bonheur inexprimable. Quand le festin fut épuisé, un lit de bois précieux et de soie moelleuse fut amené. Ils se couchèrent. Avec les serviteurs, la lumière s'en fut. Alors la jeune femme se blottit contre son amant et murmura à son oreille :

– Sois en paix, je ne suis ni un fantôme ni un démon. Si tu le désires, je t'aiderai à vivre heureux. Je ne mets qu'une condition à notre union : n'en dis mot à personne, même pas à ton frère, sinon pour mon malheur nous serions à jamais séparés.

– Que mon corps soit réduit en poussière si je vous trahis, généreuse immortelle, répondit Tcheng, bouleversé.

Elle rit.

– Je ne suis pas une immortelle, je suis la déesse de la mer. Si tu savais depuis combien de temps, sans que tu n'en saches rien, nous nous connaissons !

Leurs bouches se joignirent. Ils goûtèrent à l'amour délicieux. À l'aube elle se leva et dit, la figure heureuse :

– Je reviendrai ce soir, et tous les soirs aussi longtemps que tu le voudras.

Elle disparut.

Tcheng fut aussitôt debout, hébété, bafouillant. Sa chambre était à nouveau silencieuse, vide et pauvre comme à l'ordinaire. « Ai-je rêvé ? » se dit-il. Il cogna à la cloison de bois pour réveiller son frère et s'en alla le voir.

– Je me suis beaucoup agité cette nuit, dit-il en grattant son crâne ébouriffé. N'as-tu rien entendu ?

– Non, répondit son frère. J'ai pourtant mal dormi. J'ai eu froid, et la nostalgie du pays natal m'a remué le cœur jusqu'à l'aube.

Il examina Tcheng planté sur le seuil et dit encore :

– Tu me sembles par bonheur n'avoir souffert de rien. Tu as une mine superbe.

Tcheng vécut cette journée dans l'impatience et la jubilation. En vérité, son cœur était pris d'amour, bien qu'il ne veuille pas croire à sa bonne fortune, et il se sentait plus vigoureux qu'il ne l'avait jamais été. Le soir venu, il attendit les yeux ouverts que sa chambre s'illumine et il accueillit sa miraculeuse amante avec une fougue dont il se croyait, la veille encore, incapable. La deuxième nuit fut semblable à la première, et la troisième plus émouvante encore. Tcheng s'installa peu à peu dans un bonheur qu'il estimait sans pareil au monde. Un soir pourtant, pris de mélancolie rêveuse, il dit à sa compagne :

– La nuit, tous mes désirs sont comblés. Quelle tristesse dès que je vois poindre le jour ! Il me faut trimer sans espoir de sortir jamais de la misère. Je déteste le soleil levant !

Elle lui répondit, joyeuse :

– Veux-tu que je t'aide à t'enrichir ? Écoute : va demain sur le grand marché de la ville et achète toute la rhubarbe que tu pourras trouver. Tu en tireras grand profit.

– Crois-tu ? dit-il, éberlué.

Le lendemain matin, dès qu'elle eut disparu, il s'en fut par les ruelles. C'était le début de l'été, il faisait un temps magnifique. Sur la place du marché, il trouva un marchand de plantes médicinales aussi fortuné qu'impatient : il avait tout vendu, sauf ses mille livres de rhubarbe dont personne ne voulait. Il était prêt à les céder à bas prix. Tcheng lui en offrit dix taels. C'était tout ce qu'il était parvenu à économiser en dix années de labeur. L'autre accepta de bon cœur.

Quand son frère le vit revenir avec ce chargement autant encombrant qu'invendable, il poussa de hauts cris, se mordit les poings et le traita de fou.

– Misère, lui dit-il, comment comptes-tu vendre ce dont personne ne manque ici ? Nous voilà aussi ruinés qu'au premier matin de notre débâcle !

Qui pouvait prévoir que, quelques jours plus tard, une épidémie envahirait la ville, et que toutes les boutiques seraient aussitôt vidées de leurs plantes à tisanes ? Tcheng vendit sa rhubarbe cinquante fois son prix. Dès la nuit venue, dans sa chambre illuminée, il déposa cinq cents taels aux pieds de sa bienfaitrice.

– En veux-tu d'autres ? lui dit-elle.

Elle tendit le visage vers sa tempe et murmura :

– Un marchand de tissus vient d'arriver en ville. Les pluies de son voyage ont abîmé ses rouleaux de satin. Achète-les. Il les vendra pour presque rien.

Ils s'étreignirent joyeusement parmi les merveilles de leur festin.

À peine relevé de son bonheur nocturne, Tcheng courut au marché et offrit cinq cents taels pour cinq cents rouleaux salis et délavés. L'affaire fut aussitôt conclue. Une semaine plus tard, une guerre subite éclata dans la province du Sud. Ordre fut donné à l'armée de Lao Yang de marcher à la bataille. On manqua de tissu pour équiper la troupe et tailler les bannières. Tcheng vendit ses rouleaux de satin trois fois plus cher qu'il ne les avait achetés. La déesse s'en réjouit avec lui. La joie de l'homme qu'elle aimait semblait l'émerveiller. Au fil des nuits elle se plut à lui donner, à l'improviste, de nouveaux conseils apparemment saugrenus. Tous furent éminemment profitables.

Alors Tcheng se sentit pris par le désir de revenir à son village. Un soir, après qu'ils eurent vidé leur dernier flacon de vin céleste, il dit à sa compagne :

– Mes père et mère se font vieux, je veux aller les embrasser avant qu'ils ne meurent. Je partirai demain. Je reviendrai bientôt.

– Tu pars, répondit-elle, la voix soudain étouffée de sanglots. Hélas, tu viens de prononcer les mots qu'il ne fallait pas dire. Le sort qui nous unissait était fragile. Il est maintenant à jamais brisé. Cette nuit est la dernière de notre vie commune.

Il protesta qu'il ne voulait pas la perdre. Elle posa les mains sur son visage, le regarda longuement, les yeux mouillés de larmes, puis elle dit :

– Bien-aimé, sois prudent. Trois grands dangers te menacent. Je t'aiderai à les surmonter. Ta vie sera longue. Elle atteindra quatre-vingt-dix-neuf années. Je t'attendrai sur l'île des Immortels. Au terme de ta vie terrestre, notre amour renaîtra.

Parlant ainsi, elle se défit comme une vapeur dans les bras de Tcheng qui la suppliait à grands cris de ne pas l'abandonner. Demeuré seul, il pleura jusqu'à l'aube. Dès que le matin parut, il partit.

Au soir, il fit étape dans la ville de Ta-Tong. Comme il dormait profondément dans l'auberge où il avait fait halte, une voix soudaine cria dans son esprit :

– Quitte à l'instant ces lieux ! Va-t'en ! Va-t'en vite !

Il se dressa, le front en sueur, et se vêtit à la hâte. Il s'en fut en courant dans la nuit. Il n'avait pas fait cent pas qu'une bande de brigands attaquait l'auberge. Il apprit le lendemain par des cavaliers de l'armée impériale que ces malfrats avaient massacré tous les voyageurs surpris dans leur sommeil.

Comme il arrivait en vue de Kin-Yong, la même voix l'avertit qu'il ne devait pas entrer dans cette ville où couvait une obscure dispute de gouvernants. Il dormit donc au bord du chemin, entre deux buissons. Vers minuit, il fut réveillé par un bruit lointain de canonnade et vit s'embraser les remparts de la cité.

Trois jours plus tard, il parvint au bord du Grand Fleuve, où il s'embarqua. Vers le milieu de la journée, une tempête subite déchira les voiles et brisa le gouvernail. Le bateau s'en fut, au gré de la bourrasque, de tourbillons en récifs. Alors Tcheng, agrippé au mât, leva la tête au ciel et appela à l'aide. Aussitôt le parfum de la déesse baigna son visage. Le vent cessa d'un coup. Entre deux nuages dispersés lui apparut furtivement le visage aimé. Il fut seul à le voir. Il fut seul à sourire.

Il vécut en paix jusqu'à l'âge prédit, après quoi il s'en fut rejoindre son inoubliable amoureuse sur l'île des Immortels. Pourtant, il n'avait été qu'un simple marchand, point un sage, ni un saint. Que savait la déesse de son lointain passé ? Plus que nous n'en savons, nous qui ignorons tout de la vie des hommes, sauf qu'elle est sans fond, mais toujours pesée, sur les balances célestes, à son juste poids.

Lune-d'Automne

Wang était un jeune homme généreux et beau. Il était estimé de ses amis et fort aimé de son frère Naï, qui était un lettré de bon renom dans la contrée. Wang n'avait cependant que peu de goût pour la vie tranquille des sages. Il était sans cesse tenté de courir au loin, à la découverte de terres et de gens nouveaux. Chaque année, il quittait la maison familiale et n'y revenait qu'après de longs mois, l'esprit empli de paysages neufs. Un jour, il voyagea ainsi jusqu'à la ville de Tchen-Kiang. Dans une auberge au bord du fleuve, il loua une chambre. Dès qu'il y fut installé, il s'accouda à sa fenêtre, contempla le ciel bleu, les eaux limpides, la majestueuse montagne et, trouvant le pays accordé aux désirs de son cœur, il décida de ne pas aller plus loin.

La première nuit qu'il passa en ce lieu, une jeune fille lui apparut en songe. Elle était d'une beauté parfaite, rieuse et délicate. Il la vit s'approcher à pas menus de son lit et s'allonger près de lui, sous la couverture. Il s'en trouva heureux comme d'une aubaine inespérée. Quand l'aube le réveilla, il ne sortit qu'à regret de son rêve. Le lendemain, à peine avait-il les yeux fermés que l'émouvante apparition revint. Elle fit comme la veille. Il en fut encore ainsi au soir de son troisième jour. Alors il se sentit inquiet et mal vivant. Il se dit que cette fille était décidément trop obstinée pour être faite de la brume dont sont tissés les songes. Le quatrième soir, il décida de se tenir en alarme.

Il veilla bravement jusqu'à minuit. Puis, sa chandelle consumée, il ne put empêcher ses paupières de battre. Ses yeux bientôt se fermèrent. À peine endormi, il vit la fille s'avancer vers lui. Mais, comme elle soulevait la couverture pour se coucher contre son corps, il s'éveilla en sursaut et la saisit aux poignets. Wang fut content de voir qu'elle n'était pas une créature de son esprit. Dans la lumière lunaire qui baignait la chambre, il admira sa beauté puis, le cœur battant, il lui demanda qui elle était. Elle baissa la tête, honteuse autant qu'effrayée, et lui répondit :

– Mon nom est Lune-d'Automne. Mon père était un lettré fort savant en divination. Il m'aimait infiniment. Dès ma naissance, il sut que ma vie serait brève. Je suis morte dans ma quinzième année. Il me fit enterrer dans le jardin de cette auberge. Rien n'indique ma tombe parmi les herbes, mais auprès de mon cercueil enfoui est une dalle de pierre sur laquelle ces mots sont inscrits : « Après trente ans de mort, Wang viendra, et Wang tu épouseras. Dans la paix, souviens-toi. » Ces trente années sont depuis trois jours écoulées. Je n'ai pas osé me présenter à toi dans la pleine lumière du jour, je suis trop timide et pudique. C'est pourquoi je suis venue en rêve. Maintenant, permets-moi de me retirer.

Comme Wang voulait la retenir, avide de l'entendre encore et de jouir de sa présence, elle leva la tête, lui sourit.

– Je reviendrai, dit-elle.

Elle revint, aussi fidèle que les étoiles dans le ciel, et ils passèrent leurs nuits à rire, à parler et se caresser comme deux amants sans cesse émerveillés l'un de l'autre. Un soir, tandis qu'ils contemplaient la montagne par la fenêtre, blottis côte à côte, Wang demanda à sa compagne s'il existait aussi des villes, des villages, des auberges dans le monde des Morts.

– Tout y est exactement semblable, lui répondit-elle, sauf que là-bas la nuit tombe quand ici se lève le jour.

– J'aimerais visiter ce pays d'où tu viens, dit-il.

Elle lui affirma qu'elle pouvait l'y conduire à l'instant même. Il lui prit aussitôt la main et ensemble ils sortirent au clair de lune. Elle l'entraîna le long du fleuve si vite qu'il se sentit galoper, le sol perdu, dans un tourbillon de vent noir. Ils franchirent un pont de bois, coururent éperdument sur une lande déserte, firent halte enfin dans un lieu ténébreux où Wang, tendant les mains en aveugle, ne put distinguer le ciel de la terre. Seul lui resta vaguement lumineux le corps de Lune-d'Automne. Comme il s'inquiétait de ne rien distinguer alentour, elle mouilla ses paupières de salive.

Alors il se découvrit sur un chemin crépusculaire où des gens se hâtaient vers une ville proche ceinte de remparts et de tours dont les cimes se perdaient dans les hautes brumes. Au bord de ce chemin il resta un long moment pantois, tenant ferme la main de sa compagne, puis Lune-d'Automne lui demanda s'il désirait entrer dans la cité des Morts. Comme il allait répondre, il vit passer deux gardes armés de lances qui traînaient un prisonnier enchaîné. Il reconnut aussitôt le visage et les vêtements de ce prisonnier : c'étaient ceux de son frère Naï. Il poussa un cri d'effroi, se précipita vers lui.

– Frère, que fais-tu là ? dit-il. Pourquoi es-tu ainsi chargé de fers ?

– Je l'ignore, répondit le malheureux. Je me suis tout à l'heure réveillé entre ces gardes. Ils m'ont dit qu'ils avaient reçu l'ordre de me conduire en prison, mais je ne sais pas pour quel crime.

Wang, indigné, se tourna vers les soudards.

– Mon frère est un honnête homme, cria-t-il. Vous n'avez pas le droit de le traiter ainsi !

Les deux hommes d'armes le repoussèrent en grognant des insultes et tirèrent impatiemment sur leur chaîne. Le prisonnier brusquement secoué tomba en avant, le front dans la poussière. Alors Wang se prit de colère irrépressible. Il arracha son couteau de sa large ceinture, bondit sur les gardes et en deux éclairs de lame, les égorgea.

Lune-d'Automne, terrifiée, le tira de toutes ses forces par la manche.

– Malheur, dit-elle, tu viens de commettre une faute épouvantable ! Tu ne peux t'attarder ici. Rejoins le fleuve avec ton frère. Près du pont de bois tu trouveras une barque. Elle vous conduira chez vous. Quand vous y serez, enfermez-vous dans la chambre où gît le corps de celui que tu viens de délivrer. De sept jours entiers n'en sortez sous aucun prétexte. Après ce temps, vous ne courrez plus aucun danger. Va !

Wang s'en fut droit vers le nord avec son frère. Il découvrit la barque dans un nid de roseaux, sur la rive du fleuve. Il sauta dedans. Dès qu'il y fut, il se sentit emporté comme sur une foudre sombre. Il tomba cul par-dessus tête, à la hâte se releva, et aussitôt se trouva devant la maison familiale.

Des bannières funèbres étaient plantées sur le seuil. Il entra. Ses sœurs et ses vieux parents, accablés de chagrin, accoururent à lui en gémissant qu'il arrivait à temps pour pleurer Naï, son aîné, qui venait de mourir.

Il les embrassa et s'en fut à la chambre du mort. À peine y était-il entré que son frère se dressa sur son lit. Il bâilla, s'étira et déclara qu'il avait grand-faim. Cette résurrection frappa la maisonnée de stupeur. Alors Wang fit asseoir ses parents et ses sœurs autour de lui et leur raconta ce qui s'était passé.

Ils restèrent ensemble sept jours enfermés. Puis la pensée de Lune-d'Automne revint à l'esprit du jeune intrépide. Il s'en retourna donc vers le sud, espérant qu'elle l'attendait à l'auberge où ils s'étaient rencontrés. Le soir de son arrivée, comme il allait souffler la chandelle, il entendit grincer le plancher près de la porte. Il sourit, appela doucement le nom bien-aimé. Une jeune femme apparut. Ce n'était pas Lune-d'Automne. Elle s'inclina devant le lit et dit :

– Votre épouse m'a chargée de vous présenter ses salutations. Après le meurtre des deux gardes, comme elle avait été vue en votre compagnie, elle fut arrêtée et jetée en prison. Sa situation est misérable. Elle espère votre secours.

Wang se leva d'un bond, se vêtit, planta son long couteau dans sa ceinture et demanda à la messagère de le conduire sur l'heure à la cité des Morts. Elle lui prit la main et l'entraîna dehors.

Le voyage fut bref. Quand elle eut mouillé ses paupières de salive, il se vit dans une ruelle humide devant la porte d'une bâtisse d'où montaient des relents moisis. Il franchit le seuil. Deux gardes voulurent l'arrêter. Il les poignarda. Par un étroit escalier de pierre, il descendit jusqu'à un souterrain où brûlaient des torches fichées dans la muraille. Le long de ce couloir étaient des cellules obscures. Partout dans ces réduits gisaient des prisonniers puants et haillonneux. Dans le dernier cachot, il trouva celle qu'il cherchait. Elle était assise sur sa paillasse, le front contre sa manche. Il la prit dans ses bras et l'emporta.

Alors il s'entendit haleter et gémir. Il poussa un cri, se dressa. Il était couché dans sa chambre, à l'auberge. Il sentit à son côté le corps tendre et chaud de Lune-d'Automne. Il alluma la chandelle et dit, essuyant son front ruisselant de sueur :

– Je viens de faire un cauchemar épouvantable.

Sa compagne s'assit près de lui sur le lit, posa la tête sur son épaule et murmura :

– Ce n'était pas un rêve. Depuis que tu as délivré ton frère, rien de ce que tu as vécu n'est illusoire. Tout s'est inscrit comme l'empreinte de tes pas sur ton chemin. Je suis en grand danger. Tu as été d'une imprudence impardonnable. Pourtant toi seul peux m'arracher aux ténèbres qui me menacent. Il faut que tu ouvres ma tombe et que tu me réchauffes de ton souffle. Si tu ne cesses un seul instant de m'appeler par mon nom, dans trois jours je serai enfin redevenue une vraie vivante parmi les vivants, et mon père ne m'aura pas aimée en vain.

Elle se leva vivement, quitta la chambre. Il la vit par la fenêtre s'éloigner dans le jardin et soudain disparaître dans l'ombre lunaire d'un saule. Alors il sortit à son tour, et où elle s'était effacée du monde, il creusa. Il découvrit un cercueil pourri dans la terre lourde. Il arracha le couvercle. Lune-d'Automne était là couchée. Son visage avait les couleurs de la vie. Il enveloppa son corps dans une couverture et l'emporta jusqu'à son lit. Trois jours durant, blotti contre elle, il murmura son nom à chaque souffle. Le premier jour, elle tiédit. Le deuxième jour, elle respira. Le troisième jour, elle ouvrit les yeux et sourit.

Il revint avec elle dans son village et perdit le goût des voyages. Lune-d'Automne suffisait désormais à son bonheur. Il n'eut jamais d'autre épouse qu'elle. Elle était d'une grâce si aérienne qu'on eût dit une véritable Immortelle. Parfois, quand elle sortait au bras de son époux, le vent semblait la soulever de terre. Ils en riaient ensemble. Ils vécurent ainsi une longue vie, dans la paix du cœur.

La fille à la veste verte

Il était un jour un lettré nommé Yu. Cet homme tranquille vivait au monastère de la Source-aux-Eaux-savoureuses où il occupait une chambre fort simple meublée de presque rien : une litière et une table basse encombrée de livres, d'encres et de cahiers où il s'appliquait à noter, au fil de ses lectures, les pensées des vieux sages qui éclairaient le chemin de sa vie.

Or, un soir, comme il lisait d'antiques poèmes à la lueur d'une bougie, devant sa fenêtre ouverte, il entendit soudain un crissement de pas menus dans la nuit calme. Il leva la tête et aperçut sous la pâle lumière de la lune une jeune fille inconnue à la figure rieuse. Elle s'approcha de la fenêtre et lui dit :

– Quel travailleur obstiné vous êtes, maître Yu ! Ne prenez-vous donc jamais de repos ?

Yu regarda, tout étonné, celle qui venait de l'interpeller ainsi et se sentit intimidé par sa beauté. Cette jeune fille, assurément, n'était pas un être humain ordinaire. Son visage était d'ivoire, ses yeux fendus en amande brillaient comme deux diamants noirs, son corps était svelte et si gracieux, sous sa veste verte et sa longue jupe, qu'il semblait pétri dans la chair des miracles. Yu lui demanda qui elle était, et d'où elle venait, à cette heure tardive. Le souffle de sa voix, que l'émotion altérait, fit vaciller la flamme de la bougie. La jeune fille rit.

– Ai-je l'air d'une ogresse ou d'un fantôme pour que vous m'interrogiez aussi craintivement ? dit-elle. Que vous importe qui je suis ? Vous me plaisez beaucoup, maître Yu, et si j'en crois l'éclat de votre regard, j'ai l'impression de ne point vous déplaire.

Il rit à son tour et se leva, lui tendit la main. Elle la prit, franchit le rebord de la fenêtre et sans autre cérémonie ôta sa veste verte. Alors Yu enlaça sa taille, et cette nuit-là ils dormirent sur la même couche. À l'aube, elle s'en fut si légèrement que le jeune lettré crut à une caresse de brise et ne s'éveilla pas. Mais la nuit suivante elle revint, et toutes les nuits à la même heure, pendant une entière saison.

Ainsi vécurent-ils fort amoureux l'un de l'autre jusqu'au soir d'été où maître Yu dit rêveusement à sa compagne, tandis qu'ils buvaient et conversaient ensemble :

– À t'entendre parler, le sentiment me vient que si tu te laissais aller à chanter devant moi je serais à jamais prisonnier de ta voix, tant elle est émouvante et douce.

– Ne me tente pas, lui répondit-elle. Je ne désire rien autant que satisfaire tes désirs jusqu'à te faire perdre l'esprit, mais je dois me taire, car mes ennemis, là dehors, pourraient m'entendre et venir me tendre leurs pièges. Veux-tu donc que je meure ?

Yu lui demanda quels ennemis elle craignait. Elle lui sourit mélancoliquement et ne voulut pas lui répondre. Alors il crut à un caprice et insista pour qu'elle chante. Il la pressa tant qu'elle lui dit :

– Puisque tu le veux, par amour pour toi je vais chanter. Mais permets que ce soit tout bas, en confidence.

Elle posa la joue contre la poitrine de son amant et chanta.

Le jeune homme, à l'entendre, vécut un moment de pur paradis. Quand elle eut fini ils se regardèrent longuement, sans un mot, en souriant, les larmes aux yeux. Puis, tout à coup inquiète :

– Je sens que quelqu'un d'autre que toi m'a entendue et me guette maintenant au bord de la fenêtre, dit-elle. Mais qu'importe. Je suis heureuse de t'avoir donné ce moment de plaisir.

Il lui répondit en caressant son visage :

– Pourquoi te tourmentes-tu ainsi ? Vois comme la nuit est paisible.

Il la prit dans ses bras.

– Notre bonheur est épuisé, murmura-t-elle.

Avant l'aube elle se leva mais ne disparut pas furtivement, comme à l'accoutumée. Elle réveilla maître Yu et lui dit :

– Accompagne-moi sur le pas de la porte et attends, avant de rentrer, que je sois parvenue à l'angle du mur.

Elle se hissa sur la pointe des pieds, lui baisa la joue puis le regarda un bref instant avec une avidité douloureuse, et s'en alla.

À peine s'était-elle éloignée dans la grisaille du petit jour qu'il entendit un cri déchirant. Il courut jusqu'au coin de la façade, mais ne la vit pas. Il l'appela, tournant en tous sens la tête. Un gémissement lui répondit, qui semblait sortir d'un rosier grimpant contre la muraille de pierres sèches. Il s'en approcha, tout grelottant, et vit un insecte qui se débattait en bourdonnant lamentablement entre les pattes d'une énorme araignée. Yu empoigna un bâton, déchira la toile et recueillit la bestiole dans sa main.

C'était une guêpe au corselet vert. Il la porta dans sa chambre, la posa sur sa table. Elle se débattit un moment dans les fils où elle était empêtrée puis reprit vie, courut un moment de droite et de gauche, les ailes frémissantes, sur les cahiers épars, voleta, se posa au bord de l'encrier, se baigna délicatement d'encre et vint enfin sur une feuille de papier. Là, rampant à grands efforts, elle traça en lettres fines le mot « vie », puis le mot « merci ». Yu, bouleversé, tendit la main vers elle, mais à l'instant où il allait l'atteindre, elle s'envola et par la fenêtre ouverte disparut dans le premier soleil du matin.

Maître Yu ne revit jamais plus celle qui lui avait donné tant de bonheur. Il resta fidèle à son souvenir et consacra sa vie à l'étude jusqu'à ce que la mort le prenne, ce qui survint le premier jour de printemps de sa quatre-vingt-dix-septième année. Les moines du monastère de la Source-aux-Eaux-savoureuses, qui découvrirent son corps, le trouvèrent paisiblement couché sur sa litière. Sur sa poitrine était posée la feuille de papier maintenant jaunie sur laquelle étaient inscrits le mot « vie » et le mot « merci », et son visage semblait sourire, comme bercé par un rêve d'une infinie bonté.

Miao l'Immortelle

Parmi les grands monarques de la dynastie dorée du Ciel vécut autrefois un roi puissant et pourtant insatisfait : il avait trois filles et point de fils. Dès que l'aînée fut en âge d'enfanter, il l'offrit pour femme à son conseiller le plus proche. Au plus valeureux général de ses armées, il confia la deuxième. Alors la cadette, qui se nommait Miao, prévint son père que son désir était d'épouser un médecin pauvre, et de vivre avec lui parmi les souffrances du monde. Le roi, fort offusqué, estima qu'un tel destin était indigne de sa haute famille. Il ordonna à sa fille d'unir sa vie à celle d'un gentilhomme qu'il lui désigna. Elle refusa et demanda la permission, puisqu'elle ne pouvait aimer selon son cœur, de se retirer au couvent de l'Oiseau-blanc, qui se trouvait à Lungshu-Hsien.

Son père ne voulut pas aller contre ce qui lui parut être un caprice d'enfant butée. Il fit conduire la princesse Miao à ce couvent, et le même jour envoya à la mère supérieure une lettre dans laquelle il demandait à cette femme vertueuse et sévère de traiter sa fille avec la plus grande rigueur. Ainsi espérait-il que les basses corvées instruiraient assez cette effrontée pour la ramener bientôt à son palais, contrite et obéissante.

Miao fut donc confinée seule à la cuisine et contrainte aux travaux les plus rudes. Elle les accomplit avec tant de bonheur que la mère supérieure la soupçonna bientôt d'être aidée dans ses tâches par quelques complices secrètement introduits. Un matin, elle se cacha dans une vieille jarre pour la surveiller à son aise. Ce qu'elle vit la bouleversa.

Miao régnait sur des serviteurs surnaturels. Le premier était un tigre qui, dans sa gueule, bûche après bûche, apportait du bois pour les fourneaux. Le deuxième était un dragon. Chaque fois que les seaux se trouvaient vides devant la porte il traçait jusqu'à eux, d'une corne précise, un ruisselet d'eau claire. Le troisième était un personnage au corps de lumière brumeuse, aux yeux semblables à deux étoiles. Il lui suffisait de souffler à peine, courbé sur le sol, pour que le dallage brille d'un éclat parfait. Miao jouait avec ces êtres, toute joyeuse, tandis que des nuées d'oiseaux chargés de fruits, de noix et de légumes s'affairaient autour des écuelles et des marmites.

À contempler ces miracles, la mère supérieure se dit qu'assurément des puissances divines protégeaient la princesse Miao et ne désiraient pas la voir quitter le couvent. Elle se retira de sa cachette et s'en fut, toute frémissante d'émerveillement, écrire au roi qu'il ne reverrait pas sa fille auprès de lui, à moins de braver la volonté du Ciel. Le roi ne voulut rien croire de ce message. Quelques courtisans à l'esprit myope lui affirmèrent que sa fille et les nonnes de son entourage avaient voulu tramer un complot contre lui. Ainsi persuadé, une fureur si ravageuse s'alluma dans son cœur que dès le lendemain il envoya ses troupes incendier le couvent de l'Oiseau-blanc.

Miao, réfugiée avec ses sœurs épouvantées sur la terrasse de leur demeure, appela à son aide le souverain de l'Univers, mais il ne parut pas l'entendre. Alors, voyant les flammes menacer d'embraser les vêtements de ses compagnes, elle ôta de ses cheveux une épingle de bambou et l'enfonça dans sa bouche jusqu'à percer sa gorge. Le sang jaillit entre ses lèvres et se dispersa en pluie rouge avec les paroles de la prière qu'elle n'avait cessé de dire. Aussitôt des nuages noirs s'assemblèrent dans le ciel et crevèrent en averse si violente que le feu fut à l'instant noyé.

Les soldats, sans se soucier de ce nouveau miracle, la saisirent et la ramenèrent au palais. Le soir son père l'accueillit sévèrement dans la salle du trône et lui donna l'ordre une nouvelle fois d'épouser le gentilhomme qu'il avait choisi pour elle. Une nouvelle fois elle refusa. Alors ce monarque à qui personne au monde n'avait jamais osé désobéir fut pris d'une telle rage qu'il ordonna que sa fille soit mise à mort.

Le lendemain à l'aube, Miao fut conduite en place publique, les poings liés et les épaules nues. Sur l'estrade dressée, elle s'agenouilla et baissa la tête. Le sabre du bourreau s'abattit. Il se brisa à l'instant même où il atteignait la nuque offerte. Le roi sur son balcon cogna du poing l'accoudoir de son trône et cria l'ordre à son meilleur archer d'accomplir la sentence. La flèche tirée tomba aux pieds de la princesse, comme une bête soumise. Alors une vieille femme sortit de la foule, monta sur l'estrade, enroula une corde de soie autour du cou de Miao et d'un coup sec l'étrangla. À peine était-elle tombée sur le plancher qu'un tigre, surgi du feuillage d'un arbre proche, bondit près d'elle, saisit sa taille entre ses crocs et l'emporta vers la montagne si vivement que l'on vit à peine la traînée de poussière que soulevait son galop.

Miao, se réveillant dans les ténèbres du royaume des Morts, découvrit un jeune homme vêtu de bleu penché sur elle. Il sourit, la voyant ranimée, et lui dit :

– Les dix juges des régions inférieures sont émerveillés par ce qu'ils ont appris de votre vie sur la terre des hommes. Ils aimeraient vous voir et vous entendre, car il semble bien que votre parole ait assez de force pour allumer des miracles.

Miao accepta à condition que tous les prisonniers des Enfers soient invités à l'entendre. Elle fut donc conduite dans la vaste caverne où se tenaient les dix juges de ce royaume, et derrière elle les deux démons Face-de-Renard et Tête-de-Cheval amenèrent la foule des damnés. Dès qu'elle se mit à parler, l'obscurité autour d'elle s'éclaira et fleurit comme un printemps terrestre. Les cages où étaient enfermés les hommes condamnés aux tourments éternels furent changées en buissons feuillus, les croix en sources jaillissantes, les piloris en arbres couronnés. Yama, le maître du registre des morts, tournant partout la tête et voyant ces merveilles, s'inquiéta. Il craignait que Miao ne change bientôt l'enfer en paradis et que l'ordre des destinées ne soit bouleversé. Il résolut donc de rendre la vie à cette encombrante et trop lumineuse fille de roi.

Miao, revenue dans son corps un instant abandonné, ouvrit les yeux et se vit à la cime d'une haute montagne. Devant elle était un monastère de pierre blanche. Les gens qui l'accueillirent en ce lieu lui dirent qu'elle était dans la demeure des Immortels, et lui firent place parmi eux.

Or, après neuf ans d'heureux séjour, elle apprit par un sage récemment venu de la terre des mortels que le roi son père souffrait d'une maladie horrible et inguérissable. Elle s'en émut tant qu'elle ne put demeurer en paix. Le jour même, elle se déguisa en prêtre médecin et s'en fut au palais de son enfance. À peine eut-elle examiné le vieillard gémissant sur sa couche royale :

– Seuls peuvent vous sauver une main et un œil d'une vivante qui réside au monastère des Immortels, dit-elle.

Le roi fit aussitôt envoyer ses ministres à la recherche de cet étrange remède. Miao, parvenue avant eux à la montagne sainte, les reçut en grande joie et leur offrit ce qu'ils demandaient.

– Arrachez-moi l'œil gauche et la main gauche, leur dit-elle. Pourquoi donc tremblez-vous comme de vieilles femmes ? Tirez vos couteaux, et hâtez-vous.

Le sang de ses blessures répandit alentour un parfum d'été doux.

L'œil et la main de Miao rapportés au palais furent pilés et mêlés de miel. Cet onguent fut appliqué sur le corps du roi. Tout le côté gauche fut aussitôt guéri. Mais le côté droit restant horriblement puant et crevassé, les ministres s'en revinrent au monastère des Immortels mendier un nouveau remède. Miao leur offrit alors son œil droit et sa main droite, et comme la nuit se dissipe au soleil levant, la maladie du roi fut effacée par cette offrande.

Alors, se relevant, il demanda qui était celle qui l'avait sauvé. Ses ministres lui dirent qu'elle ressemblait à Miao, sa plus jeune fille. Il en eut le cœur traversé d'un trait de feu et décida sur l'heure de se rendre avec sa vieille épouse auprès de celle qu'il avait si durement traitée. Après longtemps d'errance patiente, les deux vieillards parvinrent sur la haute montagne où était leur enfant. Quand le roi vit sa figure sans regard et ses poignets bandés de chiffons rouges, il tomba à genoux et lui demanda pardon.

À peine ce mot était-il sorti de sa bouche que deux yeux neufs s'illuminèrent dans le visage de Miao, et que ses deux mains miraculeusement revenues relevèrent son père. Elle l'embrassa et lui demanda, toute rieuse :

– Dois-je toujours épouser un gentilhomme de ton choix ?

– Non, lui répondit le roi. Je ne désire plus que vivre auprès de toi et apprendre de ta bouche ce que doit savoir un homme désireux de connaître la paix de l'âme.

Elle lui sourit, plus heureuse et resplendissante qu'elle ne l'avait jamais été, et le conduisit au jardin où depuis ce jour ils demeurent dans la beauté des saisons.

Le chemin

Il était un jour un prince nommé Tsao. C'était un jeune homme robuste, de grande beauté et d'intelligence vive. Pourtant il vivait perpétuellement malheureux et enragé. Il se mêlait de batailles indignes dans les basses ruelles de la capitale, buvait et paillardait sans bonheur tous les soirs de sa vie.

Une nuit, dans un recoin de taverne crasseuse, l'esprit tout embrumé de souffrance après s'être lourdement enivré, il empoigna par la taille une servante adolescente qui passait à sa portée et voulut la mener sur la paillasse d'une chambre. Elle lui résista. Harcelé par ses compagnons aussi ivres que lui qui le défiaient en riant de soumettre cette fille, il la battit, la laissa inanimée sur une table et s'en alla seul dans le jour gris qui commençait à poindre.

Il marcha droit devant lui sans rien voir du monde qui s'éveillait, et sortit de la ville. Quand les brumes de l'alcool se dissipèrent dans son esprit, il se trouva en rase campagne, sur le chemin des montagnes de l'Ouest. Alors son existence lui apparut si honteuse et désolante qu'il décida d'abandonner pour toujours les palais parfumés qui peuplaient ses journées et les bas-fonds qui encombraient ses nuits. Seule la solitude lui parut désormais désirable. Cheminant vers la montagne au sommet inaccessible, la figure battue par le vent et les yeux brûlés par les larmes séchées, il espéra même, dans son désespoir et son dégoût de sa vie, la rencontre de quelque bête sauvage qui d'un coup de griffe au travers de sa poitrine offerte mettrait fin à son errance, mais il n'en vit aucune.

Il parvint après trois journées de fuite épuisante au pied des monts. Il prit une courte nuit de repos, puis se mit à les gravir. Peu à peu aux buissons traversés il laissa par lambeaux ses vêtements brodés, aux soleils et aux tempêtes la séduction de son visage, à la rudesse des rocs l'agressive puissance de son corps. Il s'établit dans une grotte, et trois années durant, sans rien attendre que la mort, il se nourrit de fruits, de racines et de noix sauvages. Mais la mort ne vint pas.

Alors il grimpa plus haut, où ne poussaient que de rares herbages parmi les rochers, et comme il montait vers ces hauteurs où n'étaient plus de sentiers, son ancienne vie de débauche lui apparut si lointaine qu'il douta d'être celui qui l'avait vécue. Les femmes, le luxe, le vin ne le préoccupaient plus. Il se dit qu'il était peut-être devenu un esprit du vent, et cela le fit rire. En vérité, n'importe qui passant par les rochers où il vivait l'aurait pris pour un fou, le voyant errer, nu sur ses jambes maigres, sa chevelure terreuse mêlée à sa barbe. Parfois, les yeux brillants comme deux étoiles noires dans les broussailles de son visage, il s'immobilisait de longues heures pour contempler la cime neigeuse de la montagne, d'où il n'attendait personne.

Cette cime l'emplissait de paix infinie. Quinze années durant il ne sut jamais pourquoi, jusqu'à ce qu'un jour quelqu'un vienne de ces neiges éternelles : un homme presque transparent, tant il était pâle et fluet. Il était vêtu d'une robe rouge qu'aucun vent poussiéreux, qu'aucune branche épineuse ne semblait avoir jamais effleurée. Cet homme était de ces Immortels qui vivaient autrefois au plus haut de la montagne de l'Ouest. Tsao ne fut pas étonné de le voir. L'Immortel s'assit à quelques pas de lui, sur un caillou. Tsao s'approcha et s'assit en face, comme pour une conversation, mais rien ne lui vint qu'il ait envie de dire. Alentour n'étaient que le vent et la lumière du ciel.

– Te souviens-tu que tu fus prince ? lui demanda son visiteur, d'une voix nette et paisible.

– Prince ? lui répondit Tsao. Je ne sais pas ce que signifie ce mot.

– Que cherches-tu dans ces montagnes ?

– Rien, répondit Tsao. Je suis mon chemin.

– Où se trouve donc ton chemin ?

Tsao, levant la tête, désigna le ciel.

– Et où se trouve le ciel ? demanda l'homme.

Tsao posa la main sur sa poitrine, et ainsi désigna son cœur. Alors l'homme sourit.

– Bienvenue chez les Immortels, dit-il.

Et ils s'en furent ensemble vers la cime.

VIETNAM

Les démons de Dong-Trieu

Sous le règne du roi Gian-Dinh, de longues guerres firent grand mal au pays. Quand elles prirent fin, dans de nombreux villages désertés les temples n'étaient plus que des repaires d'oiseaux nocturnes et de bêtes sauvages.

Tu-Lap gouvernait en ce temps-là la sous-préfecture de Dong-Trieu. C'était un homme sage et entreprenant. Sous sa vigoureuse autorité, les paysans de sa contrée eurent bientôt débroussaillé leurs vergers et leurs champs, relevé leurs maisons et peuplé leurs pâtures de nouveaux troupeaux. Après une année d'administration exemplaire, cet homme infatigable aurait eu toutes les raisons du monde d'être fier de son œuvre si un nouveau fléau ne s'était abattu sur Dong-Trieu et les hameaux environnants.

Un matin, la plupart des villageois trouvèrent leurs poulaillers et leurs vergers ravagés, leurs cochons saignés et leur grain dispersé dans les greniers. Une bande de brigands, apparemment, s'étaient abattus sur la région. Cependant, nul ne les avait entendus. Aucun grincement de porte, aucun aboiement de chien n'avait troublé la nuit. Le soir venu, Tu-Lap fit partout placer des gardes à la lisière du village. Ce fut peine perdue. À l'aube, on ne put que constater un nouveau pillage. Brebis et canards avaient disparu par douzaines, et quelques viviers avaient été vidés de leurs poissons. Les veilleurs postés en sentinelles en furent les premiers bouleversés : ils n'avaient vu rôder personne autour des bergeries et des basses-cours.

Tu-Lap fit une enquête précise et sévère, mais inutile. Il ne trouva pas les coupables, et les vols ne cessèrent point. La dixième nuit, les malandrins s'attaquèrent aux garde-manger des cuisines sans éveiller le moindre chat dans les maisons. L'honorable gouverneur de Dong-Trieu se dit alors que de simples humains ne pouvaient être aussi habiles et silencieux. Il réunit ses administrés et leur confia qu'à son avis des démons étaient les auteurs de ces forfaits. Il leur conseilla donc de relever les pagodes à demi détruites par la guerre et d'aller y implorer le secours des divinités célestes. Il fut sur-le-champ obéi. Les rapines n'en firent que s'aggraver.

Alors Tu-Lap, ne sachant plus comment tirer ses villageois d'affaire, s'en fut consulter un vieux devin dont il avait entendu vanter les mérites. Cet homme vénérable l'écouta en silence. Après quoi il prit ses baguettes de divination et se retira seul dans un coin sombre de sa masure. Quand il revint, il souriait.

– Un cavalier vêtu de toile jaune, armé d'une arbalète et de flèches en étain, voilà l'homme seul capable de chasser les démons de Dong-Trieu, dit-il. Demain matin, sortez par la porte sud du village et marchez droit vers la montagne. Si vous rencontrez le chasseur que je vous ai décrit, invitez-le à passer la nuit chez vous. S'il refuse, insistez autant qu'il le faudra, car il est votre salut.

Le lendemain, Tu-Lap et les vieux du village s'en furent donc à la recherche de cet homme. Ils cheminèrent tout le jour sans rencontrer personne qui lui ressemble. Au crépuscule, ils firent halte, et, tout dépités, se résignèrent à revenir chez eux bredouilles. Comme ils tournaient bride, ils virent accourir par la lande de la montagne un cavalier exactement semblable à celui qu'ils n'espéraient plus. Ils s'exclamèrent, brusquement réjouis, vinrent à sa rencontre et s'inclinèrent devant sa monture en le bénissant à grand bruit. L'homme, éberlué, leur demanda la raison de ces prosternements et de ces grâces. Tu-Lap lui conta les malheurs de son village et lui révéla l'oracle du devin. L'autre éclata de rire.

– Bonnes gens, leur dit-il, vous êtes trop crédules. Je ne suis que chasseur, et si je cours cette montagne, c'est parce que l'on m'a dit que les daims et les lièvres y étaient plus gras qu'ailleurs. Je ne suis pas votre homme. Je ne connais rien aux exorcismes capables de vaincre les démons qui vous tourmentent.

Tu-Lap ne crut pas un mot de ces paroles. Il pensa que ce noble personnage était assurément un sorcier de grand talent, et trop prudent pour se faire connaître. Il l'invita à passer la nuit à Dong-Trieu avec tant de délicatesse et de protestations respectueuses que l'homme ne put refuser. Il suivit donc Tu-Lap et ses gens au village où on l'accueillit comme un génie salvateur. On lui offrit la plus belle chambre de la sous-préfecture, que l'on parfuma pour lui plaire, et que l'on orna d'une moustiquaire brodée. Il tenta de protester qu'il n'était pas digne de tant d'honneur, mais on ne l'écouta pas.

Quand, vers minuit, on le laissa seul, il se trouva extrêmement gêné. « Ces gens, se dit-il, attendent de moi un service que je ne peux leur rendre. Quand, demain matin, ils constateront mon impuissance à combattre leurs diables, ils me regarderont comme un imposteur, et j'en crèverai de honte. Mieux vaut que je prenne la fuite sans attendre. » Dès qu'il n'entendit plus un bruit alentour, il se glissa dehors à pas prudents et s'en fut le long des murs obscurs vers la porte de l'ouest.

Parvenu au pont de bois qui traversait la rivière, il aperçut au clair de lune trois hommes de grande taille penchés sur un vivier. Il s'accroupit derrière un buisson pour les observer à son aise. Il les vit agiter leurs mains dans l'eau, brandir des carpes ruisselantes et les avaler toutes vives en riant, rotant et parlant haut. Ils firent ainsi jusqu'à ce que le vivier soit vide, puis ils s'en furent dans un jardin voisin et là arrachèrent des plants de canne à sucre qu'ils se mirent à déchiqueter et mastiquer voracement, assis dans l'herbe humide.

« Ces voleurs sont aussi repoussants que gigantesques, se dit le chasseur, mais, quels qu'ils soient, ils ne peuvent être que d'ordinaires pègreleux. » Il prit trois flèches dans son carquois, arma son arbalète et par trois fois tira. Les deux géants poussèrent un hurlement effroyable et s'enfuirent en titubant et trébuchant comme des ivrognes. Le troisième plongea dans le fleuve.

Le chasseur s'en revint en courant au village. Cognant aux portes et appelant à l'aide, il rameuta les hommes et les conduisit au jardin où il avait surpris les brigands. Ils y trouvèrent des traînées de sang. Ils les suivirent, armés de flambeaux, le long du pont de bois, et au-delà sur le sentier qui menait à un petit temple abandonné, à flanc de colline.

Parmi les ruines, deux statues de dieux gardiens étaient seules dressées de part et d'autre du seuil envahi par les herbes. Dans le dos de chacune d'elles, une flèche était profondément enfoncée. Les villageois restèrent un moment bouche bée devant ce prodige, puis soudain pris de colère ils abattirent leurs bâtons sur les figures de pierre. Alors dans les ténèbres qui les environnaient ils entendirent ces paroles dites à voix sourde et douloureuse :

– Nous sommes punis, soit, nous avons fauté. Mais ce diable de Génie des Eaux est plus coupable que nous. C'est lui qui nous a entraînés, nous n'avons fait que le suivre, et il a pu s'enfuir sans une égratignure. En ce monde comme dans l'autre, il n'y a pas de justice.

Les bâtons restèrent en l'air suspendus, on poussa parmi la troupe des cris de surprise et d'effroi, puis l'on courut au bord de la rivière où était le temple du Génie des Eaux. Les paysans, en grande bousculade, levèrent leurs torches devant la statue de ce dieu, en balbutiant des questions trop humaines. Ils virent alors pâlir son visage polychrome et des écailles de poisson tomber de sa bouche tout à coup vivante. Une volée de bâtons s'abattit sur sa carcasse de roc, qui fut bientôt brisée en mille cailloux.

Le lendemain, Tu-Lap offrit au chasseur la moitié du trésor de la sous-préfecture. L'homme refusa ce cadeau, en prétendant qu'il n'avait rien fait pour le mériter. Après l'avoir pris pour un sorcier considérable, on le crut saint. Il s'en fut fort perplexe de Dong-Trieu, où l'on vécut désormais dans la paix confiante des simples.

CAMBODGE

Simpang-Impang

Au temps des plus lointains ancêtres, les hommes s'en furent un jour chasser dans la jungle. Ils cheminèrent jusqu'au soir parmi les broussailles et les arbres géants sans rencontrer le moindre gibier. Alors ils s'assirent en silence sur un tronc d'arbre abattu. Les uns s'accoudèrent sur leurs genoux et baissèrent la tête. Les autres se mirent à manger des fruits ramassés. L'un d'eux planta son couteau près de lui, dans l'écorce. Aussitôt en jaillit un jet de sang. Tous d'un bond se dressèrent et virent qu'ils avaient pris pour un tronc d'arbre le roi des pythons. L'énorme serpent ondula paresseusement, sa queue dispersa les buissons, sa gueule sifflante s'ouvrit à hauteur des figures. Mais les hommes ne s'enfuirent pas : ils étaient trop affamés. Ils se jetèrent sur lui et, à coups de sabre, de sagaie et de poignard, ils le tuèrent. Après quoi ils tranchèrent le meilleur de sa viande et sur un grand feu la mirent à griller.

Alors une averse soudaine s'abattit sur les feuillages. Les hommes coururent s'abriter sous un rocher, mais la pluie se fit d'un coup si violente qu'elle déroba le sol sous leurs pieds et les emporta. L'air fut bientôt noyé dans des cascades d'eau qui engloutirent la forêt, les vallées, les villages. Seule parmi les vivants, une femme parvint à se hisser sur une haute montagne. Exténuée, jetée de-ci de-là par la tourmente, elle mit ses dernières forces à s'agripper à une longue plante grimpante que le vent avait rabattue contre la falaise. Derrière son feuillage, elle découvrit une entrée de grotte et put se glisser à l'abri.

Elle se blottit là, contemplant le dehors. Elle s'aperçut bientôt que des étincelles jaillissaient de la plante échevelée par la bourrasque, chaque fois qu'elle cognait contre le roc. Elle recueillit de ces étincelles et fit du feu. Quand elle fut réchauffée, elle prit pour époux cette longue plante qui l'avait sauvée. Elle en eut un enfant, qu'elle nomma Simpang-Impang. Le déluge s'apaisa le jour de sa naissance. Pourtant elle n'en fut pas heureuse, car Simpang-Impang n'était en vérité qu'une moitié d'être humain : il n'avait qu'un œil dans une demi-figure, une seule épaule, un seul bras et une jambe unique. Mais il était en bonne santé.

Un jour, comme ce bout d'enfant explorait la caverne, sautillant sous la voûte et rampant jusqu'aux plus profonds recoins, il découvrit la réserve de riz d'un rat des environs. Il prit quelques grains au creux de sa main, les flaira et les trouva de bonne odeur, quoique trop humides. Il les ramassa tous et les étala sur une feuille pour les faire sécher au soleil revenu. À cet instant, le rat survint. Voyant Simpang-Impang s'éloigner avec son bien, il lui trotta derrière en criant au voleur. L'autre fit mine de ne pas l'entendre. Alors le rat le maudit et lui promit hargneusement, le museau dressé vers le ciel, que désormais ses enfants et les enfants de ses enfants se nourriraient jusqu'à la fin des temps des récoltes des hommes.

Pendant ce temps, Simpang-Impang déposait son riz au seuil de la caverne. Il n'y resta pas longtemps : un coup de bourrasque courba les buissons, dispersa les provisions et les emporta. Il bondit et de rocher en bourbier, courut à cloche-pied à la poursuite du vent qui venait de lui dérober son prochain repas.

Il n'avait guère d'espoir de le rattraper, mais il avait faim. Il parvint à bout de souffle devant un vieil arbre aux branches noires déployées dans la brume. Quelques oiseaux picoraient les rares bourgeons de son feuillage maigre. Simpang-Impang leur demanda où se trouvait la demeure du vent. Ils ne lui répondirent pas. Ils s'envolèrent en piaillant. Alors il interrogea l'arbre. Le tronc se courba, lui indiqua la direction de l'est, et dans un grincement misérable prononça ces mots :

– Dis au vent, quand tu l'auras trouvé, qu'il vienne me délivrer de ces oiseaux voraces qui me tourmentent.

Simpang-Impang promit et s'en alla. Il chemina dans la vaste plaine sans villages jusqu'au bord d'un lac aux eaux dormantes. Comme l'air demeurait obstinément immobile sous les nuages bas, il demanda au lac où se trouvait la demeure du vent. Alors les eaux s'ouvrirent comme des lèvres et une voix montée des profondeurs murmura :

– Va droit devant et dis au vent, quand tu l'auras trouvé, de venir déboucher le ruisseau qui me fournit en eau claire. Un monceau d'or l'obstrue.

Simpang-Impang salua ces paroles et sautillant, suant, soufflant, parvint après longtemps de fatigue et de trébuchements dans un champ où seuls étaient un bananier et une canne à sucre. Il leur demanda s'ils savaient où nichait le vent. Ils lui indiquèrent une gorge rocailleuse et sombre taillée dans une proche montagne, puis se penchant à son unique oreille :

– Dis au vent, quand tu l'auras trouvé, de nous donner des branches fermes, que nous puissions enlacer les brises passagères.

Simpang-Impang baisa leurs feuilles luisantes et s'en fut sur le sentier qui s'enfonçait entre les monts abrupts. À la sortie de la vallée, il découvrit le vent. Il était lové dans son plumage de brume autour d'un roc dressé si haut que sa pointe perçait les nuages. Dès qu'il vit la moitié d'homme qui le poursuivait, il ouvrit la bouche et siffla, crachant des tourbillons bleus :

– Que me veux-tu, fils de femme et de plante grimpante ?

– Je suis venu chercher les grains de riz que tu m'as volés, répondit Simpang-Impang.

Le vent éclata d'un rire vertigineux, et s'élançant sur une rivière qui serpentait à travers la plaine :

– Rattrape-moi donc, avorton !

Simpang-Impang plongea dans l'eau derrière lui, barbota, perdit pied, appela au secours le ciel, le soleil, l'air du monde. Ce fut un poisson qui vint, étincelant, multicolore.

– Monte sur mon dos, lui dit-il.

Et ils s'en furent sur l'eau si vite qu'ils semblaient ensemble un trait d'arc-en-ciel fendant les vagues. Quand le vent essoufflé fit halte sur la rive, il vit Simpang-Impang à son côté parmi les herbes.

– Ainsi, petit Terrien, tu as pu me suivre, grogna-t-il étonné. Mais me suivras-tu dans les airs ?

Il bondit à travers les arbres, éparpillant les feuillages. Simpang-Impang s'élança, sa main tendue aux nuées. Mais, aussi haut qu'il parvint à sauter, il n'attrapa que quelques feuilles tombées des branches. Il appela au secours sa rage, sa famine, son implacable désir de vivre. Ce fut un aigle qui vint.

– Accroche-toi à mes serres, lui dit-il.

Et ils s'en furent dans les airs jusqu'aux nuages, traversèrent les rocs troués des cimes, plongèrent au ras des fleuves. Quand le vent s'apaisa, il vit encore Simpang-Impang à son côté.

– Tu es plus agile que je ne l'aurais cru, murmura-t-il. Mais maintenant dis-moi : sauras-tu me suivre dans cette sarbacane ?

Il disparut aussitôt par un trou de roseau. Dans ce trou Simpang-Impang passa le doigt, mais point la main. Alors il appela les dieux, les Esprits, les démons à son aide. Ce fut une araignée qui vint. Elle l'enveloppa de sa toile. Ainsi vêtu, il rapetissa jusqu'à n'être plus qu'une moitié d'insecte. Il s'engouffra dans la sarbacane. Il en sortit par l'autre bout agrippé à la dernière plume de la queue tourbillonnante du vent qui lui dit, une fois dehors, frissonnant comme une humble brise :

– Héroïque moitié d'homme, tu as remporté les trois épreuves. Mais je ne te rendrai pas ces grains de riz que je t'ai pris. Je les ai dispersés, je ne sais où ils sont.

Alors Simpang-Impang rougit, brandit son poing, ouvrit sa demi-gueule et appela la longue plante grimpante qui avait sauvé la dernière femme du monde, au premier jour du déluge. En vérité, ce père de sa chair ne l'avait jamais quitté : il l'avait suivi tout au long de son voyage, rampant, grimpant partout derrière lui, et verdissant la terre. De ses branches Simpang-Impang fit un grand feu et lançant des tisons alentour, il enflamma le plumage du vent qui bondit au ciel, se tordit, tourbillonna, fuma, crépita, piailla, hulula, gémit enfin :

– Éteins ces flammes qui me dévorent et je ferai de toi un homme entier, un homme véritable !

Simpang-Impang cracha dans l'air et le feu s'éteignit. Il regarda son corps : il avait deux épaules, deux bras, deux jambes. Il palpa son visage : il avait deux yeux, deux oreilles, une bouche rieuse. Il embrassa le vent, dansa avec lui, puis il lui dit les souffrances et les désirs du vieil arbre rencontré sur sa route, du lac, de la canne à sucre, du bananier.

– Pour l’arbre et le lac, je ferai ce qu’ils me demandent, répondit le vent. Quant aux deux autres, qu’ils vivent comme le Créateur les fit.

Et Simpang-Impang, notre premier ancêtre, s’en fut avec lui ordonner le monde.

THAÏLANDE

La partie d'échecs

Plume-d'Aigle-Flottante, fils et petit-fils d'Indiens Mayas, m'a raconté cette histoire. Il la tenait d'un moine bouddhiste de Thaïlande.

Un guerrier au front soucieux, fatigué d'errer de ripailles en défaites et de longues marches en victoires illusoires, s'en fut un jour rendre visite, au fond d'une forêt bruissante d'oiseaux, à un ermite fort réputé pour sa bonté simple et sa sagesse imperturbable. Dans la hutte de branches où il fut reçu, ce guerrier conta au saint homme ses rudes aventures, et lui confia qu'il était las des méchancetés terrestres. Puis :

– Je ne veux plus que vous pour maître, lui dit-il. Enseignez-moi ce savoir qui illumine votre visage et qui rend belle la vie.

L'ermite lui conseilla de méditer, de creuser l'écorce des apparences, de s'efforcer de découvrir, dans la mauvaise gangue du monde, le fruit savoureux de la paix. Il lui apprit comment maîtriser son souffle et conduire ses pensées. Trois jours entiers ils parlèrent ensemble. Après ce temps, le guerrier promit à son maître d'observer ses commandements et s'en retourna chez lui.

Une année passa, limpide pour l'un, amère pour l'autre. Celui qui avait décidé d'atteindre la sagesse s'engagea bravement sur le chemin tracé, mais se perdit dans les labyrinthes de son âme. Un matin d'été, à bout de peine, il revint se plaindre auprès du saint homme.

– Malgré mes efforts, lui dit-il, je n'ai fait aucun progrès. Certes, je sais maintenant respirer comme vous me l'avez enseigné, mais je suis toujours aussi avide, toujours aussi mal vivant, toujours aussi incapable d'amour. Comment pourrais-je aimer la vie qui m'environne ? Comment pourrais-je aimer les autres ? Je ne m'aime pas moi-même !

L'ermite, patiemment, lui donna de nouvelles leçons. Il lui apprit l'art de brider les excès des sens et d'atteindre le fond paisible du cœur, au-delà de toute tempête. Après trois nouvelles journées, le guerrier le quitta revigoré, tout empli de nouvelle espérance. Il s'échina encore une pleine année à débarrasser son esprit des fardeaux qui l'encombraient, observa strictement les disciplines qui lui avaient été conseillées, tenta de comprendre et de goûter la vie, mais n'y parvint pas. Alors il se sentit plus malheureux qu'il ne l'avait jamais été, et se demanda si l'existence qu'il menait avant d'avoir eu la sotte idée d'atteindre la sagesse ne valait pas mieux que cette insupportable impuissance où il était plongé. Il s'en revint une nouvelle fois voir l'ermite dans sa forêt et lui reprocha son incompétence.

– Vous n'avez pas su m'apprendre à aimer, lui dit-il. Je crains fort, pauvre homme, que vous ne soyez un imposteur.

L'autre ne s'offusqua point, au contraire. Il écouta ses jérémiades avec une attention presque enfantine puis s'en fut prendre, dans un coin obscur de sa hutte, un jeu d'échecs. Après quoi il lui dit en souriant :

– Jouons ensemble une partie, mais qu'elle soit définitive et sans pitié. Celui qui la perdra devra mourir. Son vainqueur lui tranchera la tête. Es-tu d'accord pour cet enjeu ?

Le guerrier, étonné, regarda son maître, puis voyant briller dans ses yeux une lumière de défi :

– D'accord, dit-il.

Ils sortirent devant la hutte, posèrent l'échiquier sur une pierre plate dans l'ombre d'un grand arbre, s'assirent face à face, penchèrent leurs fronts plissés sur les figurines de bois, et la partie commença.

Le guerrier se trouva bientôt en mauvaise posture. Après six coups joués, il avait déjà perdu trois pièces importantes, et son roi était dangereusement découvert. Il prit peur. Bouleversé par la main froide de la mort qu'il sentait déjà s'appesantir sur sa nuque, il joua de plus en plus mal. Après douze coups, il était au bord de la débâcle. Il regarda son adversaire et le vit impassible. Assurément cet homme n'hésiterait pas un instant à le tuer, s'il perdait. Alors, l'esprit vertigineux, il se dit qu'il était temps de réfléchir sans faute. Il se souvint que d'ordinaire il était de bonne force aux échecs, et lui vint l'évidence que seul le spectre de la mort l'empêchait de donner toute sa mesure. « Je dois d'abord me débarrasser de mon épouvante, si je veux avoir une chance de survivre, se dit-il, je dois m'en débarrasser à l'instant même ! » Il s'efforça de respirer comme il avait appris. Puis il pensa : « Quoi qu'il advienne, il me faut pleinement jouer. Voilà l'important. » Il s'absorba dans la contemplation de l'échiquier. Il vit comment sauver son roi, en grand danger d'être pris. Une sourde jubilation l'envahit. Il reprit espoir, oublia son effroi. Après dix-huit coups, sa situation était assez rétablie pour qu'il envisage avec confiance une longue bataille d'usure. Après vingt-quatre coups, il découvrit une faille dans le jeu de son adversaire. Il s'exalta, poussa un rugissement de triomphe.

– Tu as perdu, dit-il.

Il tendit vivement la main pour engouffrer sa reine dans la brèche offerte, mais la laissa suspendue au-dessus du jeu. Il regarda l'ermite. Il le vit aussi impassible qu'à l'instant de sa victoire proche. Il se dit alors : « Pourquoi tuerais-je ce brave homme ? En vérité, je suis sûr qu'il aurait pu facilement gagner la partie quand la peur me tenaillait. Il ne l'a pas fait. Quelle sorte de fauve serais-je si j'abattais mon sabre sur son cou ? » Son exaltation le quitta aussitôt. Il grogna, baissa la tête et poussa un pion inutile.

Alors l'ermite renversa l'échiquier dans l'herbe, d'un geste négligent.

– Il faut vaincre d'abord la peur. Ensuite peut venir l'amour, dit-il. As-tu compris ?

Le guerrier, enfin délivré, éclata de rire. Il savait maintenant comment goûter pleinement la vie.

Izanagi et Izanami

Au commencement du monde était le brouillard du néant, et au-dessus de lui le pont flottant du ciel. Sur ce pont apparurent un jour deux vivants célestes, Izanagi et Izanami, sa sœur jumelle. Izanagi se pencha sur le brouillard opaque, plongea sa lance dans la grisaille et doucement la remua. Alors du Néant sortit ce bruit :

– Koworo, Koworo.

Izanagi retira son arme. À sa pointe était une goutte de cristal. Cette goutte s'allongea, tomba, mais ne se perdit point : à peine détachée du fer de la lance, elle s'étendit et devint une île suspendue entre le ciel et le vide. Sur cette île, Izanagi et sa sœur Izanami descendirent et au milieu d'elle dressèrent une haute colonne. Quand ce fut fait, ils se regardèrent. Ils étaient nus. Ils virent que leurs corps n'étaient pas tout à fait semblables. Ils en rirent, s'émerveillèrent, et comme ils se touchaient l'un l'autre, l'envie leur vint de s'unir. Alors Izanagi s'en fut par jeu vers la droite de la colonne, Izanami vers la gauche, et mimant les étonnés, de l'autre côté du large pilier ils se rencontrèrent.

– Oh, le beau jeune homme ! dit Izanami, ouvrant les bras.

– Oh, la belle jeune fille ! dit Izanagi, pareillement joyeux.

Ils s'étreignirent délicieusement.

De leur première union naquit une sangsue, de la deuxième un îlot d'écume. Cela ne leur plut guère. « Peut-être, se dirent-ils, n'avons-nous pas agi comme nous aurions dû. » À nouveau, Izanagi s'en fut vers la droite de la colonne, Izanami vers la gauche. Quand ils se rencontrèrent, ils jouèrent encore les promeneurs surpris, mais ce fut cette fois le frère qui le premier parla.

– Oh, la belle jeune fille ! dit-il, tout rieur.

– Oh, le beau jeune homme ! répondit sa sœur.

À nouveau ils s'enlacèrent. De leur troisième union, naquirent les huit îles du Japon, la mer, les continents, les saisons, les arbres, les montagnes, l'Esprit du feu enfin. Mais comme ce dernier enfant sortait du ventre d'Izanami sa mère, dans sa fougue ravageuse il la brûla cruellement. Elle se coucha, vomit en foule des oiseaux, des bêtes terrestres, et mourut. Son frère Izanagi devant son cadavre tomba à genoux. Il pleura sur elle sept jours entiers, le visage dans ses mains, puis il l'ensevelit. Quand ce fut fait il empoigna son sabre, trancha la tête de l'Esprit du feu et le démembra. Du sang de cet être impétueux naquirent les plus indomptables parmi les créatures du monde.

Izanagi demeuré seul s'en fut errer tristement par les cieux et les terres. Or un jour, comme il se sentait fatigué de vivre sans bonheur, le désir déraisonnable lui vint d'aller chercher sa sœur bien-aimée au royaume de la nuit. Il descendit donc dans cette contrée dont il ignorait les chemins. Après longtemps de voyage, il parvint devant la porte du palais des ténèbres. À cette porte il frappa. Sa sœur vint lui ouvrir.

– Reviens avec moi, lui dit-il, nous avons encore tant de choses à créer, des pays, des êtres, de nouveaux océans.

Elle lui répondit :

– Hélas, j'ai goûté aux fruits de ce royaume, je ne peux te rejoindre sans la permission des Esprits de la nuit. Attends-moi, je vais parler à ceux qui me tiennent prisonnière. Jusqu'à ce que je revienne, ne bouge pas d'ici. Surtout, ne franchis pas ce seuil.

Elle disparut. Izanagi attendit, s'impatienta, attendit encore, s'inquiéta de ne point la voir revenir. Il l'appela. Nul ne lui répondit. Alors il poussa la porte du palais des ténèbres et d'un pas franc, entra.

Il se trouva dans un long couloir sombre. Il ôta l'un des deux peignes qui tenaient sa chevelure, le frotta vivement contre la paroi et ainsi en fit jaillir une flamme. À peine avait-il levé ce flambeau devant lui qu'il découvrit sa sœur couchée dans un cercueil pourrissant. Des grouillements de vers creusaient son visage et son corps. Elle était épouvantable à voir. Quand elle aperçut son frère, elle frissonna, se dressa, ouvrit ses lèvres rongées.

– Malheureux, dit-elle, je ne te pardonnerai jamais de m'avoir surprise dans l'état honteux où je suis. Je te déteste, sois mille fois maudit !

Izanagi, terrifié, prit la fuite. Izanami, follement agile, le poursuivit. Quand il entendit ses dents grincer et ses mains griffues déchirer l'air dans son dos, il jeta derrière lui son peigne enflammé. L'objet à peine lancé se métamorphosa en une grappe de raisins noirs. Izanami fit halte, ramassa cette grappe de raisins, la dévora, reprit sa course, les cheveux crépitants d'éclairs. À peine Izanagi avait-il couru cent enjambées qu'il sentit à nouveau le souffle puant de sa sœur morte sur sa nuque. Alors il jeta son deuxième peigne par-dessus son épaule. Aussitôt surgirent du sol mille pousses de bambou. Izanami, affamée, les arracha par poignées et les engouffra dans sa bouche grimaçante. Tandis qu'elle tentait d'apaiser ainsi la famine qui rongeait son ventre, Izanagi, courant à toute force, parvint au seuil du monde des vivants.

C'était un étroit passage entre deux rocs où poussait un pêcher miraculeux. À bout de souffle, il se laissa tomber à l'ombre de cet arbre et se tourna vers le vaste espace gris qu'il venait de traverser. Alors il vit déferler sur lui l'effroyable nuée des guerriers de la nuit, conduite par sa sœur échevelée. Il lança à ces démons trois pêches du pêcher miraculeux. La horde disparut en une fumée gémissante qui emplit le ciel. Seule demeura sur la plaine sa sœur Izanami, la morte effrayante qu'il avait tant aimée. Il bondit au-delà du roc qu'elle ne pouvait franchir et lui cria :

– Mère de mes innombrables enfants, plus jamais je ne chercherai à te sauver. Je te chasse de mon âme. Désormais je n'éprouverai pour toi que dégoût. Je te répudie !

– Frère plus cher à mon cœur que tous les fruits du monde, gémit Izanami, si tu fais cela, je dévorerai chaque jour mille de tes semblables.

– Sœur repoussante, lui répondit Izanagi, si tu dévores chaque jour mille de mes semblables, je ferai enfanter chaque nuit mille femmes aussi jeunes et belles que tu l'étais au temps de nos amours !

Ainsi furent créées la vie et la mort, bonnes gens. Ne désespérez pas : il est dit qu'un jour Izanagi et Izanami se réconcilieront pour le bonheur des hommes. Patience.

Zenkaï l'assassin

Zenkaï était un samouraï d'une grande force et d'une beauté rare. Son cœur pourtant s'enflammait au moindre feu et l'emportait souvent en extravagances si ravageuses que ses amis craignaient pour lui une mort sans honneur dans quelque bataille de hasard. Ils l'estimèrent perdu et beaucoup lui tournèrent le dos le jour où cet homme impétueux se prit d'amour pour l'épouse de son seigneur. Les meilleurs de ses frères d'armes le supplièrent de renoncer à sa passion, mais il ne les écouta pas. En vérité, leurs remontrances ne firent qu'aiguiser le désir qu'il avait de cette femme. Il se mit à la harceler avec tant de fougue qu'elle lui accorda bientôt un rendez-vous secret, une nuit, dans un bois proche de sa demeure. Ils s'y retrouvèrent à la pleine lune, mais ils n'y furent pas seuls. Le seigneur bafoué, prévenu par une servante, s'y rendit aussi. Il surgit d'un fourré, son sabre au poing, à l'instant où les amants s'avançaient l'un vers l'autre. La bataille fut brève : Zenkaï le tua.

Il fut donc forcé de fuir avec sa nouvelle compagne. Ils vécurent quelque temps ensemble en hors-la-loi, courant les chemins, volant pour subsister et ne trouvant de repos qu'au fond des plus mal famées des auberges. Il ne fallut à Zenkaï que peu de jours pour s'apercevoir que l'épouse infidèle était une vraie diablesse. Elle se révéla si rapace, sèche et cruelle qu'il dut se résigner, dégoûté d'elle, à l'abandonner dans un obscur recoin de taverne. Il se fit errant. Il marcha une pleine année, mendiant son pain au pas des portes. Un jour, à bout de forces et de ressources, il s'assit au bord du chemin de montagne, médita sur sa vie qui n'était plus que décombres, se repentit amèrement et se dit qu'il était temps d'expier enfin ses fautes.

Une route escarpée, souvent traversée d'avalanches, franchissait cette montagne où il était parvenu. Beaucoup parmi les voyageurs qui avaient affronté ses dangers s'étaient trouvés emportés dans des précipices sans fond. « Beaucoup périront encore si l'on ne se décide pas à creuser un tunnel dans ce roc », se dit Zenkaï, regardant alentour de la pierre où il était assis. À peine avait-il pensé cela que lui vint à l'esprit ce qu'il devait faire pour n'être plus un vagabond sans honneur, et payer aux vivants le rachat de ses fautes : creuser lui-même ce tunnel qui épargnerait bien des peines et des existences. Il se mit donc à l'ouvrage, armé de ses seules mains.

Il travailla sans repos, pauvrement nourri par quelques paysans du voisinage qui lui portaient de temps en temps de leur maigre pitance, et trouva la paix à ce labeur quotidien. Il devint peu à peu un homme sans désirs, au dos voûté, à la peau tannée, à l'œil vif. L'habitude lui vint de parler aux oiseaux et aux bêtes sauvages, ses seuls compagnons dans la solitude où il était. Vingt ans passèrent ainsi, jusqu'au jour où le fils du seigneur qu'il avait assassiné le retrouva.

Ce jeune homme, vingt ans durant, avait couru le pays à la recherche du meurtrier de son père. Quand enfin il le vit devant lui dans les cailloux ensoleillés de la montagne, il se nomma fièrement et sans autre mot leva son sabre. Zenkaï l'arrêta d'un geste et lui dit :

– Je ne tiens pas à la vie, mais je te demande de ne pas me tuer avant que j'aie terminé mon travail. Quand ce tunnel sera percé, je te donnerai volontiers ma tête.

L'homme considéra un moment cet ennemi recuit et paisible que la peur de mourir ne semblait pas troubler, puis rengaina son arme et s'assit sur un roc.

Alors Zenkaï se remit à son creusement. Il travailla trois semaines sans se soucier un instant du justicier qui le tenait sous sa garde. Il parut fort surpris de voir un matin cet homme qui le haïssait venir vers lui et se mettre à l'aider au déblaiement des rochers arrachés à la montagne. Comme Zenkaï lui souriait, l'autre lui dit brutalement qu'il avait hâte de voir ce travail terminé, et d'accomplir sa vengeance. Bientôt cependant ils se trouvèrent forcés de parler comme deux ouvriers attelés à la même tâche et, le temps passant, le jeune vengeur se prit peu à peu d'une admiration étonnée pour ce vieillard que Zenkaï était devenu, pour son habileté, son endurance, sa patience et la sérénité joyeuse qui l'habitait.

Le tunnel fut enfin percé, après une année d'acharnement commun. À peine les derniers quartiers de rocs dégagés du passage, Zenkaï se redressa, considéra son œuvre avec satisfaction, s'en fut au ruisseau voisin se laver le visage et les mains, puis revint au jeune homme.

– Pardonne-moi de t'avoir fait attendre, lui dit-il. Maintenant tu peux me tuer.

Alors son compagnon le regarda, les larmes aux yeux, et lui répondit :

– Pendant vingt ans je t'ai haï. Quand je t'ai retrouvé, te voyant désarmé au bout de mon sabre, j'ai connu mon premier instant de bonheur depuis la mort de mon père. Puis sans que je sache comment, au cours de ce travail que nous avons fait ensemble, tu es devenu mon maître. Comment pourrais-je trancher la tête de mon maître ?

Ils restèrent un moment silencieux, se contemplant l'un l'autre, et s'en furent ensemble par le tunnel creusé.

Le voleur de rêves

Un jeune étudiant nommé Makibito eut une nuit un rêve si étrange qu'il désira, à peine éveillé, en connaître le sens. Il se rendit donc chez une vieille nonne réputée pour son habileté à interpréter les songes, et à voix basse le lui confia. Elle le rassura, et le déçut : ce rêve, bien que peuplé de bêtes fabuleuses et de paroles solennelles ne présageait rien de mauvais, mais ne lui promettait aucunement ce qu'il désirait. Selon l'infaillible jugement de la sainte vieillarde, il n'était que vapeur négligeable.

Or, une fois ce verdict prononcé, comme ils parlaient aimablement des mystères célestes et des beautés nocturnes qui peuplent la vie, ils entendirent soudain, dans l'antichambre, de puissants bruits de voix et de bottes fringantes. Une discrète servante vint annoncer à la vieille nonne la visite du fils du gouverneur de la ville, jeune homme fort riche et réputé pour sa turbulente générosité. Makibito s'en trouva contrarié : il avait grande envie de poursuivre sa conversation avec cette femme dont il admirait la sagesse et la sagacité. Elle le sentit, lui sourit avec indulgence, le prit par le bras et lui dit, en le conduisant vers une porte basse :

– Retire-toi dans cette chambre, le temps que je reçoive ce fils de noble que je ne peux faire attendre. Quand il sera parti, nous parlerons encore.

À peine s'était-il dissimulé derrière le battant qu'il entendit sonner la voix forte de l'aristocrate.

– Sainte nonne, dit-il, j'ai fait la nuit dernière un rêve sur lequel j'aimerais avoir tes lumières.

Makibito, dans la pénombre de la chambre où il était caché, retint son souffle et écouta. Il ne perdit pas un mot du récit que fit le jeune homme, ni du commentaire de la nonne, qui parla ainsi :

– Ce rêve est le plus faste qu'il m'ait jamais été donné d'entendre. Surtout ne le racontez à personne. Gardez secret ce cadeau du Ciel, car il est aussi précieux qu'un trésor. Il vous promet un destin de haut vol. Assurément votre fortune sera grande. Vous serez élevé pour le moins au rang de Premier ministre impérial, je vous le garantis. Marchez donc avec confiance dans la vie qui vous est donnée, les dieux vous accompagnent.

Un grognement satisfait répondit à ces paroles, puis des tintements de pièces sur la table. Enfin Makibito entendit les pas feutrés de la vieille femme qui reconduisait le garçon aux bottes alertes, tout rieur et reconnaissant. Quand le silence fut revenu, il sortit de sa cachette.

– Comme j'aimerais être à la place de cet homme ! dit-il.

Il resta songeur un instant, puis :

– Pourquoi lui avez-vous dit qu'il devait garder son rêve secret ?

– On pourrait le lui voler, répondit la nonne. Et il en perdrait le bénéfice.

– Ainsi, dit Makibito tout à coup émerveillé, si j'entre comme il l'a fait dans cette pièce, et si mot pour mot je vous raconte son rêve comme s'il était le mien, vous me promettrez exactement ce que vous lui avez promis ?

– Que pourrais-je dire d'autre ? Assurément son destin serait tien.

– Absurde, grogna Makibito, les yeux malicieux, n'osant y croire.

– Ta naïveté est émouvante, dit la nonne en riant. Sors d'ici, reviens comme l'a fait ce fils de gouverneur, parle-moi comme il m'a parlé, écoute-moi comme il m'a écouté. Que risques-tu, puisque je veux bien, par faiblesse pour ton aimable figure, être ta complice ?

Makibito sortit, revint d'un pas ferme, répéta le récit du rêve sans rien omettre et entendit avec ravissement la vieille femme le vouer aux plus éminentes fortunes. Après quoi il lui offrit tout l'argent qu'il avait en poche et s'en alla.

Quelques années plus tard, à force de sages études, il devint un homme savant. Un haut fonctionnaire de la Cour le prit à son service. Il se montra, dans quelques délicates missions, d'intelligence si vive et de jugement si avisé que l'empereur le voulut pour conseiller. Il sut se rendre indispensable et fut en peu de temps nommé Premier ministre. Il épousa la sœur de lait d'une princesse impériale qui lui donna une abondante et noble descendance. Un jour lui vint aux oreilles que le fils du gouverneur était en quête d'une charge honorable, et n'en trouvait pas. Il lui offrit un poste d'aide de camp auprès du général de sa garde.

À l'instant de sa mort, qui survint dans sa centième année, le très vénérable Makibito, retiré dans le plus simple de ses dix-huit palais, se plut à raconter au plus aimé de ses petits-enfants comment il avait autrefois volé un rêve faste. Il finit par ces mots :

– Absurde, n'est-ce pas ?

Et il quitta la vie dans un dernier soupir, le visage illuminé par un sourire parfait.

Océan Pacifique

POLYNÉSIE

L'épouse céleste

Il advint un jour que la princesse céleste Tango-Tango, visitant la terre, aperçut dans un village paisible un homme de grande beauté nommé Tawhaki. Elle considéra un moment son corps vigoureux, sa chevelure luisante, son visage heureux et fier, et se sentit bientôt prise d'amour pour lui. Tawhaki ne put la voir : elle n'était qu'une brume lumineuse et mouvante parmi les arbres. Mais elle le suivit jusqu'au soir et, dès qu'il se fut endormi sur sa couche, elle vint hanter délicieusement son sommeil. Elle fit ainsi toutes les nuits, un an durant. Avant l'aube elle retournait au ciel et Tawhaki tous les matins se réveillait seul, magnifiquement comblé et pourtant mélancolique comme un amant délaissé. Il devint peu à peu le plus rêveur des hommes et perdit le goût des joies simples.

Or, au bout de cette étrange année, Tango-Tango sentit un enfant bouger dans son ventre. Elle en fut tant heureuse qu'elle décida de le mettre au monde sur terre, dans la maison de l'homme qu'elle aimait. Une nuit, elle prit donc l'apparence d'une femme belle et véritable, et quand l'aube vint elle ne quitta pas la couche de Tawhaki. Dès qu'il s'éveilla et la vit, elle posa la main sur sa bouche. À voix basse, elle lui révéla qui elle était. Tawhaki reconnut en elle la merveille de ses rêves. Il avait l'esprit vif et le goût du bonheur. Le soir même, il l'épousa.

Ils eurent une petite fille. Son père, devant cet être neuf, fragile et turbulent, se trouva fort empêtré, comme le sont d'ordinaire les hommes avec les nourrissons. Un matin, tandis qu'il la tenait maladroitement dans ses bras, elle pissa sur lui. Il la tendit à sa mère, la bouche tordue par une grimace de dégoût.

– Débarrasse-moi donc de cette petite chose aussi laide que puante, lui dit-il.

Tango-Tango serra sa fille contre elle, baissa la tête et murmura, les larmes aux yeux :

– Ne l'aimes-tu pas ?

Tawhaki ne lui répondit pas : il s'était déjà détourné et sortait au grand soleil où l'attendaient ses compagnons. Alors elle se sentit tout à coup délaissée et si perdue sur la terre des hommes qu'elle remonta dans son pays céleste avec son enfant.

Tawhaki rentrant chez lui le soir venu et s'y retrouvant seul tomba à genoux sur sa couche, accablé de remords et de chagrin. Les jours passèrent. Il resta inconsolable. Après un mois, l'absence de Tango-Tango avait creusé de telles rides sur son front et tant désespéré son regard que son frère cadet lui dit :

– Tu ne tarderas pas à mourir si tu restes comme je te vois. Grimpons au ciel et ramenons ta femme parmi nous.

Comme ils ne savaient comment se rendre au royaume des dieux et des déesses, ils s'en furent d'abord demander conseil à leur grand-mère Matakérépo qui vivait dans une caverne, sur une montagne aride et battue par les vents.

Elle était aveugle, ridée comme une noix, et son corps décharné n'était vêtu de rien, sauf de toiles d'araignées. Ils la trouvèrent au seuil de son abri, occupée à trier des racines de taro du bout de ses doigts noueux. Tawhaki s'approcha d'elle sur la pointe des pieds et lui prit une de ces racines, d'un coup de main vif. Aussitôt, la mine méfiante, la vieille flaira l'air. Elle ne devina rien. Elle attendit encore un instant, écoutant le vent, puis se remit à son ouvrage. Tawhaki lança à nouveau sa main preste et lui vola une autre racine. Elle gronda, palpa le sol, ne trouva autour d'elle que cailloux et poussière. Le poing silencieux de Tawhaki se ferma sur une troisième racine. Grand-mère Matakérépo, prise de colère, se souleva, sortit un long sabre rouillé de sous ses fesses et le fit tournoyer au-dessus de sa tête en hurlant des malédictions. Tawhaki et son frère courbèrent le dos. La lame sifflante effleura leurs cheveux. Grand-mère Matakérépo soupira, grogna et se rassit sur son arme. Alors Tawhaki se dressa et d'un coup de poing lui écrasa le nez. Sans plus bouger qu'un roc elle éclata de rire, les yeux soudain vivants.

– Qui donc vient de me rendre la vue ? dit-elle, extasiée.

Elle reconnut ses deux petits-fils et leur ouvrit les bras en pleurant de joie. Ils s'embrassèrent longuement, après quoi Tawhaki interrogea la vieille femme.

– Nous voulons grimper au ciel, lui dit-il. Comment faire ?

Elle lui répondit :

– C'est très difficile. Les vivants d'en haut cultivent dans leur royaume une vigne dont les sarments et les vrilles pendent sur le sommet de la falaise, au-dessus de cette caverne. Le seul moyen d'aller au ciel est de se hisser le long de ces vrilles.

Les deux hommes escaladèrent donc la montagne jusqu'à la cime et, là virent les longs rameaux célestes. Ils semblaient suspendus aux nuages et se balançaient au vent. Le frère de Tawhaki voulut le premier grimper. Il était agile. Tawhaki, la tête levée, le vit bientôt tout menu dans les nuées, et furieusement malmené par les tourbillons tempétueux qui agitaient au-dessus du monde les lianes feuillues où il s'agrippait. Il lui cria de descendre, le voyant presque emporté comme une paille dans la bourrasque. Le jeune fou se laissa glisser de feuille en branche et tomba près de lui, tout tremblant et essoufflé.

– Retourne chez nous, lui dit son aîné, et si je ne reviens pas, prends soin de notre héritage.

Dès qu'il fut seul, Tawhaki chercha longuement le plus solide parmi les rameaux qui pendaient devant lui. Il en trouva un tendu comme une corde d'arc : il était doublement enraciné dans le ciel et la terre. Il l'empoigna et patiemment s'éleva. Il grimpa tout le jour, sans un instant faire halte ni regarder derrière lui. Le soir venu, il parvint au bord du royaume d'en haut. Il s'y coucha et dormit toute une nuit céleste.

Au matin, il se vit dans une vaste plaine. À l'horizon de cette plaine était une ville aux murailles éblouissantes. Il s'y rendit. Dans la première ruelle du faubourg, il ramassa des haillons de vieux mendiant dans la poussière et s'en vêtit.

Ainsi déguisé, il se mit en chemin vers le palais de Tango-Tango son épouse. Il le découvrit au cœur de la cité. Il était aussi blanc que le soleil et ceint de jardins foisonnants d'oiseaux. À la haute porte de ce palais, il cogna du poing. Les serviteurs qui lui ouvrirent s'effrayèrent de son allure grotesque et de ses vêtements puants mais acceptèrent, par pitié pour sa misère, de lui confier leurs tâches les plus rudes. Il devint ainsi l'esclave des esclaves. Il n'en fut pas abattu : il n'était pas homme à se laisser submerger par l'adversité. Les travaux qu'on lui confia furent accomplis avec une perfection si visible qu'un jour Tango-Tango, soupçonnant quelque mystère, le fit appeler dans le jardin où elle jouait avec sa fille. Alors Tawhaki abandonna son déguisement.

Dès que l'enfant le vit s'avancer parmi les arbres, elle courut à lui, les bras ouverts. Il la prit contre sa poitrine et vint vers son épouse. Un long moment ils se regardèrent sans rien dire, puis se sourirent et s'étreignirent enfin comme deux amants éperdus de tendresse longtemps inassouvie.

– Tu as gagné le ciel, lui dit Tango-Tango. Ne le perds plus. Reste avec nous.

Tawhaki répondit :

– Je veux être où sont mon épouse et ma fille.

Il demeura au ciel où il devint l'esprit du tonnerre et de la foudre.

Ainsi bonnes gens, quand désormais vous entendrez gronder l'orage et remuer les nuées, réjouissez-vous et dites aux peureux :

– Ne craignez rien, c'est Tawhaki, là-haut, qui joue avec sa famille.

Ce qui est, depuis le temps de ses retrouvailles avec Tango-Tango son épouse céleste, la pure et simple vérité.

Amériques

FAR WEST

La maison dans le désert

Élie le Borgne et Jack le Boiteux étaient de ces vagabonds impénitents qui ne savaient nourrir leur âme que de chemins et de grand vent. Leur bâton au poing, leur sac à l'épaule, ils marchaient infatigablement. Telle était leur vie en ce monde. Ils faisaient halte, parfois, dans des fermes rencontrées, mais ne s'y attardaient jamais. À peine avaient-ils gagné quelques jours de maigre salaire en travaux d'écurie qu'ils reprenaient leur route, droit devant eux, vers l'horizon.

Cheminant ainsi, ils se trouvèrent un matin au seuil du désert de Californie. Ils s'y engagèrent, sans souci du soleil accablant et des rares sentiers bientôt effacés dans l'océan de cailloux bruns que rien ne bornait, et s'y perdirent. Leur errance se fit de jour en jour plus lente, plus affamée, plus désespérée, jusqu'à ce qu'un soir au crépuscule ils se laissent tomber à genoux, le regard embrumé de vertige. Alentour n'étaient que buissons d'épines et poussière infinie. Au-dessus de leur tête tournoyaient des vautours. Plus une goutte d'eau dans leur gourde, plus un croûton dans leur sac. Ils se traînèrent jusqu'à l'ombre d'un roc et là s'assirent, le menton sur la poitrine.

– Nous voilà au bout du voyage, dit Jack le Boiteux.

Élie ne répondit pas. Il laissa aller ses mains ouvertes sur la terre chaude et ferma les yeux.

Le ciel à l'horizon s'embrasa, puis s'obscurcit. Jack écouta un moment le doux et prodigieux silence de la nuit puis il se dit avec une tranquillité de mourant qu'il ne verrait jamais Monterrey, où il avait espéré aller. Soudain, comme il prenait congé du monde dans son cœur, contemplant alentour le désert sous la lune, il sursauta, se dressa, les yeux écarquillés, secoua son compagnon, tendit un doigt tremblant.

– Regarde, dit-il, là-bas, une lumière, une maison. Comment ne l'avons-nous pas vue tout à l'heure ? Nous sommes sauvés !

Élie le Borgne, découvrant ce que son compère lui désignait, resta un moment bouche bée puis poussa lentement une cascade de jurons extasiés. Les deux hommes se levèrent sans quitter du regard cette lumière dans les ténèbres, comme s'ils craignaient qu'elle s'efface s'ils la perdaient un instant de vue, et titubant, trébuchant, s'agrippant l'un à l'autre ils se mirent à courir vers elle. Ils découvrirent bientôt une solide demeure de rondins dont la porte était grande ouverte. Comme ils s'approchaient, un homme de belle carrure apparut sur le seuil et leur cria de se hâter, en riant haut dans la nuit claire. Les deux vagabonds firent halte devant lui, haletants. L'homme leur serra la main. C'était un grand vieillard vigoureux aux yeux malicieux, à la barbe majestueuse.

Tous trois entrèrent. L'intérieur était modeste, mais propre et accueillant. Sous la lampe, au milieu de la table, trônait une soupière au fumet délicieux. Une bonne fermière aux joues rebondies, au regard chaleureux s'avança vers les deux guenilleux en leur souhaitant, rieuse, la bienvenue.

– Mangez et buvez, dit-elle. Vous avez l'air bien las, pauvres hommes.

Elle posa sur la table une cruche de vin, l'homme coupa du pain, emplit les écuelles. Les vagabonds se jetèrent sur cette miraculeuse provende, remerciant la bouche pleine et bénissant la maisonnée à chaque gobelet de vin frais copieusement servi. Le fermier les regarda dévorer en souriant, puis il leur dit :

– Vous serez demain à Monterrey si vous vous levez avant l'aube. Allez donc vous reposer, vous en avez grand besoin.

Il ouvrit une porte au fond de la salle commune.

– C'est la chambre d'amis, dit-il.

Élie et Jack se bousculant à le suivre découvrirent contre les murs de bois ciré deux grands lits moelleux. Ils s'extasièrent comme au seuil du paradis : leur peau tannée n'avait jamais connu que litières d'étables et creux de rochers. Ils se laissèrent tomber en soupirant d'aise sur les édredons

– Bonne nuit, leur dit le fermier.

Avant même qu'il ait refermé la porte de la chambre, les deux miséreux dormaient comme des enfants.

Le lendemain matin, un rayon de soleil entré par une fente des volets les réveilla. Ébouriffés, encore empêtrés de sommeil, ils se levèrent. Dans la salle commune, des bols de café fumaient sur la table. Le fermier et sa femme leur souhaitèrent le bonjour. Ils déjeunèrent, remercièrent ces braves gens avec une émotion joyeuse et s'en allèrent dans le matin frais.

À peine avaient-ils fait deux cents pas qu'ils rencontrèrent, parmi des touffes d'épineux, un vieux muletier. Ce solitaire au pas traînard laissant aller ses bêtes maigres parmi les cailloux s'arrêta dès qu'il les vit, les salua, les considéra avec curiosité, puis fendant en deux sa grande gueule édentée :

– Vous m'avez l'air aussi fringants que si vous veniez de prendre le thé chez le gouverneur de Californie, leur dit-il. Et je me demande, sachant d'où vous venez, par quel miracle vous êtes aussi dispos.

– Tout près d'ici, répondit Élie, est une ferme que nous n'oublierons jamais. Celui qui l'habite est une merveille d'homme. Il nous a sauvé la vie.

– De quelle ferme parlez-vous ? grogna le muletier, fronçant les sourcils, et de quel fermier ? Il n'y a pas une maison à mille lieues à la ronde. Même les Indiens ne viennent que rarement dans cette région.

Élie et Jack se retournèrent ensemble. Derrière eux le désert s'étendait jusqu'à l'horizon bleu où tremblait la chaleur. La ferme qu'ils venaient de quitter avait disparu. Aucune vie, à l'évidence, n'avait jamais pris racine dans cette infinité de rocs et de poussière.

Élie le Borgne et Jack le Boiteux parvinrent ce jour-là à Monterrey où ils contèrent leur aventure. Ils prétendirent devant des badauds ébahis qu'ils savaient en vérité qui les avait logés, nourris, sauvés dans ce désert où n'était personne, mais qu'ils n'avaient pas les mots pour le dire. Alors on leur tourna le dos, et ils reprirent leur voyage sans but sur les chemins du monde.

AMÉRIQUE DU NORD

Les larmes de Manapus

Avant que l'homme soit était la terre. Avant que la terre soit était l'océan. Avant que l'océan soit était le ciel, et dans le ciel était Matcihawatuk, le Dieu. Or vint le jour dans l'infini des jours où Matcihawatuk, pris de désir joueur, ouvrit d'un souffle les nuées et posa une île parmi les vents de l'océan sans bornes. Puis, contemplant cette étendue bourbeuse où rien n'était, ni villages, ni rennes, ni prairies, il décida de la peupler. Il façonna deux femmes et les mit sur la terre.

Mais que pouvaient deux femmes seules dans le froid, le vent, la rudesse du monde ? Rien. Matcihawatuk vit qu'elles ne pourraient longtemps survivre, ainsi perdues sur la terre déserte. Alors il fit tomber du haut du ciel sur les vagues alentours de l'île sa semence divine, et quand la plus jeune des deux femmes s'en fut se baigner, aussitôt elle sentit une vie nouvelle remuer dans son ventre. Le temps venu, elle accoucha d'un fils qu'elle nomma Manapus. Avec lui sortirent d'elle les rennes, les cerfs, les élans, les verdures et tous les êtres qui peuplent depuis ce temps la Terre. Puis elle mourut, et Manapus resta seul avec la plus vieille des deux femmes, sa grand-mère.

Or, Manapus notre ancêtre n'était pas un vivant ordinaire. Dès le jour de sa naissance, il se dressa debout, marcha et parla. Trois jours après, il était un garçon robuste. Sept jours après, il était un jeune homme de haute taille aux épaules larges, au regard vivace. Sa grand-mère lui apprit comment il avait été créé, puis elle mourut. Alors Manapus visita la terre, qu'il trouva belle. Pourtant un soir, comme il allait se coucher dans le creux du rocher dont il avait fait sa demeure, il sentit dans son cœur naître un sentiment qu'il n'avait jamais éprouvé. Il le goûta, et découvrit la tristesse de la solitude.

Certes, avec lui sur son île étaient tous les animaux de la création. Il les aimait comme ses frères et ses sœurs, car ils étaient nés de la même mère que lui. Mais il lui manquait un compagnon au visage pareil au sien, au regard de même lumière, aux paroles de même sens. Il pensa que peut-être il pourrait trouver parmi les loups un ami de cette sorte : ils étaient après lui les plus beaux et les plus puissants des êtres. Il s'en fut donc vivre en leur compagnie, mais se fatigua de leurs errances incessantes, et retomba bientôt dans son chagrin. Alors la mère des loups le prit en pitié et lui donna le plus beau de ses louveteaux. Manapus le changea en homme, et connut enfin le bonheur de marcher au côté d'un frère véritable.

Or, au fond des eaux étaient des dieux qui n'aimaient pas la joie. Quand ils entendirent les rires et les hautes paroles des deux hommes sur la terre, ils grimacèrent dans leurs ténèbres et, pour assombrir la lumière de ces cœurs qui les indisposait, ils firent descendre du Nord un tel froid que la mer en fut recouverte de glace. Manapus recommanda à son frère de prendre garde aux pièges que pouvait dissimuler cette banquise, mais le fils de la mère des loups ne voulut pas l'entendre.

Un jour, comme il courait sur la mer solide à la poursuite d'un gibier, la glace grinça soudain, craqua, se fissura. L'eau bouillonna autour de lui, jaillit en gerbes d'écume. L'imprudent, hurlant à l'aide et bondissant d'un bloc de glace à l'autre, courut vers la plage, mais ne l'atteignit jamais. Quand Manapus parvint à bout de souffle où il avait disparu, la banquise s'était déjà refermée sur sa proie et dans le crépuscule infini ne régnait plus qu'un vaste et désespérant silence. Il se sentit alors envahi par une épouvantable douleur et résolut sur-le-champ, quoi qu'il lui en coûte, d'aller chercher son compagnon où il était.

D'un coup de talon il creva la banquise, descendit dans les eaux, le corps bouillant de fureur, fouilla les labyrinthes du fond parmi les poissons surpris, interrogea les dieux dans leurs grottes obscures. Aucun ne put lui dire où se trouvait son frère. Alors il remonta dans la nuit glacée du monde, s'assit sur la banquise et, le front sur ses genoux que ses bras enserraient, pour la première fois de sa vie, il pleura.

Il pleura des larmes si brûlantes que la glace autour de lui se mit à palpiter sourdement comme un cœur, à se fendre, à gémir comme un être vivant. Il poussa des cris si déchirants que le ciel étoilé fut pris de tremblements, et que la lune se teinta de sang et se voila d'ombre. Mais son frère perdu ne lui fut pas rendu. Alors à bout de forces il s'endormit, et dans la lumière d'un rêve il vit celui qu'il chérissait s'avancer à sa rencontre. Il se précipita vers lui, voulut le serrer dans ses bras, mais n'étreignit que l'air vide. Il comprit à cet instant que rien au monde, ni l'amour le plus pur, ni la douleur la plus profonde, ni le dieu le plus haut ne pouvaient ressusciter un mort, et qu'il ne reverrait jamais son compagnon. Alors il décida que tous ceux qui mourraient désormais descendraient au fond de la mer pour tenir compagnie à ce frère tant aimé, et courir avec lui les chasses de ce royaume d'où nul ne peut revenir.

Ainsi fut ouverte dans le cœur des hommes la porte la plus obscure, celle par où s'éloignent, indifférents et muets, les êtres aimés.

L'homme qui voulait voir Mahona

Son nom était Pani. Parmi les jeunes hommes du peuple Winnebago, il était le plus hardi, le plus taciturne aussi, le plus fou peut-être. Il poussait son corps toujours plus loin que les autres dans les combats et les longues chasses, et les jours de paix, à l'écart des gens de son âge, il rêvait sans cesse. Il était beau, mais guère aimé. En vérité, son cœur brûlait d'un feu trop vif.

Un jour, le désir le prit de voir Celui que nul n'avait jamais vu : Mahona, le Créateur du monde. D'autres que lui sur la montagne allaient de temps en temps jeûner, prier, espérer patiemment jusqu'à ce que viennent les songes qui éclairent les mystères de la vie, les visions qui révèlent les destins. Quelques-uns avaient ainsi rencontré des Esprits de la terre, ou de ces animaux prodigieux et sages qui savent ce que les hommes ignorent. Mais aucun n'avait jamais osé appeler, dans la sévère solitude de ces nuits d'attente parmi les arbres et les hautes herbes, Celui vers qui Pani s'en fut seul ce jour-là avec son arc et ses flèches, sa gourde et son sac de viande séchée.

Il s'installa au creux d'un rocher et se tint immobile dans le bruit des feuillages que le vent tourmentait, indifférent aux bruissements des bêtes furtives, à la course des nuages, au vol des aigles, haut dans le ciel. Il pria, les yeux clos, de longues heures. La nuit tomba. Il eut faim, mais ne songea pas à ouvrir son sac où étaient ses provisions. Il devait jeûner, pour forcer la vision. Jeûner, prier, attendre. Dans l'immense foisonnement de la nuit, il appela ses ancêtres à son aide. Un instant il lui parut voir un oiseau noir aux vastes ailes silencieuses se balancer devant la lune et fondre sur lui mais avant que l'apparition ne l'atteigne, le sommeil le prit. Petit-Lièvre et quelques serviteurs de Mahona lui apparurent en rêve. Il les chassa. C'était Mahona qu'il désirait voir, personne d'autre.

Il resta ainsi quatre jours et quatre nuits sans bouger, sans boire ni manger, sombrant apparemment de sommeil en prière et de vent froid en somnolence ensoleillée, mais en vérité contemplant des tourbillons d'images où se révélaient les mystères du monde dans un incessant foisonnement de démons, d'esprits bienfaisants, de paroles d'ancêtres, de batailles passées, de chemins à venir. Son corps s'affaiblit tant qu'il ne put bientôt plus se lever pour dissiper ces rêves importuns. Mais il n'abandonna pas son attente et son espoir de voir Mahona. Alors, un peu avant l'aube du cinquième jour, une voix envahit son esprit, si puissante qu'il se prit le crâne à deux mains, craignant qu'il ne se fende. Cette voix lui dit :

– Fils des hommes, tu as rêvé toutes les œuvres de Mahona. Tu as donc rêvé de lui.

– Non, répondit-il, agitant la tête, non, les œuvres de Mahona ne sont pas Mahona.

Longtemps il se répéta cette phrase, la dressant sans cesse contre la folie qui cherchait à l'agripper. Longtemps il batailla contre des nuées peuplées d'êtres inconnus, jusqu'à ce qu'il se trouve à bout de forces et proche de la mort. Alors la voix, à nouveau, tonna :

– Je suis Mahona. Tu me verras demain à midi dans le bosquet de trembles au bord de la rivière.

Pani aussitôt sombra dans un sommeil sans rêves.

Quand il s'éveilla, le soleil illuminait la plaine à ses pieds. Il se dressa sur ses jambes douloureuses. Il se sentit infiniment vulnérable et si maigre qu'il se crut presque transparent. Il descendit au bord de la rivière, butant contre les rocs et les arbres. Il but, mangea quelques lanières de viande séchée et se sentit mieux. Il suivit la berge jusqu'au bosquet de trembles, y pénétra, s'assit à l'ombre sur un tapis de mousse et attendit que le soleil parvienne au plus haut du ciel. Alors il vit descendre dans l'air bleu, entre deux arbres, une vaste couverture brodée de dessins et de signes aux couleurs sans cesse changeantes. Au-dessus de cette couverture étaient deux yeux qui se mirent à le regarder fixement, avec une insistance effrayante. Il en fut fasciné. Il lui parut bientôt que ce regard parlait. Il entendit ces mots paisibles :

– Fils, tu as dit que tu mourrais si tu ne pouvais me voir, mais tu ne peux pas mourir, parce que désormais tu es comme moi. Tu es comme moi parce que tu as rêvé toutes mes œuvres. Tu voulais me voir, moi, Mahona, le Créateur du monde. Tu me vois.

À peine ces paroles dites, l'apparition s'envola en poussant un cri rauque. Alors Pani reconnut un oiseau de proie qui s'éloignait dans un grand froissement d'ailes de la branche de tremble où il s'était un moment posé. Il n'avait pas vu Mahona. Il pensa qu'il avait été trompé par sa fatigue, ou par quelque esprit mauvais. Il attendit encore une pleine journée, n'éprouvant plus rien dans son corps, ne sachant plus s'il dormait, rêvait ou regardait le monde. Le lendemain matin, comme il s'éveillait au soleil revenu, il vit un long museau devant son visage, et deux yeux dorés qui l'examinaient attentivement. Son cœur bondit dans sa poitrine. « C'est peut-être Mahona », se dit-il. Mais il reconnut presque aussitôt le rire de Wag-Chung-Kak, le coyote, et baissa la tête. Alors l'animal ouvrit sa gueule, lécha ses babines, et Pani entendit ces mots :

– Cesse d'attendre Mahona. Tu as rêvé toutes ses œuvres. Rien d'autre ne peut te venir, sauf des mensonges, des illusions, des créatures trompeuses.

La voix se perdit dans un ricanement moqueur. Pani releva la tête, vit parmi les arbres s'éloigner le coyote sous les feuillages argentés. Il se leva, se traîna jusqu'à la rivière, plongea sa main dans l'eau froide, l'agita. Sans l'avoir cherché, il prit un poisson. Il le mangea cru, goulûment, et s'en revint à son village.

Il n'avait pas vu Mahona, mais il ne cessa pas d'espérer ou peut-être de s'obstiner dans la folie qui le poussait à croire qu'il pourrait un jour connaître Celui que personne au monde n'avait jamais rencontré. Un matin, il vit de loin s'ouvrir un nuage et un rayon de soleil tomber droit sur sa tente. Il leva les bras au ciel et cria, extasié :

– Frères, c'est Mahona ! Je vois Mahona ! Frères, je vois le Créateur du monde !

– Ce n'est qu'un rayon de soleil, Pani, un rayon de soleil lui dirent ses compagnons.

Pani éclata d'un rire de coyote, du même rire exactement que Wag-Chung-Kak, l'idiot.

La fille sans nom

Il était une fois une jeune fille qui n'avait pas de nom. Elle vivait avec son père et sa mère à Kiawana Tehua Tsana, « la Petite Porte de la Rivière ». Ce village occupait une large plate-forme de terre sur une vertigineuse paroi de montagne. À ses pieds était une vallée profonde où roulait un torrent dans un chaos d'énormes rocs. Derrière lui, au-delà de quelques maigres jardins, se dressait une falaise dont la cime se perdait dans les nuages. Point de bétail dans ce village. Si les gens voulaient manger de la viande, il leur fallait chasser. Or, ni le père ni la mère de la fille sans nom ne pouvaient. Ils étaient trop vieux.

Ils avaient eu un fils de belle carrure et de fière santé. Ce fils aurait pu les nourrir convenablement, mais il s'était perdu un jour de grande neige. On avait retrouvé son corps déchiré sur un rocher, au fond de l'à-pic, et sa sœur depuis ce temps s'acharnait à faire pousser quelques fèves et plants de maïs pour que ses parents ne meurent pas de faim. Sur son carré de terre étaient les plus beaux épis du village. Cette fille sans nom était si belle, disaient les hommes, que tout ce qu'elle cultivait n'avait d'envie que de verdir et s'élever pour mériter son amour. Mais son jardin était petit, les hivers étaient longs, et elle n'avait assez de rien pour l'échanger contre du gibier. Certes, les plus beaux et les plus vigoureux des jeunes gens du village avaient désiré la prendre pour femme, et lui offrir une vie à l'abri du besoin. Mais elle avait toujours refusé de se marier, sans doute parce qu'elle était plus endurante, plus agile et d'œil plus vif que n'importe lequel de ceux qui la désiraient.

Après le départ de son frère pour la terre des ancêtres, elle avait appris à se servir de la hache de pierre qu'elle avait elle-même arrachée de la ceinture du mort, quand on avait ramené son corps. Elle s'était longtemps exercée à la lancer contre le tronc d'un vieil arbre. Elle avait fait ainsi d'abord pour oublier sa tristesse. Puis elle le fit par colère, pensant à sa maison misérable, à ses père et mère qui se mouraient. Un soir de fin d'automne, voyant revenir au village une bruyante troupe de jeunes hommes chargés de lapins embrochés sur leurs bâtons, elle se sentit submergée par la rage et la honte. Elle appela sur elle l'esprit de ce frère qu'elle avait aimé plus qu'il n'est raisonnable d'aimer, et décida d'aller elle aussi, dès le jour prochain, traquer ces bêtes à la chair chaude et savoureuse sans lesquelles on ne pouvait vivre. Le soir même elle prévint ses parents.

– La chasse est affaire d'hommes, lui dit son père. Jamais une femme n'y fut. Aucune ne doit y aller.

La fille sans nom aussitôt s'habilla des vêtements de son frère, empoigna sa hache et répondit :

– Vois, je suis maintenant ton fils. Ta fille est morte. Sauf ma mère, il n'est plus de femme dans cette maison.

Elle dormit ainsi vêtue. Les deux vieillards la veillèrent en pleurant. À l'aube, ils glissèrent des bâtons à lapins dans sa ceinture, enveloppèrent ses épaules d'une couverture de daim et lui dirent ensemble :

– Va, fils. Fais bonne chasse.

Elle s'en fut.

Par un sentier abrupt, elle grimpa sur la montagne où s'étendait un plateau couvert de neige jusqu'à la lointaine ligne sombre et brumeuse de la forêt. Sur cette neige fraîche elle n'eut aucune peine à suivre la trace de nombreux animaux qui la menèrent jusqu'aux premiers cèdres, au fond de la plaine. Là, elle vit une dizaine de lapins fuir devant elle et se réfugier dans un tronc d'arbre creux abattu parmi les buissons blancs. À l'affût au bord du trou, elle cogna le tronc de sa hache et captura quatre bêtes qui tentaient de fuir. Jusqu'au milieu du jour, courant les bois, les rochers, les grandes landes blanches, elle prit encore huit lapins. Alors la neige se mit à tomber abondamment, et toute trace fut effacée. Mais sa chasse l'avait tant exaltée qu'elle s'attarda à battre les fourrés et les arbres morts, espérant de nouvelles prises. Quand elle se résigna à revenir au village, elle s'avisa qu'elle ne savait plus où elle était. Elle ne s'en inquiéta pas, pensant qu'il lui suffirait de suivre la pente pour parvenir dans la vallée. Elle n'aurait plus alors qu'à remonter le cours du torrent, et les maisons familières lui apparaîtraient bientôt, à flanc de montagne.

Cependant, comme elle se laissait aller à grands pas parmi les rocs, elle s'enfonça dans la neige jusqu'aux genoux. Elle avança ainsi un couple d'heures à grand-peine, alourdie par les dépouilles de ses proies sur ses épaules. Les flocons de neige se firent plus blancs dans le ciel assombri. Elle se dit alors qu'elle ne pourrait rejoindre le village avant que les ténèbres ne tombent, et qu'il lui fallait chercher un abri pour la nuit.

Elle découvrit une grotte parmi d'énormes rochers plantés sur la pente abrupte. L'entrée était étroite et basse. Elle dut se mettre à genoux et se courber pour s'y glisser. À l'intérieur elle découvrit une vaste salle voûtée.

Un foyer rougeoyait en son milieu. Dans un coin était une réserve de pommes de pin et de bûches. « Un coureur de bois s'est sans doute abrité là », se dit-elle. Elle ranima le feu, se réchauffa, fit rôtir un lapin et le mangea de bel appétit. Puis, heureuse et repue, elle disposa sa couverture de daim pour dormir.

Alors elle entendit un appel, au loin, dans la neige. Elle pensa qu'un chasseur du village s'était peut-être perdu comme elle, et errait encore dans la nuit. Elle sortit sur le seuil de la grotte et hulula longuement pour guider l'égaré vers l'abri. Un nouvel hurlement lui répondit, mais il était maintenant tout proche, et terrible. D'aucune gorge humaine ne pouvait sortir un cri pareil, aussi féroce, aussi effroyablement ricanant. La fille sans nom, prise de terreur, rentra dans la caverne, se renfonça en tremblant dans l'obscurité du fond. Un mufle d'ombre apparut à l'entrée, fouinant, grognant, et de ce mufle tout à coup sortirent ces paroles haletantes :

– Tu te caches, mais je te vois. J'ai froid, réchauffe-moi. J'ai faim, donne-moi à manger.

Comme elle ne répondait pas, respirant à peine, les mains sur la bouche :

– Faut-il que j'aille te chercher ? hurla le monstre.

De colossales épaules tentèrent de franchir l'ouverture, mais n'y parvinrent pas. Elles étaient trop larges. Seule la tête entra. Deux yeux luisants la fixèrent avidement. Ils ne pouvaient être que ceux d'Atahsia, le mauvais esprit de la nuit qui se nourrit de chair humaine. Elle se dit cela et gémit, pensant qu'elle ne reverrait plus son village.

– Je sens des lapins, grogna la voix. Donne-moi un lapin, j'ai faim.

Elle aventura ses mains jusqu'aux bâtons où ils étaient embrochés et en lança un au seuil de la caverne. Une patte armée de griffes aussi longues que des couteaux courbes s'en saisit. La gueule obscure s'ouvrit. Elle entendit un craquement d'os broyés, un bruit d'avalement, puis :

– Encore, dit la voix.

Elle jeta au monstre un deuxième lapin, dont il ne fit qu'une bouchée. Il en réclama encore et encore. Alors, l'un après l'autre, elle les lança tous aux griffes impatientes. Mais l'épouvantable Atahsia n'en fut pas apaisé.

– Donne-moi tes vêtements, gronda-t-il. J'ai faim.

Elle se dressa contre la paroi du fond et se raidit, voyant ramper vers elle dans la grotte l'énorme patte semblable à un serpent velu. Les griffes s'élevèrent au-dessus des braises du foyer, luirent un instant, puis parurent la chercher en aveugle, et tout à coup effleurèrent sa gorge. Aussitôt ses chaudes fourrures de la tête aux pieds lui furent arrachées. La patte se retira, brandissant ces dépouilles, et les jeta dans la gueule béante. Dès qu'elles furent avalées :

– J'ai encore faim, hurla Atahsia, fouillant le sol, griffant les rocs à l'entrée de la grotte.

La fille sans nom était nue maintenant comme la première femme de la création. Soudain prise de fureur, elle saisit sa hache de pierre et se mit à jeter du bois au feu, décidée à ne point mourir sans combattre. La lueur des flammes tout à coup ravivées illumina ses hanches, ses seins, sa chevelure noire, son visage. Le monstre recula, ébloui par sa beauté et gémissant sans cesse :

– J'ai faim, faim, faim.

Au seuil de la caverne, il empoigna un quartier de roc et le flaira en poussant des grognements d'égaré. Ce roc sentait si fort le gibier qu'il se mit à le lécher, et bientôt le jeta dans sa gueule. Il voulut le broyer. Ce furent ses crocs qui se brisèrent. Il l'avala. Le roc roulant au fond de sa panse l'entraîna en arrière. Il recula d'un pas. Le sol se déroba sous ses pattes épaisses. Il ouvrit ses bras et dans un long gueulement tomba dans un gouffre de ténèbres.

Alors Coyote se faufila dans la grotte. Il chassait, lui aussi, cette nuit-là, et tenait un lapin dans sa gueule. Les grondements d'Atahsia l'avaient attiré dans ce lieu. Comme il détestait ce monstre nocturne, il avait imaginé de frotter son lapin contre un rocher, pour le tromper. Atahsia avait avalé ce rocher. Et maintenant Coyote regardait la jeune fille qu'il venait de sauver. D'un long moment, sa beauté lui interdit toute parole. Il lui demanda enfin qui elle était.

– Mes parents sont vieux et pauvres, dit-elle. Ils attendent ma chasse pour manger. Je suis leur fils unique.

Il répondit :

– Quel étrange fils tu es.

Mais il n'eut pas le cœur de se moquer, au contraire. Il baissa la tête, se dépouilla de sa peau et la lui tendit. À peine posée sur ses épaules, cette peau s'agrandit jusqu'à envelopper tout son corps. Il lui donna aussi des mocassins, puis il lui dit :

– Dors, maintenant.

Elle se coucha, enfin confiante, et s'endormit. Le lendemain matin elle découvrit douze lapins embrochés sur ses bâtons. Elle sortit de la grotte, heureuse. Il ne neigeait plus. Elle entendit le rire lointain de Coyote, un rire amical qui la guida jusqu'au village.

Aussi longtemps que ses parents vécurent, elle chassa pour eux, puis elle disparut. Certains dirent qu'elle s'en était allée rejoindre Coyote, et que désormais elle vivait avec lui. On ne put savoir si c'était vrai, car nul ne l'a jamais revue.

Le voyage de Lesa au pays des Esprits

Lesa fut assurément le plus respecté des guerriers du clan de l'Ours. Par amour, il fut aussi le plus habile et le plus obstiné des chasseurs, car la fierté de Lesa et la pleine joie de son cœur étaient que rien ne manque à Petite-Pluie son épouse. Il l'aimait. Son regard s'illuminait quand il la voyait rieuse et forte. Ils connurent ensemble un grand bonheur d'âme et de corps. Puis Petite-Pluie mourut en accouchant d'un fils.

Ce jour-là, les cheveux de Lesa blanchirent d'un seul coup, sans qu'il perde rien de sa vigueur et de sa beauté. Il ne prit pas de nouvelle épouse. Il éleva seul son fils jusqu'à ce qu'il atteigne l'âge de douze ans. Alors, dans sa douzième année, l'enfant fut pris de fièvre, une nuit d'automne. Les guérisseurs chantèrent pour fortifier son âme, dansèrent autour de lui pour effrayer l'esprit mauvais qui avait envahi son corps, mais ils ne purent le guérir. Huit jours après qu'il se fut couché, à la fin d'une journée de grand vent, il rejoignit sa mère au pays des Morts.

Lesa ne poussa pas un cri, ne dit pas un mot. Mais quand il eut accompagné son fils sur sa litière funèbre jusqu'au lieu où il fut, selon la loi coutumière, abandonné aux oiseaux de proie, il ne revint pas au village avec ses compagnons. Il s'en alla seul, vers le nord.

Il erra de longs jours, sans souci des vents et des pluies, chassant juste assez pour ne point mourir de faim, évitant les villages et les hommes sur les landes, comme s'il ne voulait plus parler à personne au monde. Il se mit à détester la lumière du soleil et bientôt ne marcha que la nuit. Il parvint ainsi dans une forêt où la lune n'entrait pas. Il s'y enfonça sans prendre garde aux bruissements obscurs, aux frôlements d'animaux, aux cris d'oiseaux innombrables. Longtemps il trancha droit son chemin dans les broussailles, dormant à peine au pied des arbres où la fatigue l'abattait. À l'aube d'un jour ombreux, il parvint enfin au seuil d'une clairière, et là il entendit des voix.

Alors l'envie lui revint de voir des gens semblables à lui. Il se glissa le dos courbé parmi les buissons pour observer ces hommes qui parlaient. Il reconnut leur langage et se dressa, étonné. L'un d'eux l'aperçut, le désigna et dit à ses compagnons :

– Frères, voyez cet arbre ! Il ressemble à un homme !

Tous coururent à lui et l'entourèrent en s'extasiant sur son apparence.

– Quel arbre étrange ! Il a des yeux et des oreilles, des cheveux lisses, un arc, des flèches !

Une main craintive s'avança vers son visage. Il eut un mouvement de recul, poussa un cri.

– Sakuruta, pourquoi ne me reconnais-tu pas ? dit-il, tout haletant. Et vous, guerriers, mes compagnons, je vous croyais morts !

Tous, entendant sa voix, s'enfuirent comme des bêtes apeurées. Alors il les poursuivit en leur criant de l'attendre.

Ces hommes, en vérité, avaient été tués dans une vieille bataille en défendant le fardeau sacré du clan, le sac-médecine que portait Sakuruta, son ami le plus proche. Lui-même, Lesa, était arrivé trop tard à leur secours, avec d'autres guerriers. Il se souvenait parfaitement de leurs corps sans vie couchés dans l'herbe, de leur bouche sans souffle, de leurs yeux grands ouverts, du sang qui maculait leur poitrine et leur visage. Et maintenant il courait après leurs fantômes agiles en les suppliant de lui répondre. Jusqu'au crépuscule, il s'essouffla et se déchira aux broussailles à tenter d'approcher ces ombres fuyantes. Il sortit ainsi de la forêt, se trouva sur une pente de montagne aride, et là ne vit plus personne. Courant toujours en tous sens, il trébucha, à bout de forces, contre un quartier de roc qui s'éboula. Il tomba à genoux. Alors lui apparut un trou de caverne que dissimulait un buisson. Il écarta les branches feuillues, tendit le cou et vit qu'une torche brûlait dans l'ombre de cette caverne. Il se glissa à l'intérieur.

Ses anciens compagnons l'attendaient sous la voûte, assis en cercle. Il s'assit au milieu d'eux et vit que Sakuruta tenait quelque chose sur ses genoux. Lesa reconnut le sac-médecine qui avait disparu dans la bataille où il était mort. Il lui dit :

– J'ai perdu ma femme. J'ai perdu mon fils. Depuis, j'ai marché jusqu'à vous rencontrer. Permets-moi d'aller où vous irez.

– Après notre mort, répondit Sakuruta, nous nous sommes mis en chemin pour la terre des Esprits. Tirawa, le gardien de cette terre, nous a interdit le passage parce que je portais le fardeau sacré des vivants, que mes frères avaient défendu avec moi. Veux-tu te charger de ce fardeau sacré et le rapporter à notre peuple ?

Il ajouta dans un murmure, en souriant tristement :

– Je dis : peuple, mais je n'ai plus de peuple.

– Moi non plus, dit Lesa. Je n'ai plus de peuple, et j'ai trop marché pour être encore du monde des vivants. Je veux aller avec vous jusqu'à la terre des Esprits. Je ne désire rien d'autre que revoir mon fils et Petite-Pluie mon épouse.

– Tu dois porter le fardeau, dit Sakuruta.

– Non, répondit Lesa.

S'il revenait avec le sac-médecine, les hommes de son clan l'accueilleraient comme leur chef désigné par les dieux. Il ne voulait pas cela. Tous restèrent un long moment tête basse, puis Sakuruta releva le front et dit :

– Accepte le fardeau et je t'aiderai. Je demanderai aux dieux d'avoir pitié de toi.

Lesa ne répondit pas. Alors Sakuruta ouvrit le sac-médecine et présenta les objets qu'il contenait à la lumière de la torche, afin que les êtres divins qui gouvernent les destinées puissent les voir. Après quoi il dit encore :

– Attendez-moi.

Il disparut comme une vapeur envolée. Autour de Lesa, les visages de ses compagnons morts se firent indistincts dans la lueur fauve qui baignait la caverne. Il lui sembla que s'il bougeait, tous se changeraient en ombres mouvantes sur la paroi de roc. Il se tint immobile, retenant son souffle, les mains posées sur les genoux. Comme tout alentour s'embrumait, la flamme de la torche fut tout à coup traversée par un coup de vent. Il sursauta et vit que Sakuruta était de retour. Il ouvrit à nouveau le sac-médecine, en sortit des feuilles de tabac, les fit brûler, puis :

– Les dieux de l'Ouest m'ont écouté, dit-il. Tirawa accepte que les habitants de la terre des Esprits rencontrent les vivants. Ils camperont en voisins, à la seule condition que les vivants ne touchent pas les morts, sinon le pacte sera rompu. Tu pourras donc revoir ton fils et ta femme. Emporte le fardeau sacré et va dire à notre peuple de te suivre. Où tu le feras camper, les Esprits viendront camper.

Lesa prit le fardeau et sortit de la grotte. Il flaira un moment l'air froid sous la lune et les étoiles jusqu'à ce que son cœur lui dise vers où il devait aller pour retrouver les siens. Alors il prit à grands pas le chemin du retour.

Un matin de printemps, comme il parvenait au bord d'une falaise, il découvrit dans la plaine ensoleillée les tentes de son clan. Il descendit jusqu'à elles, traversa son village et ne fit halte qu'au pied du mât central. Là, il leva haut le sac-médecine et attendit que tous ceux de son peuple se soient assemblés autour de lui. Quand ce fut fait, il annonça ce que les dieux avaient promis.

– Si vous voulez revoir vos morts, dit-il, suivez-moi jusqu'à ce que je donne l'ordre d'établir un nouveau campement.

Il s'en fut. Tous le suivirent.

Trois saisons entières il marcha sans cesse seul devant, fendant le vent comme une étrave. Enfin un soir, au pied d'une colline peuplée de touffes d'arbres et de souches brûlées, il fit dresser les tentes d'un nouveau village. Il ordonna que l'on abreuve les animaux et que l'on nourrisse les enfants, puis à chacun il demanda de se préparer à accueillir les morts. Tous se couvrirent le visage de cendre, allumèrent des feux et firent brûler des feuilles de tabac en chantant les chants sacrés.

Alors apparut à l'horizon un nuage de poussière, et bientôt de ce nuage sortit la foule des Esprits. Ils s'avancèrent jusqu'au camp et le traversèrent en silence, sans que l'on entende même le bruit de leurs pas, les yeux fixés devant eux, environnés par les vivants qui se dressaient, la bouche gémissante et faisant de grands signes chaque fois qu'ils reconnaissaient, dans cette foule grise, un de leurs défunts.

Quand Lesa vit passer son fils et son épouse, il les appela dans un cri si puissant que l'air parmi les morts parut se déchirer. Mais ni l'enfant ni Petite-Pluie ne parurent l'entendre. Alors il se précipita vers eux, les bras ouverts, et les serra follement contre sa poitrine comme un homme assoiffé de tendresse et trop longtemps séparé des siens.

Aussitôt les corps des Esprits s'effacèrent, se dispersèrent en une poussière fuyante qui obscurcit un instant le ciel, puis le soleil réapparut et Lesa s'aperçut qu'il ne serrait que du vent vide dans ses bras. Alors il s'en alla dans la direction où le nuage était apparu. Le sac-médecine tomba de ses mains. Un homme le ramassa et retint les gens qui voulaient suivre encore celui qui les avait conduits jusqu'à ce pays morne et pourtant miraculeux.

S'il n'avait pas été tant aimant, les Esprits auraient peut-être vécu pour toujours près des vivants. La mort aurait disparu. Mais elle n'a pas disparu. Qui la vaincra, maintenant ?

Nuage-d'Avril et les taches blanches du soleil

Il était une fois, dans une tribu souricière établie entre quatre rochers, parmi les buissons d'un flanc de colline, une jeune souris grise nommée Nuage-d'Avril. Elle n'était guère aimée : on l'estimait trop folle. En vérité, Nuage-d'Avril était affligée d'un grave défaut. Elle entendait sans cesse un bruit vague, une rumeur confuse, une musique infiniment ténue que personne, sauf elle, ne percevait. De temps en temps, dans la paix des herbes, elle levait la patte devant son museau, et le regard soudain perdu au loin disait à ses compagnes :

– Avez-vous entendu ?

– Non, répondaient les autres. Quoi donc ?

– Ce bruit joyeux, menu.

– Tu rêves, ricanaient ses sœurs.

Nuage-d'Avril se taisait, mais n'en estimait pas moins, seule contre tous, que son bruit était indiscutable.

Vint le jour où, durement moquée par ses voisines, elle se rebiffa et décida, pour prouver qu'elle n'était pas l'écervelée que l'on croyait, de dénicher enfin la source de ce bruit. Elle s'en fut donc, flairant l'air, vers la vallée d'où il semblait venir. Elle trotta longtemps, découvrit au-delà des ordinaires territoires de chasse des rochers inconnus, des pentes insoupçonnées, des pièges, des fondrières. Elle ne s'en soucia guère, exaltée qu'elle était par cette rumeur qui enflait, plus elle allait, et qui se faisait plus précise, plus chantante. Après trois jours de galop harassant, elle parvint, dans un creux de verdure, au pied d'un buisson touffu. Derrière ce buisson elle sentit là, présente, à portée de regard, la source même du bruit enfin atteinte. Le cœur battant, elle écarta du bout du museau les feuilles luisantes. Elle vit, et s'émerveilla.

Un ruisseau bondissant parmi les rocs, scintillant et vif : voilà d'où venait la musique. Nuage-d'Avril, éblouie, s'approcha du bord. Alors elle aperçut au milieu de l'eau, posée sur un caillou moussu, une grenouille. Elle salua avec respect cette créature inconnue.

– Comme tu dois être heureuse de vivre environnée par cette rumeur délicieuse ! lui dit-elle. Je donnerais volontiers la moitié de mon temps d'existence pour me trouver à ton côté.

– Tu peux aisément me rejoindre si tu le veux, lui répondit la grenouille. Prends appui sur tes pattes de derrière et bondis aussi haut que possible. Tu retomberas infailliblement près de moi.

– En vérité ?

– En vérité, coassa la grenouille.

Nuage-d'Avril planta donc fermement ses pattes de derrière dans l'herbe humide de la rive, pelotonna son train, bondit, mais aussitôt hurla, tomba, dans une gerbe d'écume, parmi les vagues, se débattit, implora secours, se démena, parvint, râlant et crachant, à prendre pied sur la rive opposée. Elle haleta un long moment, reprit vie et, grelottant d'indignation autant que de terreur :

– J'ai failli me noyer ! cria-t-elle à l'impassible grenouille.

– Ce n'est pas là l'important, répondit l'autre.

Nuage-d'Avril, scandalisée, se dressa, fulmina, brailla :

– Il s'en est fallu d'un brin d'herbe que je ne meure, par ton inqualifiable traîtrise, et tu oses prétendre qu'il n'y a là rien de grave ?

– J'ose le prétendre, répondit l'autre. Car le seul fait qui vaille est de savoir si quelque chose t'est apparu, à l'instant où tu parvenais au plus haut de ce bond ridicule qui t'a conduit où tu es.

Nuage-d'Avril, stupéfaite, réfléchit un court instant.

– J'y pense, dit-elle, tout à coup radoucie. J'ai vu en effet quelque chose que la peur de la mort et ma rage contre toi m'avaient fait oublier. J'ai vu, le temps d'un éclair, des taches blanches dans le soleil.

– Voilà donc où tu dois aller, répondit la grenouille. Crois-en ma vieille expérience, je sais deviner les rares instants où se révèle clairement le but ultime des existences. Tu n'es venue sur terre que pour atteindre les taches blanches du soleil.

Nuage-d'Avril resta un long moment muette, puis hocha la tête. Cet animal bizarre avait mille fois raison. Elle n'avait jamais désiré que cela : atteindre les taches blanches du soleil. Comment avait-elle pu perdre cette évidence ?

Elle s'en fut donc droit devant elle, se demandant comment parvenir dans ce lieu inaccessible où elle devait aller.

De longtemps elle ne fit halte que pour dormir et grignoter de rares pitances. Elle traversa ainsi d'innombrables saisons, survécut aux tempêtes, aux crocs ennemis, parvint enfin dans une profonde forêt, s'épuisa tant dans les broussailles qu'un soir, à l'orée d'une clairière, elle se sentit à bout de vie. Or, comme elle se couchait pour mourir, apparut devant son museau poussiéreux une souris semblable à elle, quoique plus vieille. Cette compagne inattendue la recueillit, la soigna, la nourrit. Après cinq lunes de bonne chère et de siestes quotidiennes :

– Je ne me suis que trop prélassée, dit un matin Nuage-d'Avril à sa vieille sœur. Il est grand temps que je reprenne ma route.

– Reste donc avec moi, lui répondit l'autre. Vois : je vis bien, mon territoire de chasse est infini, mes greniers sont pleins toute l'année. Tu pourrais vivre heureuse en ma compagnie.

– Non, dit Nuage-d'Avril. Il me faut atteindre, avant de mourir, les taches blanches du soleil.

– Folie, gémit la solitaire. Sache que moi aussi, dans ma jeunesse, j'ai tenté d'aller où tu ne parviendras jamais. Un tel voyage est impossible pour les humbles souris que nous sommes. Sois raisonnable, et goûte, enfin, comme moi, à la paix du renoncement.

– Je ne désire pas la paix, répondit Nuage-d'Avril. Adieu, et sois bénie de m'avoir sauvée.

Par un chemin secret connu de la vieille ermite, Nuage-d'Avril sortit donc de la forêt et parvint un matin au seuil de la grande prairie. À peine avait-elle cheminé d'une centaine de pas qu'elle découvrit, à demi dissimulé dans les hautes herbes, un énorme bison couché là, sur le flanc.

L'animal haletait comme font les mourants. Son pelage était mité, son museau larmoyant. Nuage-d'Avril s'approcha, fit halte à deux pas de son souffle.

– Tu me sembles mal en point, belle bête, dit-elle. Puis-je quelque chose pour toi ?

Le bison souleva péniblement une paupière et répondit :

– En vérité, la vie va bientôt me quitter si ne me vient aucun secours. Or, je crains fort que personne ne soit assez bon pour m'offrir la médecine qu'il me faut.

– Que te faut-il donc ? Parle, et je te promets, foi de souris, de te sauver pour peu que je le puisse.

– Un œil de ta tête, voilà ce qui me redonnerait la vie, dit le bison. Or, je sais bien qu'en ce bas monde nul n'est généreux au point de se défaire par bonté d'un œil de sa tête ! Passe donc ton chemin, et laisse-moi mourir en paix.

– Un œil de ma tête ! gémit Nuage-d'Avril. Dieu du ciel !

Elle s'assit, bouleversée, sur une motte de terre, renifla, réfléchit. Elle entendit alors une voix murmurer dans son cœur : « Quoi qu'il t'en coûte, il est indéniable que tu peux vivre borgne sans désagrément démesuré. Donc, si ton œil gauche peut sauver cet animal, il est juste que tu le lui donnes. »

À peine avait-elle goûté ces paroles que, de son orbite, jaillit son œil comme un caillou lancé. Il alla se ficher sous la paupière du bison qui, aussitôt, bondit sur ses pattes et secoua son encolure, aussi fringant qu'aux plus beaux jours de sa jeunesse.

– Si je peux à mon tour quelque chose pour toi, dit-il à Nuage-d'Avril, je t'offre de bon cœur mon aide.

Nuage-d'Avril lui dit où elle voulait aller. Le bison lui répondit que les taches blanches du soleil étaient hors de sa portée.

– Cependant, dit-il, je peux t'amener jusqu'au pied des Montagnes Rocheuses. Elles sont si loin d'ici que, de toute façon, tu ne saurais y parvenir seule. Agrippe-toi à ma fourrure, et dans trois jours nous y serons.

Ainsi fut fait. Trois jours plus tard, le bison déposa sa bienfaitrice au pied des Montagnes Rocheuses, lui souhaita bonne chance et s'en retourna vers la vaste plaine.

Nuage-d'Avril se mit alors à gravir ces monts démesurés, crevassés de gouffres, battus par les tempêtes. Elle s'échina, s'exténua, s'épuisa. Elle s'arrêta enfin, les pattes saignantes, sur un rocher pointu, leva la tête, contempla la cime. Elle la vit si lointaine qu'elle perdit tout courage. « Jamais, se dit-elle, je n'atteindrai de pareilles hauteurs. Je ne peux faire un pas de plus. » Elle se laissa glisser au pied du roc et poussa un cri de surprise : devant elle était un vieux loup couché, le museau entre les pattes.

– Qui es-tu, bête étrange ? lui dit-elle. Et que fais-tu là ?

– Je l'ignore, répondit l'autre. J'ai perdu la mémoire et le désir de vivre. Sans doute vais-je bientôt rejoindre mes ancêtres défunts. Tout ce dont je suis sûr (mais d'où me vient cette certitude ?) est qu'un œil de ta tête me rendrait la santé. Je n'aurai cependant pas l'outrecuidance de te le demander. J'imagine à quel point tu dois tenir à celui qui te reste.

– J'y tiens absolument, répondit Nuage-d'Avril, d'un ton si définitif que le vieux loup soupira et à nouveau parut se désintéresser du monde.

« Il va mourir, se dit-elle, affolée. Honte sur moi si je ne le sauve pas, alors que je le peux ! »

À peine cette pensée eut-elle germé dans son esprit que, de son orbite, jaillit son œil droit. Le loup au même instant soulevait sa paupière. Il sursauta comme si quelque gravier l'avait frappé et aussitôt se dressa, tout gaillard et impatient de vivre. Mais Nuage-d'Avril ne le vit pas : elle était aveugle.

– Je ne te quitterai plus, lui dit le loup. Je te conduirai partout, petite sœur, partout où tu voudras aller.

– Je veux aller dans les taches blanches du soleil, répondit-elle. Même si je sais que je ne pourrai jamais plus contempler leur lumière, je ne désire rien d'autre que d'aller où elles sont.

Le loup lui répondit :

– Accroche-toi ferme à ma queue et partons à l'instant. Certes, je ne saurais atteindre ces lieux célestes, ils sont trop hauts pour moi, mais par la vie que tu m'as rendue je t'en rapprocherai autant que je pourrai.

Il grimpa longtemps, le museau bas, sans prendre de repos. Il grimpa jusqu'aux neiges éternelles, grimpa jusqu'aux nuées, grimpa encore jusqu'à ne plus pouvoir poser une patte devant l'autre.

– Tu dois maintenant continuer sans moi, dit-il enfin, à bout de souffle. Le soleil est proche, je le vois, là, à quelques enjambées, pareil à une immense boule éblouissante. Il emplit presque le ciel. Va droit devant, petite sœur, je tombe !

Il poussa un hurlement épouvantable. Nuage-d'Avril hurla aussi, se débattit, abandonnée dans une immensité sans bornes. Elle grimpa, grimpa jusqu'au-delà de ses forces, hissa une dernière fois sa patte au-dessus de son museau, perdit conscience.

Quand elle s'éveilla, il lui sembla qu'elle sortait d'un songe. Elle s'ébroua, ouvrit les yeux. Miracle : Elle voyait. Elle était parvenue au bout de son voyage. Elle était au cœur même du soleil. De majestueux oiseaux se tenaient autour d'elle et la contemplaient avec respect. Elle regarda son corps, lissa son poitrail et rit, émerveillée : Nuage-d'Avril n'avait plus rien d'une humble souris grise. Elle était devenue un aigle.

AMÉRIQUE CENTRALE

Celle qui ne meurt pas

Croyez-vous que la mort soit un malheur imposé par verdict céleste ? Non. En bon voyageur, chaque homme prend seul sa décision de quitter son corps et sa maison, mais il l'ignore. Cela se juge au fond secret de son cœur.

Quand un homme a décidé de mourir, les Esprits de l'air, de l'eau et du feu que l'on nomme Wayantekob entendent l'appel de son âme. Alors, la nuit venue, ils sortent de la forêt et vont l'attendre, penchés sur le hamac où dort le corps qu'elle habite. Dès qu'ils la voient sortir de lui, ils la saisissent, l'enferment dans une petite jarre et l'emportent sans bruit.

Quand cela survient, l'homme est à peine malade, et son âme est minuscule. Les Wayantekob la posent sur une fleur d'orchidée et la protégeant comme une flamme fragile, ils vont la présenter au dieu de la pluie.

– Vois ce que nous t'avons apporté, lui disent-ils. N'est-ce pas une belle vie ?

Mais le dieu de la pluie (noble, trop noble personnage !) refuse leur offrande. Il se détourne, la bouche dédaigneuse, agite son vêtement de nuées.

– Allez-vous-en, leur dit-il, je ne veux pas chez moi de cette chose.

Et le tonnerre gronde, et l'averse s'abat sur la forêt.

Alors les Wayantekob remettent l'âme dans la petite jarre, et l'âme grandit. Elle est notre être véritable, ils la soignent jalousement, avec une tendresse très vigilante. Bientôt, prenant vigueur, elle se trouve à l'étroit dans la jarre première. Alors ils la mettent dans une autre plus spacieuse, afin qu'elle grandisse à son aise. Dès l'instant où elle entre dans la jarre deuxième, le corps de l'homme qu'elle a quitté se sent las et souffrant. Il ne peut plus se lever de sa couche.

Son âme grandit encore jusqu'à ne plus contenir dans la jarre deuxième. Alors les Wayantekob, contents comme des pères devant leur enfant affamé de vie, la prennent dans leurs mains et la déposent dans une troisième jarre, la plus vaste qu'ils aient. À ce moment, l'homme dans son hamac sait qu'il va mourir. Il ne peut plus manger, ni parler, ni ouvrir les yeux à la lumière. Son âme a son visage, sa chevelure, son regard, sa beauté, mais elle n'est pas plus haute qu'un cœur. Il faut qu'elle grandisse encore jusqu'à atteindre la taille d'un enfant. Alors les Wayantekob la sortent de la jarre troisième.

Au même instant, le corps trépasse. Et voyant ce corps gisant sans vie l'âme se prend à rire, joyeuse, délivrée. Elle rit de voir réduite à l'état de cadavre la carcasse où elle a si longtemps sommeillé, et qui a si longtemps douté d'elle. Elle rit de voir sa famille en pleurs, et ses voisins contrits, et sa femme ignorante en appeler au Ciel. Elle rit parce que ces gens autour du défunt ne soupçonnent pas sa présence. Elle rit parce qu'elle est immortelle et qu'elle le sait maintenant.

Elle est l'être véritable, je vous l'ai dit. Ne m'avez-vous pas entendu tout à l'heure ? Pourquoi donc vous trompez-vous encore à pleurer ceux que vous croyez morts et qui vivent, savants et paisibles, chez les Wayantekob ?

Comment Vrai-Père créa le monde d'en bas et le monde d'en haut

En ce temps-là, les dieux vivaient sur terre, et notre Créateur était vieux. Il n'avait plus de dents, ses cheveux étaient blancs, ses genoux douloureux. Kisin, le seigneur de la Mort, le voyant ainsi mal vivant, dit un jour en grimaçant du nez :

– Vrai-Père n'est plus bon à rien. Il encombre le monde. Il faudrait le tuer.

Cette idée le fit jubiler. Il se frotta les mains. Le meurtre, dans son cœur, fut bientôt décidé.

– Demain, ricana-t-il, je lui fendrai le crâne.

Vrai-Père l'entendit. Avec Toub, son fils deuxième, il tint aussitôt conseil. Kisin fut jugé redoutable. Le vieux Créateur et son jeune fils, le soir venu, prirent donc la fuite.

Ils traversèrent la forêt et de grand matin parvinrent chez les hommes. Comme ils cheminaient le long d'un champ, ils rencontrèrent un Ancien qui plantait son maïs.

– Fils, lui dit Vrai-Père, Kisin me poursuit, il veut me tuer. J'ai faim et soif.

L'Ancien emplit une calebasse de bouillie, la lui tendit.

– Nourrissez-vous, seigneur.

Vrai-Père but à longues goulées. Quand ce fut fait, il dit à l'homme :

– Bois aussi.

L'homme prit la calebasse. Elle était pleine comme si nul n'y avait trempé les lèvres. Il comprit alors que le Créateur n'avait bu que l'âme de la bouillie. Il rit, tout content.

– Sois béni, fils, ton champ sera fécond, lui dit Vrai-Père.

Je m'en vais. Si Kisin passe par ici, ne lui dis surtout pas que tu m'as rencontré.

– Va en paix, seigneur.

Vrai-Père s'en fut avec son fils Toub. Dans la journée, vint Kisin. Flairant le sentier et battant le maïs, il demanda où était celui qu'il voulait tuer. L'Ancien lui dit qu'il n'avait vu personne. Kisin poursuivit sa route, regardant de droite et de gauche comme un chasseur soupçonneux. Pendant ce temps Vrai-Père et son fils Toub parvenaient au bord d'un nouveau champ. Là travaillait un homme aux épaules étroites, au front suant. Ils lui demandèrent à boire. L'homme répondit qu'il était pauvre et que ses calebasses étaient vides. Il mentait. Vrai-Père s'en aperçut à l'éclat de ses yeux.

– Pauvre tu es, pauvre tu resteras, lui dit-il. Si tu vois Kisin et s'il te demande par quel chemin je suis parti, enferme ta langue derrière tes dents.

– Je ne dirai rien, seigneur, répondit l'homme.

Mais, dès qu'il vit apparaître Kisin sur le sentier, il bondit devant lui en gesticulant.

– Il est parti par là ! cria-t-il.

Quand Vrai-Père, se retournant sur la plaine, s'aperçut que Kisin avait trouvé sa trace et courait sans fatigue à ses trousses, il soupira, puis il cueillit des feuilles de guano, les lia ensemble et fit ainsi un mannequin. Il le mit dans les mains de Toub, son fils deuxième.

– Passe-le trois fois au-dessus de ma tête, lui dit-il.

Toub le fit si bien tournoyer que la chevelure du Créateur en fut tout éventée. À la troisième fois, le mannequin lui échappa et se planta debout. Son apparence était maintenant celle de Vrai-Père. Il avait le même visage, la même voix, il était très vieux comme lui.

– Ce double de moi-même mourra ici-bas, dit Vrai-Père. Reste avec lui, et n'empêche pas Kisin de le tuer. Salut à toi. Un travail important m'attend sous la terre.

Il s'en alla, laissant son fils avec son double.

La nuit tomba. Toub et Double-de-Vrai-Père se couchèrent dans l'herbe. À l'aube, Kisin s'approcha d'eux sans bruit, leva son bâton et l'abattit sur la vieille tête. Aussitôt Toub s'éveilla, saisit sa machette, bondit sur Kisin et lui trancha le cou. Puis il se pencha sur Double-de-Vrai-Père, qui geignait lamentablement.

– Pauvre de toi ! dit-il.

– Non, Toub, pauvre Kisin, voilà ce qu'il faut dire. Pourquoi l'as-tu décapité ? Remets sa tête sur ses épaules.

– Père, gémit Toub, tout affolé, il te tuera !

– Fais ce que je te dis.

Toub ramassa la tête de Kisin et sur son corps la planta, nuque devant, nez derrière. Le seigneur de la Mort se dressa, regarda son dos et s'en alla à reculons.

– La tête à l'endroit, fils ! dit Double-de-Vrai-Père d'un ton de reproche.

Toub à nouveau trancha, recolla corps de face et tête de profil. Kisin s'en fut marchant au pas du crabe. Double-de-Vrai-Père fit claquer ses doigts et gronda :

– J'ai dit : la tête à l'endroit, fils !

Toub obéit à contrecœur. Kisin se dressa dans sa force retrouvée, ramassa son bâton et d'un coup prodigieux fendit le vieux crâne.

– Ah ! Je meurs ! gémit Double-de-Vrai-Père.

Pendant ce temps, Vrai-Père parvenu dans le monde souterrain travaillait à dresser sous le sol des piliers.

Quand ce fut fait, il posa sur leur cime une poutre traverse, afin que le monde ne s'effondre pas sous le poids des vivants. Puis, de l'âme des arbres morts, de l'âme des hommes morts, de l'âme des bêtes mortes, il fit les forêts, les villages, les gibiers du monde souterrain. Cette œuvre accomplie, il en confia la garde à son frère Sukumkyum.

Au-dessus de lui, sur la plaine ensoleillée, Kisin et Toub, penchés sur le cadavre de son double, ne savaient rien de tout cela.

– Il est mort ? demanda Toub, des sanglots dans la gorge.

– Il est mort, répondit Kisin. Il était vieux, je ne l'aimais pas. Nous voilà débarrassés. Enterre-le.

À peine avaient-ils ainsi parlé que Vrai-Père, du fond de son royaume, d'un coup d'épaule fendit l'écorce terrestre. Kisin tomba dans la crevasse jusqu'à ses pieds, au cœur du monde souterrain. Là, Vrai-Père l'empoigna au col et le mit sous la garde de Sukumkyum, son frère. Il lui donna une hutte et pour seuls serviteurs les jaguars et les âmes mauvaises. Puis, d'un sentier secret, il joignit le pays des morts à celui des vivants.

Par ce sentier, il remonta sur terre. Quand il y fut, il regarda le monde alentour et la bonne idée lui vint de créer un ciel nouveau. Certes, il en était déjà un au-dessus de nos têtes, mais il était trop froid, trop vide, trop lointain. Vrai-Père fit monter quatre fumées bleues des quatre horizons et les fit se joindre au plus haut de leur envol. Ainsi fut formée la voûte céleste. Alors il voulut voir ce qui était au-dessus de cette voûte. Il y monta et se trouva devant un pays de forêts, de clairières, de champs semblables à ceux de la terre. Cela lui plut. Il construisit là sa maison et dit à Vraie-Mère, son épouse, à Toub et aux autres dieux de son clan :

– Désormais nous vivrons ici, et nos créatures sur terre.

Il fit le soleil pour les Terriens abandonnés. Il créa les étoiles afin que la nuit ne leur soit pas trop ténébreuse.

– Je suis content, dit Vrai-Père, quand tout cela fut fait.

Alors il traça un sentier pour joindre la terre au ciel, mais il le fit invisible aux humains ordinaires. Seuls le connaissent ceux qui savent voir les dieux, leurs arbres, leurs champs, leurs maisons impalpables. Ceux-là n'ont pas besoin de temples, car leur parole est le plus beau des temples. Je vous ai dit la vérité. La paix sur vous, bonnes gens.

Comment Vraie-Mère et le dieu des Blancs sauvèrent le monde

Il fut un temps où Vrai-Père, regardant vivre les hommes du haut du ciel, se sentit amer et eut envie de les détruire. « Mes enfants sont d'épaisses brutes, se dit-il. Ils se disputent sans cesse et s'entre-tuent. Ils se mentent et se volent. Ils sont sans bonté, sans amour. Ils sont des erreurs vivantes ! » Il inonda donc la terre. Beaucoup périrent. Il fit souffler le Vent Rouge. Beaucoup furent emportés. Il incendia la forêt. Beaucoup furent brûlés. Mais l'humanité ne périt pas et se releva de ces malheurs chaque fois plus hargneuse et affamée de lumière.

Alors Vrai-Père décida d'éteindre le soleil. Il le dit un matin à Vraie-Mère, son épouse. Elle lui répondit :

– Dieu que j'aime, tu es un monstre ! N'as-tu donc aucune pitié ? Certes, je sais que nos enfants sont imparfaits, mais ils sont nos enfants. Je te préviens : je n'accepterai pas que tu les massacres.

Vrai-Père haussa les épaules.

– Et que feras-tu, pauvre femme ? grogna-t-il, l'air sombre.

Il n'attendit pas la réponse, poussa du poing la porte et sortit de chez lui.

Il s'en fut chez son fils Toub dont la demeure était au-dessus de la sienne, dans un autre ciel. Depuis que cette idée de fin du monde lui tournait en tête, il ne supportait plus sa propre maison et passait tous les jours de longs moments à ressasser son amertume, le front bas, assis à la table de Toub.

– Fils, lui dit-il, demain, dès que le soleil paraîtra, tu l'attraperas et le couvriras de ton manteau. Cette fois, pas de quartier. Les hommes ne méritent pas de vivre. Connais-tu bien leur cruauté, leur aveuglement, leur sottise ?

Toub soupira et répondit :

– Père, tu sais mieux que moi ce qui doit être fait.

– En effet, dit Vrai-Père.

À cet instant, Vraie-Mère entra dans la maison de Toub. Ses yeux étaient emplis de larmes, mais elle avait l'air extrêmement résolu. Elle se planta devant son époux et lui dit :

– Je suis venue te dire adieu. J'ai décidé de descendre sur terre et de subir le sort de mes enfants. S'ils doivent mourir, je mourrai avec eux.

Et, se tournant vers son fils :

– Toub, je suis lasse de ton père. Je crains qu'il ne soit devenu fou.

– Folle toi-même ! rugit Vrai-Père. Regarde donc ces créatures que tu plains. Pour un champ, ils se massacrent. Pour une femme, ils se haïssent. J'ai pétri leur cœur et leur cervelle de merveilles. Ils n'en veulent rien savoir. Ils préfèrent cultiver la bassesse et la méchanceté. Fort bien ! Demain, fin du monde. Ma décision est prise.

– Tu m'as vue aujourd'hui pour la dernière fois, dit Vraie-Mère dans un sanglot.

Elle se détourna dignement, sortit, revint chez elle, prit son métier à tisser et descendit sur terre.

– Elle est partie, dit Toub.

– Ne t'inquiète pas, ricana Vrai-Père, elle reviendra.

Le lendemain dès l'aube, Toub jeta son manteau sur la face du soleil. La terre fut aussitôt envahie de ténèbres et de froidure. L'eau gela dans les calebasses. Les jaguars rugirent alentour des villages. Les hommes s'enfermèrent dans les huttes et se mirent à trembler, assis les uns contre les autres. Leur bouche souffla du givre et leur figure bleuit.

– Nous sommes perdus ! dirent-ils.

Leurs gémissements emplirent le ciel. Vrai-Père, à sa fenêtre, les observa trois jours entiers, puis il appela Toub.

– Descends sur terre et ramène-moi ta mère, lui dit-il.

Toub s'en fut et bientôt revint.

– Alors ? lui dit Vrai-Père.

– Notre mère paraît définitivement fâchée, répondit Toub, tout essoufflé. Elle refuse de revenir. Elle m'a dit : « Que ton père en finisse ! Mes enfants et moi sommes prêts à mourir ! » Je l'ai trouvée pâle et amaigrie. Ses dents claquent sans cesse. Je suis inquiet.

Vrai-Père, entendant ces paroles, se renfrogna, se coucha dans son hamac et resta silencieux. « Elle est vraiment partie, se dit-il. La mauvaise ! je n'aurais jamais cru qu'elle m'abandonnerait ainsi ! » Une tristesse si hargneuse le prit que de trois nouveaux jours il refusa de bouger.

Alors les rugissements des jaguars envahirent le monde. De plus en plus terriblement rugirent ceux de la terre, ceux du ciel et du royaume souterrain, alléchés par l'odeur des hommes qui se mouraient, par les frémissements des âmes au bord des corps. Autour des temps célestes, autour même des dieux, ces fauves sanguinaires se mirent à rôder, la gorge grondante et les babines retroussées.

– Écoute-les, disait Toub à Vrai-Père. Vas-tu les laisser dévorer ta création ? Permets-moi de délivrer le soleil, par pitié pour tes enfants, par pitié pour ma mère !

– Dommage, répondit Vrai-Père. Vraiment dommage. Je suis triste, mais c'est ainsi.

Trois jours passèrent encore. Alors Toub, effrayé par la folie de son père, s'en fut au bord de l'océan où était Ah Kyanto, frère aîné de Vrai-Père et dieu des peuples blancs.

– Oncle, lui dit-il, venez vite, notre monde se meurt.

– Il se meurt ? répondit Ah Kyanto. Je l'ignorais. Et qui le tue ?

– Vrai-Père.

– Allons le voir.

Ils furent bientôt à son chevet. Ah Kyanto lui dit :

– Tu as donc décidé la fin du monde ? Pourquoi ?

– Les hommes m'exaspèrent et Vraie-Mère est partie, lui répondit Vrai-Père.

– Folie, dit le grand frère. L'humanité doit croître, prendre force et atteindre un jour le ciel, notre royaume. C'est là son destin. En voulant l'étouffer, tu te conduis en petit père. Si je te rends Vraie-Mère, m'obéiras-tu ?

– Elle est extrêmement fâchée, répondit Vrai-Père.

Ah Kyanto s'en fut sur terre à sa recherche. Au fond d'une hutte, dans un village abandonné, il la trouva. Il dut hurler pour qu'elle l'entende, tant les rugissements des jaguars étaient assourdissants.

– Ne t'inquiète pas pour tes enfants, ils ne périront pas, lui dit-il. Oublie ta colère et reviens chez ton époux.

Il ne put en dire plus, le froid du monde le prenait déjà à la gorge.

– Enfin le voilà raisonnable, dit-elle.

Ah Kyanto lui prit la main. Ensemble ils remontèrent au ciel.

Le lendemain Toub dévoila le soleil. Les jaguars se turent et rentrèrent dans leurs tanières. Vraie-Mère prépara pour son époux un délicieux repas de galettes. Il le dévora.

– J'avais très faim, dit-il, satisfait.

En bas, les hommes rassurés lui rendaient grâce au soleil revenu.

L'étoile

Il était un jour un jeune homme nommé Toquin. Il vivait avec ses frères dans un village de branches, à la lisière de la grande forêt amazonienne, mais il était si rêveur et silencieux, si dénué du souci de lui-même et des autres qu'il paraissait ne pas être chez lui sur la terre de ses ancêtres. En vérité, il vivait plus haut que son front, fasciné par le ciel, la lune et les étoiles. Tous les soirs, à l'heure où les siens ne songeaient qu'à dormir sur leurs litières de feuilles sèches, il se couchait dans l'herbe devant sa porte et contemplait la vaste nuit, avec tant de bonheur qu'il ne savait plus, parfois, s'il habitait l'univers ou si l'univers habitait son regard.

Or, un soir, il découvrit une étoile qu'il n'avait jamais vue. Elle brillait au fond des ténèbres, jubilante, moqueuse. Toquin la contempla, le cœur battant, se retenant de respirer par crainte de la perdre. « Si je pouvais tendre la main et l'attraper comme un oiseau, se dit-il, je serais le plus heureux des fous. Je l'enfermerais dans un roseau, je pourrais lui parler, emplir mon cœur de sa présence. Elle ne me quitterait jamais. » Il soupira, se sentit tout à coup envahi par un sommeil invincible et, presque aussitôt, se dressa en hurlant.

Une éclatante lumière venait d'apparaître, à quelques pas de lui, sur la prairie. Il mit les mains sur son visage, courba le dos, craignant un terrible prodige. Rien ne vint. Alors il écarta les doigts et découvrit, éberlué, une jeune fille tout environnée, dans la nuit, de brume lumineuse. Elle était d'une beauté fraîche, tendre, et si vive que Toquin en resta un moment tout béat. Quand il put parler, il lui dit :

– Qui es-tu ? Et d'où sors-tu ?

Elle lui répondit :

– Je suis celle que tu as appelée. Je suis l'étoile que tu veux enfermer dans un roseau.

– Comment peux-tu être une étoile ? balbutia Toquin, aussi pantois qu'émerveillé.

– Je le suis, dit la jeune fille. Pour toi, c'est un mystère. Pour moi, non. La vie est plus vaste que tu ne crois. M'aimes-tu ?

Toquin fit « oui » de la tête, la gorge bouillonnante de paroles inexprimables. Elle lui dit encore :

– Demain matin, je t'accompagnerai à la chasse. Dormons maintenant.

Elle l'attira sur l'herbe, et ils se couchèrent.

Le lendemain, dès le jour levé, ils s'en furent ensemble dans la grande forêt. Ils marchèrent longtemps à travers les broussailles sans rencontrer le moindre gibier. À l'heure où le soleil est au plus haut du ciel, ils parvinrent dans une clairière illuminée, paisible et ronde, où Toquin n'était jamais venu. Au milieu de cette clairière était un palmier si magnifiquement élancé que son feuillage dépassait celui des plus grands arbres alentour. Devant lui ils firent halte et levèrent la tête.

– Vois comme ces fruits sont beaux, dit la jeune fille, désignant la cime. Peux-tu les atteindre ?

– Bien sûr, répondit Toquin.

Il déposa son arc et ses flèches dans l'herbe et se hissa vaillamment le long du tronc. À peine était-il parvenu aux palmes vertes qu'il entendit sa compagne, en bas, l'appeler.

– Cramponne-toi ferme ! cria-t-elle.

Elle se mit à grimper derrière lui. Aussitôt, le palmier grandit, grandit tant que Toquin, agrippé au feuillage comme un nourrisson à sa mère, vit la terre s'éloigner et la forêt apparaître semblable à un maquis lointain, ondulant. L'arbre perça les nuages. Toquin ferma les yeux.

– Donne-moi la main, lui dit la jeune fille.

Il obéit, se sentit brusquement entraîné en plein ciel et se retrouva, éberlué, sur une vaste plaine de sable, de cailloux, d'herbes rares.

Il aperçut à l'horizon, plantée seule sur ce désert, une petite maison au toit de pierres plates. La jeune fille, le voyant surpris, lui sourit, caressa son visage et lui dit :

– N'aie pas peur. Attends-moi ici.

Elle s'en alla vers la maison. Toquin resta tranquillement assis par terre, le menton posé sur les genoux. Dès qu'il la vit revenir dans la lumière lointaine, il se leva, s'en fut à sa rencontre. Elle portait un panier de fruits et de pain. Ils mangèrent de bon appétit. Quand ils furent rassasiés, le jeune homme prit son souffle pour poser les questions qui le tourmentaient depuis qu'il avait quitté la clairière, mais sa compagne lui mit la main sur la bouche. Elle lui dit :

– Je dois encore t'abandonner un moment. Quoi qu'il advienne, ne bouge pas de là.

Elle lui parut inquiète soudain. Elle dit encore :

– Promets-moi d'être patient.

Il promit. Elle s'éloigna, se retourna, lui fit un signe de la main puis, courant si vite qu'elle semblait à peine effleurer le sable, elle disparut au loin.

Alors Toquin entendit des voix, des bruits de fête, des chants. Il se leva, étonné. Cette rumeur joyeuse semblait sortir d'un roc aussi haut qu'une porte, au milieu de la plaine. Il s'avança, à pas prudents. Les chants se firent plus beaux, la fête plus vive, les voix plus exaltées. Encouragé, il marcha franchement jusqu'au rocher, le contourna, et aussitôt s'arrêta, les jambes tremblantes, découvrant les gens qui l'avaient attiré dans ce lieu. Il n'en était pas un qui ait chair sur les os. Tous étaient des squelettes grinçants, agités de convulsions horribles. Les uns battaient du tambour, les autres soufflaient dans des flûtes ricanantes, et les corps décharnés s'entrechoquaient, les faces sans regard riaient terriblement, les bras s'agitaient en cliquetant, semblables à des membres de pantins grotesques. Toquin voulut crier, il ne fit que gémir. Il faillit tomber, se raccrocha au rocher et déguerpit, l'effroi aux trousses. Droit devant lui, au bord de la plaine, il aperçut la cime du palmier. Il y courut. Son seul désir était maintenant de revenir sur terre, de retrouver le village de ses ancêtres, sa maison de branches, ses frères.

À l'instant où il allait bondir dans les palmes vertes, il se sentit retenu par le bras. Il se retourna. La jeune fille aimée, à nouveau, était là, si proche et si belle qu'il ne vit plus autour d'elle ni ciel ni plaine. Une brise douce agitait sa chevelure. Elle lui dit tristement :

– Quel malheur que tu ne m'aies pas attendue.

Il ne put répondre, tant il était essoufflé. Elle dit encore, les larmes aux yeux :

– Tu pars, Toquin, mais tu reviendras bientôt. Je t'attendrai, moi, fidèlement.

Toquin se détourna, sauta dans le feuillage et le palmier rétrécit, et la terre apparut, et la forêt, et la clairière. Il descendit de l'arbre.

Alors il se sentit pris de fièvre et d'insurmontable faiblesse. Il tomba à genoux, voulut se redresser. Il n'y parvint pas. Il appela à l'aide. Nul ne lui répondit. À grands efforts haletants il se traîna, à travers les buissons, jusqu'à sa maison. Ses frères le couchèrent sous une couverture et allumèrent du feu près de lui, car il grelottait. Il parut un moment sommeiller. Son souffle faiblit. À l'heure où les étoiles s'allument dans le ciel, il entendit murmurer à son oreille :

– Viens, Toquin, ne tarde pas, ne me laisse pas seule, je t'aime.

Il ouvrit les yeux, sourit et mourut. Une autre histoire, ailleurs, commença.

Le retour des âmes

Quand les hommes meurent, leurs âmes s'éloignent. Elles errent dans la jungle jusqu'à ce que, devant elles, s'envolent des perdrix, dans un grand frémissement de buissons. Alors les âmes avec ce vol de perdrix s'élèvent vers le soleil, où est leur demeure.

Il advint qu'un jour de ces esprits-fantômes revinrent dans le village où ils avaient autrefois connu la vie. Ce village était presque désert. Ses habitants avaient été massacrés par des guerriers inconnus, ou avaient fui vers d'autres lieux, laissant leurs huttes à l'abandon. Seule, une vieille femme vivait encore là. Quand vinrent les fantômes, elle se tenait agenouillée devant le bûcher funèbre où le corps de sa fille, qui venait de mourir, achevait de se consumer. Elle les vit envahir en grand nombre le village, aller de-ci de-là en parlant haut, visiter les huttes vides et la maison commune dont le toit était à demi effondré. Sa fille morte était parmi eux. Elle avait le beau visage rieur qui était le sien de son vivant. Deux fleurs rouges ornaient ses oreilles. Son corps semblait baigner dans une brume légère. Dès qu'elle vit sa vieille mère, elle vint s'asseoir près d'elle devant le bûcher où ne fumaient plus que cendres éparses. Elle tendit la main vers ces cendres et demanda :

– Mère, pourquoi la terre est-elle ainsi poudreuse et noire ?
– Fille, répondit la vieille, ton frère tout à l'heure a fait brûler de l'herbe.
– Mère, pourquoi tes joues sont-elles mouillées et salies de poussière ?
– Fille, ton frère les a frottées de racines humides.
– Mère, à quel vivant furent ces ossements dans cette calebasse ?
– Fille, ce sont des branches brûlées de l'arbre Korori.

Comme elles parlaient ainsi, partout alentour s'affairaient les fantômes. Les uns revenaient de la jungle chargés de troncs d'arbres, d'autres hissaient des madriers neufs dans la vieille charpente de la maison commune, d'autres encore, à la lisière de la forêt, taillaient des branches feuillues pour réparer les toits crevés des huttes. Des femmes à grands cris appelaient leurs enfants et les enfants leur répondaient, courant et piaillant parmi les hommes au travail.

Près de sa mère, la jeune morte contemplait les restes noircis de son corps dans la calebasse. Elle ne pouvait en détacher son regard.
– Mère, dit-elle, tout à coup haletante, ce ne sont pas là des branches de l'arbre Korori, mais des ossements. À qui furent-ils ?
Un perroquet vint se percher sur l'épaule de la vieille vivante. Il ouvrit son bec et répondit :
– Fille, ils furent les tiens.
Au même instant, au bord de la jungle, les broussailles parurent s'animer. Elles firent au soleil comme une brève rumeur de tempête. Une nuée de perdrix s'envola. Aussitôt tous les fantômes disparurent. La mère voulut retenir sa fille. Ses mains tremblantes se refermèrent sur un souffle de fumée, s'égarèrent dans

l'air calme au-dessus de sa tête. Le village était à nouveau silencieux et désert.

Les perdrix étaient déjà loin dans le ciel. Les âmes les suivaient, légères, impalpables, en chuchotant à voix inquiète :

– Pourquoi les oiseaux nous sont-ils invisibles ? Nous entendons le bruit de leur plumage dans l'air, nous savons qu'ils nous entourent, qu'ils nous portent peut-être, mais pourquoi ne pouvons-nous éprouver leur chaleur ni distinguer les contours de leur corps ?

Aucune ne savait la réponse à cette question. En vérité, elles ne peuvent voir les perdrix parce qu'elles regardent ailleurs. Elles regardent au loin, toujours plus loin dans le ciel.

Europe

GRÈCE

Prométhée

En ce temps-là, de grands vols d'oiseaux sauvages traversaient les brumes au-dessus des lacs, des troupeaux d'animaux aujourd'hui disparus galopaient dans les herbes hautes, le soleil se levait sur des savanes sans chemins, des arbres gigantesques se déployaient dans le ciel, mais aucune parole n'avait jamais nommé ces merveilles qu'aucun regard humain ne pouvait voir : les hommes n'étaient pas encore nés. Leur premier ancêtre, pourtant, vivait déjà, solitaire en ce monde. Son nom était Prométhée. Il était de la race des Titans. Il avait osé pour son malheur défier avec ses frères les dieux de l'Olympe, au temps où vivants divins et colosses terriens se disputaient des empires dans l'univers neuf. Il s'était trouvé seul rescapé de ces guerres perdues et, dans ces jours lointains du monde, il errait donc tristement sur la terre défaite, cherchant des créatures semblables à lui, mais il n'en trouvait pas.

Il se sentit bientôt pris de mélancolie si lourde, dans la solitude où il était, qu'un matin, pour tromper sa faim de visages, il s'accroupit au bord d'une rivière, plongea ses mains dans l'argile gluante et se mit à modeler un corps à son image. Quand il vit cet être immobile dressé devant lui, il le caressa et voulut le voir vivre. Mais il ne sut comment l'animer. Alors il tendit les mains au ciel en appelant à l'aide Athéna, la déesse de la sagesse. Elle vint. Elle contempla, moqueuse, l'œuvre grossière de Prométhée, posa sa bouche sur celle de la statue. Aussitôt l'argile s'affina et prit vie, un cœur dans la poitrine de terre se mit à battre, deux yeux s'ouvrirent dans le visage et regardèrent alentour. Ainsi le premier homme vit le jour. À ce premier homme une femme fut donnée, et l'humanité, bientôt, proliféra.

Cette humanité vécut d'abord sur terre comme dans un songe innocent. Les hommes ne savaient rien faire de leur esprit ni de leurs mains. Prométhée, patiemment, les instruisit. Il leur apprit à bâtir des maisons, à construire des navires, à forger des métaux. Il leur apprit aussi la médecine, les sciences, les arts.

Alors les dieux, dans leur Olympe, s'inquiétèrent. Ils craignirent que ce peuple nouveau ne menace, un jour, leur règne. Zeus, le dieu des dieux, convoqua donc Prométhée devant lui.

– Tu as éveillé les hommes, lui dit-il, c'est bien. Mais je les vois sans respect de la majesté divine. Je les vois incapables de soumission. Cela me déplaît. Retourne parmi les tiens. Rassemble tes créatures humaines et dis-leur que nous exigeons d'elles des prières et des sacrifices.

Prométhée baissa la tête, serra les poings et ne répondit pas. Il revint sur terre. Il rassembla les hommes dans une grande plaine. À voix forte il leur rapporta l'ordre du maître des dieux.

– Il nous faut obéir, lui dit-il. Sachez cependant que nous ne devons rien à Zeus. C'est par lui que nous sommes vivants, certes, mais nous avons grandi seuls, nous avons traversé seuls, à grand-peine, le temps, et nous avons compris sans aide ce que nous savons. Que celui qui veut nous soumettre n'ait donc rien d'autre que ce qui lui revient.

Il fit égorger un taureau en sacrifice et le partagea. Aux hommes il donna la meilleure viande. Au dieu il n'offrit que les bas morceaux et les ossements.

Zeus, se voyant si mal honoré, se prit de rage. Il fulmina et résolut de se venger des insolents qui avaient ainsi bafoué sa gloire. Il ordonna aux nuages d'éteindre tous les foyers de la terre, aux vents de disperser les cendres. Les humains, privés de feu, durent abandonner leurs forges, leurs ateliers, et bientôt grelottèrent dans leurs maisons glacées. Mais, dans le froid du monde, Prométhée ne se résigna pas. Il resta debout parmi les hommes accroupis, houspillant Dieu, exigeant la vie. Aucune réponse ne lui fut donnée. Alors, une nuit sans lune, il grimpa à la cime de l'Olympe, et comme un voleur agile se glissa dans le palais de Zeus. Il savait que dans la cheminée de ce palais divin brûlait un feu perpétuel. Il en déroba quelques flammes qu'il cacha dans un bâton creux, et redescendit parmi les hommes.

Le lendemain, Zeus contemplant le monde entre deux nuées vit en bas, parmi les prés, fumer les cheminées sur le toit des maisons. Il comprit aussitôt que Prométhée venait une fois de plus de se jouer de lui et, dans l'effroyable colère qui lui vint, il résolut de briser à jamais ce père des hommes qui avait osé par deux fois le défier.

Il appela devant lui Héphaïstos, le dieu boiteux, et lui demanda de façonner une statue de femme. Dans sa forge, au fond d'un volcan, Héphaïstos se mit donc à l'œuvre, et naquit bientôt de ses mains une démone d'une parfaite beauté. Il l'amena devant Zeus. Le maître des dieux, fort satisfait, la baptisa Pandore. Ce nom signifiait : « ornée de tous les dons », ainsi l'avait-il voulue. Il confia à cette infaillible séductrice une boîte en or et l'envoya sur terre chez le frère de Prométhée, nommé Épiméthée.

C'était un homme imprudent et d'âme peu sûre à qui Prométhée avait souvent recommandé de n'accepter jamais aucun cadeau des dieux. Épiméthée, ébloui par la beauté de celle qui venait d'apparaître sur le seuil de sa maison, l'accueillit avec une tremblante avidité. Elle lui tendit la boîte d'or. Il la prit, souleva le couvercle. Alors de cette boîte jaillirent en sifflant trois oiseaux noirs et difformes qui s'enfuirent par la fenêtre et répandirent sur le monde les semences de la maladie, de la misère et de la peur. Ainsi furent châtiés les hommes.

Quant à Prométhée, Zeus le fit enchaîner au sommet du mont Caucase. Il ordonna qu'un aigle gigantesque vienne chaque jour lui dévorer le foie, et voulut que chaque nuit ce foie repousse dans le corps du héros, afin que le supplice soit éternel. Prométhée l'insoumis accepta son sort sans broncher. Pendant des siècles, il subit sa torture quotidienne, jusqu'au jour où Héraklès, sur le chemin du jardin des Hespérides, passa par les brouillards glacés de ce mont des douleurs. Voyant Prométhée pantelant sur son roc, il tua d'un trait de flèche l'aigle monstrueux qui le tourmentait, et délivra le premier ancêtre des hommes. Zeus, rassasié par les longues souffrances de sa victime, accepta cette délivrance, mais afin qu'il n'oublie jamais le verdict qui l'avait enchaîné pour toujours, il lui fut ordonné de porter au doigt jusqu'à la fin des temps une pierre du Caucase fixée sur un anneau de fer.

C'est depuis ce temps, dit-on, que les hommes ornent leurs doigts d'anneaux sertis de pierres. Ainsi honorent-ils Prométhée, notre père rebelle.

Le déluge

Avant que notre humanité ne soit, étaient déjà des hommes que Zeus et le Temps avaient autrefois créés. Mais ces gens d'avant nos ancêtres ne savaient pas vivre. Ils construisaient des villes sans portes ni fenêtres, abattaient les arbres pour cueillir leurs fruits, crachaient au ciel pour éteindre les soleils d'été, passaient le plus clair de leurs jours à s'assassiner et le plus noir de leurs nuits à se perdre dans de terrifiants cauchemars. Zeus les aima d'abord avec indulgence, puis, considérant leur sottise et leur incurable malfaisance, il estima qu'ils n'étaient pas dignes de la vie qu'ils avaient reçue. Il décida donc de laver la terre que leur présence souillait.

Dans son palais de nuées, il convoqua l'assemblée des dieux. Quand ces vivants célestes furent devant lui réunis, il les contempla un moment en silence, le regard étincelant, la barbe crépitante d'éclairs, puis leur dit ces mots :

– J'ai décidé d'engloutir tous les habitants du monde sous les vagues d'un immense déluge. Toi, dieu des bourrasques, libère les vents du Sud. Qu'ils déploient leurs ailes ruisselantes, qu'ils s'élancent vers le ciel, qu'ils poussent du front leurs cohortes de nuages. Toi, dieu des mers, lance tes océans à l'assaut des plaines fertiles. Vous, dieux des rivières, inondez les villages, les villes, les forêts.

Ainsi parla Zeus-le-terrible. Aussitôt, dans le ciel, un oiseau gris et noir déploya ses ailes jusqu'aux bords opposés du monde. La pluie s'abattit sur la terre, et les hommes, les mains sur leur nuque courbée, se dispersèrent comme des fourmis vers les mille horizons. En un souffle de temps, des milliers furent écrasés par l'averse. Les autres construisirent des radeaux et s'en furent à la dérive, espérant échapper à la mort. La mer en hautes lames se dressa devant eux et les broya. Les éclairs foudroyèrent ceux qui s'accrochèrent à la cime des montagnes. Les sangliers, les loups, les moutons, les bergers roulèrent ensemble dans le lit des torrents. Les oiseaux épuisés trébuchèrent aux vagues et tombèrent dans les gouffres. Bientôt les poissons se glissèrent entre les branches des arbres engloutis, les requins bondirent par-dessus les terrasses des plus hautes tours et les coquillages s'accrochèrent aux tuiles des toits dans les villages noyés.

Alors du haut du ciel Zeus contempla son œuvre. La terre n'était plus qu'un océan sans bornes. Seule comme une île se dressait encore sous les nuages la cime du mont Parnasse. Au large de cette île, le dieu des dieux aperçut une barque ballottée par les tourbillons du vent. Dans cette barque étaient les deux derniers vivants de l'humanité : un homme et une femme. Ils s'acharnaient bravement contre la tempête, aussi désemparés et minuscules que deux insectes dans l'immensité d'un orage.

Zeus en fut pris de pitié. Il appela les vents du Nord et leur ordonna de chasser les nuées. Les deux rescapés éblouis tendirent bientôt leurs mains vers le premier rayon du soleil revenu. Ces vivants miraculés étaient

Deucalion, fils de Prométhée, et son épouse Pyrrha. Laissant aller leur barque, ils abordèrent au flanc du mont et grimpèrent au sommet. Là ils regardèrent alentour et se réjouirent. Les eaux, lentement, refluaient.

Au premier jour de vent sec, ils virent apparaître la cime boueuse des arbres, au deuxième jour les toits des villages, au troisième jour la terre. Elle n'était plus, à perte de vue, qu'un désert craquelé. Pyrrha, contemplant cette désolation, se sentit monter des sanglots d'infinie misère.

– Nous sommes seuls survivants, dit-elle. Comment allons-nous vivre dans ce monde mort ? Il nous faudrait créer une nouvelle humanité, mais comment faire ? Nous ne sommes ni dieux ni magiciens.

À peine avait-elle ainsi parlé que les nuées se déchirèrent. Par la brèche céleste une voix tomba, terrible, tonitruante. Cette voix dit :

– Voilez vos têtes, descendez dans la vallée et jetez derrière vous les ossements de votre grand-mère.

Deucalion et Pyrrha, abasourdis, tremblants d'effroi, se blottirent l'un contre l'autre. Que signifiait cet ordre bizarre ? Sous le ciel refermé, ils s'assirent à l'abri d'un rocher et réfléchirent longuement. Enfin le regard de Pyrrha s'illumina.

– J'ai trouvé, dit-elle. Notre grand-mère est la terre. Ses ossements sont les cailloux.

Deucalion, perplexe, lui demanda :

– Comment des cailloux pourraient-ils redonner vie à notre monde ?

Ils se dressèrent pourtant et descendirent vers la vallée en jetant par-dessus leur épaule toutes les pierres et poignées de gravier qu'ils rencontrèrent.

Alors ils entendirent derrière eux des bruits de voix et de pas. Les cailloux jetés par Deucalion s'étaient changés en hommes, ceux jetés par Pyrrha s'étaient changés en femmes. Quand ils parvinrent au fond de la vallée une foule étonnée les suivait sous le soleil : des gens nouveaux pour une vie nouvelle. Ainsi naquirent nos ancêtres, les miens, les vôtres.

Déméter et Perséphone

Aux premiers âges du monde, les dieux vivaient, forts et charnus, parmi les hommes. Ils n'étaient pas encore des mirages, des juges invisibles ou des idées impalpables promptes à s'évaporer dans le ciel. En ce temps-là donc vivaient sur terre Déméter et Perséphone. Déméter était la déesse des cultures, des champs et des jardins. Elle donnait aux grains la force de germer, aux fruits le pouvoir de s'épanouir, aux herbes et aux fleurs le désir de se nourrir de lumière. Elle était la mère aux hanches fortes, aux seins gonflés de lait. Perséphone était sa fille adolescente, fragile mais belle, vive, joyeuse, inépuisablement assoiffée de vie.

Elles aimaient se promener ensemble parmi les beautés de la terre. Ainsi faisaient-elles ce matin de grand soleil où l'histoire commença. Ce jour-là Perséphone poursuivait des insectes, cueillait des bouquets sauvages, faisait halte, essoufflée, pour contempler les rochers gris et bleus, à l'horizon, qui escaladaient la montagne. Sa mère au loin la suivait, heureuse et paisible. Elles parvinrent devant un grand arbre mort seul dressé parmi les herbes. Alentour de cet arbre, des fleurs mauves, jaunes, rouges se balançaient sous la brise tiède. Perséphone s'agenouilla pour respirer leur parfum. Alors survint un prodige aussi soudain qu'un coup de poing divin brisant le monde.

L'arbre mort se fendit dans un craquement déchirant, le sol gronda, s'ouvrit comme une gueule épouvantable, et tandis que la jeune fille hurlait, terrifiée, du gouffre obscur surgit un homme dont la tête était une boule de nuit et le corps semblable à du charbon rougeoyant. Cet être la saisit par le poignet, l'entraîna. Elle se sentit tomber infiniment dans les ténèbres. La terre se referma. Quand Déméter, accourue au secours de sa fille, parvint au pied de l'arbre, elle ne vit que l'herbe fleurie, les branches noires déployées sous le ciel bleu, la montagne ensoleillée, au loin. Rien, apparemment, n'avait troublé la paix du jour. Mais Perséphone avait disparu.

Alors la mère sereine et tendre porta ses mains à sa gorge et gémit terriblement. Elle resta un long moment immobile, horrifiée, puis peu à peu la force envahit à nouveau son corps et lui vint au cœur une rage effrénée contre ce démon qui avait osé lui arracher sa fille.

Elle s'en fut par le monde à sa recherche. Pendant neuf jours et neuf nuits, sans manger ni boire, ni se laver ni prendre soin de son corps, échevelée, un flambeau dans chaque main, elle courut les chemins et les villes, appelant les dieux à son aide, interrogeant les hommes. Personne n'avait rien vu. Personne ne savait rien. Le dixième jour à midi, elle fit halte et hurla, la tête dressée vers le ciel :

– Soleil, toi qui vois tout, au nom de la vie que nous chérissons ensemble, je t'ordonne de me dire qui m'a volé ma fille.

Le soleil répondit dans un crépitement d'étincelles :

– C'est Hadès, le dieu des Enfers, le prince de la nuit. Hadès a enlevé Perséphone. Il a fait d'elle son épouse. Il a fait d'elle la reine des Morts.

Déméter, entendant ces paroles, se laissa tomber à genoux. Elle ne pouvait rien contre Hadès. Le front contre un rocher, elle se mit à pleurer infiniment. Elle resta si longtemps à se lamenter ainsi que le blé, le maïs, les plantes jardinières, les fruits qu'elle n'aidait plus à vivre se desséchèrent, que la terre qu'elle ne nourrissait plus se défit en grandes bourrasques de poussière et que les hommes s'en furent sur les chemins comme des enfants abandonnés, les bras au ciel, criant famine.

Alors Zeus, le dieu gardien de l'ordre du monde, convoqua devant lui Hadès, le prince obscur, et lui dit :

– Il faut que tu rendes Perséphone à sa mère Déméter, sinon je ne régnerai bientôt plus que sur un désert de squelettes blanchis.

– Perséphone ne peut revenir sur la terre des vivants, lui répondit le dieu des Enfers. Elle a croqué un grain de grenade, fruit de mon royaume. Cela suffit à la lier pour l'éternité au pays des Ombres.

Zeus prit à deux mains sa tête, enfouit ses doigts dans sa crinière de lion. Que faire pour que justice soit rendue, pour que Déméter reprenne goût à la vie, pour que la terre des vivants ne tombe pas en cendres ? Il réfléchit longuement puis, redressant le front, il ordonna ceci :

– Perséphone, tous les ans, à la fin de l'hiver, sortira de la nuit des Morts. Elle renaîtra au soleil avec les premières pousses du printemps et rejoindra les ténèbres de la terre à l'automne avec les semailles enfouies dans les sillons. Perséphone, fille de Déméter, sera la déesse des saisons qui tournent, sur la roue du Temps, de givre en soleil et de soleil en terre noire.

Ainsi parla Zeus.

Une jeune vierge parmi les humains entendit seule la voix du dieu des dieux tombée du ciel. Elle rencontra Déméter dans la cité d'Éleusis. La déesse aux hanches fortes pleurait encore, pâle et désemparée, sur une pierre plate que les gens avaient nommée « pierre sans joie », la voyant ainsi arrosée de larmes. L'adolescente lui apprit la nouvelle et la réconforta. Elle parvint même à la faire sourire.

Alors le sourire de Déméter fit reverdir les prés, chanter les sources, et les hommes reprirent leur chemin vers les mystères de leur destinée avec au cœur la présence nouvelle de Perséphone, fille de la vie, épouse de la mort. Il est dit que Dieu voulut qu'il en soit ainsi afin que nul n'oublie, au plus clair de ses jours, que les ténèbres viennent, et au plus noir de ses hivers que le printemps est infailliblement promis.

Arachné

Il était une fois, dans un village de la vieille Grèce, une jeune paysanne nommée Arachné. Cette fille de beauté simple et de cœur paisible avait un don fort étonnant qu'elle n'avait hérité de personne puisque personne, en ce temps-là, n'avait jamais eu le même : elle savait tisser la laine, et le faisait avec une étourdissante agilité. Quand elle travaillait, assise sur son banc de pierre devant sa porte, les femmes du village venaient toutes autour d'elle, se penchaient sur son ouvrage, regardaient bouche bée danser ses doigts, des heures durant.

– Pour être aussi habile, lui disaient-elles, il faut assurément que tu aies été instruite par la déesse Athéna, la plus parfaite des vivantes célestes.

Arachné souriait et poursuivait sans un mot son travail éblouissant. Elle ne répondit pas à cette réflexion cent fois répétée jusqu'à ce que, un jour, perdant patience, elle redresse la tête et lance fièrement à ses compagnes ébahies :

– Personne ne m'a rien appris. Cet art est à moi seule. Voyez mon œuvre. Croyez-vous que la déesse Athéna saurait tisser aussi subtilement ? Je la mets au défi de faire mieux que moi.

En ce temps-là, le ciel était proche de la terre et les dieux fréquentaient volontiers les humains. Athéna entendit donc les paroles d'Arachné, s'offusqua de se voir ainsi provoquée, laissa aussitôt ses affaires célestes et apparut environnée d'une étincelante nuée parmi les chiens, les volailles et les paysans du village. Elle s'avança, majestueuse, suivie par les gens et les bêtes, vers l'humble maison de sa rivale, fit halte devant elle dans la lumière du seuil et lui dit :

– Ainsi, femme imprudente, tu prétends me surpasser dans l'art du tissage. Je te propose donc un combat pacifique. Installons-nous ensemble sous l'arbre de la place et tissons chacune notre ouvrage. Les hommes et les femmes d'ici jugeront quelle est, de nous deux, la plus habile. Cela te convient-il ?

La jeune fille se raidit pour ne point trembler et répondit :

– Cela me convient.

Arachné la mortelle et Athéna la déesse s'assirent donc à l'ombre du grand arbre, devant leur métier à tisser. Les fils de laine, d'or et de pourpre se mirent à virevolter dans l'air et à s'entrecroiser parmi les rayons de soleil sous le regard ébloui des villageois assemblés. Athéna composa, sur une tapisserie d'une extrême finesse, les visages des Immortels de l'Olympe. Ils apparurent bientôt merveilleusement colorés. On les aurait dits animés de vie dans le vent léger qui faisait bouger le tissu. Arachné, elle, tissa les figures de toutes les femmes que Zeus, le dieu des dieux, avait un jour séduites. Les traits, les regards de ces images étaient si mélancoliques qu'ils bouleversèrent jusqu'au fond du cœur ceux qui les virent naître de ses doigts.

Quand vint le crépuscule, les deux tapisseries furent étendues sur le sol. Les villageois restèrent longtemps béats et muets devant ces merveilles offertes à leur jugement. Elles étaient l'une et l'autre parfaites.

– Nous ne pouvons choisir, dirent-ils enfin. Ces œuvres sont incomparables. Autant nous demander de décider quel est le plus beau chant, celui de l'oiseau ou celui de la source. Nous vous déclarons toutes les deux, toi la déesse et toi la mortelle, de semblable valeur.

Arachné sourit, heureuse et fière. Athéna contempla les hommes alentour et chacun frémit, voyant un feu terrifiant et superbe embraser son regard. Qu'une mortelle soit jugée son égale lui était en vérité une blessure insupportable.

– J'estime outrageant pour mon père Zeus, et donc inacceptable, qu'une vulgaire mortelle ait osé représenter dans la basse lumière de votre monde les femmes qui furent honorées par le dieu des dieux, gronda-t-elle.

Elle ramassa la tapisserie d'Arachné, d'un geste rageur la déchira en deux et la jeta au vent.

Arachné, les mains sur le visage, poussa un grand cri, s'enfuit par les rues étroites, se réfugia dans sa maison et s'y enferma. Les villageois, n'osant rien dire, quittèrent la place, tête basse. Athéna les regarda s'éloigner, hautaine et sévère, immobile, muette. Demeurée seule, elle attendit un moment le retour de sa rivale. La lune apparut au-dessus du grand arbre. Arachné ne revint pas.

Alors la déesse partit à sa rencontre. Une colère froide, maintenant, mordait son cœur où n'était plus qu'un seul désir : châtier l'impudente mortelle qui l'avait humiliée. Au bout de la ruelle, la porte de la maison d'Arachné grinçait au vent du soir. Athéna entra. Elle trébucha dans la pénombre contre un tabouret renversé et des pelotes de laine jetées en vrac sur le sol. Dans la cheminée ne fumaient plus que des cendres. Comme elle s'avançait, elle aperçut une longue forme blanche suspendue à la poutre du plafond. Elle s'approcha vivement et reconnut la jeune fille.

Sa tête, qu'une corde serrait au cou, était penchée de côté, ses yeux grands ouverts ne voyaient plus, sa chevelure dénouée cachait à demi sa figure, ses pieds se balançaient dans le vide. Elle n'avait pu survivre à son œuvre si méchamment détruite et s'était pendue. Athéna caressa son visage. Il était encore tiède. Arachné n'était pas tout à fait morte. Elle respirait et gémissait, faiblement.

Alors, tandis que la lueur de la lune entrait par la porte ouverte, la déesse prit les mains qui pendaient, inertes, le long du corps, et la mortelle, lentement, se métamorphosa. Sa chevelure tomba, son nez s'effaça, sa bouche aussi, sa tête noircit et se racornit. Son corps se rétrécit, se rétracta. Il ne fut plus bientôt qu'une boule, qu'un ventre hérissé de fourrure. Ses membres se multiplièrent, s'affinèrent, s'allongèrent. Arachné parut renaître, mais quelle vie étrange et sournoise l'habitait maintenant ! Elle remonta le long de la corde à laquelle elle s'était pendue, se hissa sur la poutre du plafond. Athéna se détourna et s'en fut dans la nuit.

Derrière elle, le village s'éteignit. Dans sa maison, Arachné accroupie sur la poutre enfumée se mit à tisser une toile infiniment fragile, la première d'une éternité de labeur obscur : elle était devenue une araignée.

On dit que dans son nouveau corps elle enseigna aux hommes l'art du tissage. Cette victime des dieux fut ainsi l'une des plus grandes bienfaitrices de l'humanité. Pour l'injuste malheur qu'elle subit autant que pour le bien qu'elle nous fit, qu'elle soit honorée jusqu'à la fin des temps.

CORSE

La mouche de Sota

Près du village de Sota, sur une crête de roc, fut autrefois l'orgueilleux château de pierre grise où vécut l'un des plus fieffés brigands que la Corse ait jamais connu : Corso Alamano. Tout le monde, dans le pays de Sota, haïssait ce seigneur redoutable. Aucun homme ne l'égalait en carrure, et son rire était aussi énorme que lui. Par malheur, ses éclats de joie étaient presque toujours méchants : Corso Alamano ne jouissait que de l'effroi et de la soumission des autres. Aucune prière, aucune douleur n'avait jamais touché son cœur.

Pourtant, peut-être les gens de la contrée auraient-ils supporté son règne sans révolte s'il n'avait eu la sombre idée de remettre en vigueur un vieux privilège seigneurial, si cruel que ses propres ancêtres l'avaient jadis abandonné : le droit de cuissage.

– Chaque fois qu'un homme, sur mes domaines, prendra femme, la mariée devra passer avec moi, Alamano, la nuit de ses noces.

Tel fut l'ordre qu'il osa beugler, un soir de beuverie, l'œil flamboyant, en cognant du poing sur la table. Dès le lendemain, ses messagers publièrent dans les villages alentour ce terrible commandement. Les gens ne purent que serrer les poings et baisser la tête : la prison perpétuelle était promise à qui refuserait d'obéir. Seul, un jeune homme au regard de feu eut le front de rugir à la face des soudards cuirassés du seigneur Alamano ce que tout le monde pensait :

– Dieu nous garde ! La mort est préférable à une pareille humiliation !

Un coup de fouet cingla ses épaules. Il roula dans la poussière, tandis que les hommes d'armes éperonnaient leurs chevaux et s'éloignaient au grand galop.

Ce jeune homme s'appelait Piobetta. Il avait en vérité les meilleures raisons du monde d'être ainsi enragé : il était fiancé à la plus belle fille de Sota, et ses noces étaient pour bientôt. Leurs familles étaient d'accord, les deux jeunes gens s'aimaient passionnément, et voilà que leur amour était jeté soudain contre l'obstacle infranchissable que dressait devant eux le caprice impudent de Corso Alamano. Quand Piobetta et Bianca, sa jeune fiancée, se retrouvèrent, au soir de ce jour, au bord du ruisseau où ils avaient coutume d'aller rêver ensemble, ils s'étreignirent comme s'ils se trouvaient déjà au bord de l'au-delà. Mais à l'instant où Bianca se laissait aller à sangloter, son bien-aimé la prit aux épaules et lui dit :

– Je ne te donnerai pas à Corso Alamano. Ce bandit ne verra pas le jour de nos noces. Il est puissant, je suis pauvre. Il est fort, habile aux armes, et je n'ai que l'agilité d'un paysan. Mais je porte en moi la révolte d'un homme que l'on veut humilier. Il ne me vaincra pas.

Le jour du mariage fut fixé, comme si de rien n'était. Pourtant un terrible fardeau semblait accabler les gens du village. On n'osait plus se parler simplement, se regarder droit. Le soir venu, chacun s'enfermait chez soi avec sa misère et la honte sourde de se résigner à l'inacceptable. Piobetta ne semblait pas plus que les autres décidé à combattre. Il allait tous les matins travailler à ses champs, joyeux, comme à son habitude. Aucune peine ne semblait lui peser. On le regardait avec curiosité, avec pitié aussi, car personne n'avait oublié son élan de colère contre les gardes de Corso Alamano. « Il cache son jeu, disaient les uns, il n'est pas homme à se laisser mater sans résistance. » « Il se soumettra comme nous le ferons tous, répondaient les autres. Nous ne sommes pas les plus forts. »

Vint la veille des noces. Ce jour-là, Piobetta se leva dès l'aube et s'en fut à l'écurie brosser et harnacher le plus beau cheval de son troupeau. Puis il s'en alla le long des ruelles en tirant par la bride sa monture superbe à la robe luisante, aux sabots immaculés. Aux gens qui lui demandèrent où il allait ainsi, il répondit :

– Je vais au château. L'idée m'est venue d'offrir à notre bon seigneur Alamano la plus belle cavale de mon écurie. Je crois qu'il en sera content. Venez donc avec moi, il faut que ce cadeau soit celui de tout le village !

On le suivit, certains en riant sous cape de sa servilité, après qu'il ait joué les matamores, d'autres intrigués par son air de fierté.

Corso Alamano, voyant du haut de son rempart venir ces gens en longue file, partit d'un rire tonitruant. « Mille diables, se dit-il, les hommes sont de drôles d'animaux. Plus on les asservit, et plus ils vous aiment ! » Il descendit dans la cour, fit ouvrir à deux battants le portail ferré. Tous entrèrent, le dos courbé. Piobetta amena humblement son pur-sang harnaché vers son seigneur fièrement campé, l'œil luisant et les poings sur les hanches.

– Veuillez accepter ce cadeau de votre dévoué serviteur, lui dit-il en désignant son cheval.

L'autre s'approcha de la bête, flatta son encolure. Il ne vit pas Piobetta, près de lui, fouiller fiévreusement sous les harnachements et empoigner une corde enroulée dont un bout était fixé à un anneau de la selle. À l'autre extrémité, était un nœud coulant. Soudain changé en boule de rogne, comme un homme qui sait qu'il joue sa vie en un instant, le jeune fou lança ce nœud coulant autour du cou d'Alamano et gifla à toute volée la croupe de son cheval. L'animal hennit, fit un bond prodigieux, s'en fut au grand galop. La corde se tendit dans un claquement sec. Alamano tomba à la renverse, les poings agrippés à son cou étranglé. Son corps massif rebondit sur les pavés de la cour, entraîné par la cavale emballée qui franchit le seuil du portail ouvert et s'éloigna, crinière au vent, à travers la montagne.

Alors le peuple de Sota poussa une immense clameur. Les femmes, les enfants s'en furent à la poursuite de ce grand corps noir abattu que tirait au diable le cheval de Piobetta et qui laissait maintenant après lui, parmi les buissons, une traînée de sang et des lambeaux de cuir. Les hommes enfin délivrés de la peur submergèrent les gardes, envahirent en hurlant les salles du donjon, coururent aux cheminées, allumèrent des torches. Les tentures, les meubles entassés sur les dalles s'enflammèrent.

Au loin, sur la garrigue, le cheval se cabra au bord d'une falaise et s'arrêta là. Le plus agile des garçons qui lui couraient après trancha la corde qui étranglait le grand homme noir aussi redouté qu'un ogre. Il était mort. Tous, femmes et enfants, le hissèrent sur leurs têtes et le portèrent aux hommes qui regardaient brûler le château, assemblés sur les rocs alentour. La vue du cadavre les exalta. Ils s'embrassèrent, levèrent au ciel leurs gourdes de vin. Ainsi commença la fête de délivrance. Le soir venu, Piobetta et deux compagnons enfouirent la dépouille de Corso Alamano sous un tas de pierres, tandis que les chants et le fracas des beuveries montaient du village illuminé.

Tous, à Sota, croyaient en avoir fini avec le malheur et l'effroi. Ils se trompaient. Quelques semaines plus tard, deux bergers à bout de souffle et de terreur s'en vinrent clamer par les ruelles une bouleversante nouvelle : Corso Alamano, plus grand, plus sombre, plus terrible que jamais leur était apparu dans les ruines de son château où quelques moutons s'étaient égarés. Il les avait poursuivis, faisant rouler derrière eux des cascades de pierres, jusqu'aux premières lumières du village.

– Corso Alamano hante le pays, dirent-ils. Il a partie liée avec le diable. Nous sommes maudits, condamnés à vivre désormais avec un monstre contre lequel nous ne pouvons plus rien.

Piobetta tenta de les apaiser.

– Vous n'avez vu, leur dit-il, qu'un mirage. Alamano est maintenant aussi inoffensif qu'un brin d'herbe. Chassez la peur de vos esprits et son fantôme s'évanouira comme une mauvaise brume.

Les gens, autour de lui, restèrent silencieux.

Quelques jours passèrent. La crainte, peu à peu, s'estompa, les regards à nouveau s'éclairèrent, jusqu'au soir d'été où un paysan qui travaillait sa terre, au crépuscule, aperçut à nouveau la haute silhouette du seigneur Alamano, à la lisière de son champ. Il lâcha son outil et courut au village, tout tremblant et suant.

– Je l'ai vu, dit-il aux hommes assemblés sur la place. Ses yeux étaient comme des braises, il m'a regardé en ricanant horriblement, j'en suis à demi mort !

Nul n'osa le railler. Certains, à voix basse, parlèrent de quitter pour toujours ce pays maudit. Alors Piobetta rassembla le peuple de Sota dans l'église.

– Demain, dit-il, nous déterrerons le cadavre d'Alamano. Le curé l'aspergera d'eau bénite. Puis nous irons le jeter dans la mer, loin de la côte. Ainsi il ne nous importunera plus, et nous pourrons vivre enfin tranquilles.

Au matin revenu, trois hommes et le curé du village montèrent donc aux ruines du château avec Piobetta, la pioche sur l'épaule. Le tas de cailloux sous lequel était enfoui le cadavre de Corso Alamano leur apparut intact parmi les buissons. Ils déplacèrent une à une les pierres et découvrirent bientôt deux bottes noires. Elles étaient vides. Et la tunique de cuir, dégagée à la hâte : vide aussi. Pas la moindre trace du corps. Piobetta, stupéfait, secoua ces dépouilles.

Alors, de leurs replis racornis, sortit une grosse mouche bleue qui bourdonna lourdement autour de la fosse, affolée par le soleil, puis se posa sur un caillou. Le curé voulut l'asperger d'eau bénite, mais son geste resta suspendu et il poussa un cri terrifié, voyant la mouche immobile, devant lui, se mettre soudain à grossir épouvantablement. Les trois compagnons de Piobetta s'enfuirent en hurlant, les bras au ciel. Le prêtre laissa tomber sa croix, lâcha son goupillon, se signa et, trébuchant, suivit ses compères. Piobetta seul fit face au monstre. Car telle était maintenant cette mouche d'enfer : une créature démesurée, terriblement puante et frémissante.

Le jeune homme empoigna sa pioche et attendit l'assaut. La bête avança une patte velue. Ce seul mouvement écrasa un buisson d'aubépines. Piobetta fit tournoyer son arme, écorcha ses yeux bombés. La mouche géante bondit dans un assourdissant bruissement d'ailes.

Jusqu'au soir dura le terrible combat sur la garrigue ensoleillée. Au crépuscule, le peuple de Sota assemblé à la lisière du village vit apparaître Piobetta, au détour du sentier, le manche de son arme rustique dans un poing et la croix du prêtre dans l'autre. Son corps était zébré de profondes blessures et ses cheveux étaient devenus blancs. On le prit aux épaules, on le porta jusqu'à son lit. Les femmes l'entourèrent en gémissant. Il n'eut que le souffle de dire :

– Vous n'avez plus rien à craindre. Le monstre est mort. Priez pour moi.

Il mourut avant le jour.

On ne revit jamais le fantôme d'Alamano, ni dans les ruines de son château ni ailleurs. Alors on inscrivit l'histoire de la mouche de Sota dans les mémoires, afin que soit perpétué le souvenir du jeune homme aux cheveux blancs mort au combat contre la peur, et l'on se remit humblement au travail des champs.

Les amants de Sartène

Autrefois vécut à Sartène une jeune fille d'une grande beauté dont le nom était Bianca Négroni. Bianca aimait un homme au cœur de feu vif, au regard brillant et droit : Bruno Leca. Tous deux souhaitaient vivre ensemble et donner au monde quelques beaux enfants. Mais ce destin trop simplement heureux leur était interdit.

La famille Négroni et la famille Leca étaient ennemies, et condamnées à s'entre-tuer depuis que l'aïeul des Leca avait, d'un coup de fronde, cassé une patte à une brebis des Négroni égarée sur ses terres. Le père des Négroni s'était estimé gravement insulté. Il avait décroché son fusil et, sans un mot, était allé s'asseoir sur le muret de pierre, au bout de son champ. Une heure plus tard la montagne multipliait l'écho du premier coup de feu d'une guerre acharnée.

Trente années s'étaient écoulées, souillées de meurtres, de deuils, de haine sans cesse ravivée par le récit des drames et des serments de vengeance, jusqu'à ce que Bianca Négroni et Bruno Leca, un jour de leurs dix-huit ans, se rencontrent au bout de ce même champ où pour la première fois la mort avait uni leurs deux familles dans les mêmes aveuglements. Ce jour-là, ce fut l'amour qui vint. Un regard suffit, sous le soleil vertical. Bianca, bouleversée par ce visage d'homme qui lui entrait soudain au cœur, se détourna la première et courut à perdre souffle jusqu'à la maison de son père, espérant peut-être se défaire ainsi de ce bonheur épouvantable et magnifique qui la poursuivait. Mais jusqu'au lendemain Bruno Leca ne quitta pas son esprit. Au jour revenu, elle sut qu'il était en elle pour toujours. À l'heure de midi, le cœur battant, elle revint au bout du champ. Bruno était là, assis sur le muret de pierre. Il l'attendait.

Il lui dit qu'il n'avait pensé qu'à elle, depuis la veille, et qu'il se sentait déjà devenir fou de bonheur de l'aimer tant, et fou de chagrin de la savoir inaccessible. Ils restèrent un long moment face à face à se contempler, enveloppés de même vent, de même soleil. Puis Bianca lui tendit ses mains par-dessus le muret. Il les prit, les tint serrées dans les siennes. Les larmes leur vinrent en même temps aux yeux.

– Je ne serai jamais à un autre homme que toi, lui dit Bianca.

Bruno répondit :

– Je ne serai jamais à une autre femme que toi.

Cette fois, ce fut lui qui se détourna le premier. Il s'éloigna à grands pas furieux, les poings aux poches, la tête haute. Jusqu'à ce qu'il disparaisse au loin, elle le suivit du regard, le cœur étrangement apaisé par la certitude que sa vie ne serait désormais qu'une longue et simple attente, et que le temps ni le monde ne pourraient plus jamais la faire souffrir.

Quatre ans passèrent sans qu'ils se revoient, sans que Bianca entende seulement prononcer le nom de l'homme qu'elle aimait. Elle avait refusé tous les partis qui s'étaient présentés. Elle n'avait pas encore dit à son père qu'elle ne se marierait jamais, mais elle sentait le moment proche où elle devrait affronter le redoutable maître du clan Négroni. Un soir à l'heure du dîner, comme elle pensait à cet instant inévitable, son père dit négligemment en se servant la soupe :

– Il paraît que le fils Leca s'est fait prêtre.

Les garçons ricanèrent autour de la table, puis on parla d'autre chose. Bianca baissa la tête. Personne ne vit que ses mains, tout à coup, tremblaient. « Bruno s'est fait prêtre pour me rester fidèle », se dit-elle. Une exaltation irrépressible la saisit. Un prêtre était en ce temps-là le seul homme qu'une femme pouvait voir, à qui elle pouvait parler sans encourir le soupçon de déshonneur. Sa vie prit soudain une couleur nouvelle. Elle ne tarda pas à apprendre où Bruno officiait : à la chapelle Saint-Jean.

Un jour d'hiver, à l'angélus, elle s'enveloppa d'un châle et sortit sans rien dire. Son frère aîné, Paolo, lui demanda où elle allait. Elle ne répondit pas. Il la suivit du regard, l'air soupçonneux. Une heure plus tard, dans la chapelle déserte, elle s'avançait lentement vers Bruno vêtu de noir. Comme elle l'avait fait autrefois, elle lui tendit les mains. Il les prit dans les siennes. Ils se regardèrent avidement et virent que leur amour était intact, aussi pur, aussi brûlant qu'au premier jour. Alors ils s'étreignirent en gémissant. Ils restèrent ainsi longtemps immobiles au milieu de l'église.

Des pas soudain résonnèrent dehors, sur les dalles du parvis. Bruno voulut se dégager de l'étreinte de Bianca mais elle s'agrippa à ses épaules. Elle savait qui venait. La porte s'ouvrit en grinçant. Un homme sombre et massif apparut sur le seuil. Elle lui tournait le dos. Elle prit dans ses mains le visage de Bruno et le contempla en murmurant des paroles qu'il ne comprit pas. Un fracas de coup de feu emplit la chapelle. Les yeux de Bianca s'agrandirent. Ses mains glissèrent le long de la poitrine du prêtre. Elle tomba sur le dallage. Bruno hurla son nom.

L'homme qui s'avançait dans l'allée de l'église, son fusil fumant au poing, traversa la lueur des cierges. C'était Paolo Négroni, le frère aîné de Bianca. Il n'avait pas eu de peine à comprendre, la voyant quitter à la hâte leur maison, que sa sœur ne courait pas vers un prêtre, mais vers un amant. Pire : un Leca, un ennemi juré de son clan.

Bruno, hagard, recula dans la pénombre sans pouvoir quitter des yeux ce fusil qui s'avançait et le cherchait. Il palpa le mur derrière lui, trouva une petite porte près du chœur, l'ouvrit et s'enfuit, dans le crépuscule calme et glacé, par les buissons du maquis. Paolo se précipita à ses trousses. L'un poursuivant l'autre, les deux hommes s'éloignèrent éperdument des villages, bondissant de chemins creux en caillasses, de ronciers en landes désertes, de ravins en crêtes de montagne, agiles comme des fauves, sans reprendre haleine.

Minuit sonna quelque part, très loin. Bruno, haletant, à bout de forces, titubant parmi des squelettes d'arbres au bord d'un ruisseau d'argent, s'effondra enfin contre la grille rouillée d'un vieux cimetière envahi par les herbes. Il ne connaissait pas ces lieux. Rien, alentour, ne bougeait, pas la moindre feuille, pas même un insecte. Un instant il lui sembla que toute vie s'était enfuie de ce monde.

Alors il entendit derrière lui un bruit de galop. Il se retourna bravement, décidé à regarder la mort en face. Il ne vit venir qu'un étrange cheval blanc vaguement lumineux. Pris d'espoir déraisonnable, il empoigna sa crinière, bondit en croupe. Paolo, son ennemi, apparut au loin parmi les vieilles tombes, le fusil brandi. Bruno eut à peine le temps de l'apercevoir. Le cheval l'emportait déjà à travers la nuit en une course si effrénée qu'il ne vit plus que brume et ne sentit plus que vent.

Paolo Négroni, le voyant disparaître irrémédiablement, empoigna la grille du cimetière et se mit à la secouer en hurlant à la nuit, pris soudain de folle rage :

– Mon âme au diable pour rattraper ce bandit !

À peine avait-il dit ces mots qu'une main brûlante se posa sur son épaule. Il poussa un cri de douleur et fit face, le fusil pointé. Mais il ne vit devant lui qu'une ombre d'homme haute, large, impalpable. Il secoua la tête, ferma les yeux. Quand il les ouvrit à nouveau l'ombre avait fait place à un magnifique cheval noir à la robe luisante, tout piaffant et frémissant. Il effleura son encolure et aussitôt se retrouva en croupe sans savoir quel tour de sorcier l'avait hissé là. Il s'agrippa à la crinière. Sa cavale l'emporta.

Il lui sembla bientôt chevaucher en plein ciel. Au-dessus de sa tête tournoyaient les étoiles. Sous ses pieds fuyaient les montagnes, les rochers, les champs, les forêts. Il aperçut, loin devant dans la nuit, le cheval blanc de Bruno Leca. Il éperonna furieusement sa bête. Bruno se retourna. Derrière le cheval noir qui le poursuivait, la première lueur de l'aube illumina l'horizon. Alors, comme prise d'épuisement soudain, sa monture fit halte.

Un rayon de soleil oblique illuminait le seuil de la chapelle Saint-Jean où il était revenu. Il mit pied à terre, entra dans l'église. Bianca était toujours là, gisant sur les dalles, les yeux ouverts, au milieu de l'allée. Il se pencha sur elle, la coucha dans ses bras, se releva, s'avança lentement vers la porte par où entrait maintenant la lumière du jour. La haute silhouette de Paolo Négroni effaça soudain le soleil. Un coup de feu claqua. Bruno n'eut que le temps d'en voir l'éclair éblouissant. Il tomba foudroyé sur le corps de sa bien-aimée.

C'est ainsi que l'on trouva Bruno Leca et Bianca Négroni à l'heure de la première messe, l'un couché au travers de l'autre et formant une croix parfaite. Quant à Paolo, on ne le revit jamais. On ne recueillit de lui que son fusil, à quelques pas de la chapelle. Il était accroché à la plus haute branche d'un arbre calciné, un arbre pourtant vivant la veille encore, et que personne n'avait vu brûler. Dans le champ voisin broutaient tranquillement deux beaux chevaux, côte à côte, l'un blanc et l'autre noir. Ils s'éloignèrent vers la montagne, au petit trot, quand les gens voulurent s'approcher d'eux. On les vit se confondre, dans le lointain, s'effacer lentement et disparaître de ce monde où l'amour ne savait pas vivre. Eux non plus, nul ne les revit jamais.

La fileuse d'orties

Autrefois, près d'Anzin, vécut Burchard, un seigneur de haut vol que les gens du pays nommaient Burchard le Loup, car il était cruel au point d'atteler ses serfs à ses charrues et de les forcer aux labours, pieds nus, à coups de fouet. Qui entendait tonner sa voix tremblait d'effroi, et nul jamais n'osa lui tenir tête, sauf Renelde.

Renelde était une paysanne parmi les plus pauvres de ses domaines. L'infréquentable Burchard la rencontra un jour qu'il courait ses forêts, chassant le sanglier : elle filait du chanvre au soleil doux d'une clairière, assise devant la porte de sa chaumière. Burchard fit halte devant elle et, la regardant du haut de son cheval, la vit d'une beauté si fraîche et si sereine qu'il se sentit aussitôt piqué de passion. Il gronda dans sa barbe noire :

– Fais ton bagage et viens chez moi.

Il lui sourit effrontément, convaincu qu'elle n'oserait lui résister. Ce fut pourtant ce qu'elle fit. Elle leva vers lui son visage et lui dit :

– Mon bonheur ni mon devoir ne sont assurément dans votre château, seigneur Burchard. Ma grand-mère est vieille et je dois la soigner. Mon cœur est vivace et je dois le suivre. Il m'a conduit vers un jeune bûcheron nommé Guilbert. C'est avec lui que je souhaite vivre.

Burchard la toisa d'un air de défi, et par orgueil n'insista pas.

Passèrent quelques semaines paisibles. Renelde se crut délivrée de Burchard jusqu'à ce que, un matin, il revienne par le sentier feuillu, au galop de son cheval noir, traquant quelque nouveau gibier. Renelde cette fois, assise sur le banc de pierre près de sa porte, n'enroulait point de chanvre à son rouet, mais du lin. À son seigneur tirant les rênes devant elle et s'attardant à la contempler sans un mot, elle dit qu'elle filait sa chemise de noces.

– Je vais me marier, si Dieu et vous-même le permettez, murmura-t-elle craintivement, car en ce temps-là les paysans ne pouvaient s'épouser sans la permission de leur maître.

L'œil de Burchard se fit étincelant. Il lui répondit d'une voix terrible, le dos roide sur sa selle :

– Je pose une condition à ton mariage. Le long du mur du cimetière, à la lisière du village, poussent de grandes orties. Va les cueillir. Avec ces orties, file deux chemises. L'une sera ta chemise de noces, l'autre ma chemise d'enterrement. Tu te marieras le jour où l'on me portera en terre. Pas avant.

Il battit de la main le flanc de son cheval et s'éloigna, riant comme un diable.

Renelde resta bouleversée, le regard lointain, les mains abandonnées sur ses genoux. Elle n'avait jamais entendu dire que l'on puisse filer des orties. Et puis le comte Burchard était jeune, fort, débordant d'une redoutable santé. « Assurément, il n'est pas proche de la mort », se dit-elle. Deux larmes roulèrent sur ses joues. Un moment elle désespéra d'être jamais heureuse, puis reprit courage et s'en fut au cimetière, puisque c'était là ce que l'on exigeait. Elle en revint les bras chargés de deux fagots d'orties, les laissa choir au pied de son rouet et s'installa à sa place coutumière.

Ses doigts étaient tellement agiles, sa patience si grande, qu'elle parvint à tirer de ces orties un fil doux, léger, solide. Elle eut bientôt filé, tissé, taillé la chemise qu'elle devait revêtir le jour de ses noces. Elle achevait de la coudre quand Burchard le Loup à nouveau s'arrêta devant sa porte. Renelde lui montra son œuvre, espérant qu'il ne la forcerait pas à filer le fil de la mort, après celui des épousailles. Burchard pâlit, rugit :

– J'ai ordonné que tu tisses deux chemises. Je n'en vois qu'une.

Il s'en fut.

La fileuse se remit à l'ouvrage. Or, à peine avait-elle commencé à filer le second fagot d'orties que le comte Burchard, dans son château, frissonna comme si le vent d'hiver lui avait caressé l'échine. Il voulut dîner, mais ne se sentit pas le courage d'avaler la moindre viande. Il se coucha, brûlant de fièvre. Le lendemain il ne put se lever.

Alors il envoya deux soldats de sa garde tuer cette fille qu'il avait imprudemment défiée, et qui maintenant dévorait sa vie. Les soudards la saisirent, lui lièrent pieds et poings et s'en furent la jeter dans la rivière, du haut d'un roc. Mais aucune volonté humaine ne pouvait plus désormais rompre le fil de vie de Renelde, ni le fil de mort de Burchard : d'invisibles mains d'eau portèrent la jeune fille à la berge, et dénouèrent ses liens. Elle revint à sa chaumière. Les hommes d'armes éberlués, la voyant se remettre à filer l'ortie, l'empoignèrent avec une fureur nouvelle, attachèrent une pierre à son cou, la traînèrent par le sentier jusqu'à la rive, à nouveau la poussèrent dans le courant. La pierre se détacha, les mêmes mains d'eau ramenèrent Renelde à l'herbe du bord. Elle s'en revint à son banc, devant sa porte, se remit à filer, obstinément.

Alors le comte Burchard, prévenu par ses hommes de cet effrayant prodige, décida de se rendre lui-même chez la fileuse d'orties. Il s'y fit porter en litière : il ne pouvait plus marcher ni chevaucher, trop de forces l'avaient déjà quitté. Devant Renelde, à grand-peine, il se dressa pour la menacer, l'insulter encore, la supplier enfin. Elle ne leva même pas le front de sur son ouvrage. Pris de rage et d'horreur, il saisit son mousquet, la mit en joue, tira. La balle rebondit sur la poitrine de la jeune fille qui continua de filer l'ortie, impassible et muette. Alors Burchard fit le pas qui le séparait d'elle, empoigna le rouet, le brisa et s'en revint à sa litière, accablé par une insurmontable fatigue. À peine son attelage avait-il disparu au détour du chemin que Renelde sur son banc découvrit à portée de ses mains vides un rouet neuf, et le fagot d'orties tout entier filé.

Elle fila la chemise d'enterrement et la coupa. Burchard, sur le lit de sa chambre, sentit se défaire ses forces et les fils impalpables qui attachaient son âme au monde. Quand l'aiguille piqua le dernier point, il rendit le dernier soupir.

Le lendemain, la noce de Renelde croisa sur le chemin de l'église la procession de moines qui portaient en terre, dans sa chemise d'orties, Burchard le Loup, mort de mauvais amour.

L'homme vert

En Guyenne, autrefois, était un homme vert. Il apparaissait toujours à l'improviste, perché dans un arbre ou sur une crête de vieille muraille, interpellait les gens qui passaient sur le chemin, les saluait, leur faisait un brin de conversation familière et disparaissait dès qu'on faisait mine de l'approcher. Il semblait connaître tout le monde, comme ces vieillards indulgents qui ont vu naître et grandir chaque homme, femme ou enfant de leur village. Mais nul ne savait rien de lui, sauf qu'il était le gardien des oiseaux.

Certains, en vérité, ne croisèrent jamais sa route. Ceux-là voulurent croire que l'homme vert n'était qu'une de ces créatures de vent et de paroles qu'inventent les rêveurs. D'autres le rencontrèrent et gardèrent de lui, jusqu'au fond de leur âge, un souvenir discret et fragile, mais impérissable. Ainsi un vieil homme nommé Cazaux parla deux fois avec ce maître des bêtes volantes, au temps de son enfance.

La première fois, il avait dix ans. Il était avec son père sur le chemin de la ville où ils allaient au marché. Le grand soleil brillait doux. Ils marchaient depuis une heure quand, en passant sous les murailles d'un vieux château fort, le père tendit le doigt vers la cime des ruines et dit au fils :

– Regarde.

L'enfant s'arrêta, leva le nez et vit là-haut, assis sur le rempart, les jambes dans le vide, l'homme vert. Des oiseaux voletaient autour de lui, il semblait leur lancer des graines invisibles, à grands gestes de semeur.

– Bonjour, homme vert, fit le père.

– Bonjour, homme vert, dit le fils.

– Bonjour, père Cazaux, bonjour, petit Cazaux, répondit l'homme vert. Belle journée.

– Belle journée, dit le père.

Et ils passèrent leur chemin sans plus de formalités. Vingt pas plus loin, l'enfant se retourna. L'homme vert avait disparu. Mais cette rencontre avait tant ému le petit Cazaux qu'il n'eut, de la journée, plus qu'une idée en tête : revoir ce personnage mystérieux et rassurant dont il avait souvent entendu parler, aux veillées. La nuit venue, il ne put dormir, mais rêva de lui. Le lendemain matin, il courut au vieux château, espéra tout le jour la venue du magnifique et paisible maître des oiseaux, mais il ne le vit pas. Un mois durant, il revint guetter le long des murailles, tendant l'oreille au moindre bruit parmi les cailloux. Tous les soirs il s'en revint chez lui tête basse.

Enfin, un après-midi d'été, il grimpa jusqu'en haut du roc. Parvenu parmi les vieux pans de murs déchirés, épuisé de chaleur, il s'étendit à l'ombre et s'endormit. Il fut réveillé par un grondement de tonnerre. Il regarda le ciel : il était noir comme un fond de cheminée. Dans la vallée, les cloches du village sonnaient pour éloigner l'orage. Il se dressa, environné d'éclairs, dans l'odeur chaude et lourde de la terre. Brusquement, les nuages crevèrent dans un terrible craquement qui résonna jusqu'à l'horizon et le déluge s'abattit. Le petit Cazaux se serra contre le rempart, écoutant la pluie et le fracas du ciel. Il n'avait pas peur, il se sentait tout exalté de se trouver au cœur d'un de ces orages tonitruants qui ne déferlent, dans ce pays, qu'au plus chaud de l'été. Le spectacle était superbe.

Aussi soudainement qu'elle était venue, la pluie cessa L'enfant sortit de son abri. Alors il entendit un bruit au-dessus de sa tête. Il leva le front et aperçut l'homme vert, assis sur la muraille.

– Bonsoir, petit Cazaux, lui dit celui qu'il avait tant espéré.

L'enfant répondit, à voix menue :

– Bonsoir, homme vert.

– Petit Cazaux, il y a longtemps que tu me cherches. Quel obstiné tu es ! Dis-moi, que me veux-tu ?

L'enfant resta un moment le nez levé, le cœur battant, bouleversé de bonheur, l'esprit débordant de paroles qu'il ne savait dire. Ce qu'il voulait ? Rien, en vérité. Mais il fallait bien qu'il réponde quelque chose. Il dit :

– Homme vert, vous qui êtes le maître des oiseaux, j'aimerais que vous me donniez un merle. Un beau merle qui siffle bien.

L'homme vert le regarda en souriant, hocha la tête.

– Je ne donne pas mes bêtes volantes, dit-il. Je ne les vends pas non plus. Si tu veux un merle, un beau merle qui siffle bien, tu n'as qu'à l'attraper. Maintenant, petit, rentre vite chez toi. Tes parents doivent s'inquiéter.

Le petit Cazaux frotta ses yeux où deux gouttes de pluie avaient ruisselé. Quand il releva la tête, il n'y avait plus personne sur le rempart. Il courut chez lui conter son aventure. On le crut, car, de ce jour-là, les oiseaux vinrent souvent manger dans sa main, sans crainte qu'il les emprisonne. Quant à l'homme vert, personne, depuis, ne l'a jamais revu. Petit Cazaux devenu vieux pense que la faute en revient aux hommes désormais trop distraits et myopes pour le reconnaître quand il vient à portée de regard.

– Tant pis pour eux, dit-il.

Les arbres qui parlent

Dans une pauvre ferme de Bretagne vécurent autrefois Radegonde et Julien. Ils ne se plaignaient jamais de leur sort, et s'estimaient heureux. Ils étaient de ces humbles et braves gens qui, au vieux temps, se satisfaisaient d'arracher à la terre à peine de quoi ne pas mourir de faim. Or, une nuit d'août, leur advint une bouleversante aventure.

Le crépuscule était étouffant. Julien, toute la journée, s'était acharné à battre son blé, sans prendre aucun repos. Aux dernières lueurs du soir, il se laissa tomber sur un tas de paille, s'épongea le front et dit à sa femme :

– Radegonde, chez les riches, à la fin du battage, la coutume est de faire un bon repas, de boire son soûl, de chanter et danser. Certes, nous ne sommes pas assez fortunés pour festoyer ainsi. Mais nous pourrions peut-être nous offrir un dîner de bon goût. Qu'en penses-tu ? J'ai grande envie, moi, de crêpes au blé noir.

Radegonde regarda Julien, hocha la tête, soupira.

– Je suis bien lasse, dit-elle. Pour te dire le vrai, je n'ai hâte que de dormir, et de toute façon, pauvre homme, avec quoi faire ces crêpes ? Nous n'avons plus une pincée de farine.

– Qu'à cela ne tienne, lui répondit vivement Julien, l'œil brillant. Je me sens, moi, assez de courage pour aller au moulin chercher ce qu'il nous faut.

La jeune femme sourit avec indulgence, et ce sourire suffit à son homme. Il lui baisa le front. L'air joyeux, il s'en fut par le sentier vers les derniers feux du crépuscule qui rougeoyaient à l'horizon.

Le chemin, cependant, était long jusqu'au moulin, et Julien cheminant sur la lande se vit bientôt environné d'une nuit tant épaisse qu'il ne put avancer qu'en presque aveugle, en traînant le sabot. La fatigue soudain s'appesantit sur ses épaules. Comme il dévalait le chemin creux entre deux hauts talus il décida de se reposer, le temps de respirer tranquillement quelques goulées d'air frais.

Il s'assit dans l'herbe du bord. Sur les talus opposés étaient de grands arbres qui lui cachaient la lune. Nulle brise n'éventait la pénombre et pourtant là-haut, contre le ciel noir, des feuillages bruissaient. Julien leva le front. Il vit deux beaux hêtres à l'écorce argentée penchés l'un vers l'autre au-dessus du sentier. Ces arbres vénérables mêlaient leurs branches comme s'ils désiraient s'étreindre. Eux seuls parmi les herbes et les buissons endormis murmuraient comme sous un vent léger. Julien, intrigué, écouta. Un frisson lui parcourut l'échine : leur murmure ressemblait à s'y méprendre à un chuchotement de voix humaine. Il se raidit, se retint de respirer, écouta encore. Alors il entendit distinctement dans l'ombre le hêtre de droite dire au hêtre de gauche :

– Tu as froid, Marie, tu trembles.

Et il entendit le hêtre de gauche répondre au hêtre de droite :

– Oui, Hervé, je suis glacée. Heureusement cette nuit la femme de notre fils cuisinera des crêpes à la ferme.

Il y aura du bon feu dans la cheminée. Dès qu'ils seront couchés, nous pourrons aller nous chauffer aux braises.

– Oui, Marie, nous irons nous chauffer aux braises, dit le hêtre de droite.

Julien se sentit comme pétrifié : c'était la voix de ses vieux parents qu'il venait là d'entendre, Hervé, Marie, morts l'an passé. Il serra sa veste sur sa poitrine, se redressa sans bruit, et le dos courbé comme s'il craignait que la nuit ne l'écrase il s'en fut en courant et trébuchant jusqu'au bord de la rivière où était le moulin. Il réveilla le meunier à grands coups cognés contre sa porte, acheta sa farine, les mains tremblantes et, aussi vite qu'il put, revint chez lui.

Radegonde, à l'attendre, s'était endormie sur une chaise. Elle s'éveilla en sursaut quand il entra. Il n'osa pas lui conter l'effrayante rencontre qu'il venait de faire. Ils allumèrent ensemble un grand feu dans la cheminée, puis devant l'âtre se regardèrent sans un mot. Ils se virent l'un l'autre si fatigués que Julien prit la main de sa compagne, et renonçant à son dîner l'entraîna vers le lit clos. À peine couchée, Radegonde s'endormit. Julien, lui, resta à l'affût, l'œil grand ouvert dans le noir, guettant par la fenêtre les ombres immobiles. Il entendit, au lointain clocher du village, sonner minuit.

Alors un soudain bruissement de branches le fit sursauter. Il tendit le cou. Il vit deux arbres immenses surgir du fond de la nuit et s'avancer au travers de la cour, comme s'ils étaient portés par une houle de terre. Leur tronc argenté brillait sous la lune ronde. La rumeur emplit la maison, semblable tout à coup à celle d'une forêt sous le vent. La porte s'ouvrit à grand fracas. Julien, terrifié, enfouit sa tête sous la couverture. Le vacarme, bientôt, s'apaisa. Quand il n'entendit plus que le crépitement du feu dans l'âtre, il risqua un œil. Deux vieillards étaient assis devant la cheminée, son père et sa mère défunts, les mains tendues aux braises. Ils avaient l'air heureux, tranquilles. Il réveilla sa femme couchée près de lui, aussi doucement qu'il put. Il lui souffla :

– Regarde.

Et les vivants regardèrent les vieux morts se chauffer au bon feu de leur fils. Puis un grand froissement de feuillage emplit à nouveau la maison, s'éloigna. La nuit redevint ordinaire.

Le lendemain, Julien fit dire une messe pour le repos de ses parents. Les arbres ne parlèrent plus, les morts ne vinrent plus chez les vivants et l'humble vie paysanne reprit son chemin quotidien.

Les funérailles du chasseur

Autrefois vécut un chasseur d'une habileté si ravageuse et d'un si féroce talent que les oiseaux de son pays préféraient se jeter dans l'orage et les éclats de foudre plutôt que de risquer sa rencontre. Il n'était, par les landes et les forêts de son voisinage, pas un buisson qu'il n'ait un jour souillé du sang d'une proie morte. Tous les peuples animaux tremblaient au bruit de ses bottes. Les cerfs, les sangliers, les loups, les ours, les aigles, les lions même le redoutaient autant que l'incendie des bois. Longtemps, à son approche, ils courbèrent l'échine dans leurs tanières et pleurèrent leurs voisins massacrés. Vint le temps où ils craignirent pour la survie de leurs propres enfants. Alors, menacés de subir un carnage définitif, ils se réunirent dans une clairière secrète, et là tinrent conseil.

Comment se débarrasser de ce meurtrier terrifiant ? Les délégués en leur langage firent l'un après l'autre de longs et perplexes inventaires de leurs maigres pouvoirs et de leurs désespoirs. Il y avait là, outre les princes et les nobles dont j'ai dit le nom, le lièvre et le renard, la fouine et la perdrix, le rat musqué, le chat sauvage et d'innombrables parlementaires de tribus négligeables, tous assis en rond autour du sanglier, roi de la forêt en l'absence du lion, en deuil de son fils aîné tué la veille par l'infaillible mousquet du Grand Macabre. Quand tous eurent parlé, ce monarque intérimaire déclara fermement ceci :

– Nous devons unir nos forces et combattre ce chasseur qui décime nos peuples. Nous pouvons le vaincre : nous sommes en nombre, et il est seul. Son fusil cependant est un obstacle redoutable. Il faut donc que l'un de nous marche en tête à l'assaut, et affronte la mort qu'il crache. Qui accepte de se sacrifier ?

Nul ne répondit. Les oiseaux contemplèrent distraitement le ciel, les bêtes à fourrure grimacèrent du museau, la mine perplexe, les plus craintifs se renfoncèrent dans l'ombre des puissants. On n'entendit, d'un long moment, que le murmure du vent dans les arbres alentour. Alors le sanglier dit encore :

– Amis, votre silence me désigne. Je marcherai donc devant. Du reste, ma peau est si dure que l'homme ne parviendra peut-être pas à me tuer du premier coup. Dès qu'il aura tiré, bondissez tous sur lui. Il ne survivra pas.

Le lendemain, les animaux en longue troupe prudente s'en vinrent à la rencontre du chasseur, au travers des fourrés. L'homme, à la lisière du bois, n'aperçut d'abord que le sanglier qui allait en tête. Un coup de feu retentit. À peine la balle avait-elle ricoché sur le cuir du sacrifié qu'une grande clameur s'éleva sous les feuillages. Le loup, le renard, l'ours, la fouine, le blaireau, le lièvre, les oiseaux du ciel, les rongeurs de racines, tous se précipitèrent sur l'homme, le renversèrent dans l'herbe et l'égorgèrent fort proprement, à coups de dents précis. Alors l'ours repoussa ses compagnons et leur dit :

– Frères, agissons en civilisés ! À quoi bon nous acharner ? Notre ennemi est mort. Nous voilà délivrés. Songez maintenant aux devoirs que l'on doit rendre à tout défunt, quel qu'il soit. À mon sens, nous devons à notre honneur de lui faire de dignes funérailles.

– Très juste, dit le sanglier blessé, posant son sabot sur le fusil qui lui avait éraflé le crâne.

– Bien parlé, dirent en chœur les autres.

La fouine s'en fut aussitôt creuser une grande fosse au centre de la clairière. Pendant ce temps, l'ours déracina un chêne. Les castors le débitèrent en planches et en firent un cercueil. Deux cents oiseaux menus saisirent le cadavre par ses vêtements et, voletant, le déposèrent dans la caisse que vingt lièvres hissèrent sur leurs échines. Le convoi se mit en marche. Le renard s'en fut devant, comme vont les curés. Derrière le mort, le loup prit place en hurlant le *De profundis*. À son train chemina le sanglier, portant un cierge mortuaire, puis le cerf, les yeux mouillés de larmes. À sa suite s'avancèrent les autres, en lent cortège. Quand le cercueil fut dans le trou, le renard prononça un sermon fort émouvant qui fit pleurer tout le monde, puis la fouine combla la fosse, que fleurirent les cailles et les canards sauvages.

Tous enfin, autour de la tombe, firent un grand repas triste, comme il se doit. Puis ils s'en retournèrent à leurs occupations quotidiennes et bientôt oublièrent l'homme, éphémère porteur de feu dans l'obscure vie du monde.

L'homme qui ne voulait pas mourir

Pierre était pauvre et sa misère lui pesait. Il se fit soldat. Sur le premier champ de bataille où le conduisirent ses bottes, il joua sa vie, qu'il estimait peu, avec une insouciance tant exemplaire que son roi, émerveillé par sa témérité, le fit capitaine. Alors il entraîna ses soldats, à travers bombes et mitrailles, avec une fureur si admirable que celui qui l'avait une première fois honoré, débordant d'enthousiasme, fit bientôt de lui le plus jeune de ses généraux. Brandissant haut sa bannière à la tête de ses troupes, ce nouveau meneur d'hommes conquit en peu de jours le royaume ennemi. L'armistice signé, le monarque reconnaissant fit de Pierre le Pauvre, devenu le plus fameux de ses sujets, son Premier ministre.

Parvenu à la cime du pouvoir, il régna aussi furieusement qu'il avait combattu. Il favorisa les courtisans qui surent le flatter et fit pendre ceux qui osèrent lui tenir tête. Les victimes de sa férocité furent nombreuses, et de haut rang. Un matin, l'un de ces disgraciés qu'il venait de condamner le prit par le revers de son costume avant d'être entraîné par ses gardes et lui dit :

– Tu paieras ce que tu fais. Il n'est de puissant en ce monde qui ne soit un jour jeté bas.

– Qui pourrait m'atteindre, où je suis ? demanda Pierre, toisant l'effronté.

– La mort, répondit l'autre. Nul ne lui échappe. Qu'elle te soit, l'heure venue, aussi cruelle que l'est ton cœur.

Pierre fut secrètement bouleversé par ces paroles. Il réfléchit, se sentit soudain aussi démuni qu'au temps de sa misère et aussitôt se révolta contre son destin. « Je ne veux pas mourir, se dit-il. Quelque part doit être un pays d'immortalité. Il faut que je le trouve. » Il prit congé du roi et s'en fut tout seul, comme un vagabond, à la recherche de la terre où nul ne meurt.

Il marcha obstinément des semaines, des mois, des années entières, droit devant lui vers le levant, et parvint un jour dans une ville où personne n'avait le souvenir d'avoir jamais conduit un homme en terre. Il prit donc logement dans cette contrée bénie et vécut là trois siècles paisibles. Or, un matin d'été, un oiseau prodigieux envahit le ciel. Ses ailes déployées touchaient aux horizons opposés. Pierre s'effraya, interrogea les gens du lieu, qui étaient tous très vieux et sages. Ces antiques vivants lui dirent que l'oiseau, dont la venue leur avait été annoncée en rêve, se nourrissait de sable et de terre, et que la fin des temps viendrait quand il aurait dévoré ce territoire où ils étaient. Certes, la mort était encore lointaine, mais Pierre la vit inéluctable. Il reprit donc son bâton de vagabond et s'en fut à la recherche d'une plus sûre éternité.

Il chemina si longtemps qu'il perdit le compte des ans. Une nuit, il arriva dans une île où personne n'était mort depuis la création du monde. Il s'y installa. Après six siècles tranquilles, comme il se croyait enfin invulnérable, un poisson colossal apparut sur la mer, au large de sa terre miraculeuse. La gueule de cet être monstrueux engloutissait à chaque battement de nageoire d'énormes goulées d'eau. Pierre, écoutant parler le peuple assemblé sur la plage, apprit que la fin des temps serait venue quand ce poisson aurait bu toute la mer autour de l'île. À nouveau il se remit en route, fuyant la mort annoncée. Mais cette fois il eut beau parcourir la terre en tous sens, il ne découvrit rien qui vaille. Il parvint à l'extrême bord du monde. Tout espoir perdu, il s'assit sur une pierre et se mit à pleurer.

Alors il aperçut à travers ses larmes une mouche qui se débattait dans une toile d'araignée tendue entre deux brins d'herbe. Comme il la contemplait, un sentiment qu'il n'avait jamais éprouvé remua dans son cœur : la pitié. Il la délivra. À peine libre, la mouche se mit à tant bourdonner et virevolter autour de sa tête qu'il en fut pris de vertige. Il ferma un instant les yeux. Quand il les ouvrit à nouveau, une femme merveilleuse se tenait devant lui, émouvante comme la jeune fille dont l'image l'habitait depuis son enfance, mais qu'il n'avait jamais rencontrée. Elle lui dit, rieuse :

– Je suis une fée. J'étais prisonnière d'un corps de mouche, et tu m'as délivrée. Je veux t'en remercier. Fais un vœu, il sera exaucé.

Pierre lui répondit que son désir le plus cher était de ne jamais mourir.

– Je ne connais qu'un pays où l'on ignore la mort : le mien, lui dit la fée. Si tu veux, je peux t'y conduire.

– Partons à l'instant, dit Pierre.

La lumière du jour s'éteignit, presque aussitôt se ralluma. Il était dans un monde neuf. Dans ce monde, il vécut des siècles innombrables.

Un soir pourtant il fut pris de nostalgie. L'envie lui vint de revoir le village où il avait vécu au temps de sa pauvreté. Il le dit à la fée, sa compagne. Elle en eut grande peine, fit tout ce qu'elle put pour le dissuader de quitter son paradis, mais comme il devenait taciturne au point de ne plus goûter son amour, elle lui offrit un cheval céleste et se détourna tristement de lui.

Sur cette monture, Pierre revint sur terre. Il ne fit halte qu'au seuil de son pays d'enfance. Mais il ne retrouva rien de ce qu'il y avait laissé. Son village était devenu une grande ville où les gens parlaient un langage qu'il ne connaissait pas. On le prit pour un fou. Il était bizarrement vêtu, une longue barbe traînait derrière lui, il bredouillait des mots incompréhensibles à la figure des passants. On le chassa. Il s'en fut, poursuivi par des cris d'enfants et une grêle de cailloux.

Il marcha, hagard, une journée entière. Au crépuscule, il aperçut au bord du chemin une grande dame vêtue de noir. Elle se tenait debout à côté d'un tas de souliers aussi haut que la longue faux d'acier luisant qu'elle serrait dans sa main droite. Devant elle, Pierre fit halte. Elle lui dit :

– Te voilà enfin. Je te cherche depuis des millénaires. Je suis la Mort. Ces souliers entassés sont ceux que j'ai usés à te courir après. Confie-toi maintenant à ma bonté.

Alors Pierre poussa un long soupir de délivrance, s'agenouilla et murmura :

– Sois la bienvenue.

Et la dame noire l'enveloppa dans son manteau de nuit.

Le trésor du menuisier

François fut sans doute, en son temps, le plus fameux des menuisiers d'Orléans. Il était autant habile et vigoureux que de visage franc : l'œil rieur, les cheveux bouclés en copeaux de chêne, il avait tout pour séduire les femmes et réjouir les compagnies. Pourtant (par quel diable de mystère ?) il ne plaisait à personne et chômait huit jours par semaine, faute de clients. Il était, heureusement, de cœur vivace, et n'avait point de peine à s'occuper, passionné qu'il était de contes prodigieux et de récits extravagants qu'il déclamait à voix haute, près de la fenêtre poussiéreuse de son atelier, tout au long de ses journées oisives. Ses voisins le prenaient pour un fou à l'entendre parler seul, et parfois rugir quand quelque bouleversante beauté le faisait exulter. D'aigres mégères, sur le pas de leur porte, le soupçonnaient même de blasphémer avec le diable qui, comme chacun sait, déborde d'estime louche pour les jeunes désœuvrés.

En vérité, les seuls véritables démons avec lesquels François avait quelque commerce étaient ses créanciers. Pas de travail, pas d'argent. Notre homme était donc réduit à vivre d'emprunts. Il le fit d'abord d'un cœur léger, puis ses dettes peu à peu s'alourdissant, il se prit de souci, et pour finir d'insurmontable angoisse. Harcelé par tous les usuriers de la ville, sa confiance en sa bonne étoile tomba bientôt en tels lambeaux qu'il se vit poussé au suicide. Le rêveur passionné qu'il était ne put cependant se résigner à mourir petitement. Il veilla une nuit entière, cherchant à sa vie une fin digne des héros qu'il vénérait et se jouant dans les ténèbres de son lit de fracassantes tragédies. Au matin il se leva résolu comme un chevalier prêt à défier les pires dragons de la terre. Il avait trouvé comment sortir dignement de ce bas monde.

Il vint dans son atelier vide et là, les yeux mi-clos, imagina un beau cercueil posé sur une longue table à tréteaux. Dans ce cercueil il se vit couché, mort, les mains croisées sur son ventre, la face blafarde éclairée par quatre cierges aux flammes droites plantés aux quatre coins de la table. Puis il se représenta la scène de ses créanciers apparaissant sur le seuil de sa boutique, tous convoqués à la même heure. Il jouit avec délectation de l'inévitable dépit de ces vautours devant leur victime défunte, à jamais insolvable. Il rit pour lui seul, tristement, et se frotta les mains, revigoré par sa vengeance de pauvre hère. Ne restait plus qu'à jouer sans faute la pièce.

Il écrivit une lettre fort appliquée aux usuriers qui lui avaient prêté de l'argent. Il leur jura, foi d'honnête homme, qu'ils seraient bientôt payés. « Rendez-vous à mon atelier, leur dit-il, dans dix jours, à midi sonnant. » Dix jours : le temps de profiter encore un peu de l'existence et de fabriquer tranquillement son cercueil. « Fabriquer un cercueil ? Mais avec quelles planches ? » se dit-il, tournant en tous sens sa tête inquiète. Il n'en avait plus une. Il se souvint d'une vieille carcasse de barque échouée au bord de la rivière voisine, et aussitôt se rassura. Habile comme il l'était, il trouverait là de quoi bâtir sa caisse.

À la tombée de la nuit, il s'en fut donc, rasant les murs, vers le fleuve, décarcassa sans bruit l'humide embarcation, chargea sur son épaule quelques lattes à sa mesure, s'en revint chez lui, déposa son fardeau dans sa cave et se mit au travail, à la lueur d'une lanterne sourde.

Le lendemain matin, songeant qu'il n'avait plus à se soucier de l'avenir, il se trouva plus fringant qu'à l'ordinaire. « Dans dix jours, pensa-t-il, je serai mort. Pourquoi donc devrais-je vivre chichement ce temps qui me reste ? » Il s'en fut, sifflant comme un oiseau allègre, festoyer à crédit dans la plus belle taverne de la ville. Trois jours durant, on le vit si content, et menant si grande vie, que l'on se mit à jaser dans les rues de son quartier. « Le voilà fier comme un riche », se dirent les matrones, derrière leurs fenêtres.

– Moi, murmura son voisin dans quelques oreilles accueillantes, je l'ai vu rentrer chez lui, l'autre nuit, chargé d'un fardeau fort lourd et sombre. À l'évidence, il voulait le cacher. Depuis, je l'entends tous les soirs remuer dans sa cave. Je suis sûr (ne le répétez pas) qu'il a découvert un trésor.

Et nul ne confiant qu'en secret ces paroles, le bruit se répandit par la ville avec tant de force que chacun fut bientôt prêt à jurer sur la tête de ses enfants que François le menuisier était désormais, par la grâce d'une inavouable découverte, plus fortuné qu'un prince.

Alors ses créanciers commencèrent à regretter d'avoir si méchamment harcelé un homme que sa richesse allait assurément rendre puissant, et donc redoutable. L'un après l'autre, désireux d'apaiser toute possible rancune, ils vinrent, leur lettre reçue à la main, saluer François. Tous le rassurèrent.

– Prenez votre temps, lui dirent-ils, le remboursement de votre dette n'a rien de pressé. Jouissez de la vie, que diable, nous ne sommes pas pingres !

Tous, notables, voisins, compagnons de taverne, recherchèrent bientôt l'amitié de ce bon François. On se souvint qu'il était un artisan habile. Pour lui plaire, on lui confia tout à coup tant d'ouvrage qu'il fut forcé d'engager des ouvriers. Submergé de travaux, il oublia de mourir. Six mois plus tard, il acheta la maison dont il ne pouvait pas payer le loyer, et s'installa dans l'aisance.

Il ne détrompa jamais ceux qui, parce qu'ils le croyaient riche, l'avaient réellement enrichi, au contraire : pour faire croire plus sûrement à son trésor caché, il fit fermer sa cave d'une porte armée de quatre serrures. Elle ne fut ouverte qu'après ses funérailles, au terme d'une longue vie et d'une malicieuse vieillesse. On ne découvrit dans la pénombre qu'un cercueil moisi posé sur une table branlante. Dans cette caisse vide était le secret de François. Personne ne le sut, et chacun s'en revint déconfit à ses affaires, sans jamais deviner que l'enviable richesse de cet homme simple n'avait eu pour germe, une lointaine nuit, que son abandon à la mort.

Jean de la Vache

Jean de la Vache était un escogriffe maigre un peu perclus de la coiffe qui vivait avec sa braillarde de mère dans un vieux mas bancal et de partout fendu. Cet hiver-là, il avait givré à pâlir le nez d'un nègre et le printemps annoncé semblait corps et biens perdu dans les brumes. Du coup, l'avril venait et les dents claquaient encore sur des dîners de vent. Un matin, la vieille réveilla donc son fils d'une bonne gifle, pour le réchauffer, et lui dit :

– Jean, nous n'avons plus rien à manger. Il nous faut vendre la vache. Elle est un peu maigre, mais c'est une bonne bête, elle vaut bien cent écus. Va par le grand chemin, et fourgue-la au premier riche que tu rencontreras.

– Pétard de nom de mille, sur l'heure je m'en vais, répondit Jean.

Il chaussa ses sabots, enfonça son béret sur son crâne et s'en fut, l'enjambée longue et le genou cagneux, en tirant par la bride l'unique animal de son troupeau.

À une heure de marche était un monastère au beau portail, aux tours larges d'épaules, aux fenêtres luisantes. Comme Jean longeait sa muraille, il rencontra l'abbé du lieu qui faisait sa promenade du matin en lisant son bréviaire, le nez pointu sous son capuchon fourré. Ils se saluèrent, puis :

– Père abbé, dit Jean, j'ai cette vache à vendre. Pour cent écus elle est à vous.

L'autre leva le menton, bomba sa bedaine, considéra la bête par-dessus ses lunettes et répondit :

– C'est ce menu bestiau que tu appelles vache ? Selon mon œil, c'est une chèvre. Pour une chèvre, j'admets que c'est une belle chèvre. Mais jamais tu ne la feras passer pour une vache.

Ce bougre d'abbé était un filou.

– Vous plaisantez sans doute, ou vous voulez m'emberlificoter, répondit Jean, l'œil incrédule et le museau fendu jusqu'aux oreilles. Combien voulez-vous parier que c'est une vache ?

– Ce que tu voudras, dit l'abbé. Prenons pour arbitres les frères du monastère. S'ils disent que c'est une vache, je te donne cent écus. S'ils disent que c'est une chèvre, tu perds la bête et l'argent. D'accord ?

– D'accord. Sacré nom de printemps, il faut que je sache qui de nous deux est fou.

Les voilà donc entrant dans la cour du couvent. Le père abbé sonne la cloche du rassemblement, et lorgnant distraitement les nuées, un murmure sournois au coin de la bouche, affranchit l'un et l'autre de ses frères aussitôt accourus. Quand l'assemblée est au complet :

– Regardez bien cette bête, dit-il. Est-ce une vache, ou une chèvre ?

– Une chèvre, répondent les moines en chœur de belles basses.

Le plus vieux (un freluquet) se paie même le plaisir mesquin d'ajouter, dans un bêlement solitaire :

– Une belle chèvre, c'est sûr. Mais certainement pas une vache.

– As-tu entendu, mon fils ? dit le prieur. Tu as perdu ton pari.

– Sacré tonnerre de milliards de coquines du diable, grogne Jean. Me voilà berluré.

Il revient chez lui le nez bas, les bras ballants, le sabot traînard, et raconte sa mésaventure à sa mère. La vieille se jette contre sa poitrine en pleurant, l'embrasse désespérément, maudit ces foutus paillards de moines, puis soudain s'illumine, pointe l'index au ciel, rugit, flanque un coup de poing dans l'œil ébahi de son fils et dit :

– J'ai une idée. Déguise-toi en bonne femme, cache sous ta robe une bûche de chêne et va demander l'hospitalité au monastère. Quand tu te trouveras seul avec l'abbé, tu sortiras ton bâton de tes frusques et à grands coups tu lui feras cracher un par un ses cent écus, qu'il en reste plat comme une crêpe.

– J'y vais, dit Jean, un œil rouge et l'autre fier.

Il s'emperruque de crin, se farde de plâtre, se juponne de vieilles hardes, et le voilà parti. Sur le chemin du monastère il rencontre l'abbé qui faisait sa promenade du soir.

– La paix sur vous, lui dit Jean, contrefaisant la vieille pie. Accorderez-vous l'hospitalité à une pauvre pèlerine sur la route de Compostelle ?

– Entrez, bonne mère, lui dit le prieur.

À peine sont-ils dans la cour que sonne la cloche du dîner. Jean de la Vache partage le repas des moines, puis on le conduit dans un grenier où étaient des paillasses. Vers minuit, quand il n'entend plus que ronflements dans la bâtisse obscure, il se lève, descend à pas menus jusqu'à la chambre du père abbé, entre, réveille le bonhomme d'une beigne bien appliquée et lui dit, sortant son gourdin :

– Mes cent écus, sinon, par le pif de saint Morbion, je te casse la caboche.

Et il se met à le rouer de coups jusqu'à ce que l'abbé, pâle comme la lune et tremblant comme un peuplier, lui désigne le tiroir de sa commode. Alors Jean rengaine son arme, prend sa poignée d'or et décampe à toutes jambes. De retour chez lui, il fait tinter sa provision sous le nez de sa mère.

– Bien joué, lui dit la vieille. Maintenant, écoute : demain matin tu te déguiseras en charlatan, tu reviendras au monastère avec ce gourdin bien-aimé (elle le baise trois fois avec enthousiasme) et tu proposeras aux moines de cet onguent qui guérit les blessures. En vérité, c'est du suif. Ils te feront entrer chez l'abbé. Quand tu seras seul avec lui, tu le rosseras encore jusqu'à ce qu'il te rende la vache.

– D'accord, dit Jean.

Dès l'aube revenue, il se colle une barbe au menton, se coiffe d'une toque de loup, se ceinture de flacons et court au couvent. À peine a-t-il braillé deux fois à la pommade miraculeuse sous les fenêtres qu'un moine accourt, le dos courbé et les mains agitées.

– Notre pauvre père abbé est tombé dans l'escalier, dit-il. Il en est tout meurtri.

– Faites-moi confiance, dit Jean. Avec l'aide de sainte Viole, je vais le guérir.

On le conduit à la chambre où gît le courbatu. Il demande qu'on l'y laisse seul avec lui. Dès la porte fermée, il arrache sa barbe, brandit son gourdin, et l'air terrible :

– Ma vache, dit-il.

L'autre, tout bégayant, l'air effaré, lui répond qu'elle l'attend, et le mollet boiteux le conduit à l'étable.

Jean s'en retourne au mas, chevauchant son bestiau. Sa mère qui le guette sur le pas de sa porte est tant heureuse de le voir ainsi revenir qu'elle esquisse un pas de danse. Son sabot échappe à son pied lancé, s'envole, s'en vient cogner son fils en pleine face.

– Sacrée pétardière de pelle à fumier, nasille-t-il, veux-tu me tuer ?

– Non : te sauver, lui dit la vieille. Vite, fabrique maintenant une femme de paille et pends-la à la poutre de la cuisine. Fais-moi confiance, tu comprendras plus tard.

Pendant ce temps, au monastère, le père abbé réunit ses moines et leur tient ce discours :

– Jean de la Vache nous a chouravé cent écus, c'est intolérable. Il faut les récupérer. Je vais lui envoyer notre jardinier avec deux mulets chargés de légumes. En échange, nous lui ferons demander aimablement de rendre ce sac de belle monnaie dont le souvenir me mélancolise. Il ne pourra pas refuser.

Une heure plus tard, voilà donc le jardinier et ses deux mulets qui font halte devant le mas de Jean de la Vache. Jean l'invite à entrer dans sa cuisine, pour bavarder à l'aise. Le bonhomme, sur le seuil, sursaute, se frotte à deux poings les yeux.

– Ho, dit-il, Sainte Vierge, ai-je la berlue, ou est-ce bien une femme que je vois là pendue ?

– Ne t'inquiète pas de cette pétasse, lui répond Jean négligemment, en emplissant deux verres de vin. Ce n'est que ma mère. Hier soir, prise par je ne sais quel désir de dévergondage, elle a osé siffler une chanson militaire un peu paillarde en faisant la vaisselle. Elle méritait d'être punie. Alors je l'ai pendue.

« Mille millions de carcasses de libellules, se dit le jardinier, un homme qui pend sa mère pour si peu est capable de tout. » Il prend la main de Jean de la Vache, la secoue avec un empressement de colporteur pris de colique et lui dit :

– Bonsoir. Garde tout, les mulets, les légumes, les cent écus, et porte-toi bien.

Il oublie la porte, tant il est pressé de fuir. Il saute prestement par la fenêtre.

Et je vous quitte aussi, bonnes gens, car ma soupe est sur le feu et je crains qu'elle déborde.

La chèvre d'or

Dans le val d'Enfer, en Provence, était autrefois un trésor caché. Beaucoup de téméraires, rêvant de sa richesse que l'on disait éblouissante, partirent à sa recherche. Aucun, jamais, ne revint. En vérité, ce trésor était gardé des pillards et des curieux par une chèvre dont nul ne savait rien, sauf qu'elle était d'or et douée de pouvoirs redoutables. Cette chèvre d'or ne fut qu'une fois approchée par un jeune berger de beau courage et de grand cœur. Guilhem était son nom.

Malgré son humble naissance, Guilhem aimait Hélis, dont le père était Rodolphe, seigneur des Baux. Ce jeune fou était aussi fier que pauvre. Il se croyait une étoile au front. Sans souci de ses pieds nus et de sa tunique de loup, il osa donc un jour entrer dans la haute salle du château où se tenait Rodolphe et demander sans détour à ce maître puissant et rude la main de sa fille. Rodolphe écouta, stupéfait, le beau garçon, puis partit d'un rire tonitruant. Son premier geste fut pour l'écarter de sa vue. Cependant, comme il se sentait ce jour-là d'humeur plaisante, il lui dit :

– Je ferai de toi mon gendre, malgré ta piètre naissance, à une condition. La chèvre d'or m'a volé autrefois quatre sacs de bel argent qu'elle garde, parmi ses coffres innombrables, dans sa caverne du val d'Enfer.

La porte de cette caverne est un rocher haut comme un rempart de citadelle. Ce rocher ne s'ouvre qu'une fois l'an, la nuit de Saint-Jean, le temps que sonnent les douze coups de minuit. Au douzième tintement, il se referme, et ceux qui se laissent surprendre ne revoient jamais la lumière du jour. D'autres que toi, et de mieux armés, ont tenté de piller ce lieu maudit. Risque à ton tour l'aventure. Si tu ramènes dans cette salle où nous sommes mes quatre sacs d'argent, je t'estimerai digne d'épouser ma fille.

Le regard de Guilhem un instant flamboya, puis il se détourna, et l'échine droite sous les sonnantes cascades de ricanements qui le poussaient dehors, il s'en fut sans un mot. Le lendemain était le jour de Saint-Jean. Dès l'aube il dit adieu aux siens, jeta deux couffins sur le dos de son âne et s'éloigna par les buissons épineux de la garrigue.

Il chemina jusqu'au crépuscule, de crêtes déchirées en caillasses profondes. Il ne savait que vaguement où était la caverne de la chèvre d'or : personne, parmi les gens des Baux, n'avait jamais osé s'aventurer par les sentiers qui conduisaient à ce lieu trop sauvage et fortuné pour n'être pas une porte de l'enfer. Guilhem erra donc au hasard, se perdit, suivit un torrent bondissant, et à l'instant où le soleil tombait à l'horizon, il parvint devant un rocher majestueusement dressé contre la paroi de la montagne. Au bord de ce torrent était une vieille femme. Elle se tenait assise sur un caillou, le menton appuyé sur sa canne. Elle paraissait accablée. Guilhem lui demanda ce qu'elle faisait là, si loin des villages. Elle remua pauvrement la tête et lui dit :

– Je suis vieille de presque un siècle : quatre-vingt-dix-neuf ans. Depuis soixante-dix-sept années je viens ici tous les samedis, et j'attends mon fils. Je l'ai perdu une nuit de Saint-Jean. Veux-tu savoir comment ?

Écoute. Comme je revenais avec lui d'une veillée où j'avais entendu des contes effrayants, je me suis égarée, et je me suis trouvée en ce lieu où tu me vois à l'instant où sonnait à l'église de la vallée le premier coup de minuit. J'ai entendu soudain s'ouvrir ce grand rocher. J'ai vu qu'il découvrait une immense caverne. Je suis entrée. Partout sur le sol noir étaient des monceaux d'or et de pierres précieuses. J'en ai perdu la tête. J'ai posé mon fils par terre, j'ai relevé mon tablier, je l'ai empli de ces trésors et j'ai couru les porter dehors. Puis je suis revenue chercher l'enfant. Arrivée près de lui, dans la caverne, je me suis sentie encore affamée de richesses et j'ai à nouveau empli mon tablier. Mais comme je sortais sous la lune, toute enceinte d'or, la muraille derrière moi s'est refermée et mon bien-aimé est resté prisonnier de la montagne. J'ai hurlé, j'ai désespéré, j'ai usé mes poings contre le roc. En vain. Alors j'ai jeté dans le torrent la fortune que j'avais arrachée à ce lieu de perdition. Aussitôt sur l'écume est apparue la chèvre d'or. Je lui ai réclamé mon enfant. Elle m'a répondu : « Tous les samedis, à la nuit tombée, je t'ordonne de venir déposer une chemise blanche au pied de ce rocher. Tu reverras ton fils en bonne santé si le temps n'use pas ton amour. » J'ai obéi jusqu'à ce jour, sans manquer une semaine, pendant soixante-dix-sept ans. Mais je n'ai pas encore revu mon enfant.

Guilhem, pris de pitié, tendit sa main à la vieille femme. Sans se soucier de son aide, elle se leva, s'en fut jusqu'au rocher, déposa sur une pierre plate une chemise immaculée et s'en alla en faisant au jeune homme un signe d'adieu, de sa canne brandie.

Il s'assit dans l'herbe et attendit. Le temps lui parut si lent à passer qu'il s'endormit, bercé par le chant monotone du torrent. Il se réveilla brusquement, entendant sonner une cloche lointaine. Le sol trembla soudain.

Il se dressa. Dans un grondement assourdissant, il vit se fendre le rocher. Il bondit vers le seuil de la caverne. Dès l'entrée, il aperçut contre la paroi les quatre sacs d'argent du seigneur des Baux.

Au-dessus du premier sac, une trompe d'ivoire était accrochée à la muraille. Au-dessus du deuxième sac était suspendu un casque d'or surmonté d'un griffon aux ailes déployées. Au-dessus du troisième sac était une épée, d'or elle aussi. Un serpent était enroulé autour de sa garde. Au-dessus du quatrième sac pendait un bouclier orné d'une sirène à la longue queue d'émail. Guilhem empoigna les deux premiers sacs et les traîna dehors, aussi vite qu'il put. À peine avait-il tourné le dos qu'une voix sonore retentit derrière lui.

– Ne te hâte pas, dit cette voix. À toi qui reprends un bien volé, le temps n'est pas mesuré. La porte ne se refermera pas avant que tu n'aies pris le dernier sac.

– Qui a parlé ? cria Guilhem.

Il était déjà de retour, le cœur en feu.

– Moi, dit la voix.

Elle sortait de la trompe d'ivoire. Guilhem traîna les deux derniers sacs jusqu'au bord du torrent, et se laissa tomber sur eux, soudain brisé de fatigue.

Quand il releva le front, minuit avait depuis longtemps sonné, et le rocher était toujours ouvert. Lentement il se releva. Son cœur était maintenant embrasé d'une force et d'une passion inconnues. À nouveau, il s'avança sous la voûte. De l'or, de l'argent, des pierreries, des armes splendides scintillaient partout jusque dans les profondeurs des ténèbres. Il ne leur accorda pas même un regard. Il s'avança vers la trompe d'ivoire et dit, la tête haute :

– Je veux voir la chèvre d'or.

– Ces trésors qui t'environnent ne te tentent-ils pas ? demanda doucement la voix.

– J'ai pris ce que j'étais venu chercher, cela me suffit, dit Guilhem. Je ne veux que sentir sous mes doigts le pelage et les cornes de la chèvre d'or, qu'aucun mortel avant moi n'a jamais approchée.

La trompe d'ivoire tarda un moment à répondre, puis la voix retentit encore :

– Tu le peux. Tu peux aussi sauver une vie humaine. Que préfères-tu ?

– En vérité, répondit Guilhem, qui peut sauver une vie le doit. Que faut-il que je fasse ?

– Parmi les brigands que leur avidité et leur mauvaise chance ont emprisonnés ici depuis des siècles, choisis, dit la trompe d'ivoire. Ramène sur terre celui que tu voudras.

Aussitôt, du fond de la caverne, monta comme un vent d'enfer une multitude de plaintes, d'appels au secours, de paroles confuses. Guilhem s'avança vers cette invisible foule de damnés et cria :

– S'il est ici un enfant abandonné par sa mère il y a soixante-dix-sept ans, qu'il s'avance !

– Je suis celui dont tu parles, dit alors une voix triste, rauque, profonde, une voix que Guilhem reconnut : c'était celle de la trompe d'ivoire.

Il tendit sa main dans les ténèbres. Il la sentit bientôt serrée par une poigne d'homme qu'il ne put voir, mais qu'il entraîna dehors de toutes ses forces. Derrière eux le roc, dans un lointain fracas d'orage, se referma.

Guilhem respira puissamment l'air frais de l'aube qui illuminait la crête de la montagne, puis tourna la tête vers celui qui se tenait à son côté. Il le regarda, l'air ahuri. C'était un grand vieillard aux longs cheveux, à la barbe blanche. Cet homme inattendu sourit plaisamment et dit :

– T'attendais-tu à voir, après trois quarts de siècle, un enfant nouveau-né ? Le temps passe partout, même au travers des maléfices. Sois béni de m'avoir délivré. Si je peux à mon tour t'aider en quoi que ce soit, parle.

– Un matin comme celui-ci, dit Guilhem, votre mère a vu sortir la chèvre d'or de ce torrent.

– J'ai le pouvoir de la faire apparaître, dit le vieillard. Mais mieux vaudrait que tu t'en tiennes à ce que tu as gagné. La fille du seigneur des Baux t'attend dans son château. Reviens vers elle, épouse-la. Pour la paix de ton âme, garçon, renonce à la chèvre d'or.

– Je veux la voir, gronda Guilhem.

– Qu'il soit donc fait selon ton désir, lui dit tristement le vieillard. Ne bouge pas d'ici, elle t'apparaîtra dès que je t'aurai quitté. Je retourne à la vie. Que Dieu te garde.

Le vieil homme s'éloigna le long du sentier qu'avait suivi sa mère. Il disparut bientôt derrière un rocher où était planté un amandier solitaire. Alors Guilhem regarda autour de lui et ne vit rien que les cailloux parmi les herbes, l'eau bondissante du torrent et le feuillage des arbres. Il pensa que le vieillard l'avait trompé. Il courut à sa poursuite. Au premier détour du sentier, il fit halte soudain et se prit à deux mains la poitrine pour en contenir les tremblements.

La chèvre d'or était là, sur le roc, près de l'amandier. Son corps semblait taillé dans une braise ardente. Ses pattes fines, plantées dans la pierre, semblaient indéracinables. Guilhem, sans la quitter des yeux, escalada lentement le roc. La chèvre ne bougea pas. Haletant, il s'approcha d'elle, à presque la toucher. Les yeux fauves de la bête s'embrumèrent de mélancolie tendre, infinie. Guilhem lança en avant les deux mains, empoigna ses cornes. Alors la chèvre eut une sorte de petit rire triste et dit :

– Fort bien, garçon, tu m'as vue, tu m'as prise. Es-tu heureux ? Lâche-moi maintenant.

Les cornes, dans les poings de Guilhem, se firent tout à coup brûlantes comme des tisons. Il les lâcha en poussant un cri de rage et de douleur. La chèvre alors lui dit, moqueuse et paisible :

– Si tu as le courage de baiser trois fois mon front, je te suivrai partout et ferai de toi l'homme le plus fortuné de la terre. À cette seule condition je serai ta servante.

« Voilà bien l'épreuve la plus simple qui soit », se dit Guilhem. Il se pencha vers la chèvre si vivement qu'il eut à peine le temps de voir qu'elle se changeait en un bouc abominablement puant. Son hésitation ne dura que le temps d'un sursaut. Il baisa le front de la bête, s'écarta d'elle en grimaçant de dégoût, reprit son souffle, à nouveau se pencha. Il vit alors se tordre sur les pierres un énorme serpent qui tendit vers lui sa tête plate à la gueule sifflante, à la langue pareille à une flamme. Guilhem se sentit pris d'horreur, mais il se raidit et posa ses lèvres sur les écailles du front, entre les yeux glacés. Quelle épouvante maintenant allait fondre sur lui ? Il rassembla ses dernières forces, ferma les yeux, les rouvrit. Ce qu'il vit alors le laissa bouche bée : un visage de femme d'une bouleversante beauté le contemplait avec une tendresse si émouvante qu'il gémit de bonheur et oublia de poser les lèvres sur son front. Il secoua la tête, comme pour chasser les brumes qui l'environnaient.

– Trop tard, dit une voix bêlante.

La chèvre d'or était à nouveau devant lui.

– Adieu, lui dit-elle, tu as perdu. Tu ne me reverras jamais.

Elle se défit dans l'air comme un mirage. Guilhem poussa un cri d'écorché vif, voulut désespérément l'empoigner, la retenir, mais il n'étreignit que du vent.

Il revint avec son âne et les quatre sacs d'argent chez le seigneur des Baux. Il lui rendit sa fortune, mais renonça à épouser la belle Hélis. Un autre visage à peine entrevu et désormais inaccessible hantait maintenant son esprit. C'est en quête de ce visage-là, le troisième de la chèvre d'or, qu'il s'en fut sur les chemins de montagne où nul n'osa le suivre. Il s'y perdit sans doute, car personne ne l'a jamais revu.

Le cœur de Cabestang

Il était une fois un rude et grand seigneur nommé Raymond de Roussillon. La vie avait offert à cet homme large et fort en gueule les biens les plus précieux qui soient : une épouse au corps svelte, à la fière beauté, Sirmonde était son nom, et un ami avenant et rêveur, autant aimé qu'un parent proche : Guillaume de Cabestang. Bien qu'il ait ses propres domaines à six lieues de Roussillon, Guillaume vivait le plus clair de son temps chez son compagnon qui trouvait toujours un prétexte, joute poétique, course au sanglier ou festin d'amitié pour l'inviter dans ses murs. Et Guillaume acceptait d'autant plus volontiers cette hospitalité quotidienne que la compagnie de Sirmonde-aux-beaux-yeux et de Raymond le Fraternel lui était un plaisir inlassable.

En vérité c'était surtout Sirmonde qu'il désirait voir. Il l'ignora longtemps. Il fallut, pour qu'il ose peu à peu s'avouer qu'il l'aimait d'amour poignant, mille frôlements apparemment involontaires, d'imperceptibles tremblements de mains, de ces brefs regards enfin qui soudain bouleversent le cœur, au détour d'une conversation tranquille. Quand Guillaume et Sirmonde surent à ces signes l'état de leur âme, ils en furent accablés. Guillaume se sentit profondément indigne de l'amitié confiante de son compagnon d'armes, et Sirmonde voulut fuir cet ami de son époux qui lui dévorait le cœur et l'esprit. Elle refusa de le voir et s'enferma passionnément dans une solitude peuplée de songes inaccessibles. Mais elle ne put longtemps résister aux élans de son cœur.

Un jour d'été ensoleillé, comme elle était sortie dans le jardin du château pour rêver seule parmi les chants d'oiseaux, elle se trouva tout à coup, au détour d'un sentier, face à Guillaume. Il avait abandonné un instant Raymond à la partie d'échecs qu'il jouait avec un moine et marchait lui aussi au hasard, dans ce même jardin, pour tenter d'apaiser la mélancolie qui l'oppressait. Dès qu'elle le vit, son cœur bondit dans sa poitrine et la lumière du soleil tournoya devant ses yeux. Guillaume fit un pas en avant, posa les mains sur ses épaules. Alors elle se jeta contre lui et ils s'étreignirent comme s'abreuvent des mourants de soif à la fontaine, la bouche débordante de mots d'amour trop longtemps contenus. Quand ils se défirent enfin l'un de l'autre, elle ne put que lui sourire, les yeux emplis de larmes. Puis elle se détourna et s'en fut en courant. Guillaume la regarda s'éloigner, le cœur tonnant. La brume lumineuse qui l'environnait était sans doute trop dense pour qu'il aperçoive, à la fenêtre du donjon, la silhouette massive de Raymond de Roussillon.

À l'instant où Guillaume et Sirmonde se rencontraient dans le jardin, Raymond jouait le dernier coup de sa partie d'échecs, et le perdait. Il s'était levé en rabrouant paillardement le moine qui venait de le vaincre, et s'était approché de la fenêtre pour respirer l'air pur. Il avait vu sa femme et son frère d'armes enlacés au milieu de l'allée. Il en était resté pétrifié, l'esprit soudain en cendres.

Il fut longtemps incapable de bouger, enfermé en lui-même comme dans une tombe. Il n'entendit pas le moine qui prenait congé en parlant de revanche, ni les allées et venues des serviteurs qui ranimaient le feu du soir dans la cheminée. Quand il revint enfin lourdement vers la vie, son âme était à jamais froide et prise d'un désir de vengeance aussi impossible à contenir que l'amour qui habitait sa femme.

Au repas du soir, il ne laissa rien paraître. Sirmonde semblait avoir l'esprit ailleurs. Guillaume de Cabestang s'en était allé sans saluer ses hôtes. On ne parla pas de lui, et chacun se retira de bonne heure dans ses appartements. Le lendemain dès l'aube, Raymond de Roussillon envoya un messager chez Guillaume pour l'inviter ce jour même à courir le sanglier. Il prévint Sirmonde de cette chasse avec une courtoisie sarcastique qui surprit fort la jeune femme. Raymond, d'ordinaire joyeux et franc, semblait être devenu en une nuit une sorte de grand loup glacial. Mais son inquiétude ne dura guère. Tout ce qu'elle retint de la nouvelle fut que Guillaume, ce soir, dînerait à sa table. Elle en eut au cœur une belle bouffée de chaleur.

Vers le milieu de la matinée, Raymond s'en fut à cheval avec deux de ses hommes à la rencontre de son invité. Dès qu'ils le virent venir, au loin, par la lande déserte, ils firent halte et l'attendirent. Guillaume, parvenu sous l'olivier où son compagnon l'attendait, le salua joyeusement. Il se sentait paisible, décidé qu'il était, après une nuit de veille, à ne point trahir son ami et à subir sans mot ni geste la passion qui l'habitait. Mais l'air sinistre de Raymond et son immobilité de roc l'étonnèrent. Il voulut parler, tout à coup pris de peur. Raymond ne lui en laissa pas le loisir.

– Tu vas mourir et je t'envie, lui dit-il. Car, même percé de couteaux, tu ne souffriras pas ce que tu m'as fait souffrir.

Guillaume comprit trop tard. Il n'eut pas le temps de tourner bride. Les deux serviteurs se jetèrent sur lui. L'un l'empoigna à la ceinture et le fit tomber de cheval. L'autre le maintint au sol, un genou sur la poitrine, et lui trancha la gorge. Il mourut les yeux ouverts en appelant Sirmonde.

Raymond de Roussillon n'avait pas bougé de sa selle. Tandis que les deux hommes se relevaient et essuyaient leur couteau rouge au feuillage de l'olivier, il leur ordonna de retourner au château et de ne rien dire à personne de ce qu'ils venaient de faire. Dès qu'il fut seul, il mit pied à terre et s'agenouilla auprès du cadavre de son ami. Il resta un long moment à le contempler, l'air hagard, secoué de sanglots. Puis Sirmonde lui revint à l'esprit. Elle avait caressé ce visage, s'était perdue dans ce regard. La haine à nouveau l'envahit, plus vive que jamais.

Quand il se releva, le soleil déclinait de l'autre côté du ciel. Il n'avait pas vu passer le jour. Dans son poing était un grand mouchoir noué aux quatre coins et lourd de viande sanglante. Il l'accrocha à sa selle. Il remonta sur son cheval et s'en revint au pas vers son château de Roussillon. Il s'en fut droit aux cuisines, jeta sur la table son linge bruni de sang déjà sec et dit à ses cuisiniers :

– Accommodez pour ce soir ce cœur de sanglier. Faites en sorte qu'il soit délicieux. Je veux qu'il nous soit servi sur un plateau d'argent.

Il s'en vint dans la grande salle où était Sirmonde avec ses servantes. Elle parut surprise de le voir entrer seul, mais n'osa pas demander où était Guillaume de peur que sa voix ne tremble en disant son nom. Raymond pourtant répondit à sa question muette. Il dit :

– La chasse l'a fatigué. Il est rentré chez lui.

Elle se détourna pour dissimuler son trouble. Un instant, il la toisa, l'air infiniment douloureux, avant de retourner à ses affaires.

À l'heure du dîner, il se mit à table en face de sa femme. Il n'avait pas faim. Il en informa son serviteur, d'un grognement. On servit le hachis fait du cœur ramené de la chasse. Il n'en mangea pas, mais ne quitta pas des yeux son épouse tandis qu'elle le dégustait. Quand elle eut fini, Raymond lui demanda comment elle avait trouvé cette viande.

– Excellente, dit-elle.

– Je n'ai pas de peine à croire que vous la trouviez à votre goût, lui répondit Raymond.

Sa voix était décidément trop sèche. Elle le regarda fixement. Ce qu'elle lut dans ses yeux était si horrible qu'elle eut toutes les peines du monde à demander :

– Que m'avez-vous donc fait manger ?

– Le cœur de Cabestang, répondit Raymond de Roussillon, ce cœur que vous n'avez pas eu honte d'aimer, et qui n'a pas eu honte de me trahir. Je l'ai arraché de son corps, de mes propres mains.

Elle sembla un instant changée en pierre blanche. Pas un trait de son visage ne bougea dans sa pâleur extrême. Puis elle se leva et dit :

– Veuille le Ciel vous pardonner l'abomination que vous avez commise. Guillaume de Cabestang ne m'a fait aucune violence. Moi seule, dans mon âme, vous ai trahi, si c'est trahison que de souffrir d'amour. C'était donc moi seule qu'il fallait punir. Mais maintenant, à Dieu ne plaise qu'après avoir mangé une viande aussi précieuse que le cœur de l'homme le plus vaillant du monde et le plus digne d'être aimé, je sois tentée de la mêler à d'autres et de prendre jamais de nouveaux aliments.

Elle s'éloigna de la table, s'approcha de la fenêtre. Tandis que Raymond bondissait à son secours, elle se laissa basculer dans le vide. Son corps rebondit sur les rochers, au pied du donjon, et roula parmi les herbes du jardin jusqu'au milieu de l'allée. À l'endroit exact où, pour la première et la dernière fois, elle avait étreint l'homme qu'elle aimait d'amour impossible, la terre but le sang qui ruisselait de sa bouche. En cet endroit, au printemps revenu, jaillit une fontaine.

Sirmonde et Guillaume furent ensevelis ensemble dans la chapelle du château. Le lendemain de leurs funérailles, on aperçut Raymond de Roussillon courant au loin dans les ronciers de la montagne. On l'entendit pousser un long cri de damné, puis on le vit soudain se changer en roc au milieu de la lande. On dit que depuis ce temps il veille sur ses terres maudites où périrent son épouse pure de toute faute et son malheureux amant.

LUXEMBOURG

Le violoneux

Il était un jour dans la ville d'Echternach un jeune homme nommé Guy le Long. Qui l'avait une fois rencontré ne pouvait l'oublier, tant son allure était singulière. Certes, son corps était convenablement recouvert de peau, de muscles et de nerfs, mais il était si grand qu'il paraissait fragile et sans cesse menacé de se briser au moindre vent. En vérité, tout en lui était démesuré : son visage, ses bras, ses mains osseuses, ses jambes qui l'emportaient en pas immenses, essoufflant à son train ceux qui voulaient le suivre. Nul ne songeait pourtant à rire de lui, car sa figure était belle. Maigre sans doute, mais environnée de cheveux bouclés brillants comme la paille, et illuminée par un regard d'une infinie douceur.

Il advint qu'une jeune fille se prit d'amour pour ce regard. Guy l'épousa de grand cœur, et comme ils étaient ensemble aussi bons chrétiens qu'aventureux, le désir leur vint, à peine mariés, d'aller faire un pèlerinage en Terre sainte. Ils confièrent donc leurs vignes aux soins de leurs oncles et cousins, et s'en furent en promettant de revenir bientôt. Or les saisons passèrent et personne, à Echternach, ne les vit reparaître. Après quelques années d'attente sans nouvelles, on les crut morts. Alors la famille de Guy le Long se partagea les biens qu'il avait placés sous sa garde, et l'on oublia le jeune homme et son épouse emportés par les vents du monde.

Pourtant, après dix ans de voyage hasardeux, Guy revint seul, un jour de Pâques. Il avait changé. Son front s'était ridé, ses tempes avaient blanchi, son bon regard s'était voilé de mélancolie, mais nul ne put douter que ce fût lui : son allure et sa haute taille ne pouvaient être de personne d'autre. On l'accueillit avec une joie quelque peu contrainte. Les gens de sa famille s'étaient habitués à son absence, et pire : la pensée qu'il leur fallait maintenant restituer ses biens à ce vagabond leur déplut extrêmement, dès qu'ils furent revenus de leur surprise. Ils l'invitèrent pourtant à s'asseoir à leur table, et lui demandèrent ce qu'était devenue sa femme.

– Elle est morte, dit-il, baissant la tête. Nous avons traversé bien des misères, bien des dangers, et je reviens plus pauvre que je ne suis parti. Je n'ai rapporté de mon voyage que cet instrument dont j'ai appris à jouer, et qui allège ma peine quand elle se fait trop pesante.

Il sortit de son sac un violon et ajouta, la voix brisée, qu'il avait trouvé cet objet dans une cave de la Ville sainte où il avait cherché refuge, le jour où les Sarrasins avaient massacré son épouse. Puis, après avoir longtemps soupiré, il demanda si l'on avait pris soin de ses vignes. On ne lui répondit pas, et comme il paraissait fatigué, on l'amena se coucher.

Dès qu'il fut endormi, ses oncles et cousins tinrent conseil autour de la lampe et convinrent à mi-voix qu'il leur était décidément trop désagréable de rendre ses terres à ce malvenu qui avait eu l'inconvenance d'échapper à tous les périls. Mais comment faire en sorte de ne rien lui devoir ? Après longtemps de grognements, l'un d'eux serra ses poings sur la table et dit :

– Accusons-le d'avoir tué sa femme. Ainsi la justice nous débarrassera de lui.

Ses compères trouvèrent l'idée excellente. Quelques jours plus tard, après avoir allumé la rumeur par les ruelles, ils s'en furent voir le juge de la ville. Guy fut bientôt cité à comparaître. On lui rapporta l'accusation, et on lui demanda ce qu'il avait à répondre. Il protesta de son innocence, mais ne put la prouver. On s'en remit donc au jugement de Dieu. Le malheureux pèlerin se trouva ainsi forcé d'affronter en combat singulier l'un de ceux qui l'avaient accusé.

– Le duel aura lieu cinquante jours après Pâques, lui dit-on. Si tu en sors vaincu, tu seras déclaré coupable. Si tu en sors vainqueur, tu seras reconnu innocent.

En attendant, il fut jeté en prison. Il ne s'y désola pas trop : on lui avait laissé son violon.

Au matin de la Pentecôte, il fut mené sur la place de la ville où l'attendait le plus robuste de ses cousins. Le combat ne dura guère. D'un revers de main cet énorme bûcheron jeta à terre le grand flandrin au bon regard et posa le pied sur sa gorge. Il fut aussitôt condamné à être pendu pour expier le meurtre de sa femme, qu'il n'avait pas commis.

Le lendemain, à l'heure de midi, on le mena au supplice. Il y marcha de son grand pas, la tête haute et le regard lointain, portant son dernier bien suspendu à l'épaule : son violon, avec lequel il désirait mourir. Au pied de la potence, ses juges lui demandèrent s'il avait une ultime volonté qu'il soit possible de satisfaire.

– J'aimerais offrir au peuple une danse de mon violon, répondit-il.

On lui accorda cette grâce. Il monta sur l'estrade où l'attendait la corde, se retourna vers la foule silencieuse, posa l'instrument contre sa joue penchée, prit l'archet à sa ceinture et tandis qu'un rayon de soleil dans sa chevelure auréolait son visage, il se mit à jouer.

Ce fut d'abord comme une cascade de musique grêle mais allègre, entraînante, pareille aux scintillements d'un ruisseau. La foule étonnée se tut. Mille visages aux bouches bées, aux yeux grands ouverts parurent un moment s'abreuver de ce prélude qui leur tombait dessus. Alors le violon de Guy le Long se mit à gémir et sangloter, à se gonfler aussi de colère, de longs cris sourds. Des femmes parmi le peuple portèrent les mains à leur gorge, comme si quelque malheur soudain les étouffait, des larmes mouillèrent des regards. Guy redressa hautement la tête, ses lèvres se mirent à bouger comme s'il priait, et sa musique se fit si doucement suppliante que la foule envoûtée, tous sens perdus, tomba à genoux.

Alors, tout à coup, les plaintes du violon cessèrent et déferla de lui une musique effrénée, violente, véhémente, joyeuse. Les hommes, les femmes, les vieillards, les parents de Guy le Long, les juges, le bourreau sur l'estrade, tous, pris d'agitation irrépressible se mirent à danser, la tête renversée, à frapper du pied, à lever les genoux, à tendre les bras au ciel, pareils à des pantins gouvernés par un tout-puissant magicien.

Guy, les voyant ainsi, descendit parmi eux, sans cesser de jouer. La foule s'ouvrit pour lui livrer passage. Il la traversa de son ample et lente enjambée, l'archet bondissant sur son violon, au bout de ses longs doigts. Tandis qu'il s'éloignait, sa musique décrut. Quand il eut disparu au fond de la place, les gens peu à peu reprirent leurs esprits, parurent s'éveiller d'un pénible sommeil, se regardèrent, hébétés. Seuls bientôt ne dansèrent plus parmi la foule que les oncles et cousins de Guy le Long, frappés d'une telle folie que, même au milieu des cris qui tentaient de les ramener au monde, ils s'obstinèrent dans leurs convulsions, agitant pieds et jambes, battant des mains, le regard égaré.

Ainsi dansèrent-ils cinq jours entiers. Il fallut, pour les arracher à ce supplice, que l'on appelle l'évêque d'Utrecht à leur secours. Il accourut et, par la puissance de ses prières, les délivra. Les accusateurs, revenus à la clarté du jour, se confessèrent, se repentirent en pleurant d'avoir faussement accusé leur parent et moururent dans la nuit qui suivit. Les quinze autres membres de leur famille survécurent, mais nul ne put les guérir du tremblement perpétuel dont ils se trouvèrent affligés jusqu'à la fin de leur vie.

Quant à Guy le Long, personne ne le revit jamais dans la ville d'Echternach, mais on entendit longtemps parler dans le pays d'un violoneux fantomatique dont la même musique, quand on croisait le vent qui la portait, apaisait les bonnes gens et rendait fous les méchants. Puis cette rumeur s'éteignit, et les hommes s'en furent remuer d'autres mystères dans le grand sac de la vie.

Manawyddan

Au retour d'une malheureuse bataille, Manawyddan, fourbu et dépité, chevauchait tête basse au pas de sa monture. Avec lui n'étaient plus que sept hommes durement éprouvés. Ils avaient perdu dans le feu des combats leurs plus chers compagnons. Comme ils cheminaient sur un sentier forestier parmi les traits de soleil qui tombaient des feuillages, Prydéri fils de Pwil dit à Manawyddan :

– Seigneur, je sais que tu n'as désormais nulle part où aller. Viens avec moi. Depuis la mort de mon père, ma mère Ryannon est seule sur notre fief de Dyvet. Épouse-la, et vous jouirez ensemble de ces terres qui sont les meilleures du monde.

– Frère au cœur généreux, ta bonté m'émeut fort, lui répondit Manawyddan. Je t'accompagnerai volontiers où tu veux me conduire.

– Ryannon te plaira. Au temps de sa première jeunesse, elle était d'une beauté souveraine. Une sagesse nouvelle éclaire maintenant ses yeux.

Parlant ainsi, ils prirent le même chemin et parvinrent à Dyvet à la tombée du jour. En leur honneur furent allumés les chandeliers aux cent feux dans la grande salle du château et fut servi sur une nappe blanche un festin somptueux. Tandis que Prydéri et son épouse, buvant et dévorant, savouraient leurs retrouvailles, Manawyddan et Ryannon parlèrent face à face et l'un l'autre s'émurent. À la fin du repas, le puissant guerrier redressa son dos voûté par les combats et sourit pour la première fois depuis cent vingt semaines. La mère de Prydéri s'en émerveilla. Son cœur fondit comme neige en avril. Le lendemain, leur union fut scellée.

Après trois jours de fêtes délicieuses, Manawyddan, Prydéri et leurs épouses s'en furent au tertre d'Arberth. C'était un lieu où nul ne pouvait s'asseoir sans assister à un prodige. Tous quatre prirent place sur cette butte plantée parmi les riches prairies de Dyvet. À peine y étaient-ils immobiles, épaule contre épaule, que le ciel au-dessus de leur tête gronda, et dans un fracas soudain, se déchira. Une nuée tourbillonnante aussitôt descendit sur eux. Ils entendirent siffler une tempête furibonde sans que bougent leur chevelure ni les pans de leurs manteaux, puis, aussi promptement qu'il était venu, le brouillard se dissipa.

Alors, partout alentour où étaient des hameaux, des prés, des champs et des troupeaux, les deux guerriers et leurs femmes ne virent qu'une lande grise et désolée. Au loin, seules étaient encore dressées les tours du château de Dyvet. Ils s'y rendirent. Ils trouvèrent leur demeure familière déserte et semblable à une bâtisse abandonnée depuis des siècles. Ils appelèrent leurs gens et leurs compagnons. Dans la grande salle, les couloirs et les chambres, les cuisines et les greniers, nul ne leur répondit. Ils s'en furent par les chemins à la recherche de quelque ferme habitée. Ils n'en trouvèrent pas. Au soir de ce jour, comme la faim les tenaillait, ils tuèrent trois faisans dans des broussailles sèches et récoltèrent une poignée de miel sauvage. Ils vécurent ainsi deux années de chasse et d'eau de source, sans rencontrer d'autres humains qu'eux-mêmes, et jour après jour ils désespérèrent de voir jamais renaître leur pays.

La vie leur devenant trop pesante et morose, ils décidèrent d'aller en Angleterre. Ils chevauchèrent jusqu'à Hereford et là ouvrirent une échoppe où ils se firent fabricants de selles et d'arçons. Manawyddan, à ce métier s'appliquant jour et nuit, devint en quelques semaines d'une habileté si merveilleuse que son atelier fut bientôt envahi de louanges et de désirs enthousiastes. Les autres artisans de la ville en prirent ombrage. Comme ils ne savaient égaler les œuvres du trop noble étranger, ils décidèrent de le tuer. Manawyddan et Prydéri apprirent tout de ce complot par un enfant agile aux yeux rieurs qui vint les voir une heure avant le massacre prévu. Ils n'eurent que le temps de fuir dans la nuit venteuse.

Après trois jours de chevauchée éperdue, les deux hommes et leurs épouses parvinrent dans une cité nouvelle où ils trouvèrent au fond d'une ruelle obscure une masure abandonnée. Quand ils y furent installés, l'idée leur vint de s'établir fabricants de boucliers. Ils le furent avec un talent si sûr que leur renom emplit bientôt la ville. Mais leur gloire fut passagère, et leur malheur semblable à celui qui les avait une fois accablés. À nouveau ils durent fuir, poursuivis par la haine meurtrière de leurs envieux confrères.

– Où aller désormais ? dit Prydéri, éperonnant sa monture sur le chemin ténébreux.

– Droit devant jusqu'à la prochaine ville, lui répondit Manawyddan. Nous y serons cordonniers. C'est un métier d'hommes humbles et paisibles.

La paix ne voulut pas encore d'eux. À peine une saison passée à chausser le monde, des couteaux affûtés dans leur dos se levèrent. Alors Manawyddan, convaincu que leur errance les conduirait tôt ou tard à la mort, décida qu'il était temps de revenir sur les terres de Dyvet.

Ils retrouvèrent leur pays dans l'état de désolation où ils l'avaient laissé. À nouveau, ils s'en furent chasser par les broussailles et les forêts maigres. Un matin, comme ils s'éloignaient de leur demeure, l'arc à l'épaule et l'épée au flanc, ils virent derrière un buisson bouger un être qui leur parut prodigieux. Ils s'approchèrent, battirent le feuillage. Aussitôt bondit au large un énorme sanglier au pelage aussi blanc que neige ensoleillée. Ils le poursuivirent. La bête galopant sur la lande les conduisit à une haute forteresse de pierre grise, franchit le portail grand ouvert et disparut. Manawyddan et Prydéri firent halte, autant essoufflés que pantois. Ils connaissaient cette plaine rocailleuse. Hier encore ils y étaient venus. Elle était déserte. Qui avait donc bâti ce château en une nuit sans lune ? Prydéri s'avança. Son compagnon lui dit :

– Prends garde, le maître de ces lieux est sans doute celui qui envoûta nos terres.

– Je veux savoir, répondit le jeune homme.

Il entra. Au milieu de la cour était une fontaine. Près d'elle sur un socle de marbre une coupe d'or était posée. Trois chaînes scintillantes liées à trois anneaux, tendues comme des traits de lumière, s'élevaient au-dessus d'elle jusqu'à se perdre au fin fond du ciel. Prydéri s'approcha de cet objet miraculeux. À peine l'avait-il saisi que ses mains tendues se trouvèrent scellées à ses flancs, et ses pieds à la dalle de marbre. Il voulut crier, il ne put.

Manawyddan, dehors, l'attendit jusqu'au crépuscule, puis, le front soucieux, s'en retourna au château de Dyvet. Ryannon s'étonna de le voir venir seul. Il lui conta ce qu'il savait de l'aventure. Elle en fut bouleversée et, sans attendre, courut à la forteresse où son fils avait disparu. Dès le seuil, elle vit Prydéri lié aux flancs d'or de la coupe. Elle vint à lui, à son tour empoigna l'inquiétante merveille. Alors le ciel se déchira, un tourbillon obscur descendit sur la fontaine, enveloppa Ryannon, Prydéri, la cour et les murailles, les tours jusqu'à leur cime, puis soudain, comme une fumée, se dissipa. Sur la lande la forteresse avait disparu. Plus rien n'était que le vent parmi les rocs et les buissons jaunis.

Manawyddan prit aux épaules la jeune épouse de Prydéri et la retint de se jeter la face contre terre. Tous deux étaient accourus derrière Ryannon. Ils attendirent jusqu'au jour un nouveau prodige, agenouillés dans l'herbe, puis ils s'en revinrent au château de Dyvet. Manawyddan, dès qu'il y fut, s'enferma dans la grande salle et, de sept jours, n'en voulut pas sortir. Au matin du huitième jour il se leva, brûlant de rage, jeta son tabouret au feu et décida de vivre. Il s'en fut à nouveau en Angleterre. Il en revint chargé de grains et ensemença trois champs alentour du tertre d'Arberth.

Le blé germa, poussa dru et mûrit sous les vents ensoleillés. Quand fut venu le temps, Manawyddan s'en vint à la moisson. Ce qu'il découvrit alors lui fit serrer les poings et maudire le Ciel. De ses trois champs, deux étaient saccagés, brisés, réduits en paille. Seul le troisième était encore droit, bruissant et magnifique. Les tempes battantes et le cœur furibond, il décida d'attendre au creux d'un arbre mort le retour de ceux qui l'avaient pillé.

Il veilla jusqu'à la nuit tombée. Alors il vit accourir des mille horizons des souris innombrables. Elles se ruèrent dans le champ. Manawyddan bondit au milieu d'elles, écrasant du talon les échines grises, tranchant les têtes et brisant les museaux. Celles qu'il ne put atteindre s'enfuirent. Il les poursuivit, parvint à empoigner la dernière des traînardes. C'était une femelle au ventre lourd. Il la mit dans son gant, monta sur le tertre d'Arberth et, là, planta deux fourches de bois.

Alors, entre ces fourches, lui apparut une ombre. Levant la tête, il vit un homme. Il en fut fort surpris. Depuis sept ans, personne n'était ainsi venu à lui sur la terre de Dyvet. Cet homme lui demanda à quoi il s'occupait.

– Je dresse un gibet, répondit Manawyddan. J'ai un voleur à pendre.

– Je ne vois là qu'une souris, lui dit son visiteur. Se peut-il qu'un chevalier de ton rang s'abaisse à pendre une telle bestiole ? Je t'offre une livre de sa liberté.

– Non, dit Manawyddan.

À peine avait-il dit ce mot que l'homme à ses yeux disparut. La mine sombre, il se remit à son ouvrage. À l'instant où il calait entre les fourches une traverse droite, un vieillard vint derrière lui, et, posant la main sur son épaule :

– Prétends-tu sérieusement supplicier ce petit animal ? dit-il, tout moqueur. Allons, je veux bien t'épargner une peine aussi indigne et ridicule. Je te donne trois livres pour sa liberté.

Manawyddan se retourna et cracha à ses pieds. Le vieil homme, offusqué, s'en fut. La corde fut fixée à la traverse raide. Alors un druide vint.

– Est-ce bien une souris que tu t'apprêtes à pendre ? dit-il. Il me déplaît de voir pareille absurdité. Délivre-la, je t'en donne sept livres.

– Par Dieu, lui répondit Manawyddan, m'en donnerais-tu un sac d'or et un troupeau de chevaux, ma colère est telle que je n'en voudrais pas.

Le druide soupira.

– Fais toi-même ton prix.
– Je veux la liberté de Ryannon et de Prydéri.
– Tu l'auras.
– Je veux que soit levé le sortilège que tu as jeté sur la terre de Dyvet.
– J'y consens, dit le druide. Relâche la souris.
– Qui est-elle ? demanda Manawyddan, fermant son poing sur la bête.
– Mon épouse, répondit l'homme. Tu as pu la prendre parce qu'elle était grosse d'enfant, sinon tu ne l'aurais pas eue. Mon nom est Lwyt-l'enchanteur. J'ai jeté un sort sur Dyvet pour venger mon ami Gwal que le père de Prydéri avait autrefois durement maltraité. Que la paix soit maintenant entre nous.
– Que la paix soit maintenant entre nous, dit Manawyddan.
Il lui tendit la souris. À peine Lwyt l'eut-il touchée qu'elle se changea en belle femme enceinte et qu'apparurent à ses côtés Ryannon et Prydéri.

Alentour, les prés à nouveau verdoyaient, les cheminées fumaient sur les toits des hameaux, des troupeaux allaient par les sentiers et sur la brise s'envolaient au loin des bruits de forge et des rires d'enfants. Manawyddan prit la main de son épouse et celle de son ami. Ils s'en furent face au vent vers Dyvet, le beau château.

ÉCOSSE

Le chevalier-fée

Sur la profonde forêt de Carterhaugh régnait autrefois un chevalier impitoyable autant que beau. Son nom était Tamlan, et l'on disait de lui qu'il était le fils de la reine des fées. Il épouvantait le cœur des filles alentour, il enrageait aussi l'esprit des pères car, de chaque vierge rencontrée dans le sous-bois, il exigeait brutalement l'amour. Aucune ne se risquait donc dans cette forêt, et toutes frémissaient aux récits des chevauchées de Tamlan l'Effrayant parmi les grands arbres.

Or il advint que la princesse Janet, fille du roi de ce pays, écoutant un soir vanter la terrible beauté de ce chevalier-fée, se sentit soudain malgré sa peur l'irrépressible désir d'affronter son regard. À personne elle n'en parla. Toute la nuit elle en rêva. Le lendemain, dès le jour levé, elle s'en fut en secret, blonde et vive, sous les sombres feuillages que trouaient de-ci, de-là les rayons de soleil. Jusqu'à la source de Carterhaugh, parmi les chants d'oiseaux, elle chemina. Au bord de cette source était un rosier blanc. De ce rosier, Janet cueillit une branche où étaient deux roses jointes. Aussitôt retentit au loin un bruit sourd de galop et surgit sur le sentier un cavalier vêtu de gris sur un cheval blanc comme lait. C'était Tamlan. Janet fut éblouie par sa puissance et le sombre éclat de ses yeux. Elle lui dit :

– Chevalier, de bon cœur je veux vous aimer.

Elle lui tendit sa rose double. Il mit pied à terre et ouvrit sa main.

Ensemble ils vécurent trois mois sans se lasser l'un de l'autre. Après ce temps d'amour violent et doux, Janet se sentit prise d'enfant. Alors, au bord de la fontaine, elle ferma sa robe verte et rattacha ses blonds cheveux, puis elle s'en revint à la Cour du roi son père. Dans le jardin du palais, vingt-cinq belles dames jouaient à la balle et vingt-cinq jeunes gens jouaient aux échecs dans l'ombre des arbres fleuris, quand survint Janet vêtue de vert printanier comme le trèfle des prés. Parmi ces gens heureux, elle s'approcha du roi et lui dit fièrement :

– Père, je porte un enfant dans le ventre. Il est celui de Tamlan. À lui j'ai donné mon amour. Plus heureuse que moi, il n'est de femme au monde. Plus digne que lui d'être le maître de ma vie, je ne connais point d'homme.

Longtemps, le regard éblouissant, elle fit ainsi l'éloge de Tamlan. Quand elle eut parlé, sans attendre de réponse, elle retourna dans la forêt de Carterhaugh.

Au bord de la source, elle ne vit que le cheval blanc qui broutait l'herbe. De Tamlan, point de trace. Janet cueillit une nouvelle rose. Aussitôt, devant elle, il apparut. Il lui dit tristement :

– Dame, pourquoi es-tu revenue ?

Elle lui demanda :

– Qui es-tu en vérité, homme que j'aime ? Es-tu chrétien ou vrai chevalier ? Je te supplie de me le dire, car je veux être ta femme légitime.

Tamlan lui répondit :

– Sache qu'un jour de mon enfance, comme mon grand-père Roxbrugh m'amenait à son château au-delà de cette forêt, dans le grand vent neigeux, nous avons croisé la chasse des fées. Le cheval de Roxbrugh s'est cabré et l'a jeté à terre. Il en est mort sur le coup. Sa suite épouvantée s'est enfuie et je suis resté seul dans la tempête, parmi les arbres gelés. Alors la reine des fées m'a recueilli et m'a conduit sous le Grand Tertre vert où est son royaume. J'y fus instruit et fort choyé, mais je n'y fus jamais insouciant, car sur les habitants de ce Grand Tertre vert pèse une terrible malédiction. Tous les sept ans, l'un de nous doit être livré à l'enfer. Ainsi le veut la loi de notre monde. Or cette nuit vient l'échéance et je crains d'être celui qui doit périr : ma force et ma beauté me désignent. Dame, toi seule peux me sauver. À minuit juste, viens à la croix des chemins. De là partira la grande chasse. Dans le cortège que tu verras surgir de la nuit, laisse passer le cheval noir, laisse passer le cheval brun. Après eux, viendra le cheval blanc comme lait. Désarçonne son cavalier, je serai celui-là. Ma main droite sera gantée de cuir, ma main gauche sera nue, ainsi tu me reconnaîtras sans faute. Quand je serai à terre, serre-moi dans tes bras. Les fées me changeront en aspic et en vipère. Par pitié ne me crains pas, pense au père de ton enfant ! Elles me changeront en ours et en lion épouvantable. Pour l'amour de celui qui vit dans ton ventre, ne relâche pas ton étreinte ! Elles me changeront en statue de fer chauffée au rouge. Tiens-moi ferme et garde courage, je ne te ferai pas de mal. Enfin, dans tes bras, elles me changeront en éclair déchirant, en foudre aveuglante. Sans attendre un instant, plonge-moi dans la source, et, aussi vrai que je suis ton amour sans pareil, je redeviendrai un chevalier digne de ta pure beauté. Mon corps sera nu. Couvre-le de ton manteau vert, couvre-le vite ! Alors seulement, dame, nos vies seront sauves.

Hululante et sombre était la nuit quand Janet parvint à la croix des chemins. À minuit, sans trembler, elle entendit battre sourdement le galop de la chasse dans les ténèbres. Devant elle, comme le vent, passa le cheval noir, passa le cheval brun. Quand vint le cheval blanc comme lait elle s'élança, agrippa son cavalier à la ceinture. Ensemble, ils roulèrent dans l'herbe noire. Tout ce qu'elle devait faire, elle le fit. Elle jeta son manteau sur les épaules du chevalier nu. Tous deux sortirent enlacés de la fontaine. Alors d'un buisson d'épines monta la voix grinçante de la reine des fées.

– Tamlan était mon fils aimé, dit-elle. Honte sur la mauvaise face de celle qui me l'a pris, et malheur sur toi, Tamlan ! Si j'avais su que tu me quitterais ainsi j'aurais arraché tes yeux gris, et grands ouverts dans les trous d'un arbre je les aurais enfoncés !

Janet ni Tamlan ne lui répondirent. Ils s'éloignèrent vers la vie dans l'aube qui pâlissait le ciel.

SCANDINAVIE

La naissance du monde

Au commencement, au temps où n'étaient encore ni vivants ni morts, ni lumière ni ténèbres, ni saisons, ni rocs, ni planètes au ciel, une femme dérivait dans l'espace, libre, solitaire, immense et blanche, maussade aussi : elle s'ennuyait. Elle descendit donc, planant mollement, vers l'océan (nulle terre n'était aux horizons, les eaux étaient infinies), et se posa sur les vagues.

Luonnotar était le nom de cette géante laiteuse dont le corps étendu creusa l'océan comme un lit moelleux. Ainsi couchée, elle demeura immobile, hanches larges et chevelure répandue sur la poitrine. Qui la vit ainsi ? Personne, sauf l'Être-sans-visage. Un grondement d'orage retentit, le vent et la pluie tourbillonnèrent, soulevant des lames écumantes. La tempête chevaucha le corps de Luonnotar jusqu'à ce que le feu céleste ait troué son ventre sans nombril. Alors les fureurs s'apaisèrent, et la Vaste Couchée se sentit enceinte.

Elle en fut effrayée. Alourdie d'un fruit dont elle ignorait tout, elle ne put désormais s'élever dans les airs et jouir comme elle l'avait fait de la liberté légère parmi les espaces sans nom. Elle découvrit la souffrance, s'efforçant en vain de chasser son enfant hors de son ventre, endurant mille morts, angoisses et peines, pleurant et gémissant, dérivant sans cesse vers le nord, le sud, l'ouest, l'orient, au gré des vents.

Or, tandis qu'elle cherchait quelque repos chagrin entre deux assauts de douleurs, apparut au ciel un canard multicolore. Ce canard survola l'océan, cherchant un lieu où bâtir son nid, où pondre ses œufs. Mais, ne voyant partout que houle, il s'épuisa bientôt, tituba dans l'air gris et désespéra plaintivement de la vie. Luonnotar l'entendit, le vit effleurant de ses ailes lasses la crête des vagues et laissa nonchalamment émerger son genou droit à la surface des eaux. Le canard multicolore aperçut ce genou – une île éblouissante sur l'océan. Il se posa, bâtit son nid, pondit un œuf, se mit benoîtement à le couver. La chaleur de cette couvaison pénétra la peau fragile de Luonnotar. Elle se sentit brûlée, étendit dans l'eau sa jambe douloureuse. L'œuf glissa, roula, tomba, se brisa en deux, mais ne se perdit point.

Il se métamorphosa : le bas de la coque se changea en terre ferme et dure, le haut de la coque en voûte céleste. Le jaune fut le soleil rayonnant, le blanc se fit lune luisante, les débris éparpillés devinrent étoiles au ciel, et le temps fut, et les saisons aussi, nées du soleil.

Luonnotar l'Enceinte, voyant le monde neuf, se prit d'envie de le modeler. Partout où sa main se posa, elle créa des montagnes, partout où son corps se coucha, elle creusa des gouffres. Son flanc effleurant la terre forma les rivages, déchira les récifs, les fit rouler à fleur d'eau pour le malheur des matelots. Voilà bientôt les continents tracés, les îles plantées, les monts dressés. Alors le parfum de ce monde enviable parvint à l'esprit de l'homme à naître. Il désira sortir du ventre de sa mère, cogna du pied, appela à l'aide, du fond de sa prison, la lune, le soleil et les astres du ciel. Mais ni lune, ni soleil, ni astres ne vinrent à son secours. Il se mit en colère et, comme il s'agitait furieusement, un orteil de son pied gauche déplaça le verrou d'os de la porte de chair. Tête en avant, il tomba dans l'eau et, se gorgeant de lumière jamais vue, il nagea puissamment vers la terre.

Ainsi naquit le premier homme. Or, il est dit que ce père de l'humanité fut le premier barde, et restera à jamais le plus profond conteur du monde : de son souffle, de son chant, de sa parole, naquit toute vie. C'est à lui que vous devez l'oreille qui écoute, à lui que je dois la bouche qui parle, à lui que nous devons la lumière de nos regards.

EUROPE CENTRALE

Comment Dieu et le diable firent ensemble le monde

Aux premiers temps, Dieu et le diable vivaient ensemble, en bons amis, dans les brumes universelles. Mais ils ne régnaient que sur un océan sans bornes, et ils n'y trouvaient guère de plaisir. Un jour, donc, Dieu dit au diable :

– J'ai envie de créer.

– Moi aussi, répondit le diable. Mais à quoi donner vie ?

– Au monde.

– On ne peut bâtir un monde sans terre, dit le diable. Et nous n'avons pas de terre.

– Il y en a au fond de l'eau, répondit Dieu. Descends jusqu'à elle. Ramène-m'en une poignée.

– Bonne idée, dit le diable.

– Va, mon frère. Mais n'oublie pas, avant de plonger, de dire à haute voix : « Par la force de Dieu jointe à celle du diable. » Ainsi tu atteindras le fond.

L'autre, l'œil sournois, fit un signe d'accord, mais ne voulut grogner que la demi-formule.

– Par la force du diable, dit-il.

Il bondit dans l'eau, battit les vagues, mais ne s'enfonça point. Il tendit au ciel, tout rogneux, sa tête et ses poings ruisselants, hurla :

– Par la force du diable !

Des pieds, des mains, du front, du ventre, il s'acharna, souleva des nuées d'écume, mais ne put s'ouvrir le chemin des profondeurs. Alors il murmura :

– Par la force de Dieu jointe à celle du diable, et les eaux l'accueillirent. Il arracha au fond une poignée de terre, revint à l'air brumeux et la tendit à Dieu qui la prit, la pétrit et fit une île.

Sur cette île au sol moelleux, le diable invita Dieu à se reposer. Ils se couchèrent donc côte à côte. Comme ils se laissaient aller à la somnolence : « Et si je jetais Dieu à l'eau ? se dit le diable. Ainsi je resterais seul sur terre, et seul je régnerais sur elle. » Il se leva sans bruit, prit Dieu par les chevilles et le traîna vers l'océan. À chacun de ses pas, la rive s'éloigna et la terre grandit. Dieu sourit dans son sommeil. Le diable, voyant de ce côté les eaux inaccessibles, se retourna, aperçut le bord opposé tout proche. Vers lui, il se mit en chemin. À chacun de ses pas, la rive s'éloigna et la terre grandit. Alors, comme un âne attelé, il tira le corps de Dieu vers la droite où scintillaient les vagues. À chacun de ses pas, la rive s'éloigna. Vers la gauche il s'en fut, et la terre grandit. Le diable alors réveilla Dieu.

– Vois comme le monde s'est étendu pendant que nous dormions, lui dit-il. Debout, frère pesant, bénissons-le ensemble !

– Ton idée vient trop tard, je l'ai déjà béni, répondit Dieu. Regarde mon empreinte sur la terre. Mon corps a tracé le signe de croix tandis que tu le traînais du Sud au Nord et d'Est en Ouest.

Le diable dépité baissa la tête, cogna le sol du talon et s'en alla.

Dieu demeuré seul créa les anges, puis d'une pincée d'argile il fit les hommes. L'humanité grandit et proliféra. Des foules de gens naquirent, d'autres vieillirent et moururent. Alors Dieu appela son compère des premiers temps et l'invita à nouveau près de lui.

– J'accepte que ta volonté soit faite, lui dit le diable, à condition que la mienne le soit aussi.

– Que veux-tu ? Parle

– Partageons-nous les hommes. À toi les vivants, à moi les morts.

– Qu'il en soit ainsi, dit Dieu.

Il s'empressa de multiplier les années d'existence afin que son royaume demeure plus puissant et peuplé que celui des Ombres. Mais la vie passa, la mort demeura, et la part du diable s'accrut inexorablement. Dieu regretta bientôt sa parole donnée. Il voulut la reprendre, mais il lui fut impossible d'effacer les termes du contrat qu'il avait de sa main tracés dans la chair du monde. Il interrogea les anges sur la conduite à suivre. Aucun ne sut le conseiller. Alors il consulta les hommes les plus considérables de sa création : Abraham, Moïse, Joseph. Après longtemps de silence perplexe, ces sages estimèrent que le diable lui-même pourrait peut-être les sortir de cet embarras. Ils allèrent donc lui demander s'il était en ce monde un quelconque moyen de renier un serment. Le diable leur répondit que non.

– Cependant, dit-il, si je voulais me défaire d'une contrainte trop lourde, j'engendrerais un fils. Il ne serait pas tenu par la parole donnée, et pourrait ainsi délier ce que le père aurait noué.

Les hommes rapportèrent à Dieu ces mots, mais Dieu demeura pensif : il ne savait comment s'y prendre pour engendrer un fils. Le diable, le voyant ainsi, lui demanda les raisons de sa tristesse.

– J'aimerais, lui répondit Dieu, avoir un enfant qui me ressemble.

– C'est facile, lui dit le diable. Cueille un bouquet de basilic et garde-le une nuit entière contre ton cœur. À ton réveil, fais porter ce bouquet à la plus aimante mortelle qui soit au monde. Dès qu'elle en aura respiré le parfum, elle se trouvera enceinte.

Dieu suivit ce conseil. Il envoya l'ange Gabriel à la très sage Marie.

– De la part de Dieu, je t'apporte ce bouquet, lui dit-il. Pose-le sur tes lèvres, il est plus doux que mille grâces.

Elle le respira et fut aussitôt prise d'enfant.

Mais quand son frère Jordan, qui veillait jalousement sur elle, vit son ventre arrondi, il se trouva honteux et furibond, pensant que sa sœur avait assurément déshonoré sa famille. Il entra dans sa maison, empoigna sa lance puis revint sur le chemin du village où était Marie, et lui perça le sein. Alors Marie retira le fer de sa poitrine, essuya le sang dont il était souillé et le rendit à son frère.

– Ton arme doit rester propre, lui dit-elle. Je mourrais de chagrin si l'on osait soupçonner mon frère d'avoir frappé sa sœur.

Jordan, pris de remords, s'en alla à grands pas. Dès qu'il se fut éloigné, de la blessure ouverte dans le sein de la Vierge naquit Jésus-Christ.

Après trente-trois ans, Jésus s'en fut chez le diable et lui dit :

– Je viens chercher les morts qui peuplent ton royaume.

– Tu ne peux pas me les prendre, lui répondit le diable. J'ai signé un pacte avec ton père. À lui les vivants, à moi les morts.

– Je n'ai pas moi-même signé ce pacte, lui dit Jésus. Il ne m'engage pas.

Le diable se voyant berné s'en fut parmi l'humanité vivante, excita contre le Christ la haine des foules et entra dans l'esprit de Judas, afin que ce serviteur du fils de Dieu trahisse son maître et le livre à ceux qui le détestaient. De cette manière, Judas devint le fils du diable. Il vint aux méchants et leur dit :

– Vous qui ne savez pas distinguer le Christ de ses apôtres, venez avec moi. Je baiserai sa joue et de la sorte vous le désignerai.

Ainsi fut fait. Jésus fut pris. Alors Judas, rusé, se pendit. Il savait que le Christ descendrait après sa crucifixion au royaume des Ombres et ramènerait les morts du monde à la vie divine. Il comptait se glisser parmi la foule des sauvés. Mais Jésus ne descendit pas jusqu'au tréfonds d'enfer où il était tombé et Judas, parmi les êtres, resta seul damné.

Telle est la vérité. Que la paix soit sur ceux qui la connaissent.

Ivan Turbinca

Ivan Turbinca fut longtemps l'un des plus fameux soldats de l'armée russe. Son rire d'ogre heureux enchantait ses compagnons de route autant qu'il effrayait ceux qui se risquaient à affronter sa haute gueule. En vérité personne, sauf le dieu des beuveries, ne pouvait se vanter de l'avoir jamais fait trébucher. Il servit vingt années en soudard increvable. Après quoi, on lui donna deux roubles et on l'informa que son temps de service était accompli. Il invita donc ses frères d'armes à une dernière nuit de ripaille, se soûla royalement en leur compagnie et, à l'aube, s'en fut par les chemins du monde, libre, seul, chantant à faire peur aux oiseaux et titubant comme une barque en tempête.

À peine avait-il ainsi marché un couple d'heures qu'il aperçut devant lui, sur la route droite, deux pèlerins sans bagage qui allaient alertement. L'un d'eux, se retournant, parut s'effrayer de ses gueulements joyeux et de son allure débraillée. Il se pencha vers son compagnon et lui dit :

– Pressons le pas, Seigneur. Cet homme qui nous suit me paraît trop rude pour être honnête.

– Ne crains rien, Pierre, répondit l'autre. Je connais ce voyageur. C'est Ivan Turbinca. Son cœur est généreux et bon. Veux-tu que nous l'éprouvions ? Changeons-nous en mendiants et tendons-lui la main. Je suis sûr qu'il nous fera l'aumône des deux roubles qu'il a en poche.

Ces pèlerins, en vérité, étaient saint Pierre et Dieu, son maître, en visite dans le monde des hommes. À l'entrée du prochain pont, Ivan découvrit deux tas de haillons d'où sortaient deux têtes lamentables. Il fit halte devant ces faux miséreux, leur donna ses deux roubles, retourna ses poches vides et dit en riant :

– J'ai, je donne. Je n'ai plus, que Dieu m'aide !

Il reprit sa route insouciante. À la sortie du pont l'attendaient le roi du Ciel et son portier, revenus à leurs défroques de pèlerins. Quand il passa devant eux :

– Dieu t'aidera, Ivan, lui dit Celui qu'il avait invoqué.

– Vous êtes bien bon, petit père, répondit Ivan, plantant ses poings sur ses hanches. Mais comment connaissez-vous mon nom ?

– Je le connais parce que je sais tout. Je sais tout parce que je suis Dieu lui-même. J'aimerais te prouver l'amitié que je me sens pour toi. Fais un vœu, il sera exaucé.

– Seigneur, dit Ivan, soudain tremblant pour la première fois de sa vie, Seigneur, si tu es vraiment Dieu, bénis mon sac de telle sorte que celui que je voudrai y faire entrer, quel qu'il soit, n'en puisse sortir sans mon consentement.

Dieu sourit, bénit, prit saint Pierre par l'épaule, et tous deux disparurent comme une fumée légère dans l'air bleu.

Au soir de ce jour miraculeux, Ivan Turbinca, cheminant à travers champs, arriva dans un riche hameau où quelques dizaines de paysans s'affairaient à rentrer les foins. À peine parvenu parmi eux, il leur demanda de sa voix puissante quel était le maître de ces maisons et de ces granges. Un boyard à la mine rougeaude s'avança vers lui en grognant qu'il était celui qu'il cherchait.

– Brave homme, lui dit Ivan, il me faut un toit pour la nuit.

Ce boyard était un mauvais bougre : il détestait les voyageurs. Cependant, considérant le sabre qui pendait à la ceinture de cet escogriffe aux bottes crottées, il estima qu'il ne pouvait le faire chasser de ses terres sans risquer un dangereux scandale. Il appela donc un serviteur et lui donna l'ordre de loger ce malvenu dans une vieille bâtisse inhabitée, à la lisière du hameau. Nul n'avait jamais pu y demeurer plus d'une heure, tant elle était hantée de diables. « Avant minuit, ce pétardier aura repris sa route, se dit le bonhomme en se frottant méchamment les mains, et dès demain, il s'en ira bramer partout sa peur. Ainsi, grand Dieu merci, les vagabonds et les voleurs de sa sorte éviteront à l'avenir ma maison. » Ivan, ne pensant pas à mal, le remercia et se retira dans la chambre moisie où le serviteur venait d'allumer un mauvais feu fumant. Il dîna d'un croûton, se coucha tout habillé sur la paillasse humide et souffla la chandelle.

Aussitôt, autour de lui, enfla une rumeur de voix gémissantes mêlées de ricanements, de hurlements lugubres, de miaulements de chats, de grognements d'ours, de coassements de crapauds. Ivan se dressa, battit son briquet, ralluma la bougie.

– Holà ! démons, croyez-vous pouvoir effrayer un homme qui a rencontré Dieu ? cria-t-il en tournant partout la tête, l'air farouche.

Il ouvrit grand son sac, le posa à ses pieds et, fièrement dressé, désignant l'ustensile :

– Par le saint nom du grand Céleste, entrez tous là-dedans, compères d'enfer !

À peine avait-il dit ces mots que mille petits êtres cornus, velus, hideux et tremblants apparurent alentour et, le dos courbé, se précipitèrent dans la besace. Dès qu'il n'en fut plus un dans la chambre, Ivan tira vivement le lacet du sac, le noua et, à travers le cuir, à coups de pied et de plat de sabre se mit à les rosser, assommer, fracasser et briser menu. Quand, soûlés de coups, les diables cessèrent de s'égosiller comme des porcs à l'abattoir, il essuya son front suant, se recoucha et s'endormit aussi benoîtement qu'un pope repu.

Le lendemain, au petit jour, il s'en alla à grand bruit réveiller son hôte et lui demanda de rassembler dans la cour les gens du hameau. L'autre, tout stupéfait et bouffi de sommeil, s'en fut en courant frapper aux portes, un pied chaussé et l'autre non. Quand tous furent accourus :

– Embrasse-moi, boyard, dit-il. Tu pourras maintenant recevoir convenablement les voyageurs de passage. J'ai, cette nuit, chassé les quelques agaçantes bestioles qui empuantissaient ta maison.

Il ouvrit son sac, plongea sa main dedans et en sortit un par un les démons prisonniers. À chacun, il fit jurer de quitter pour toujours le hameau. Tous, chevrotant de la voix, promirent et disparurent, l'un poussant l'autre, perclus, boiteux, sanglants et cabossés, dans la brume de l'aube. On fit au héros une fête inoubliable. Le boyard l'invita à séjourner chez lui aussi longtemps qu'il le voudrait.

– Impossible, lui répondit Ivan. Cette nuit m'est venue une grande envie de paradis. Je dînerai donc chez Dieu ce soir même, s'il y a dans son auberge ce qu'il faut pour le bonheur d'un soldat.

À peine avait-il dit ces mots qu'il se sentit emporté dans un tourbillon éblouissant, et presque aussitôt se trouva sur un chemin de ciel ensoleillé. Au bout de ce chemin était la porte du paradis. Il y fut d'un pas ferme, cogna du heurtoir.

– Qui est là ? demanda la voix de saint Pierre, à l'intérieur.

– C'est moi, Ivan Turbinca.

– Que veux-tu donc, Ivan ?

– Saint Pierre, dis-moi : y a-t-il ici du tabac russe pour ma pipe ?

– Non, Ivan, il n'y en a pas.

– Et de la vodka, y en a-t-il ?

– Non, Ivan.

– Et des femmes ? Et des musiciens de taverne ?

– Non. Tout cela se trouve en enfer, Ivan. Pas ici.

– C'est donc l'enfer qu'il me faut ! La paix sur toi, saint Pierre.

– La paix sur toi, Ivan.

Ivan Turbinca trouva sans difficulté la porte de l'enfer. Elle fermait un bout de ruelle nocturne, dans la ville inconnue où il s'était perdu, à peine retombé du ciel. Il y fut mener grand tapage.

– Holà ! cria-t-il, tambourinant des deux poings, y a-t-il ici du tabac russe pour ma pipe ?

– Assurément, répondit, à l'intérieur, la voix du diable portier.

– Et de la vodka, y en a-t-il ?

– Plus qu'il n'en faudrait pour soûler l'armée de ton tsar !

– Et des femmes ? Et des musiciens de taverne ?

– Tu n'en trouveras nulle part ailleurs de plus paillardes et de plus endiablés !

– Ouvrez vite, cria Ivan. C'est ici que je veux vivre jusqu'à la fin des temps !

La porte grinça. Le diable portier apparut sur le seuil. Aussitôt, reconnaissant celui qui avait, la veille, étrillé si rudement son échine et rossé ses frères démons :

– Ah non ! Pas toi ! s'écria-t-il.

Il recula, tremblant des cornes aux sabots. Ivan le repoussa et, s'avançant dans la taverne de l'enfer parmi les diables épouvantés :

– À la ripaille ! cria-t-il.

Il s'assit et ouvrit si ostensiblement son sac entre ses pieds que nul ne se risqua à le contrarier. On le servit avec tant d'empressement qu'il ne tarda pas à chanter faux, à boire à côté de sa bouche et à forcer les démons à danser avec lui. Alors la mère du diable s'émut : elle avait le souci du convenable.

– Il faut chasser hors d'ici ce trublion, dit-elle à son fils. Puisque personne n'ose l'affronter, usons de ruse.

Elle sortit dans la ruelle et se mit à battre du tambour. Ivan, entendant ces roulements militaires dans les brumes de son ivresse, se dressa soudain, salua dignement la compagnie, mit son fusil sur l'épaule, assura son sabre à la ceinture et sortit au pas cadencé. Aussitôt la mère diablesse, rasant les murs, s'en revint au chaud de son enfer. Ivan entendit claquer verrous et cadenas. Il se précipita trop tard sur la porte. Il eut beau cogner du poing et de la botte, cette fois nul n'ouvrit. Alors il s'assit sur le pavé et, se sentant tout à coup dégoûté du tabac, de l'alcool, des femmes, des ripailles, il décida de revenir à Dieu.

Sur le chemin du paradis, il rencontra la Mort. Cette fidèle servante s'en revenait de prendre, comme chaque matin, les ordres du Créateur. Ivan abattit sa large main sur son épaule.

– C'est donc toi, lui dit-il, qui tourmentes les hommes, qui fais pleurer les femmes, qui effraies les enfants depuis le premier cri d'Adam. Sais-tu que je te déteste, vieille carne ? C'est pour ton malheur que tu as croisé aujourd'hui le chemin d'Ivan Turbinca. Par le saint nom du grand Céleste, entre dans mon sac, commère !

La Mort, battant l'air de ses bras décharnés, essaya de résister à la force vertigineuse qui l'attirait au fond de la besace ouverte, mais elle ne put. Elle plongea dans l'ombre du cuir. Ivan tira le lacet, jeta son sac sur l'épaule et s'en revint, content de lui, jouir de la vie parmi les hommes.

Trois années durant, nul ne mourut, ni brin d'herbe, ni mouche, ni vieillard, ni marmot. Alors Dieu s'en fut par le monde à la recherche d'Ivan Turbinca, ce voleur de Mort. Il le trouva à l'entrée même du pont où ils s'étaient pour la première fois rencontrés.

– Ivan, mon fils, lui dit-il, tu as assez joué. Tu es bon et je t'aime infiniment, mais tu dois rendre la Mort aux hommes, car en vérité elle leur est aussi nécessaire que l'existence. Ouvre ton sac, et sache que tu n'as plus toi-même que trois jours à vivre.

– Trois jours à vivre ! gémit Ivan en tombant à genoux. Seigneur, je commençais à peine à prendre du bon temps !

Dieu disparut de sa vue. Devant lui ne resta que son sac béant et vide. Alors il s'en fut au prochain village, se fit fabriquer un cercueil, le chargea sur son dos et le porta jusqu'à l'ombre tranquille d'un arbre, au bord d'une rivière. Là, comme il attendait sa fin, assis dans l'herbe, une idée lui vint qui fit briller ses yeux. Dès qu'il vit la Mort devant lui :

– Je suis prêt, dit-il.

Elle répondit :

– Couche-toi donc dans ta caisse.

Il obéit, feignant l'empressement, et s'allongea sur le ventre, le nez contre le fond, bras et jambes pendant au-dehors.

– Est-ce ainsi que dorment les défunts ? grogna la Mort scandalisée. Installe-toi comme il faut. Fais vite.

Il se retourna, s'étendit sur le dos, les genoux hauts, les mains croisées sur sa nuque.

– Ce fou ne sait rien des convenances, dit la Mort, cognant impatiemment le sol du talon. Sors de là, je vais te montrer comment il faut se mettre.

Ivan lui laissa donc sa place. La Mort se coucha dans le cercueil, ferma les yeux, croisa les doigts sur son ventre.

– C'est ainsi que les hommes meurent, dit-elle. As-tu compris ?

Elle n'entendit en réponse que le fracas du couvercle qui se refermait sur elle.

– Bien le bonjour à ma grand-mère ! cria Ivan, clouant à toute force la planche.

Il poussa la caisse à l'eau et reprit son chemin en sifflotant, son fusil sur l'épaule.

– Comme tu es sotte, bonne servante, dit Dieu, se penchant du haut du ciel sur la rivière. Retourne donc auprès d'Ivan et venge-toi comme tu le jugeras juste de ce fils turbulent.

Aussitôt le cercueil s'ouvrit. Ivan n'avait pas fait cent pas que la Mort à nouveau se dressait devant lui.

– Je ne veux plus de toi, lui dit-elle, toute grimaçante et la voix méchamment rouillée. Sache qu'avant cent ans tu m'appelleras et me supplieras à genoux de te prendre. Mais je te laisserai vivre sans aucune pitié jusqu'à ce que tes jambes se soient usées à me courir après. Adieu.

– Hé, cria Ivan, tandis que la mauvaise mégère se défaisait en fumée noire, crois-tu que tes menaces me font peur ? Il y a dans le monde assez de tabac et de vodka, assez de filles, de chansons, de danseurs et de fous pour nourrir une éternité. Ripaille sur ripaille, Ivan, va ton chemin !

Et il s'en fut, chantant à plein gosier.

Ainsi commença la vie perpétuelle d'Ivan Turbinca, ivrogne invétéré, débauché infatigable et néanmoins bien-aimé de Dieu. Béni soit-il jusqu'au bout de son errance.

CAUCASE

Badan le Vieux

Autrefois, au pays des Nartes, quand un vieil homme ne pouvait plus se hisser seul en selle, ni bander son arc à la longueur de la flèche, ni lancer sa fourchée de foin à la cime de la meule, on le menait hors du village au sommet de la montagne des Ancêtres, on le faisait asseoir dans un chariot d'osier, on lui disait adieu et sur la pente raide on le laissait aller au précipice.

Vint le temps où Badanek s'aperçut que son père Badan avait atteint ce grand âge triste. Or, Badanek aimait ce vieil homme qui lui avait fait goûter les merveilles du monde. La pensée d'avoir à le pousser à la mort l'emplit tout à coup d'effroi et de chagrin. Pourtant, comment ne point obéir à la coutume ? La gorge nouée, il tressa le chariot d'osier, prit le vieux Badan par la main et le conduisit sur la montagne. Là, il l'embrassa et lui dit :

– Père, je ne désire pas te faire périr, mais la loi des Nartes l'exige. Sois béni pour le bien que tu m'as fait.

Badan ne répondit pas. Son silence pesa comme une lourde pierre dans le cœur de son fils. Badanek l'aida à s'asseoir dans le chariot et d'une rude poussée le précipita vers la vallée rocailleuse et profonde.

Il le regarda cahoter misérablement, tressauter sur les cailloux de la ravine, ferma les yeux à l'instant où il basculait dans le gouffre. Quand il osa les ouvrir à nouveau, il vit Badan gesticuler grotesquement entre ciel et terre, accroché par son vêtement à une branche d'arbre sec. Il courut à lui, à grand-peine le décrocha. Son père riait aux larmes. Badanek, tout bouleversé, lui demanda ce qui l'amusait ainsi. Le vieux Badan lui dit :

– Peut-être la même branche te sauvera-t-elle quand ton fils t'aura jeté du haut de la montagne. Peut-être alors seras-tu aussi content que moi, après avoir eu aussi peur que moi.

Le bon rire de Badan émut grandement Badanek. Il resta un moment silencieux, puis secoua la tête et grogna :

– Père, je ne te pousserai pas une deuxième fois au précipice. Que les Nartes fassent de moi ce qu'ils voudront.

– En vérité, mon fils, lui répondit Badan, je n'ai pas le goût de vivre sans rien faire. Une existence inutile est pire que la mort. Cependant, est-il certain que je ne peux plus rendre le moindre service aux vivants ? Réfléchis à cela. Mon corps est faible, certes, mais ma vieille tête est une coupe pleine de bon savoir.

Badanek mena son père dans une caverne de la montagne. Dans l'ombre de la voûte, il installa pour son repos une épaisse litière de feuilles sèches. Après quoi, il lui dit :

– Tu vivras ici. Ne te montre à personne. Si les Nartes apprenaient que j'ai violé la coutume, ils me chasseraient du village. Deux fois par semaine, je t'apporterai à manger.

Il serra son père sur sa poitrine forte et s'en revint vers les travaux des jours.

Deux années passèrent. Or, il advint qu'au troisième printemps tous les fruits des vergers alentour du village se flétrirent d'un coup. La désolation fut grande parmi les hommes. Ils s'assemblèrent, interrogèrent les arbres, la terre, le ciel, mais nul ne put trouver remède à ce fléau. Alors Badanek s'en alla visiter son père. Il s'assit contre la paroi de la caverne et, la tête basse, lui demanda conseil. Le vieux lui dit :

– Au cœur de la forêt sont deux fruitiers parfaits : un pommier et un poirier. Allons cueillir leurs fruits. Tu sèmeras leurs pépins. Des arbres neufs aussitôt pousseront, mille fois plus beaux et vigoureux que ceux des vieux vergers.

– Comment sais-tu cela ? demanda Badanek, étonné.

Badan sourit. Ils s'en furent ensemble par un chemin secret. Le soir même furent enfouis les semis. Le lendemain les feuillages fleurirent. On fêta Badanek, le sauveur de récolte. Des femmes lui demandèrent où il avait appris ce savoir qui les émerveillait. Il ne répondit pas.

Un mois plus tard, la même nuit périrent tous les béliers des troupeaux. Les bergers effrayés s'en vinrent aussitôt frapper à la porte de Badanek.

– Ta science est grande, lui dirent-ils. Aide-nous. Sans agneaux à naître, comment vivrons-nous l'an prochain ?

Badanek promit de réfléchir.

Dès que les lumières furent éteintes au seuil des portes, il s'en fut à la caverne. Il y trouva son père endormi sur sa litière moelleuse. Il le secoua, lui apprit le désastre et lui demanda ce qu'il fallait faire.

– Je connais le pré où le génie des troupeaux mène paître ses béliers, lui répondit Badan. Je vais te dire comment s'y rendre. Tu y conduiras ensemble toutes les brebis du village, et bientôt elles mettront bas.

Le fils remercia le père, lui demanda encore comment il savait cela, mais, sans attendre la réponse, revint en courant au village. Le lendemain il dit à tous que Badan l'avait instruit en rêve et donna l'ordre d'assembler le bétail. Il s'en fut seul à la tête des troupeaux. Au soir, quand il revint, toutes les brebis étaient grosses. On regarda le fils de Badan comme le magicien le plus considérable du monde.

Vint l'été éblouissant et lourd. La veille des moissons, le ciel s'obscurcit brusquement, un prodigieux éclair le déchira et une averse de grêle épouvantable s'abattit sur les champs. En un instant, la récolte fut morte. Les hommes de désespoir s'en cognèrent le front contre terre puis, la tête bourbeuse, s'en furent supplier celui qui les avait deux fois sauvés d'accomplir encore un miracle pour le salut de leurs enfants. Alors Badanek leur avoua qu'il n'était pas plus savant que le commun des mortels, et que seul son père savait ce qui devait être fait.

– Comment sait-il cela ? lui demandèrent les hommes.

Badanek répondit :

– Les vieillards sont familiers des mystères du monde, car le temps les a conduits sur ce sommet de l'âge d'où l'on peut voir le chemin parcouru, autant que les vallées au-delà. Si vous acceptez d'abolir la coutume qui fait de nous des meurtriers orphelins, je vous conduirai à mon père que je n'ai pas eu le cœur de tuer. Vous vous inclinerez devant lui, et il apaisera votre détresse.

Nul n'osa répondre à ce discours, mais tous s'en furent en longue file dans la montagne où était l'ancêtre. Badan, les voyant venir, s'assit au seuil de sa caverne. Les hommes prirent place autour de lui et l'interrogèrent avec respect. Il leur répondit qu'ils trouveraient à profusion des grains pour de nouvelles semailles dans le champ du génie des blés.

– Je sais où il est, dit-il.

Il les conduisit dans ce lieu miraculeux. Les champs bientôt refleurirent et les vieillards désormais vécurent ce que Dieu seul leur donna d'années.

La femme aux mains de lumière

Dans la montagne verte fut autrefois la citadelle d'un guerrier à l'âme forte nommé Psébadé, et de son épouse Adaya, belle comme un soleil. Cette demeure sauvage était bâtie au bord d'un torrent impétueux et profond. C'était une retraite sûre. Psébadé n'y craignait personne.

Quand il partait en expédition, Adaya s'asseyait à la fenêtre de sa plus haute tour, tendait ses mains au-dehors et éclairait son chemin. Car cette femme incomparable avait le pouvoir de faire jaillir la lumière de ses doigts blancs. Elle assurait ainsi les pas de son époux, tandis qu'il descendait dans la brume de l'aube vers les plaines fertiles. Et quand, la nuit, l'ennemi aux trousses, il revenait chargé du butin de ses razzias, elle lançait un pont de toile au travers du torrent et l'illuminait puissamment. Dès que Psébadé avait passé ce pont, elle s'empressait de le relever, puis à la hâte cachait ses mains rayonnantes. Alors ceux qui le poursuivaient se perdaient dans les ténèbres et, mouillés de l'écume des cascades qu'ils n'osaient traverser, ils s'en retournaient à grand-peine chez eux.

Or, il advint que ses exploits enviables gonflèrent Psébadé d'orgueil bavard, au point qu'un jour de festin parmi des voyageurs de passage il se prit à s'enflammer de ses vantardises.

– Qui pourrait me vaincre ? dit-il. Personne. Même du pays des géants cyclopes, je reviendrais vivant et riche, s'il me prenait fantaisie d'aller piller chez eux. Hier encore, j'ai franchi le torrent avec dix-huit chevaux pommelés et vingt et une vaches dérobées dans la plaine. Aucun de ceux qui me couraient au train (ils étaient plus de cent) n'a pu me rejoindre !

Adaya, l'entendant ainsi parler, baissa le front et murmura, soudain renfrognée :

– Ne suis-je donc pour rien dans tes faits d'armes ?

Psébadé la toisa un moment en silence puis répondit, les sourcils joints et la bouche arquée :

– Je vais seul en razzia. Marches-tu à ma place ? Est-ce ta vie ou la mienne que les flèches menacent ? Tais-toi donc, femme, tu ne sais ce que tu dis.

– Homme, ta vanité me fait honte, gronda la belle Adaya, relevant fièrement la tête. Il est des héros plus braves que toi dans le monde.

Psébadé, cognant des deux poings sur la table, se leva, le cœur troué de rage.

– Tu sauras bientôt quelle est ma vraie valeur, dit-il.

Sur l'heure, il sella son cheval et s'en alla.

Cette fois, il se perdit inexplicablement. Il erra, de jour en jour plus amer. Partout où le hasard le conduisit, il fut repoussé. Il ne put piller que maigre pitance. Sa monture se traîna bientôt sur les chemins pierreux, prise d'étrange fatigue, et sa belle pelisse de feutre, délavée par les pluies et les soleils, se fendit au milieu du dos. Alors, à bout de forces, il décida de rentrer chez lui. Pour ne point revenir bredouille, sur le chemin du retour il attaqua un village aux enclos foisonnants de bétail. Il ne put rien voler et se trouva poursuivi par une meute de guerriers aux chevaux vifs. Une nuit, Adaya, du haut de la tour où elle s'était enfermée, l'entendit appeler à l'aide, de l'autre côté du torrent. Elle contempla sur ses genoux ses mains de lumière, mais ne bougea pas, pensant qu'il devait vaincre seul les ténèbres, puisqu'il en avait ainsi décidé. Elle attendit, guettant le bruit de la porte et le pas ferré de son époux sur les dalles. Le silence s'obstina.

Alors, prise d'inquiétude, elle vint à la fenêtre, ouvrit le volet, tendit au-dehors ses doigts éblouissants. Le bord du torrent était désert. Au loin, vers les terres basses, elle vit une tache noire sur une vaste pierre plate. Elle sortit à la hâte et, bondissant de rocher en buisson le long de la rive, elle parvint toute échevelée où était le corps de Psébadé que le courant tumultueux avait emporté.

Il était mort. Elle poussa un hurlement de détresse et d'effroi, s'abattit sur lui et le tint embrassé jusqu'à l'aube. Quand le jour vint, elle l'ensevelit, s'agenouilla sur sa tombe et pleura. Elle resta ainsi sept jours et sept nuits, le visage dans ses mains. Au matin du huitième jour, vint à passer un cavalier. Il était beau et large. Sa chevelure brillait au soleil neuf. Voyant cette belle femme perdue dans son chagrin, il mit pied à terre et lui demanda pourquoi elle se lamentait ainsi.

– Qu'importe, lui dit-elle. Tu ne peux rien pour moi. Passe ton chemin.

L'homme lui répondit :

– Secourir une femme dans la peine porte chance aux aventureux. Réfléchis. Dans une heure, je reviendrai. Alors tu me diras quelle douleur te tient, et je t'aiderai.

Il remonta en croupe et s'en fut le long du torrent.

Adaya le suivit des yeux. Elle le vit bientôt pousser son cheval dans les eaux tourbillonnantes. Elle pensa :

« Il va se noyer. » Elle voulut lui crier de prendre garde. Elle n'en eut pas le temps. La monture et le cavalier, ruisselants d'écume, déjà reprenaient pied sur l'autre rive. « Quelle vaillance ! se dit-elle. Le héros que je pleure fut moins brave que lui, pour mon malheur. Par la souveraine des mers et des rivières, il faut que j'éprouve cet homme ! » Elle releva la tête, ouvrit les bras et pria ainsi le Ciel :

– Déesse terrible et généreuse, fais que le jour s'obscurcisse, que la tempête gronde, que les éclairs déchirent les nuées, que les cascades submergent les terres !

La sévère dame des rivières l'exauça. À peine Adaya avait-elle parlé que de lourds nuages s'élevèrent, effacèrent la lumière du jour, tombèrent en aveuglants déluges. Dans le fracas de la tourmente, la femme aux doigts de lumière, courbée sur la tombe de son époux, entendit soudain un galop crépitant. Elle se redressa et vit au travers de l'averse le cavalier accourir à nouveau vers elle.

– Pourquoi es-tu revenu ? lui cria-t-elle.

Il lui répondit en riant :

– Pouvais-je t'abandonner dans une pareille tempête ?

– Tu as risqué mille morts à franchir deux fois ce torrent. Vois comme il est furieux.

– Ce n'est pas moi qui l'ai franchi, c'est mon cheval, dit l'homme, riant de plus belle.

Cette réponse plut à Adaya. Elle baissa la tête pour dissimuler la lueur de ses yeux. Le cavalier s'assit à côté d'elle et couvrit ses épaules de son vaste manteau. Alors, tout soudain, la pluie cessa, les nuages se dispersèrent, le soleil à nouveau brilla, haut dans le ciel, et la terre alentour verdit. Seul, le sol de la tombe resta aride et noir.

– Regarde, dit Adaya. Tout, autour de nous, semble éprouver du bonheur à vivre. Tout a fleuri en un instant, sauf ce carré de terre où est un mort. Pourquoi ?

– Parce que celui qui est couché là n'aimait que lui-même, répondit l'homme. Il n'aimait pas la vie.

Adaya baissa la tête et murmura :

– Celui qui est couché là m'aimait et je l'aimais. Il était mon époux.

– Tu l'aimais, mais il ne t'aimait pas, dit l'homme. S'il t'avait aimée, sa tombe se serait couverte de fleurs.

Il regarda la jeune femme, lui sourit. Un long moment elle le regarda aussi.

– Comme ta chaleur est bonne, dit-elle.

Puis elle sortit brusquement de l'abri du manteau et se mit à disperser à grands gestes rageurs le tertre qu'elle avait élevé. Son compagnon lui demanda pourquoi elle se prenait ainsi de fureur. Elle gronda :

– Cet homme qui n'aimait que lui ne mérite pas qu'on se souvienne de sa vie.

– Tu as pris une peine inutile à élever cette tombe, lui dit le cavalier. Tu prends une peine inutile à la détruire. Qu'elle demeure telle qu'elle est et, en la voyant stérile, que rougissent de honte ceux qui n'aiment qu'eux-mêmes.

L'homme aux mains puissantes et la femme aux mains de lumière se levèrent et s'en furent ensemble le long du torrent, sous le soleil paisible.

Le voyage de Gambar

Chouchanik était belle, insouciante et vive. Elle avait des yeux pareils à l'eau fraîche des sources. Quand elle apparaissait auprès du roi son père, on ne voyait qu'elle : la lumière l'aimait.

Le roi, l'âge venu, voulut la marier. Il décida donc en son honneur une fête époustouflante à laquelle il invita les plus valeureux et fortunés parmi les princes d'alentour. Ces puissants vinrent aussitôt déposer aux pieds de Chouchanik leur désir d'elle et les plus pures merveilles de leurs trésors. L'un après l'autre, elle les écouta, examina distraitement leurs figures considérables et les repoussa tous. Son père en fut extrêmement offusqué. À peine le dernier prétendant, rogneux et tête basse, eut-il tourné ses talons d'or qu'il cogna du poing sur l'accoudoir de son trône et demanda à sa fille dans quel songe coupable elle avait oublié son cœur. Alors elle l'attira vers la fenêtre de la salle et, désignant dans la cohue du marché un vannier guenilleux assis contre la fontaine parmi ses bottes d'osier, ses paniers et ses nattes :

– Vois-tu cet homme ébouriffé comme un soleil ? Son nom est Gambar. C'est lui que je veux, aucun autre, dit-elle.

Aurait-il été poignardé dans le dos, le roi n'eut pas été plus douloureusement éberlué. Il resta un long moment muet, puis murmura, découragé :

– Que ton insupportable volonté soit faite. Va-t'en, fille, je ne veux plus te voir.

Hors de sa vue, elle courut, descendit sur la place, s'approcha du vannier parmi la foule et lui sourit. Il la contempla, pantois comme devant un miracle. Il la connaissait, mais ne l'avait jamais vue que de loin.

– Ne me regarde pas ainsi, dit-il, sinon, que vaudra ma vie quand je te verrai t'éloigner de moi ?

Elle lui répondit :

– Mon désir est de vivre avec toi jusqu'à mon dernier jour. Épouse-moi, Gambar.

– Hélas, dit-il, je suis pauvre. Je ne peux t'offrir qu'une maison de terre rouge et une corbeille d'osier pour y coucher nos enfants.

– Je ne veux rien d'autre que la place de l'aimée dans ton cœur.

– Bonté divine, dit Gambar.

Le soir même, la princesse Chouchanik franchit le seuil de sa masure et entra dans l'humble vie des simples. Dans sa robe de soie, elle tailla une chemise neuve pour son époux, se mit bravement au travail des chaudrons et des pots enfumés, tous les matins fleurit la maison et connut un bonheur limpide à peine troublé par la crainte passagère qu'il lui soit un jour repris. Son seul souci constant était de voir Gambar s'épuiser à la tâche pour un profit de portefaix. Un soir, comme il caressait en silence son visage auprès du feu, elle prit ses mains crevassées comme une vieille écorce, les baisa et lui dit :

– Homme, tes doigts blessés me blessent, ton dos courbé me fait baisser le front, ta fatigue m'est douloureuse. Tu travailles trop. Pourquoi ne changerais-tu pas de métier ? Il en est de moins rudes et de plus profitables.

Gambar hocha la tête et lui répondit qu'elle avait raison.

Le lendemain, il offrit ses services à un riche marchand qui s'apprêtait à partir au loin vendre ses chargements d'étoffes. L'homme, considérant son air franc et sa carrure large, l'engagea sur-le-champ. Gambar courut à sa maison, annonça à Chouchanik la bonne et triste nouvelle : il avait trouvé un travail neuf et de bon rapport, mais devait pour longtemps quitter la ville et le visage aimé.

– Va, lui dit-elle, et ne crains pas. Je serai fidèle.

Il la serra dans ses bras et s'en fut, les yeux embrumés.

Il voyagea longtemps, connut des villes insoupçonnées et des chemins qui lui parurent infinis tant la nostalgie de son épouse lui fut pesante. Un matin, comme il poussait sa troupe de mules au travers d'un désert de sable et de rocs, un fils lui naquit au loin, dans sa maison de terre rouge, et Chouchanik chanta ce jour-là sa première berceuse. Elle était sans nouvelles de son époux, sa pensée errait tristement sur les routes du monde. Or, Gambar et son maître, au même instant, parvenaient au bord d'un puits creusé dans la rocaille aride. Ils décidèrent de dresser là le campement du soir, déchargèrent ensemble leurs bêtes épuisées, puis Gambar se ceintura d'une longue corde et descendit dans le trou d'eau, une grosse cruche suspendue à son cou. Il la remplit six fois et six fois son compagnon la remonta, pleine à ras bords. Quand le marchand eut abreuvé ses mules, il empoigna la corde pour aider son frère de route à se hisser au soleil.

Alors Gambar, dans les ténèbres du fond, se sentit happé par des mains invisibles. Avant même qu'il ait eu le temps d'ouvrir la bouche pour hurler son épouvante, la corde se défit de lui. Il tomba à la renverse et pourtant n'éprouva pas le froid de l'eau mais plutôt celui d'une cave profonde où ne régnait que le noir. Il se retrouva assis sur un dallage humide, se releva, voulut crier, mais aucun son ne sortit de sa gorge. Il se mit à palper la nuit autour de lui. Ses mains tendues rencontrèrent une porte. Il la poussa et se vit, tout ébahi, au seuil d'une salle ronde aux murs d'or courbés en voûte, au sol pavé de diamants.

Au centre de cette salle étaient trois jeunes filles habillées de noir, de blanc et de rouge. Elles étaient occupées à broder une tapisserie posée sur leurs genoux. Près d'elles était une table, sur cette table un plat d'argent et sur ce plat une grenouille aux grands yeux ahuris. Devant cette grenouille, un jeune homme royal était assis. La bouche ouverte et le regard extasié, il contemplait l'animal posé, sans broncher d'un cil.

Dès que Gambar parut, la fille vêtue de blanc leva le front et, sans marquer le moindre étonnement, lui souhaita la bienvenue. Puis la fille vêtue de noir lui sourit et lui dit :

– Étranger à l'œil vif, regarde-nous. Quelle est la plus belle parmi les créatures de ce lieu ? Parle vite, ta réponse nous importe, nos cœurs battent fort.

– Depuis quarante ans, dit la fille vêtue de rouge, nous attendons la venue d'un homme capable de répondre à cette douloureuse question : pourquoi notre prince ici présent n'a de regard que pour cette grenouille ? Serions-nous moins désirables qu'elle ?

Gambar répondit d'un trait :

– La plus désirable pour un homme est toujours la femme aimée.

À peine avait-il ainsi parlé que la grenouille bondit hors de son plat, se posa sur le sol et, aussitôt, du pavement, jaillit une jeune femme d'une telle beauté qu'auprès d'elle les trois brodeuses parurent soudain aussi pâles que des chandelles au soleil. Le prince se dressa devant elle, ouvrit ses bras, poussa un cri extasié, l'étreignit, baisa mille fois ses cheveux, son visage, ses doigts menus, enfin se tourna vers Gambar et lui dit, tout exalté :

– Depuis quarante années, j'attendais cette réponse. Beaucoup d'hommes avant toi sont venus, aucun n'a su la dire. Sois béni. Sache que l'Esprit du désert changea autrefois ma bien-aimée en grenouille parce qu'elle refusait de l'accepter pour époux. Tu as brisé l'enchantement.

Il lui serra vigoureusement les mains, puis fit un signe aux trois brodeuses. Elles se levèrent, s'en furent dans une pièce voisine et revinrent, portant chacune une grenade.

– Ami, dit le prince, accepte de moi ce présent.

Gambar remercia, prit les fruits, les fourra dans sa chemise et sortit. Il se retrouva dans la cave ténébreuse et là entendit la voix effarée du marchand qui l'appelait. Il leva la tête, vit sa figure inquiète penchée au bord du trou, renoua la corde autour de sa taille et grimpa à la lumière du jour.

– Fils, je t'ai cru noyé, lui dit son compagnon. Que faisais-tu donc au fond de ce puits ?

– J'étais allé cueillir trois grenades dans un verger profond, lui répondit Gambar en riant.

L'autre ne comprit rien à ces paroles, haussa les épaules et s'en fut allumer le feu du soir.

Le lendemain, ils croisèrent une caravane qui s'en retournait à la ville. Gambar y reconnut un muletier de ses voisins. Cet homme de bien s'en était allé chercher fortune sur les routes et s'en revenait chez lui, content.

– Ton chemin est béni et ta chance est belle, tu seras bientôt rendu aux tiens, lui dit Gambar.

– Je donnerai de tes bonnes nouvelles à ta femme, lui répondit le muletier. Dieu te garde.

– Donne-lui aussi ces trois grenades de ma part. Qu'elles lui soient douces !

Ainsi les fruits offerts dans le palais profond furent bientôt posés sur la table bancale où Chouchanik pétrissait la pâte de ses galettes. Elle ouvrit la première. Ce fut comme si elle venait de trancher un soleil : chaque grain était un diamant.

Gambar, pendant ce temps, marchait au loin. Il chemina neuf mois encore, de pluies en vents, de plaines en villes. Alors le cœur lui pesa trop. Un soir, accablé de fatigue et de mélancolie, il résolut de retourner auprès de son épouse. Son maître, le marchand, lui paya ce qui lui revenait. Le lendemain, les deux hommes s'embrassèrent et se dirent adieu.

Or, comme il parvenait en vue de sa ville d'enfance, Gambar rencontra sur la steppe un troupeau de moutons aussi vaste qu'un lac. Il fit devant lui une brève halte étonnée et demanda au berger à quel homme fortuné appartenaient ces bêtes innombrables.

– À Gambar, le mari de la princesse Chouchanik, répondit l'autre.

Gambar éclata de rire et poursuivit sa route, convaincu que le bonhomme s'amusait de lui. Le vent frais, les prés, les arbres familiers lui firent le cœur allègre. Il se mit à fredonner en se disant qu'il allait apercevoir au prochain détour du chemin la rivière aux berges herbues où il allait autrefois cueillir l'osier. Il découvrit là, dans la haute verdure, une troupe de vaches grasses qu'il n'y avait jamais vue au temps de sa vie pauvre. Au premier passant qu'il croisa, il demanda à qui appartenaient ces bêtes. L'homme lui répondit :

– À Gambar, le mari de la princesse Chouchanik.

Il pensa : « Quel est ce mystère ? » Il se gratta le crâne, grimaça, l'esprit perdu, et chercha du regard sa vieille maison de terre rouge parmi les masures du faubourg. Il aurait dû la voir, du lieu où il était. Il ne l'aperçut point. À sa place se dressait un palais de pierre blanche au toit de céramique bleue. Il y courut. Le portail était grand ouvert. Il entra, traversa la cour. Comme il hésitait au seuil de la demeure que fermait un rideau de soie, il entendit ces mots tendrement murmurés :

– Tu ressembles à ton père. Tu as ses yeux rieurs.

Une voix fluette répondit :

– Quand viendra-t-il ?

– Peut-être déjà traverse-t-il nos troupeaux dans la steppe, dit Chouchanik, peut-être court-il le long de la rivière sur le chemin familier, peut-être est-il dans la cour à te chercher du regard, fils aimé, peut-être va-t-il apparaître comme le soleil du matin.

Elle souleva le rideau de soie et leurs regards s'illuminèrent.

C'est ainsi que Gambar revint à sa maison, après un long voyage.

Le fils du laboureur

Il advint que le fils d'un pauvre laboureur fut une nuit visité par un songe. Il se vit assis sur un trône d'or entre la lune et le soleil. Au matin, entrant tout joyeux dans la maison commune :

– J'ai fait un beau rêve, dit-il.

Ses compagnons lui vinrent autour et lui demandèrent de le raconter. Il leur répondit :

– Il est ma chance. Je le tiens, je le garde.

Il dit cela tout rieur, en brandissant son poing fermé. Un ricaneur voulut de force ouvrir ce poing. Il le reçut en pleine face si puissamment qu'il tomba mort. Le fils du laboureur se pencha bouché bée sur lui : il ne se savait pas capable d'un pareil dégât. Il fut aussitôt saisi sous les bras et jeté en prison.

Le lendemain, le prince des Oubykhs reçut du roi des Cosaques un bâton enveloppé d'un parchemin. Sur ce parchemin étaient inscrits ces mots : « Désignez le haut et le bas du bâton ci-joint. Si vous ne pouvez pas, je vous ferai la guerre. » Le prince des Oubykhs et ses conseillers examinèrent l'objet, le tournèrent en tous sens et restèrent perplexes. Le bruit courut dans le village que la guerre menaçait. On s'effraya jusque dans la prison. Le fils du laboureur entendit ses gardiens soucieux se répéter l'énigme. Il leur dit :

– Conduisez-moi devant le prince. Je sais la réponse.

On le défit de ses chaînes. On le mena au palais. Le prince, le front tourmenté, l'interrogea. Il répondit :

– Si l'on enfonce un bâton dans une bassine d'eau il remonte aussitôt à la surface. Le bout qui surgit le premier est le haut. Celui qui apparaît après est le bas.

Le prince le remercia et le fit ramener dans son cachot. Le soir même, en haut de son bâton mouillé, il noua un chiffon blanc, en bas un chiffon rouge, puis indiqua par lettre le sens des deux couleurs et fit porter le tout au roi des Cosaques.

La paix régna trois ans, jusqu'au matin froid où le prince des Oubykhs reçut un nouvel envoi : trois chamelles et un parchemin, plus rêche que le premier. Quand il l'eut déroulé, il lut ces mots : « Des trois chamelles qui sont à la porte de votre palais, désignez la mère, la fille et la petite-fille. Si vous ne pouvez pas, les Cosaques vous feront la guerre. » Aussitôt, il réunit ses conseillers et sortit avec eux dans la cour examiner les bêtes. Elles semblaient de même âge. Tous restèrent devant elles muets et les sourcils froncés. La guerre parut inévitable. La rumeur, courant les rues et les maisons, parvint jusqu'aux couloirs de la prison.

– Je sais la réponse, dit à ses geôliers le fils du laboureur.

On le conduisit en hâte devant le prince.

– Intelligente majesté, dit-il, bâtissez un enclos. Dans cet enclos, enfermez les chamelles et faites-les fouetter. Après quoi ouvrez-leur la porte. La première qui s'enfuira sera la mère, la deuxième la fille, la troisième la petite-fille.

– Jeune fou, tu me plais, lui répondit le prince.

Il le fit ramener en prison et ordonna que l'on dresse un enclos à la lisière de la ville. Le lendemain, il noua un chiffon blanc autour du cou de la mère chamelle, un chiffon rouge autour du cou de la fille, un chiffon noir autour du cou de la petite-fille et les fit conduire, avec une lettre expliquant le sens des trois couleurs, au roi des Cosaques.

De quatre ans pleins, il ne reçut aucune nouvelle de l'agaçant monarque. Au premier jour de la cinquième année (il neigeait), fut déposé devant le trône un carré de fer plié sept fois et un parchemin fort rugueux qui fit un bruit semblable à un ricanement, quand on le déroula. Le roi des Cosaques y avait inscrit ces mots : « Si vous trouez ce fer d'un seul coup de lance, je dirai : ces Oubykhs sont respectables. Sinon, mon armée vous fera la guerre. » Le prince, ses conseillers, ses guerriers et son peuple convoqué, estimèrent l'exploit au-dessus des forces humaines. Alors, parce qu'il avait éclaté de rire quand il avait appris pourquoi les gens se désolaient, le fils du laboureur fut traîné au palais.

– Troue, lui dit le prince, désignant le bloc de fer.

– Avec l'aide de Dieu je trouerai, répondit le jeune homme. Que Dieu m'aide !

Il troua. Le prince l'embrassa et lui offrit la charge de capitaine de sa garde.

Deux mois étaient à peine passés que le prince des Oubykhs reçut du grand Cosaque une nouvelle lettre dans laquelle il était dit ceci : « Tu as été trois fois sauvé par un homme de grande force et de puissante sagesse. Envoie cet homme auprès de moi, sinon j'envahirai tes terres. »

– Que l'on me donne cinq chevaux, et je pars sur l'heure, dit le fils du laboureur.

Le prince lui fit aussitôt amener ses cinq plus belles cavales. Il monta sur la première, attacha les autres à son train, et se mit en route.

Au premier jour du voyage, il rencontra un paysan qui poussait sa charrue dans un champ venteux. À ses chevilles étaient attachées deux énormes meules de moulin, mais sa marche dans les sillons n'en semblait pas incommodée. Le fils du laboureur fit halte pour contempler à son aise ce fort entre les forts.

– Dieu t'aime, lui dit-il. La puissance de ton corps est celle de cent guerriers.

– Elle n'est rien. La force de l'homme qui troua le carré de fer du roi des Cosaques est mille fois plus valeureuse, répondit l'autre.

– Si cet homme croisait ta route, aimerais-tu l'accompagner ?

– Assurément. Je l'accompagnerais partout où il irait.

– Je suis celui-là, dit le jeune homme. Monte sur mon deuxième cheval. Comment t'appelle-t-on ?

Jambes-fortes était son nom. Il abandonna sa charrue et bondit en croupe.

Au deuxième jour, comme le soleil parvenait au plus haut du ciel, ils furent forcés d'arrêter leurs chevaux devant un homme couché sur le flanc gauche au travers du chemin. Le fils du laboureur lui demanda ce qu'il faisait là. L'autre releva la tête et lui dit.

– J'écoute les paroles du monde.

– Ton ouïe est fine. Dieu t'a comblé.

– Pas autant que l'homme qui a troué le carré de fer du roi des Cosaques. Celui-là, en vérité, est plus savant que moi.

– Je suis cet homme. Veux-tu m'accompagner où je vais ?

– De tout mon cœur, je le veux.

– Monte sur mon troisième cheval. Comment t'appele-t-on ?

Entendeur-de-loin était son nom. Ce jour-là, ils furent trois à cheminer.

Le lendemain, chevauchant le long d'un lac, ils trouvèrent un homme accroupi sur la berge et la tête dans l'eau. Ils le contemplèrent un long moment, puis, comme il ne bougeait pas, ils le prirent aux épaules et le secouèrent, craignant qu'il ne s'étouffe. L'autre les regarda en riant, la figure ruisselante, et leur dit :

– Pardonnez-moi, je ne vous avais pas entendus venir. J'avais soif, je buvais. Dieu vous envoie. Si personne ne m'avait détourné de ce lac, je l'aurais tout entier englouti, et les cultures des villages alentour en auraient cruellement souffert.

– Es-tu donc capable de boire autant d'eau ? lui demanda le fils du laboureur.

– Certes, je le suis.

– Dieu t'a soufflé dans la bouche !

– Ne me dis pas cela. Le seul, à ma connaissance, qui fut béni de Dieu est l'homme qui troua le carré de fer du roi des Cosaques.

– Aimerais-tu l'accompagner où il va ?

– Ose dire que tu ignores la réponse !

Buveur-de-lac était son nom. Il enfourcha le quatrième cheval et suivit les autres.

Le dernier homme qu'ils rencontrèrent avant de parvenir au royaume cosaque avait nom Ravageur-de-mont. Ils le trouvèrent occupé à démolir une colline à coups de pioche si furibonds que la terre et les cailloux tombant en pluie torrentueuse comblaient à ses pieds la vallée. Il interrompit son travail quand le fils du laboureur fit halte devant lui et, modestement appuyé sur le manche de son outil, estima qu'il accomplissait là un travail subalterne auprès de celui qu'avait mené à bien l'incomparable troueur du carré de fer cosaque plié sept fois. Le fils du laboureur l'invita à monter sur son cinquième cheval, ce qu'il fit d'un bond joyeux.

Le roi des Cosaque reçut ces hommes avec un empressement fort hypocrite. En vérité, son intention était de faire mourir le bel Oubykh que ses énigmes n'avaient pu tromper, et les redoutables serviteurs qui l'accompagnaient. Cependant, comment s'y prendre sans risquer quelque grave bataille ? Il fit installer ces encombrants visiteurs dans une haute maison proche de son palais, et réunit ses ministres. Ces vaillants vieillards lui conseillèrent de les livrer au dragon qui veillait sur la fontaine du jardin royal.

– Nous savons qu'il est le plus puissant des dragons terrestres, dirent-ils. Ordonnons à ces gens d'aller puiser de l'eau à la fontaine qu'il garde. Aucun n'échappera à ses griffes qu'affûte le dieu du temps depuis la naissance du monde.

Dans la haute maison où logeaient les cinq intrépides :

– Que dit-on de nous au palais ? demanda le fils du laboureur à Entendeur-de-loin.

Entendeur-de-loin répéta mot pour mot les discours ministériels. Alors Jambes-fortes se dressa et dit :

– J'irai le premier à la fontaine. Ne craignez rien, je me charge du dragon.

Il le tua. Quand les gardes du palais accourus dans le jardin virent le monstre gisant, les os broyés et le corps aussi flasque qu'une outre vide, ils coururent se jeter à plat ventre au pied du trône et pleurèrent leur épouvante.

– Peste, murmurèrent les ministres en hochant leurs têtes chenues. Ces hommes sont effrayants.

Ils réfléchirent une demi-journée, puis leurs yeux se rallumèrent.

– Emplissons d'eau sept chaudrons, dirent-ils, gonflons cette eau de farine salée et invitons-les à boire. Ils ne pourront refuser. Leur panse éclatera.

– Savez-vous ce qu'ils nous veulent faire ? dit, dans la haute maison, Entendeur-de-loin à ses compagnons.

Il leur conta par le menu les nouvelles manigances royales.

– Je me rendrai le premier à cette collation, dit Buveur-de-lac. Si vous gardez quelques rôtis au four pour mon retour, je viderai les sept chaudrons.

Il les vida. Le roi des Cosaques en fut très mélancolique. Ses ministres, s'affairant autour de lui, s'épuisèrent une nuit entière à remuer de nouvelles idées de meurtre. À l'aube, l'un d'eux dit enfin :

– Lançons-leur un défi. Que meurent ceux qui ne sauront trancher d'un seul coup d'épée l'arbre millénaire qui ombrage la plaine au cœur de ce royaume.

Dans la haute maison, Entendeur-de-loin se tourna vers le fils du laboureur, lui révéla l'épreuve qu'il lui fallait maintenant affronter et lui demanda :

– Sauras-tu ?

– Si Dieu m'aide, je trancherai cet arbre, répondit le jeune homme. Que Dieu m'aide !

Le lendemain matin, il se lava les mains, les pieds et le visage, puis il tira son épée de sa ceinture et, avec tout ce que Dieu lui avait donné de force, il trancha d'un seul coup le tronc millénaire. L'immense feuillage tomba sur les dix mille hommes assemblés dans son ombre et les écrasa.

Alors les cinq compagnons bondirent sur leurs chevaux, assaillirent le palais royal, enfoncèrent toutes les portes jusqu'à trouver la fille du roi. Ils l'enlevèrent et prirent le chemin du retour. L'armée cosaque leur courut aux trousses. Ravageur-de-mont se chargea d'elle.

Il se posta à l'entrée d'une étroite vallé et, piochant les rocs et les falaises alentour, il l'ensevelit tout entière avec une simplicité de terrassier à son ouvrage ordinaire.

Ils entrèrent enfin sur la terre natale. Quand ils arrivèrent sur la première colline :

– Me voici de retour, dit Ravageur-de-mont. Je n'irai pas plus loin.

Il dit adieu à ses compagnons et se remit à son travail.

Les quatre autres poursuivirent leur route. Quand ils parvinrent au bord de l'eau :

– Pays de mes ancêtres, béni sois-tu, dit le Buveur-de-lac. Adieu les hommes, ici je dois vivre et mourir.

Ils ne furent que trois à chevaucher encore une pleine journée. Au premier détour de son chemin familier, Entendeur-de-loin bondit à terre et se coucha sur le flanc gauche.

– Décidément, c'est ici que l'on entend le mieux ce qui se dit dans le monde, dit-il. Allez sans moi, compères.

Les deux derniers voyagèrent sans un mot jusqu'au champ où Jambes-fortes avait laissé ses bœufs attelés.

– Adieu, frère, dit-il. Mes bêtes ne peuvent pas attendre davantage.

Le fils du laboureur et la princesse cosaque s'en revinrent donc seuls à la maison du prince des Oubykhs. On l'accueillit glorieusement. Le prince, après avoir entendu le récit de ses exploits, fut si content qu'il lui donna sa fille en mariage. Ainsi le valeureux jeune homme se trouva royalement assis entre le soleil oubykh et la lune cosaque, comme il s'était vu dans son rêve.

Les doubles épousailles furent célébrées quinze jours durant. Tous les hommes de la contrée y furent conviés. J'y fus aussi. C'est à la table des sages que j'entendis l'histoire. Ilyas me la conta au soir de son quinzième jour d'ivresse. Ilyas dit toujours la vérité quand il est soûl.

Le prince et la fille du vizir

Il était un jour un sultan de belle allure et de respectable puissance. Son peuple vivait en paix, ses coffres débordaient d'or, son palais était le miroir de l'aurore. Pourtant, il était plus malheureux qu'un perdu dans le désert. En vingt années de règne, aucun enfant ne lui était né. Or, comme il se trouvait à l'âge où les forces déclinent, son épouse, une nuit, se vit en songe sur un chemin fleuri.

Cheminant ainsi paisiblement, elle parvint au bord d'un lac. Au-dessus de ce lac volaient des oiseaux blancs. Elle fit halte sur la rive pour les contempler. Alors elle vit l'un de ces oiseaux monter dans le ciel et se métamorphoser en soleil. Au même instant, elle en vit un autre descendre vers la rive et se poser sur sa tête. Elle voulut le saisir, mais il battit des ailes et s'éleva droit vers l'astre rayonnant. Or, comme il s'approchait de sa face brûlante, ses ailes s'enflammèrent et il tomba, rouge et fumant. Aussitôt le soleil redevint oiseau et, volant comme un trait de flèche vers l'incendié, il le sauva avant qu'il n'atteigne l'eau bleue du lac.

La femme du sultan se réveilla de ce rêve si tremblante et oppressée qu'elle ne put se rendormir. Ses premières paroles du matin furent pour le raconter à son époux. Il en resta un long moment perplexe, puis convoqua ses devins et leur demanda ce que signifiaient ces oiseaux, ce lac, ce soleil brûlant. Un vieil astrologue lui répondit :

– Un fils te naîtra. Il aimera une jeune fille. Pour la suivre il abandonnera son trône. Le retrouvera-t-il ? Nous ne pouvons en décider. Ce point est douteux.

Le sultan se réjouit de s'entendre annoncer un fils. Cependant, pour avoir osé dire que ce fils tant désiré perdrait son trône, il fit jeter l'astrologue en prison.

Un an passa sans bonne nouvelle, jusqu'à ce qu'à la porte du palais arrive un derviche errant. Cet homme poussiéreux et maigre vint au-devant des gardes et leur annonça sèchement qu'il désirait voir le sultan. Comme les sergents le repoussaient en le moquant, il s'écria :

– Voilà quarante-deux ans que je cours le monde, et je n'ai jamais aussi mal respiré qu'en cette cité. Assurément, votre maître est rongé par un chagrin fort douloureux. Or, je dois assistance aux affligés. Permettez-moi donc d'apporter remède à son mal.

La femme du vizir, du haut de sa fenêtre, entendit ces paroles et s'en fut les dire à son mari. Le vizir aussitôt courut au jardin où le sultan rêvassait sombrement par les allées fleuries. Dès qu'il fut informé, l'éminent monarque ordonna que ce derviche lui soit amené. À peine l'inconnu vêtu de pauvre laine avait-il levé les yeux vers son visage :

– Je vois dans ton regard que tu es en souci parce que tu n'as pas d'enfant, lui dit-il. Réjouis-toi, ton malheur touche à sa fin.

Il plongea la main dans son sac, en sortit une pomme rouge, la trancha en quatre et dit encore :

– Mange le premier quart de cette pomme. Donne le deuxième à ta femme. Enfonce le troisième dans la gueule de ton cheval et jette le quatrième dans un lac.

Le sultan regarda dans sa main le fruit ouvert, releva la tête. Le derviche avait disparu. Il en resta éberlué.

Quand son cœur fut un peu apaisé, il croqua un morceau de la pomme, porta en hâte à sa femme la part désignée pour elle, s'en fut à ses écuries, fit avaler à son cheval ce qui lui revenait, puis monta en selle et se mit en chemin sous les ombrages vers le lac qui ceignait sa demeure. Cependant, comme il chevauchait tout exalté, la pensée lui vint que son vizir non plus n'avait pas d'enfant et que, peut-être, il lui en viendrait un s'il lui donnait à manger ce dernier quart de pomme miraculeuse, plutôt que de le laisser perdre. Il rebroussa chemin, courut aux appartements de cet homme qu'il estimait. Il le trouva occupé à converser avec son épouse. Alors il partagea en deux ce qui lui restait du fruit, tendit à chacun sa bouchée et s'en revint satisfait à son jardin.

Neuf mois, neuf jours et neuf heures plus tard un fils naquit au sultan, une fille au vizir et un poulain au cheval. On ouvrit les portes du palais, on égorgea cinq cents moutons et chameaux, on dressa dans les jardins des tables somptueuses et l'on invita le peuple à festoyer. Pendant quarante jours, le bruit des musiques, des danses et des banquets emplit la cité. Le sultan, le dernier jour de ces fêtes, affirma hautement que son fils serait le plus savant et le plus habile des princes. Cependant, les années passant, il grandit en force et en beauté, mais point en savoir. Il ne voulait rien apprendre des sciences et des arts. Il n'avait de goût que pour la chasse.

Un jour de sa quinzième année, tandis qu'il apprêtait son cheval dans la cour du palais, la fille du vizir, de sa fenêtre, lui fit un signe et lui sourit. Il en fut troublé. Ce jour-là, chevauchant par les buissons et les collines, il ne vit pas le moindre gibier. Il en fut jusqu'au soir maussade et renfrogné. Au crépuscule, il aperçut enfin un jeune cerf entre deux rochers gris. La joie lui revint d'un coup. Il le poursuivit, arma son arc. Alors l'animal cerné soudain lui fit face, éleva ses pattes de devant et les joignit comme pour demander grâce. Le prince en fut ému. Il mit pied à terre, prit sa proie contre sa poitrine, remonta avec elle en selle et s'en revint au palais. La fille du vizir l'attendait dans la cour. Il vint à elle et lui tendit le cerf.

– Pour toi, murmura-t-il.

Comme il ne savait que dire d'autre, il rougit, tourna les talons et s'en alla. La jeune fille, le cœur battant et le regard illuminé, serra l'animal contre sa joue et se mit à le bercer de mots tendres. Alors le cerf lui dit à l'oreille :

– Voilà trois mois que je te cherche. Le fils du sultan t'aime. Ma mère a vu cela en songe. Elle m'a envoyé vers toi, car le même songe lui a dit que tu devais arracher un poil de mon pelage et le donner à manger au prince, mêlé à son pain. Ainsi vous serez à jamais unis.

La fille du vizir courut dans sa chambre, le cerf dans ses bras, et arracha un poil de son pelage. Aussitôt le bel animal disparut.

Or, ce soir-là, le sultan tomba gravement malade. Il fit appeler le prince à son chevet et lui dit :

– Fils bien-aimé, je vais mourir. Je te confie mon royaume. Sois intelligent et attentif au bien commun. Chaque fois que tu douteras de ta bonté, prends le conseil de notre vizir, c'est un homme de grand cœur. Et fais en sorte que notre nom reste honorable.

Le vieil homme voulut lever la main pour bénir son enfant, mais ne put. Avant l'aube il rendit l'âme.

Le prince en fut tant bouleversé qu'il refusa le pain que lui offrit la fille du vizir. À midi, l'esprit tourmenté par d'insurmontables ténèbres, il quitta le palais. Jusqu'au soir il chevaucha follement, droit devant lui, à travers vallées et collines. Au crépuscule, son cheval épuisé fit halte au bord d'un torrent. Il se laissa glisser à terre et s'assit au pied d'un arbre. Peu à peu la tempête en lui s'apaisa. « Qu'ai-je fait ? se dit-il. Pourquoi me suis-je enfui ? Avant même d'avoir régné, quel indigne sultan je suis ! » Il soupira, et laissant aller son souffle, gémit :

– Of !

Aussitôt surgit devant lui un vieillard maigre à l'air sévère. Il était vêtu de lambeaux poussiéreux et sa barbe traînait à terre. Il l'enroula d'un geste preste autour de son bras et dit :

– Que veux-tu de moi ?

– Rien, vieil homme, rien, bafouilla le prince, tout stupéfait.

– Mon nom est Of. Ose dire que tu ne m'as pas appelé ! Je vois que Dieu a gravé de belles paroles sur ton front. Que désires-tu ?

– M'asseoir sur le trône de mon père et épouser la fille du vizir, rien d'autre.

Le vieillard s'accroupit, ramassa une poignée de terre, la répandit sur sa main et, la désignant d'un doigt noueux :

– Regarde attentivement, dit-il. Que vois-tu là ?

– Je vois, répondit le jeune homme, les yeux écarquillés, je vois un chaudron. Sous ce chaudron un feu brûle. Dans ce chaudron de l'eau bout. Autour de ce chaudron sont des hommes que je ne connais pas.

Le vieillard versa sa poignée de terre dans un grand mouchoir vivement sorti de sa poche, noua le linge aux quatre coins et le tendit au prince.

– Dans ce monde, dit-il, l'homme de cœur fait lui-même ce qu'il doit. Qui attend d'un autre son salut n'a qu'une âme de bœuf. Au-delà de cette vallée est la maison d'un div. Dans cette maison, bout un chaudron de soupe. Si tu es assez courageux pour parvenir à ce chaudron et jeter dedans ce sachet de terre, tu seras délivré de tes tourments. Sinon tu ne régneras pas sur ton royaume et tu n'épouseras pas la fille du vizir. J'ai dit.

Le prince sentit aussitôt monter dans sa poitrine la rage joyeuse qu'il éprouvait aux grandes chasses. Il bondit sur son cheval et piqua des éperons. À la sortie de la vallée, il vit un cerf surgir devant lui d'un fourré. Il reconnut celui qu'il avait offert à la fille du vizir. Il mit pied à terre, s'approcha de lui.

– Que me veux-tu ? lui dit l'animal. Une fois déjà j'ai voulu te sauver, mais tu t'es enfui avant de manger le pain qui aurait apaisé ton cœur. Je crains que tu ne sois perdu. Tu vas dans un lieu terrible.

– Je n'ai pas pris ta vie quand je l'aurais pu, lui répondit le jeune homme. Dis-moi ce que tu sais.

– Au-delà de cette vallée sont sept ponts sur la rivière. À l'entrée de chaque pont veille un div. Passe ton chemin sans en regarder aucun, ils ne te verront pas. Franchis le septième pont. Le div qui le garde est endormi. Au-delà de ce pont tu verras la maison où est le chaudron de soupe. Si un div mâle est auprès de lui, fuis, ou meurs. Si une div femelle est assise devant la cheminée, alors tu pourras jeter ton sachet de terre dans le chaudron, et t'en retourner. Mais surtout n'oublie pas, avant de traverser à nouveau le pont, de mouiller tes pieds dans la rivière, sinon, malheur à toi !

Le cerf disparut. Le prince s'en fut jusqu'au septième pont, le franchit, ouvrit la porte de la maison, vit une div femelle, entra hardiment, jeta la terre dans le chaudron, s'en revint, le cœur battant. Dans son exaltation, il oublia de mouiller ses pieds au courant de l'eau.

Aussitôt, le div posté là en sentinelle s'éveilla, se dressa devant lui, ouvrit sa gueule épouvantable et leva sa massue. Le jeune homme saisit son javelot, le lança de toutes ses forces. L'arme s'enfonça dans le cou du monstre qui tomba à grand fracas, en poussant un hurlement lamentable. Mais le bruit de la brève bataille avait réveillé les autres démons, qui de toutes parts accoururent. Le prince, se tournant de tous côtés, se vit perdu. « Adieu la vie, se dit-il, adieu le trône de mon père, adieu celle que j'aime ! » Comme il empoignait son épée pour ne point mourir sans combattre, de longs gémissements emplirent tout à coup l'air sombre. La div femelle apparut au seuil de la maison. Tous les autres coururent à elle. Alors le jeune homme, tranchant dans le désordre de ces monstres égarés, rejoignit la rive où son cheval l'attendait. Il y retrouva, broutant l'herbe auprès de sa monture, le jeune cerf.

– Sois béni, lui dit l'animal. Tu ne t'es pas seulement sauvé toi-même. Tu nous as sauvés aussi. Dans la terre que tu as jetée au fond du chaudron était l'âme des divs. Cette âme a maintenant bouilli. Tous les démons sont morts.

Le jeune homme l'embrassa, remonta en selle et chevaucha jusqu'à l'arbre où il avait rencontré le vieillard.

Cet homme sévère et sage l'attendait sous le feuillage sombre. Il lui dit :

– J'ai autrefois donné une pomme à ton père et un fils lui est né. De cette pomme est née aussi la fille du vizir. Vous êtes l'un à l'autre destinés. Ferme les yeux maintenant, que je te conduise où tu dois aller.

Il effleura son front d'un coup de main vif. Alors le prince fut aussitôt de retour dans la cour de son palais.

Tous les nobles du pays étaient assemblés sur le parvis pour l'accueillir. Le vizir s'avança vers lui, prit sa main et le conduisit à sa fille. Tous deux s'avancèrent ensemble vers le trône. Le soleil se levait dans le ciel pur. La journée s'annonçait belle.

TRADITION JUIVE

Le conteur

Il était une fois un homme nommé Yacoub. Il vivait pauvre mais sans souci, heureux de rien, libre comme un saltimbanque, et rêvant sans cesse plus haut que son front. En vérité, il était amoureux du monde. Or, le monde alentour lui paraissait morne, brutal, sec de cœur, sombre d'âme. Il en souffrait. « Comment, se disait-il, faire en sorte qu'il soit meilleur ? Comment amener à la bonté ces tristes vivants qui vont et viennent sans un regard pour leurs semblables ? » Il ruminait ces questions par les rues de Prague, sa ville, errant et saluant les gens qui ne lui répondaient pas.

Or, un matin, comme il traversait une place ensoleillée, une idée lui vint. « Et si je leur racontais des histoires ? pensa-t-il. Ainsi, moi qui connais la saveur de l'amour et de la beauté, je les amènerais assurément au bonheur. » Il se hissa sur un banc et se mit à parler. Des vieillards, des femmes étonnées, des enfants, firent halte un moment pour l'écouter, puis se détournèrent de lui et poursuivirent leur route.

Yacoub, estimant qu'il ne pouvait changer le monde en un jour, ne se découragea pas. Le lendemain il revint en ce même lieu et à nouveau lança au vent, à voix puissante, les plus émouvantes paroles de son cœur. De nouvelles gens s'arrêtèrent pour l'écouter, mais en plus petit nombre que la veille. Certains rirent de lui. Quelqu'un le traita même de fou, mais il ne voulut pas l'entendre. « Les paroles que je sème germeront, se dit-il. Un jour elles entreront dans les esprits et les éveilleront. Je dois parler, parler encore. »

Il s'obstina donc et, jour après jour, vint sur la grand-place de Prague parler au monde, conter merveilles, offrir à ses pareils l'amour qu'il se sentait. Mais les curieux se firent rares, disparurent, et bientôt il ne parla plus que pour les nuages, le vent et les silhouettes pressées qui lui lançaient à peine un coup d'œil étonné, en passant. Pourtant il ne renonça pas.

Il découvrit qu'il ne savait et ne désirait rien faire d'autre que conter ses histoires illuminantes, même si elles n'intéressaient personne. Il se mit à les dire les yeux fermés, pour le seul bonheur de les entendre, sans se soucier d'être écouté. Il se sentit bien en lui-même et désormais ne parla plus qu'ainsi : les yeux fermés. Les gens, craignant de se frotter à ses étrangetés, le laissèrent seul dans ses palabres et prirent l'habitude, dès qu'ils entendaient sa voix dans le vent, d'éviter le coin de place où il se tenait.

Ainsi passèrent des années. Or, un soir d'hiver, comme il disait un conte prodigieux dans le crépuscule indifférent, il sentit que quelqu'un le tirait par la manche. Il ouvrit les yeux et vit un enfant. Cet enfant lui fit une grimace goguenarde et lui dit en se hissant sur la pointe des pieds :

– Ne vois-tu pas que personne ne t'écoute, ne t'a jamais écouté, ne t'écoutera jamais ? Quel diable t'a donc poussé à perdre ainsi ta vie ?

– J'étais fou d'amour pour mes semblables, répondit Yacoub. C'est pourquoi, au temps où tu n'étais pas encore né, m'est venu le désir de les rendre heureux.

Le marmot ricana :

– Eh bien, pauvre fou, le sont-ils ?

– Non, dit Yacoub, hochant la tête.

– Pourquoi donc t'obstines-tu ? demanda doucement l'enfant, pris de pitié soudaine.

Yacoub réfléchit un instant.

– Je parle toujours, certes, et je parlerai jusqu'à ma mort. Autrefois c'était pour changer le monde.

Il se tut, puis son regard s'illumina. Il dit encore :

– Aujourd'hui c'est pour que le monde, lui, ne me change pas.

Sources

F. Attar, *Le Livre de l'épreuve*, Paris, 1981.
S. Bertino, *Guide de la mer mystérieuse*, Paris, 1970.
J.-F. Bladé, *Contes populaires de Gascogne*, Paris, 1886.
D. Boremanse, *Contes et Mythologie des Indiens lacandons*, Paris, 1986.
Y. Brekilien, *La Mythologie celtique*, Paris, 1981.
H. Carnoy, *Littérature orale de Picardie*, Paris, 1967.
J.-P. Clébert, *Histoires et Légendes de la Provence mystérieuse*, Paris, 1969.
Collin de Plancy, *Légendes infernales*, Verviers, 1974.
L.-A. Crespo, « La magie est une fête », in *L'Œil du Golem*, Paris, 1978.
P. Delarue et M.-L. Tenèze, *Le Conte populaire français*, Paris, 1964.
G. Delfe, *Le Dieu Coyote*, Paris, 1979.
T. Deshimaru, *Le Bol et le Bâton*, Paris, 1979.
B. Diop, *Contes et Lavanes*, Paris, 1973.
G. Dumézil, *Contes et Légendes des Oubykhs*, Paris, 1957.
G. Dumézil, *Contes lazes*, Paris, 1937.
G. Dumézil, *Romans de Scythie et d'alentour*, Paris, 1978.
A. Eliot, *L'Univers fantastique des mythes*, Paris, 1976.
F.-V. Equilbecq, *Contes populaires d'Afrique occidentale*, Paris, 1972.
B. Frank, *Histoires qui sont maintenant du passé*, Paris, 1968.
M.-L. von Franz, *La Voie de l'individuation dans les contes de fées*, Paris, 1978.
M.-L. von Franz, *L'Ombre et le Mal dans les contes de fées*, Paris, 1980.

G. de Goustine, *Contes sous la croix du Sud*, Paris, 1967.
R. Graves, *Les Mythes grecs*, Paris, 1967.
A. Guerne, *Le Livre des mille et une nuits*, Paris, 1971.
J. Ivanov, *Livres et Légendes bogomiles*, Paris, 1976.
C. Jest, *La Turquoise de vie*, Paris, 1985.
Ling Mong Tchou, *L'Amour de la renarde*, Paris, 1980.
E. Lonnrot, *Le Kalevala*, Paris, 1978.
A. W. Macdonald, *Matériaux pour l'étude de la littérature populaire tibétaine*, Paris, 1972.
F. Mistral, *Prose d'almanach*, Paris, 1926.
M. Mokri, *La Légende de Bizan-U Manijah*, Paris, 1966.
Nguyen-Du, *Vaste Recueil de légendes merveilleuses*, Paris, 1962.
Z. Novakova, *Contes des pays du Caucase*, Paris, 1977.
Nulle Part, Le Chant, Mont-de-Marsan, 1984.
P'ou Song Ling, *Contes extraordinaires du pavillon du loisir*, Paris, 1969.
L. Renou, *Contes du vampire*, Paris, 1963.
J.-L. Rieupeyroux, *Histoires et Légendes du Far-West mystérieux*, Paris, 1969.
C. Roy, *Histoires et Légendes de la Chine mystérieuse*, Paris, 1969.
A. Ryunosuke, *Rashomon et Autres Contes*, Paris, 1965.
J. Scelles-Millie, *Contes sahariens du Souf*, Paris, 1964.
P. Sebillot, *Le Folklore de France*, Paris, 1968.
C. Seignolle, *Contes populaires et Légendes du Val de Loire*, Paris, 1976.
C. Seignolle, *Contes populaires et Légendes du Nord et de la Picardie*, Paris, 1975.
I. Shah, *Sagesse des idiots*, Paris, 1984.
R. Sieffert, *Contes d'Uji*, Paris, 1986.
J. Yonnet, *Enchantements sur Paris*, Paris, 1966.

Table

Afrique

Asie

Océan Pacifique

Amériques

Europe

DU MÊME AUTEUR

Démons et merveilles de la science-fiction
essai
Julliard, 1974

Départements et territoires d'outre-mort
nouvelles
Julliard, 1977
et « Points », n° P732

Souvenirs invivables
poèmes
Ipomée, 1977

Le Grand Partir
roman
Grand Prix de l'humour noir
Seuil, 1978
et « Points », n° P525

L'Arbre à soleils
Légendes du monde entier
Seuil, 1979
et « Points », n° P304

Le Trouveur de feu
roman
Seuil, 1980
et « Points », n° P3158

Bélibaste
roman
Seuil, 1982
et « Points », n° P306

L'Inquisiteur
roman
Seuil, 1984
et « Points », n° P66

Le Fils de l'ogre
roman
Seuil, 1986
et « Points », n° P385

L'Homme à la vie inexplicable

roman
Seuil, 1989
et « Points », n° P305

La Chanson de la croisade albigeoise

traduction
Le Livre de poche, « Lettres gothiques », 1989

L'Expédition

roman
Seuil, 1991
et « Points », n° P524

L'Arbre d'amour et de sagesse
Contes du monde entier

Seuil, 1992,
et « Points », n° P360

Vivre le pays cathare

(photographies de Gérard Siöen)
Mengès, 1992

La Bible du hibou
Légendes, peurs bleues, fables et fantaisies
du temps où les hivers étaient rudes

Seuil, 1994
et « Points », n° P78

Les Sept Plumes de l'aigle

récit
Seuil, 1995
et « Points », n° P1032

Le Livre des amours
Contes de l'envie d'elle et du désir de lui

Seuil, 1996
et « Points », n° P584

Les Dits de Maître Shonglang

roman
Seuil, 1997

Paroles de chamans
Albin Michel, « Carnets de sagesse », 1997

Les Cathares et l'Éternité
essai
Bartillat, 1997
réédité sous le titre
Les Cathares, brève histoire
d'un mythe vivant
« Points », n° P1969

Paramour
récit
Seuil, 1998
et « Points », n° P760

Contes d'Afrique
(illustrations de Marc Daniau)
Seuil, 1999
Seuil Jeunesse, 2009
Seuil Jeunesse, édition collector, 2012

Contes du Pacifique
(illustrations de Laura Rosano)
Seuil, 2000

Le Rire de l'ange
roman
Seuil, 2000
et « Points », n° P1073

Contes d'Asie
(illustrations d'Olivier Besson)
Seuil, 2001
et Seuil Jeunesse, 2009

Le Murmure des contes
Desclée de Brouwer, 2002

La Reine des serpents
et autres contes du ciel et de la terre
« Points Virgule », n° 57, 2002

Contes d'Europe
(illustrations de Marc Daniau)
Seuil, 2002, 2010

Contes et recettes du monde
(en collaboration avec Guy Martin)
Seuil, 2003

L'Amour foudre
Contes de la folie d'aimer
Seuil, 2003
et « Points », n° P1613

Contes d'Amérique
(illustrations de Blutch)
Seuil, 2004

Contes des sages soufis
Seuil, 2004

Le Voyage d'Anna
roman
Seuil, 2005
« Points », n° P1459

L'Almanach
Éditions du Panama, 2006

Jusqu'à Tombouctou
Desert blues
(en collaboration avec Michel Jaffrenou)
Éditions du Point d'exclamation, 2007

L'homme qui voulait voir Mahona
roman
Albin Michel, 2008
et « Points », n° P2191

Le Secret de l'aigle
essai
(en collaboration avec Luís Ansa)
Albin Michel, 2008

Les Contes de l'almanach
Éditions du Panama, 2008

Le Rire de la grenouille
Petit traité de philosophie artisanale
Carnets nord, 2008

Poésie des troubadours
Anthologie
Points « Poésie », n° P2234, 2009

Le Livre des chemins
Contes de bon conseil pour questions secrètes
Albin Michel, 2009

L'Abécédaire amoureux
Albin Michel, 2010

L'Enfant de la neige
roman
Albin Michel, 2011

Au bon bec
Où tu trouveras les vertus,
bontés et secrets des légumes, fruits et fines herbes
Albin Michel, 2012

Je n'éteins jamais la lumière
Chansons
Silène, 2012

Devine !
Énigmes, rébus & devinettes
pour tous les âges de la vie
Silène, 2013

Petits contes de sagesse
pour temps turbulents
Albin Michel, 2013

COMPOSITION : NORD COMPO MULTIMÉDIA
7 RUE DE FIVES - 59650 VILLENEUVE-D'ASCQ

Cet ouvrage a été imprimé en France par
CPI Bussière
à Saint-Amand-Montrond (Cher)
en novembre 2013.
N° d'édition : 31718-6. - N° d'impression : 2005517.
Dépôt légal : avril 1997.

Éditions Points

DERNIERS TITRES PARUS

P2935. Cette vie ou une autre, *Dan Chaon*
P2936. Le Chinois, *Henning Mankell*
P2937. La Femme au masque de chair, *Donna Leon*
P2938. Comme neige, *Jon Michelet*
P2939. Par amitié, *George P. Pelecanos*
P2940. Avec le diable, *James Keene, Hillel Levin*
P2941. Les Fleurs de l'ombre, *Steve Mosby*
P2942. Double Dexter, *Jeff Lindsay*
P2943. Vox, *Dominique Sylvain*
P2944. Cobra, *Dominique Sylvain*
P2945. Au lieu-dit Noir-Étang…, *Thomas H. Cook*
P2946. La Place du mort, *Pascal Garnier*
P2947. Terre des rêves. La Trilogie du Minnesota, vol. 1
Vidar Sundstøl
P2948. Les Mille Automnes de Jacob de Zoet, *David Mitchell*
P2949. La Tuile de Tenpyô, *Yasushi Inoué*
P2950. Claustria, *Régis Jauffret*
P2951. L'Adieu à Stefan Zweig, *Belinda Cannone*
P2952. Là où commence le secret, *Arthur Loustalot*
P2953. Le Sanglot de l'homme noir, *Alain Mabanckou*
P2954. La Zonzon, *Alain Guyard*
P2955. L'éternité n'est pas si longue, *Fanny Chiarello*
P2956. Mémoires d'une femme de ménage
Isaure (en collaboration avec Bertrand Ferrier)
P2957. Je suis faite comme ça. Mémoires, *Juliette Gréco*
P2958. Les Mots et la Chose. Trésors du langage érotique
Jean-Claude Carrière
P2959. Ransom, *Jay McInerney*
P2960. Little Big Bang, *Benny Barbash*
P2961. Vie animale, *Justin Torres*
P2962. Enfin, *Edward St Aubyn*
P2963. La Mort muette, *Volker Kutscher*
P2964. Je trouverai ce que tu aimes, *Louise Doughty*

P2965. Les Sopranos, *Alan Warner*
P2966. Les Étoiles dans le ciel radieux, *Alan Warner*
P2967. Méfiez-vous des enfants sages, *Cécile Coulon*
P2968. Cheese Monkeys, *Chip Kidd*
P2969. Pommes, *Richard Milward*
P2970. Paris à vue d'œil, *Henri Cartier-Bresson*
P2971. Bienvenue en Transylvanie, *Collectif*
P2972. Super triste histoire d'amour, *Gary Shteyngart*
P2973. Les Mots les plus méchants de l'Histoire
Bernadette de Castelbajac
P2474. La femme qui résiste, *Anne Lauvergeon*
P2975. Le Monarque, son fils, son fief, *Marie-Célie Guillaume*
P2976. Écrire est une enfance, *Philippe Delerm*
P2977. Le Dernier Français, *Abd Al Malik*
P2978. Il faudrait s'arracher le cœur, *Dominique Fabre*
P2979. Dans la grande nuit des temps, *Antonio Muñoz Molina*
P2980. L'Expédition polaire à bicyclette
suivi de La Vie sportive aux États-Unis, *Robert Benchley*
P2981. L'Art de la vie. Karitas, Livre II
Kristín Marja Baldursdóttir
P2982. Parlez-moi d'amour, *Raymond Carver*
P2983. Tais-toi, je t'en prie, *Raymond Carver*
P2984. Débutants, *Raymond Carver*
P2985. Calligraphie des rêves, *Juan Marsé*
P2986. Juste être un homme, *Craig Davidson*
P2987. Les Strauss-Kahn, *Raphaëlle Bacqué, Ariane Chemin*
P2988. Derniers Poèmes, *Friedrich Hölderlin*
P2989. Partie de neige, *Paul Celan*
P2990. Mes conversations avec les tueurs, *Stéphane Bourgoin*
P2991. Double meurtre à Borodi Lane, *Jonathan Kellerman*
P2992. Poussière tu seras, *Sam Millar*
P2993. Jours de tremblement, *François Emmanuel*
P2994. Bataille de chats. Madrid 1936, *Eduardo Mendoza*
P2995. L'Ombre de moi-même, *Aimee Bender*
P2996. Il faut rentrer maintenant…
Eddy Mitchell (avec Didier Varrod)
P2997. Je me suis bien amusé, merci !, *Stéphane Guillon*
P2998. Le Manifeste Chap. Savoir-vivre révolutionnaire
pour gentleman moderne, *Gustav Temple, Vic Darkwood*
P2999. Comment j'ai vidé la maison de mes parents, *Lydia Flem*
P3000. Lettres d'amour en héritage, *Lydia Flem*
P3001. Enfant de fer, *Mo Yan*
P3002. Le Chapelet de jade, *Boris Akounine*
P3003. Pour l'amour de Rio, *Jean-Paul Delfino*
P3004. Les Traîtres, *Giancarlo de Cataldo*
P3005. Docteur Pasavento, *Enrique Vila-Matas*

P3006. Mon nom est légion, *António Lobo Antunes*
P3007. Printemps, *Mons Kallentoft*
P3008. La Voie de Bro, *Vladimir Sorokine*
P3009. Une collection très particulière, *Bernard Quiriny*
P3010. Rue des petites daurades, *Fellag*
P3011. L'Œil du léopard, *Henning Mankell*
P3012. Les mères juives ne meurent jamais, *Natalie David-Weill*
P3013. L'Argent de l'État. Un député mène l'enquête
René Dosière
P3014. Kill kill faster faster, *Joel Rose*
P3015. La Peau de l'autre, *David Carkeet*
P3016. La Reine des Cipayes, *Catherine Clément*
P3017. Job, roman d'un homme simple, *Joseph Roth*
P3018. Espèce de savon à culotte ! et autres injures d'antan
Catherine Guennec
P3019. Les mots que j'aime et quelques autres…
Jean-Michel Ribes
P3020. Le Cercle Octobre, *Robert Littell*
P3021. Les Lunes de Jupiter, *Alice Munro*
P3022. Journal (1973-1982), *Joyce Carol Oates*
P3023. Le Musée du Dr Moses, *Joyce Carol Oates*
P3024. Avant la dernière ligne droite, *Patrice Franceschi*
P3025. Boréal, *Paul-Émile Victor*
P3026. Dernières nouvelles du Sud
Luis Sepúlveda, Daniel Mordzinski
P3027. L'Aventure, pour quoi faire ?, *collectif*
P3028. La Muraille de lave, *Arnaldur Indridason*
P3029. L'Invisible, *Robert Pobi*
P3030. L'Attente de l'aube, *William Boyd*
P3031. Le Mur, le Kabyle et le marin, *Antonin Varenne*
P3032. Emily, *Stewart O'Nan*
P3033. Les oranges ne sont pas les seuls fruits
Jeanette Winterson
P3034. Le Sexe des cerises, *Jeanette Winterson*
P3035. À la trace, *Deon Meyer*
P3036. Comment devenir écrivain quand on vient
de la grande plouquerie internationale, *Caryl Férey*
P3037. Doña Isabel (ou la véridique et très mystérieuse histoire
d'une Créole perdue dans la forêt des Amazones)
Christel Mouchard
P3038. Psychose, *Robert Bloch*
P3039. Équatoria, *Patrick Deville*
P3040. Moi, la fille qui plongeait dans le cœur du monde
Sabina Berman
P3041. L'Abandon, *Peter Rock*
P3042. Allmen et le diamant rose, *Martin Suter*

P3043. Sur le fil du rasoir, *Oliver Harris*
P3044. Que vont devenir les grenouilles ?, *Lorrie Moore*
P3045. Quelque chose en nous de Michel Berger
Yves Bigot
P3046. Elizabeth II. Dans l'intimité du règne, *Isabelle Rivère*
P3047. Confession d'un tueur à gages, *Ma Xiaoquan*
P3048. La Chute. Le mystère Léviathan (tome 1), *Lionel Davoust*
P3049. Tout seul. Souvenirs, *Raymond Domenech*
P3050. L'homme naît grâce au cri, *Claude Vigée*
P3051. L'Empreinte des morts, *C.J. Box*
P3052. Qui a tué l'ayatollah Kanuni ?, *Naïri Nahapétian*
P3053. Cyber China, *Qiu Xiaolong*
P3054. Chamamé, *Leonardo Oyola*
P3055. Anquetil tout seul, *Paul Fournel*
P3056. Marcus, *Pierre Chazal*
P3057. Les Sœurs Brelan, *François Vallejo*
P3058. L'Espionne de Tanger, *María Dueñas*
P3059. Mick. Sex and rock'n'roll, *Christopher Andersen*
P3060. Ta carrière est fi-nie !, *Zoé Shepard*
P3061. Invitation à un assassinat, *Carmen Posadas*
P3062. L'Envers du miroir, *Jennifer Egan*
P3063. Dictionnaire ouvert jusqu'à 22 heures
Académie Alphonse Allais
P3064. Encore un mot. Billets du Figaro, *Étienne de Montety*
P3065. Frissons d'assises. L'instant où le procès bascule
Stéphane Durand-Souffland
P3066. Y revenir, *Dominique Ané*
P3067. J'ai épousé Johnny à Notre-Dame-de-Sion
Fariba Hachtroudi
P3068. Un concours de circonstances, *Amy Waldman*
P3069. La Pointe du couteau, *Gérard Chaliand*
P3070. Lila, *Robert M. Pirsig*
P3071. Les Amoureux de Sylvia, *Elizabeth Gaskell*
P3072. Cet été-là, *William Trevor*
P3073. Lucy, *William Trevor*
P3074. Diam's. Autobiographie, *Mélanie Georgiades*
P3075. Pourquoi être heureux quand on peut être normal ?
Jeanette Winterson
P3076. Qu'avons-nous fait de nos rêves ?, *Jennifer Egan*
P3077. Le Terroriste noir, *Tierno Monénembo*
P3078. Féerie générale, *Emmanuelle Pireyre*
P3079. Une partie de chasse, *Agnès Desarthe*
P3080. La Table des autres, *Michael Ondaatje*
P3081. Lame de fond, *Linda Lê*
P3082. Que nos vies aient l'air d'un film parfait, *Carole Fives*
P3083. Skinheads, *John King*

P3084. Le bruit des choses qui tombent, *Juan Gabriel Vásquez*
P3085. Quel trésor !, *Gaspard-Marie Janvier*
P3086. Rêves oubliés, *Léonor de Récondo*
P3087. Le Valet de peinture, *Jean-Daniel Baltassat*
P3088. L'État au régime. Gaspiller moins pour dépenser mieux
René Dosière
P3089. Refondons l'école. Pour l'avenir de nos enfants
Vincent Peillon
P3090. Vagabond de la bonne nouvelle, *Guy Gilbert*
P3091. Les Joyaux du paradis, *Donna Leon*
P3092. La Ville des serpents d'eau, *Brigitte Aubert*
P3093. Celle qui devait mourir, *Laura Lippman*
P3094. La Demeure éternelle, *William Gay*
P3095. Adulte ? Jamais. Une anthologie (1941-1953)
Pier Paolo Pasolini
P3096. Le Livre du désir. Poèmes, *Leonard Cohen*
P3097. Autobiographie des objets, *François Bon*
P3098. L'Inconscience, *Thierry Hesse*
P3099. Les Vitamines du bonheur, *Raymond Carver*
P3100. Les Trois Roses jaunes, *Raymond Carver*
P3101. Le Monde à l'endroit, *Ron Rash*
P3102. Relevé de terre, *José Saramago*
P3103. Le Dernier Lapon, *Olivier Truc*
P3104. Cool, *Don Winslow*
P3105. Les Hauts-Quartiers, *Paul Gadenne*
P3106. Histoires pragoises, *suivi de* Le Testament
Rainer Maria Rilke
P3107. Œuvres pré-posthumes, *Robert Musil*
P3108. Anti-manuel d'orthographe. Éviter les fautes
par la logique, *Pascal Bouchard*
P3109. Génération CV, *Jonathan Curiel*
P3110. Ce jour-là. Au cœur du commando qui a tué Ben Laden
Mark Owen et Kevin Maurer
P3111. Une autobiographie, *Neil Young*
P3112. Conséquences, *Darren William*
P3113. Snuff, *Chuck Palahniuk*
P3114. Une femme avec personne dedans, *Chloé Delaume*
P3115. Meurtre au Comité central, *Manuel Vázquez Montalbán*
P3116. Radeau, *Antoine Choplin*
P3117. Les Patriarches, *Anne Berest*
P3118. La Blonde et le Bunker, *Jakuta Alikavazovic*
P3119. La Contrée immobile, *Tom Drury*
P3120. Peste & Choléra, *Patrick Deville*
P3121. Le Veau *suivi de* Le Coureur de fond, *Mo Yan*
P3122. Quarante et un coups de canon, *Mo Yan*
P3123. Liquidations à la grecque, *Petros Markaris*

P3124. Baltimore, *David Simon*
P3125. Je sais qui tu es, *Yrsa Sigurdardóttir*
P3126. Le Regard du singe
Gérard Chaliand, Patrice Franceschi, Patrick Gambache
P3127. Journal d'un mythomane. Vol. 2 : Une année particulière
Nicolas Bedos
P3128. Autobiographie d'un menteur, *Graham Chapman*
P3129. L'Humour des femmes, *The New Yorker*
P3130. La Reine Alice, *Lydia Flem*
P3131. Vies cruelles, *Lorrie Moore*
P3132. La Fin de l'exil, *Henry Roth*
P3133. Requiem pour Harlem, *Henry Roth*
P3134. Les mots que j'aime, *Philippe Delerm*
P3135. Petit Inventaire des plaisirs belges, *Philippe Genion*
P3136. La faute d'orthographe est ma langue maternelle
Daniel Picouly
P3137. Tombé hors du temps, *David Grossman*
P3138. Petit oiseau du ciel, *Joyce Carol Oates*
P3139. Alcools (illustrations de Ludovic Debeurme)
Guillaume Apollinaire
P3140. Pour une terre possible, *Jean Sénac*
P3141. Le Baiser de Judas, *Anna Grue*
P3142. L'Ange du matin, *Arni Thorarinsson*
P3143. Le Murmure de l'ogre, *Valentin Musso*
P3144. Disparitions, *Natsuo Kirino*
P3145. Le Pont des assassins, *Arturo Pérez-Reverte*
P3146. La Dactylographe de Mr James, *Michiel Heyns*
P3147. Télex de Cuba, *Rachel Kushner*
P3148. Promenades avec les hommes, *Ann Beattie*
P3149. Le Roi Lézard, *Dominique Sylvain*
P3150. Scènes de la vie quotidienne à l'Élysée
Camille Pascal
P3151. Je ne t'ai pas vu hier dans Babylone
António Lobo Antunes
P3152. Le Condottière, *Georges Perec*
P3153. La Circassienne, *Guillemette de Sairigné*
P3154. Au pays du cerf blanc, *Zhongshi Chen*
P3155. Juste pour le plaisir, *Mercedes Deambrosis*
P3156. Trop près du bord, *Pascal Garnier*
P3157. Seuls les morts ne rêvent pas.
La Trilogie du Minnesota, vol. 2, *Vidar Sundstøl*
P3158. Le Trouveur de feu, *Henri Gougaud*
P3159. Ce soir, après la guerre, *Viviane Forrester*
P3160. La semaine où Jérôme Kerviel a failli faire sauter
le système financier mondial. Journal intime
d'un banquier, *Hugues Le Bret*